이환 판타지 장편소설

2

정령왕 엘퀴네스 2

초판 1쇄 인쇄 / 2011년 8월 1일
초판 18쇄 발행 / 2022년 9월 9일

지은이 / 이환

발행인 / 오영배
책임편집 / 편집부
펴낸 곳 / (주)삼양출판사 · 드림북스

주소 / 서울시 강북구 도봉로 173
대표 전화 / 02-980-2112 팩스 / 02-983-0660
편집부전화 / 02-987-9393 팩스 / 02-980-2115
블로그 / blog.naver.com/dreambookss

등록번호 / 제9-00046호
등록일자 / 1999년 3월 11일

ⓒ 이환, 2011

값 15,000원

(주)삼양출판사 · 드림북스의 서면 허락 없이는 어떠한
형태나 수단으로도 이 책의 내용을 이용하지 못합니다.
ISBN 978-89-542-4483-1 (04810) / 978-89-542-4481-7 (세트)

* 지은이와 협의하에 인지는 생략합니다.
* 잘못된 책은 구입한 곳에서 바꾸어 드립니다.

Contents

제1화	7
제2화	63
제3화	105
제4화	149
제5화	183
제6화	221
제7화	251
제8화	293
제9화	321
외전: 그 형제의 일화	363
캐릭터 프로필 엘뤼엔 크리노 루사테	397
캐릭터 복불복 Q n A	399
네 칸 만화	405

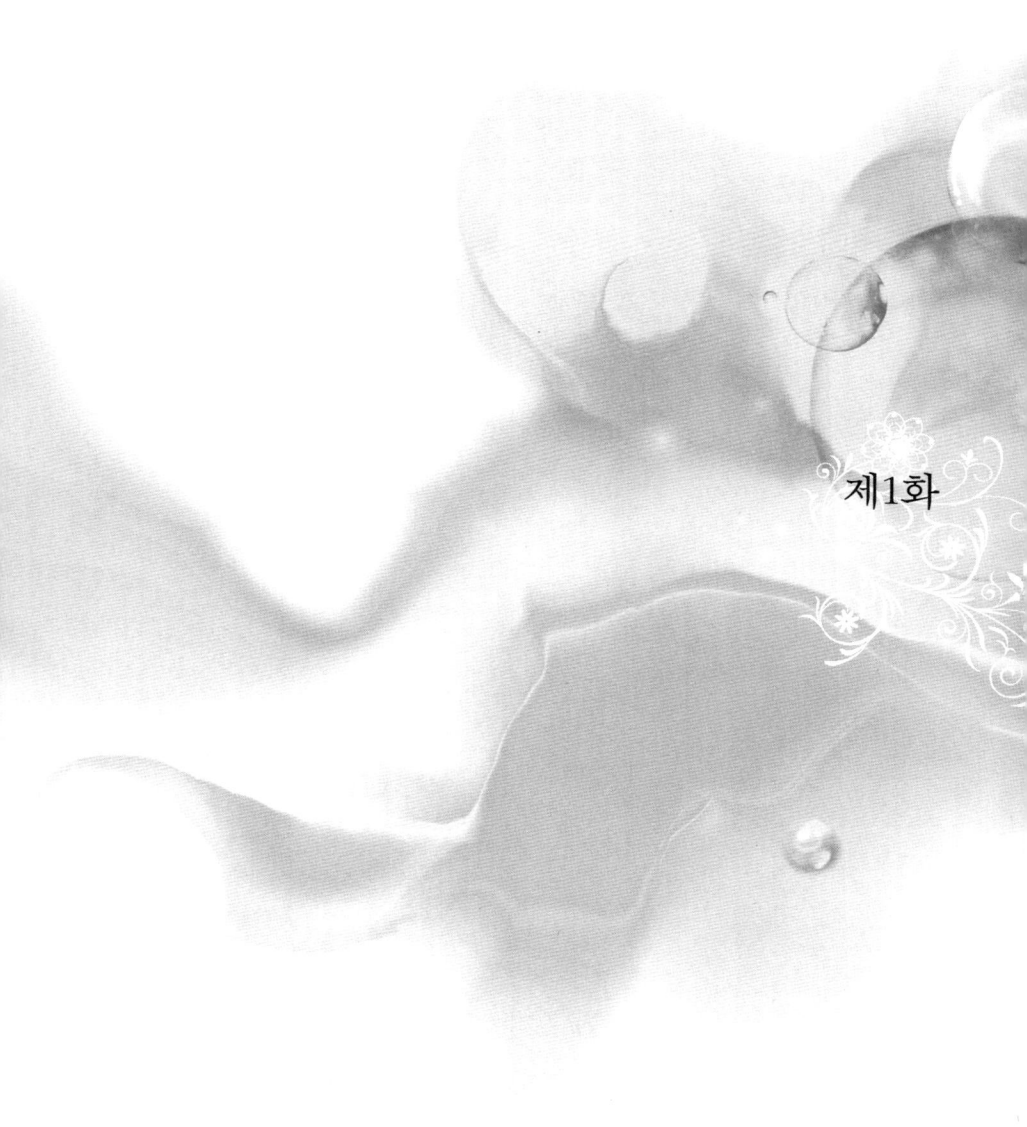

1.

캉 콰앙! 채앵!
"커헉!"
"죽어랏―!"
한낮의 숲은 때아닌 침입자들로 몸살을 앓고 있었다. 정신없이 검을 섞는 사람들은 검은 두건을 쓴 자들과 은제 갑옷을 입은 자들, 각 두 편의 무리로 나뉘어 있었다. 두 무리는 양쪽에 서서 서로의 목숨을 취하기 위해 매서운 눈빛을 교환했다. 그들의 실력은 거의 막상막하였다.

다만 두건을 쓴 자들과 달리, 은제 갑옷의 남자들은 공격보다 누군가를 보호하기 위한 방어 쪽에 더 치중한 상태였다. 실제로 그들 한가운데에는 후드를 뒤집어쓴 채 잔뜩 웅크린 작은 체구의 사람이 있었다. 그것을 아는 상대편은 더욱 맹렬히 빈틈을 파고들었다.

한차례 칼부림이 끝난 후, 두건을 쓴 자들 가운데서 가장 선두에 선 남자가 큰 목소리로 외쳤다.

"더 이상 네놈들이 갈 곳은 없다! 얌전히 투항하라!"

그가 쥐고 있는 검은 누구의 것인지 알 수 없는 피로 붉게 물들어 있었다. 그것을 분한 듯이 바라본 상대편 남자가 입술을 악물었다.

"웃기지 마라, 대공의 개! 절대로 순순히 당하지만은 않을 것이다!"

두건을 쓰고 있는 자들에 비해, 은제 갑옷을 입은 사람들은 상대적으로 지쳐 보였다. 심하게 긁힌 상처는 예사고 갑옷도 대부분 성한 곳이 없다. 그러나 노려보는 눈빛만큼은 상대에게 지지 않을 만큼 강렬했다.

검은 두건을 쓴 남자가 다시 한 번 소리쳤다.

"세리크 백작! 투항하라! 본 군은 그대와 그대가 지휘하는 단의 실력과 기량을 매우 아끼고 있음을 알린다! 그를 넘겨주기만 하면 지금까지 누려 왔던 명예와 지위를 그대로 보장하겠다!"

은제 갑옷을 입은 이들의 지휘자, 케이 드 세리크를 향해 보내는 외침이었다. 케이는 코웃음을 치며 대꾸했다.

"같잖은 소리를 길게도 하는군. 닥쳐라! 누가 그런 헛소리를 들을 것 같은가!"

"잘 생각해 보는 게 좋을 것이다. 이날 이때까지 뼈를 깎는 수련을 하며 간신히 올라온 자리일 텐데? 이런 곳에서 개죽음당할 생각이냐? 무엇을 위해서?"

"물론 우리의 명예와 우리가 지키는 주군을 위해서다! 네놈들에겐 개죽음으로 보일지 몰라도, 우리에겐 우리의 신념을 지키다 죽은 숭고한 죽음이다! 감히 그 더러운 입으로 내 동료들의 죽음을 폄하하지 말라!"

"하하하하! 네놈들이 그렇게 목숨을 걸고 지키는 자가 과연 그럴 자격이나 있는 자란 말이냐? 그자가 양심이 있다면 아까운 수하들이 더 죽기 전에 스스로 목숨을 내어놓는 것이 마땅할 터!"

그 말에 은제 갑옷을 입은 사람들 사이에 숨어 있던 후드를 쓴 사람이 움찔 어깨를 떨었다. 그것을 본 케이가 급히 그에게 낮은 목소리로 속삭였다.

"저들의 말은 신경 쓰지 마십시오. 들을 가치도 없는 말입니다."

"하지만……."

"저희를 현혹하기 위해 지껄이는 헛소리일 뿐입니다. 이 목숨 다하는 그날까지 당신을 지키겠습니다. 그것이 저희 신념이고 염원입니다."

케이는 결연한 표정으로 맹세했다. 그제야 눈에 띄게 흔들리던 후드인의 떨림이 잦아들었다. 케이는 안도의 한숨을 내쉬며 다시

사나운 눈빛을 저편에 보냈다. 지금 그의 머릿속은 상대편에 대한 의문으로 가득한 상태였다.

그가 지휘하는 자들이 누구인가! 한 사람 한 사람의 실력이 발군이라 불리는 황실 직속 친위기사단이다. 그런 자신들을 상대로 상대편은 호각으로 대전할 뿐만 아니라 때때로 몰아붙이기까지 했다. 도대체 이만한 실력자들이 지금까지 어디에 숨어 있다가 나타난 건지 알 수가 없었다.

매시간 쫓기다 싸우고 또 쫓기는, 이런 전투가 벌써 사흘이 넘게 이어지고 있었다. 이미 몸과 마음은 지칠 대로 지친 상태였지만, 케이는 흐트러지는 정신을 다시금 모질게 다잡았다.

"네놈들이 대공의 사주를 받았다는 것은 다 알고 있다! 감히 이 땅의 정통한 핏줄에 칼을 들이댄 죄는 하늘이 용서치 않을 것이다!"

"쿡쿡, 네놈들이 믿는 신이 우리의 신보다 강하더냐? 자아— 얌전히 길을 비켜라!"

"이 패악한 것들!"

화가 난 케이는 곧장 검을 치켜들었다. 그러나 눈앞의 남자는 피식거리며 가볍게 대치했다.

챙— 날카로운 쇠의 마찰음이 두 사람 사이에서 울려 퍼졌다. 간신히 소강 되었던 공기가 그 소리로 인해 다시금 뜨겁게 치달아 올랐다.

'흥분하지 말자, 케이. 조금만 더 버티면 된다. 곧 페리스와 합

류하기로 했던 지점이야. 그가 오면 분명히 우리 쪽이 우세할 거다.'

페리스는 우수한 바람의 정령사로, 추격을 분산시키기 위해 따로 행동하는 중이었다. 그들과 약속했던 장소까지 이제 얼마 남지 않았다. 일행이 합류하면 이들을 물리치고 안전한 장소로 피신할 수 있을 터였다. 지금으로썬 그것만이 유일한 희망이었다.

"후우, 정말로 끈질긴 놈들이군. 표정을 보아하니 뭔가 믿는 구석이 있는 모양이구나. 하지만 이 경우에도 그러할까?"

"뭣?"

"나와라!"

"……!"

두건인의 손짓에 수풀 여기저기서 새로운 기척이 느껴졌다. 검은 두건과 로브를 입은 자들이 차례로 모습을 드러내자 케이를 비롯한 기사들의 얼굴이 빠르게 굳어졌다.

'매복!'

처음부터 이곳으로 유인했던 것이었나!

새로 나타난 적의 숫자는 언뜻 세기에도 일백이 넘었다. 고작 열몇 명 남은 인원으로 상대할 만한 숫자가 아니었다.

그때 검은색 로브를 입은 자들이 입으로 무언가를 영창하기 시작했다. 그러자 그들의 주위 곳곳에서 불덩이가 형성되었다. 그것을 본 케이의 얼굴이 낭패감으로 일그러졌다.

"마법사!"

설마 이런 곳에서 마법사가 나타날 줄이야! 모두가 경악한 가운데 그들이 날려 보낸 화염구가 빠른 속도로 쏘아져 들어왔다. 목표는 정확히 기사들 사이에 있는 후드인을 향하고 있었다. 다급해진 케이는 무작정 달려가 그의 몸을 끌어안았다.

"주군!"

콰아앙!

그 순간 동시에 날아든 화염구가 그의 등에서 연달아 폭발했다. 울컥 붉은 피를 토하며 쓰러지는 케이를 향해, 후드 속의 사람이 비명을 질렀다.

"케이!"

"대, 대장!"

쓰러진 단장의 모습에 기사들 사이에서 크게 동요가 일었다. 그 틈을 노리고 두건을 쓴 자들 쪽에서 공격 신호를 내렸다.

"모두 쳐라!"

"와아아!"

"마, 막아! 모두 대장과 주군을 보호해라!"

물밀 듯이 밀려오는 적들의 모습에 경직했던 기사들이 검을 움켜쥐고 서둘러 방어진을 구축했다. 곧 사방은 무수한 칼부림 소리로 가득해지기 시작했다.

그 사이 주군이라 불린 후드인이 자신의 품에서 늘어진 케이의 몸을 끌어안은 채 머리를 덮은 천을 걷어냈다. 놀랍게도 그 속에서 모습을 드러낸 이는 아직 앳된 얼굴을 한 어린 소년이었다.

"케이! 정신 차려라, 케이!"

그는 하얗게 질린 얼굴로 피투성이가 된 채 기절한 케이의 뺨을 두드렸다. 그에 간신히 의식을 차린 케이가 다시금 울컥 피를 토해내며 가느다란 목소리를 내뱉었다.

"피, 피하십……시오. 여기는…… 위험합…….."

"싫다! 어떻게 그대를 놔두고 가란 말이냐! 그럴 수는 없다!"

소년은 울먹이는 얼굴로 강하게 고개를 저었다. 그때 그를 둘러싼 방어진을 구축하고 있던 기사 중 한 명이 새파래진 얼굴로 소리쳤다.

"주, 주군! 더 이상은 버티는 것이 불가능합니다! 서둘러 이 자리를 피하셔야 합니다! 저희가 막고 있을 테니 그 사이에 피신을!"

"안 된다! 케이는 아직 살아 있어! 두고 갈 수는 없다!"

"주군!"

그때였다.

"슈리엘!"

쐐애애앵—!

누군가의 희미한 외침과 함께, 뒤섞여 싸우던 자들 위로 갑자기 모진 강풍이 불었다.

"뭐, 뭐야?"

눈을 뜰 수 없을 만큼 세찬 바람 속에서 사람들은 간신히 눈을 뜨고 주위를 살폈다. 그리고 어느새 자신들의 지척에 다가온 기묘한 생물을 발견할 수 있었다.

푸르르르…….

쭉 뻗은 긴 몸체에 네 개의 다리, 우아하게 흩날리는 갈기, 은회색의 눈동자를 깜빡이는 생물은 그들에게도 아주 익숙한 모습이었다.

"……말?"

당황한 사람들은 곧바로 그 생명체의 정체를 인식했다. 그러나 보통의 말과는 다르게, 그 말의 몸체는 전체적으로 투명해서 뒤쪽의 배경이 거의 다 비쳐 보였다.

"이건 도대체 무슨……."

히이이잉!

그 순간, 몸을 일으켜 발을 든 투명한 말이 울음소리를 내뱉었다. 그와 동시에 강한 돌풍이 일어나더니 근처에 있던 사람들을 몽땅 집어삼키기 시작했다.

"으아아악!"

처절한 그 비명이 그들이 내뱉을 수 있었던 마지막 소리였다.

휘말린 자들은 마치 날카로운 검에 난도질당한 것처럼 갈가리 찢겨 바닥에 떨어졌다. 그들 중에 숨이 붙어 있는 자는 하나도 없었다. 돌풍의 속도가 워낙 빠른 탓에 마법사들이 있어도 무용지물이었다. 주문을 영창할 시간조차 없었던 것이다. 경악한 사람들은 돌풍에 휘말리지 않기 위해 필사적으로 달아나기 시작했다.

그러나 그 돌풍은 놀랍게도 기사들만은 전부 피해 가고 있었다. 아니 도리어 보호하고 있는 것처럼도 보였다. 사태가 이쯤 되자 사태의 불길함을 감지한 두건인의 수장이 수하들을 향해 소리쳤다.

"저, 적의 기습이다! 퇴각해라! 모두 도망쳐!"

매서운 돌풍 앞에 살아남은 적들은 빠른 속도로 모습을 감췄다. 간신히 찾아든 평화 앞에 기사들은 모두 넋을 잃은 얼굴로 서 있었다. 운 좋게 목숨을 구했다는 건 알았지만, 무슨 영문으로 이런 일이 일어난 건지는 도무지 파악할 수 없었던 것이다.

그런 그들 앞으로 조금 전의 투명한 말이 천천히 다가왔다. 처음의 위풍당당한 등장과는 사뭇 다른 온순한 모습이었다. 하지만 저 우아한 모습이 어떻게 돌변하는지 알고 있는 기사들은 감히 다가설 엄두도 내지 못했다.

"모두 무사하십니까?"

"……!"

그때 고요한 정적을 깨트리고 수풀 사이에서 한 사람이 모습을 드러냈다. 황갈색의 긴 머리칼에 푸른색 눈동자를 지닌 준수한 청년이었다. 그의 모습을 확인한 기사들 사이에서 안도의 탄성이 터져 나왔다.

"페리스!"

2.

동굴 안은 몹시 어둡고 습했다. 서둘러 마른 장작으로 불을 지핀 기사들은 그 앞에 부상자들을 차례로 옮겨서 눕혀 놓기 시작했다.

본래 백여 명 남짓했던 기사들은 그간의 전투로 인해 부상자를 다 합쳐도 스무 명이 채 안 되는 숫자로 줄어 있었다. 자연히 기사들의 표정은 어두울 수밖에 없었다.

"큰일이군."

"예상보다 손실이 너무 컸어."

"케이 님마저 저 지경이 되셨으니……."

그들의 대장인 케이는 간신히 목숨을 건졌지만 부상이 상당히 위중한 상태였다. 치료한다 해도 며칠을 넘기기 힘들 것으로 보였다.

"그나마 이런 곳을 발견하게 되어 운이 좋았습니다. 이곳이라면 추격자들에게 쉽게 발각되지 않을 겁니다."

페리스가 그들을 열심히 다독였지만 이미 상심한 기사들의 어깨는 좀처럼 펴질 줄을 몰랐다. 당장은 페리스 덕분에 위기를 모면했지만 앞으로가 더 문제였다.

지난 며칠간의 전투를 통해 적의 전력은 뼈저리게 깨달은 바였다. 지휘할 사람도 쓰러진 상황에서 그들과 맞서 싸우기에는 인원이 턱없이 부족했다.

게다가 당장 먹을 식량, 마실 물조차 존재하지 않았다. 급하게 도망치는 바람에 아무것도 마련할 기회가 없었던 것이다.

"게다가 이 갑옷은 너무 눈에 띄어. 갈아입을 옷이 필요한데……."

"약과 상처에 감을 새 붕대도 있어야 해."

"이래저래 필요한 것들이 많군요."

"미안하다, 모두. 나 때문에……."

그 순간 이어진 소년의 가는 목소리에 기사들은 당황한 얼굴로 고개를 저었다.

"아, 아닙니다, 주군! 무엇보다 주군께서 무사하신 것이 천만다행입니다."

"맞습니다. 저희가 무능해서 제대로 보필하지 못하는 것이 천추의 한일 뿐입니다."

"아니, 그대들은 이미 넘치도록 잘하고 있다. 이렇게 과분한 보호를 받는 사람이 나라서 부끄럽구나. 그대들의 주인이 내가 아니었다면, 하다못해 내가 이렇게 작고 볼품없지만 않았더라면……."

"주군! 어째서 그런 말씀을 하십니까? 당신은 저희의 단 하나뿐인 군주이십니다."

"저희에겐 충분히 훌륭하고 장성하신 주군이십니다! 주군이 아닌 다른 사람을 모시는 건 상상도 해 본 적이 없습니다!"

기사들은 모두 무릎을 꿇고 눈물을 삼켰다.

그들은 어린 주군이 살아온 환경을, 그가 처해 온 상황을 모두 빠짐없이 옆에서 지켜본 자들이었다. 태어난 이래 단 하루도 순탄치 않았던 세월이었다. 한창 해맑고 노는 것을 즐겨야 할 나이에 뼈아픈 진실과 추악한 음모의 대상이 되어 이리저리 치여야 했다.
　누구보다 상냥하고 사랑스러웠던 아이는 자라면서 웃는 것조차 마음대로 하지 못하는 인형이 되어 버렸다. 그들은 이 어린 주군이 부디 진심으로 다시 웃을 수 있게 되기만을 바랐다.
　"마음을 강건하게 가지십시오, 주군! 분명 모든 것이 좋아질 겁니다."
　"하늘이 이런 식으로 스왈트의 피를 버릴 리가 없습니다!"
　"절대 여기서 포기하시면 안 됩니다!"
　기사들의 외침에 어린 군주는 눈물이 그렁그렁해진 얼굴로 고개를 끄덕였다. 그때 페리스가 환해진 얼굴로 말했다.
　"주군, 좋은 소식이 있습니다. 근처에서 샘을 찾았습니다."
　"차, 찾았다고? 하지만 그대는 아까부터 계속 이곳에 있었지 않은가?"
　"따라와 보시겠습니까?"
　페리스의 말에 어린 군주와 기사들은 어리둥절해하며 그를 따라나섰다. 동굴을 벗어나 숲 안쪽으로 들어간 그는 머지않은 곳에 이르러 걸음을 멈췄다. 그 앞엔 작지만 맑은 옹달샘이 존재했다.
　"무, 물이다!"
　"정말 샘이 있었다니!"
　"어떻게 한 겁니까, 페리스?"
　놀라서 탄성을 터뜨린 기사들의 질문에 페리스는 부드럽게 미소 지으며 대답했다.

"실프들에게 주변 수색을 하도록 부탁했습니다. 성과가 있어서 다행입니다."

"우와아, 그렇군요. 아무튼 살았습니다. 이것으로 며칠은 버틸 수 있겠군요."

반색한 기사들은 서둘러 지니고 있던 수통에 물을 채웠다. 어린 군주는 그 모습을 물끄러미 응시하다가 이내 페리스에게 시선을 돌렸다.

"실프라면…… 바람의 정령이던가?"

"예. 바람의 하급 정령입니다, 주군."

"그럼 조금 전의 그 말의 형상을 한 것은? 그것도 정령이겠지?"

"예, 맞습니다. 바람의 중급 정령인 슈리엘이지요. 부끄럽지만, 제가 소환할 수 있는 최고위 정령입니다."

"부끄럽다니, 왜 그런 소리를 하는가? 그대의 정령은 정말 강했다."

그러자 그들의 대화를 듣고 있던 기사들이 서둘러 동조했다.

"맞습니다, 페리스. 정말 대단했습니다. 돌풍이 불 때마다 한꺼번에 적들이 우수수 시체가 되는데, 우와— 정말 소름이 돋았다니까요."

"게다가 이렇게 근처에 있는 샘물까지 찾아내고. 정령이란 게 이렇게 멋진 존재인 줄 처음 알았습니다. 하긴 제대로 본 것도 이번이 처음이지만요."

"아, 그건 나도."
"나도 마찬가지야."
최근 십 년이 넘는 기간 동안 대륙에는 정령사의 등장이 거의 없었다. 기존에 존재하던 정령사들도 거의 일제히 계약이 끊기거나 단계가 내려가는 등, 형편없는 몰락의 길을 걸었다. 하지만 누구도 그 이유를 알지도, 그에 대해 관심을 두지도 않았다. 스스로 살아가는 것조차 벅찬 세월이었기 때문이다.
그렇게 정령의 존재는 점차 대륙에서 옛말이 되어 가고 있었다. 페리스는 그런 상황에서 나타난 흔치 않은 중급 정령사로, 평민이지만 그 재능을 인정받아 자작의 작위를 받은 사람이었다.
본래 무(武)를 숭배하는 기사는 상대적으로 검을 들지 않는 마법사나 정령사를 배척하는 일이 빈번하다. 더구나 대부분 순수 혈통의 귀족들로만 이루어져 있기에, 평민 출신인 페리스와는 소원할 수밖에 없는 관계였다. 하지만 이번 일로 그들은 정령사의 존재를 다시 생각하게 되었다. 어쨌거나 위기의 순간 목숨을 구해 준 은인인 것이다.
초롱초롱한 눈빛으로 자신을 응시하는 기사들의 모습에 페리스는 어색한 웃음을 지으며 손을 내저었다.
"별말씀을 다하십니다. 제가 물의 정령사였다면 이렇게 찾으러 나올 필요도 없이 바로 그 자리에서 신선한 물을 공급할 수도 있었을 텐데요."
"호오, 물의 정령은 그런 것도 가능하군요. 그럼 물의 정령사는 아무 때나 물을 얻을 수 있는 겁니까?"
"예. 그냥 얻다 뿐입니까? 상급의 정령사는 마을 단위로 비를 내릴 수도 있다고 들었습니다."
"우와! 그거 정말 굉장하군요."
"지난 가뭄 때 물의 정령사들이 있었다면……."
"……."
누군가 중얼거린 말에 분위기는 금방 숙연해졌다. 지난 십 년은 많은 것들을 바꿔 놓았다. 지금 이렇게 정처 없이 떠돌아다니는 신세가 된 것도 그때의 연장선이라 할 수 있을 것이다. 침울해진 기사들의 모습에 페리스는 당황한 얼굴로 그들을 다독였다.
"제가 괜한 말을 꺼냈군요. 어서 물을 떠서 돌아갑시다. 부상자들도 돌봐야 하지 않겠습니까?"
"아! 그렇군요. 이럴 때가 아니지."
그제야 정신을 차린 기사들은 서둘러 수통을 채우고 몸을 돌렸다. 하지만 모두가 분주히 이동하는 와중에 유일하게 미동도 없는 자가 있었다. 바로 어린 소년 군주였다. 생각에 잠긴 얼굴로 굳어 있는 그의 모습에 페리스가 조심스럽게 다가섰다.
"주군, 주군께서도 이만 들어가셔야……."
"페리스, 묻고 싶은 것이 있다."
"말씀하십시오, 주군."
"그대는 물의 정령을 소환하지는 못하는 건가? 정령사인데도?"
그의 질문에 페리스는 눈을 조금 크게 떴다가 이내 부드럽게 미소 지었다.

"정령사라고 해도 모든 정령을 소환할 수는 없습니다. 각기 잘 맞는 속성과 어울리는 상성이 있거든요. 게다가 물의 정령은 다른 정령들보다 더 많은 마나와 자연 친화력이 필요합니다. 저도 몇 번 시도해 봤지만 잘되지 않았습니다."

"……그런가."

소년 군주는 눈에 띄게 실망한 표정을 지었다. 물의 정령이 보고 싶었던 걸까. 난처한 기분으로 그 모습을 바라보던 페리스가 곧 좋은 생각을 떠올리고 입을 열었다.

"그러고 보니 혹시 알고 계십니까, 주군? 주군의 초대 선조께서 유희를 하던 블루 드래곤이라는 가설이 돌던데 말입니다."

"그건 나도 들은 적이 있다. 그리고 어느 정도는 맞는 말인 것도 같다. 초대 선조는 인간으로선 불가능한 힘을 구사했다고 하니까."

"그 말이 사실이라면 주군께선 어쩌면 물의 정령을 소환하는 게 가능할지도 모르겠습니다."

"……그게 정말인가?"

"블루 드래곤은 물의 상성을 지닌 존재니까요. 그 피가 흐르는 주군이라면 아무리 희석이 된 상태라도 가능성이 있습니다. 언제고 시간이 되시면 소환주문을 외워 보시죠. 지금처럼 물이 충분한 시기엔 하급 정령 정도는 가능할지도 모릅니다."

"소환주문이 어떻게 되지?"

눈빛을 빛내며 바라보는 소년의 질문에 페리스는 아무런 의심 없이 친절히 설명해 주었다. 그가 알려준 것은 간단한 소환마법의 주문과 소환하는 방식 등이었다.

"소환을 하려면 반드시 각 정령의 속성이 되는 매개체가 필요합니다. 즉, 물의 정령을 부르려면 샘물이나 강가에서 하셔야 하지요. 물의 하급 정령은 나이아스, 중급은 운디네, 상급은 시큐엘이라고 합니다. 상급의 정령을 소환하면 그 휘하의 정령들은 자연스럽게 주군께 복속이 될 겁니다."

"정령왕은? 정령 중에서 가장 높은 계급은 정령왕이 아닌가?"

"아아, 그렇죠. 물의 정령왕의 이름은 엘퀴네스입니다."

"엘퀴네스……."

소년은 되새김질하듯 입안으로 몇 번 발음을 굴렸다. 그의 푸른 눈동자가 무언가를 결심한 듯 단호한 빛을 품었다.

"소환하는 방식은 그도 동일한가?"

"예? 아아, 그렇긴 합니다만…… 만에 하나라도 정령왕을 소환할 생각은 하지 마십시오, 주군."

"어째서?"

"정령왕의 소환엔 엄청난 마나와 생기가 소모됩니다. 게다가 그렇게 한다 해도 반드시 성공한다는 보장도 없습니다. 특히 지금까지 엘퀴네스의 소환에 성공한 정령사는 단 한 명도 없었습니다. 시도하는 즉시 온몸의 마나가 바닥나 죽고 말 겁니다."

"그렇구나."

"아시겠습니까, 주군? 절대 정령왕은 소환해선 안 됩니다."
그러나 소년 군주는 그의 말을 전혀 듣고 있지 않았다. 그의 귓속에는 오로지 '엘퀴네스'라는 이름만이 맴돌고 있을 뿐이었다.

* * *

바스락.
깊은 밤, 작은 형체가 어두운 산속으로 들어왔다. 그는 방금 잠든 일행들 틈을 몰래 빠져나온 소년 군주였다. 그가 도착한 곳엔 페리스가 발견한 옹달샘이 있었다.
'물의 정령을 소환하려면 물이라는 매개체가 있어야 한다고 했지.'
달빛을 비추고 있는 옹달샘을 한동안 물끄러미 응시하던 그는 곧 심호흡을 내뱉고 맑은 물에 손을 담갔다. 차갑고 축축한 감촉이 느껴졌다.
'정령을 소환하겠어. ……그중에서 엘퀴네스를.'
페리스가 절대 안 된다고 몇 번이나 못을 박았지만, 그는 처음부터 이것을 계획하고 있었다. 어차피 그에겐 더 이상 물러날 곳이 없었다. 여기서 죽으나 언젠가 추격대에 잡혀 죽으나, 반드시 죽게 될 것이다. 그럴 바에는 차라리 무모한 시도라도 해 보는 것이 나았다. 그의 두 눈은 그 어느 때보다 맑았다.
그러나 소년은 자신의 앞에 있는 샘이 어떤 비밀을 숨기고 있는지 알지 못했다. 지난 몇 달간 대륙에는 큰 폭풍과 폭우가 연달아 빗발쳤다. 인간들은 몰랐지만 그것은 전부 정령왕들이 단기간에 대륙을 회복하기 위해 분주히 움직인 결과였다. 그중에서도 특히 물의 정령왕 엘퀴네스의 기운이 가장 창궐했다.

단기간에 집중된 물의 기운은 그 양이 너무 많아 대륙에서 미처 소화를 다하지 못하는 상태였다. 그렇게 해서 남겨진 기운들은 하나의 집약체가 되어 한 장소에 모였다가 자연스럽게 공중으로 소멸할 예정이었다.

페리스가 발견한 것은 바로 그렇게 소멸을 위해 잠시간 만들어진 '마나의 샘'이었다. 이 물을 이용해서 소환주문을 외우면, 약간의 자연 친화력만 가지고 있어도 상급의 정령까지 소환하는 것이 가능했다.

여기에 소년에겐 특별한 기연이 하나 더 있었다. 본래 근래의 인간들은 유희 중이던 드래곤 앗시시아와 인간 여인 사이에서 태어난 후예들이었다. 이미 거의 피가 희석된 상태이긴 했으나, 그의 경우엔 중도에 한 번 더 블루 드래곤의 피가 섞이게 되면서 약간의 상승 작용이 일어났다. 그리하여 남들보다 조금 더 많은 자연 친화력을 지니게 된 것이다.

선조로부터 이어받은 친화력과 농밀한 마나를 품은 샘. 이 두 가지의 만남은 물의 정령왕 엘퀴네스의 소환을 충분히 가능하게 해 주고 있었다.

소년이 조금만 더 샘에 늦게 찾아갔다면 이루어질 수 없던 일.

그는 자기도 모르는 사이 무한한 마나의 기운을 자신의 것으로 끌어다 쓰고 있었다.

3.

"헐, 정말 소환마법진……?"

있지도 않은 심장이 쿵덕거리는 기분이었다. 나는 숨을 삼켰다가 눈을 비볐다가 다시 깜빡거려 보기를 무한으로 반복했다. 그래도 눈앞의 황금색 홀로그램은 사라지지 않았다. 아니, 오히려 더 선명한 빛을 내뿜는 중이었다.

그럴수록 머릿속의 의심은 점점 뚜렷한 확신으로 번져 나갔다. 이건 틀림없이 소환마법진이었다.

'대체 누가…….'

설마 어느 용감한 드래곤이 라피스라즐리를 무시하고 소환주문을 외운 걸까? 나는 꿀꺽 마른침을 삼킨 후, 천천히 마법진에 손을 가져갔다.

파아앗!

그 순간 마법진 안에서 눈부신 금색의 빛이 사방으로 흩뿌려지기 시작했다. 동시에 엄청난 압력이 내 온몸을 집어삼켰다. 미처 저항할 틈조차 없이 순식간에 벌어진 일이었다.

"어어? 으아악!"

마치 높은 고층빌딩 위에서 떨어지는 것만 같은 아찔함이 덮쳐들었다. 그 언젠가 탄생의 방에 들어갔을 때와 비슷한 느낌이었다.

'아, 제발! 이런 건 예고 좀 해 달라고!'

다행히 추락하는 감각은 그리 오래가지 않았다.

잠시 후 나는 몸이 안정되는 것을 느끼고 질끈 감았던 눈을 떴다. 그러자 생판 처음 보는 낯선 공간이 주위에 펼쳐졌다.

가장 먼저 보인 것은 무성한 수풀과 그 가운데 자리 잡은 작은 옹달샘이었다. 그 밖에도 군데군데 거대한 바위라든지, 비탈진 길들이 보였다. 척 보기에도 깊은 산 속 한가운데라는 걸 알 수 있었다.

설마 드래곤이 이런 곳에 사는 건가?

황당한 심정으로 주변을 둘러본 나는 무심코 시선을 내렸다가 소스라치게 놀랐다. 그곳에 누군가가 엎드린 자세로 쓰러져 있었던 것이다.

"헉! 뭐, 뭐야! 사람?"

나는 급히 몸을 구부리고 쓰러진 상대를 자세히 살폈다. 의식을 잃고 쓰러져 있는 사람은 내 또래의 소년이었다. 발작을 일으키고 쓰러진 듯 일그러진 그의 얼굴 곳곳엔 식은땀이 가득했다. 당황한 나는 어떻게든 깨우기 위해 소년의 몸을 붙잡았다.

"이봐요! 괜찮아요? 이봐……."

그 순간 피부를 타고 전해지는 감각에 오싹 소름이 돋았다. 마치 마른 버섯을 만지는 듯한, 버석거리는 느낌이 들었기 때문이다.

"헉, 몸에 마나가 하나도 없는 거…… 맞지? 이게 뭐야? 이러고도 살아 있다니. 정말 인간 맞아? 아, 아니! 잠깐만! 설마 날 소환한 게 이 녀석이란 말이야?"

사실 이 주위에 아무도 없다는 것을 알아차렸을 때부터 깨달았어야 했을지도 모른다. 하지만 눈으로 확인한 지금 이 순간에도 나는 섣불리 믿을 수 없는 심정이었다. 지금 날 소환한(것으로 추정되는) 소년은 어디를 보아도 인간이었으니까.

'뭐야. 인간은 날 소환하기 힘들다며! 그럼 혹시 인간이 아닌가? 폴리모프한 드래곤?'

드래곤은 인간으로 변신할 수 있다고 했으니 상당히 가능성이 높다. 하지만 바로 납득하기엔 이상한 구석이 한두 군데가 아니었다. 일단 드래곤은 마나의 생물이라 불릴 정도로 온몸에 마나가 가득한 존재라고 들었다. 그런 존재가 고작 날 소환한 정도로 마나가 고갈돼서 실신한다고?

"으음, 지금은 이럴 때가 아니지. 이러다 죽겠다. 우선 마나를 회복시켜야……."

나는 조심스럽게 내 주위를 감싼 마나의 일부를 소년의 몸에 불어넣었다. 언젠가 계약하게 되면 요긴하게 써먹으라고(?) 엘뤼엔이 알려 준 방법이다.

그러자 창백하던 소년의 안색이 확연히 좋아지는 것이 보였다.

이윽고 꿈틀 몸을 움직인 소년이 신음을 흘리며 천천히 눈을 뜨기 시작했다. 반가운 나머지 나는 그에게 바짝 얼굴을 들이밀었다.

"야! 네가 날 소환한 거 맞아? 너 인간이야, 드래곤이야?"

……내가 생각해도 좀 너무했나 싶다. 아직 정신도 제대로 차리지 못한 녀석에게 다짜고짜 처음 묻는다는 것이 종족이 무엇인가라니.

그나마 다행인 건 상대방 쪽에서 내 질문을 거의 인식하지 못했다는 것이다. 소년은 꿈을 꾸듯 멍한 표정으로 한동안 눈을 깜빡이기만 했다. 그리고 한참 만에야 바짝 마른 입술을 달싹거렸다.

"당신…… 누구? ……파란색 머리카락…… 꿈?"

너무 작은 데다 완전히 갈라져 알아듣기 힘든 목소리였다. 나는 간신히 그가 하는 말을 이해하고 얼굴을 찌푸렸다.

"뭐야? 네가 불러 놓고 기억 못 해? 나는 엘…… 아니지, 이럴 때 정식으로 소개해야지. 내 이름은 엘퀴네스라고 해. 나 소환한 거 기억 안 나?"

"엘퀴네……스? 그건…… 또 무슨…… 엘퀴네스?!"

벌떡!

그 순간 갑자기 몸을 일으킨 소년이 순식간에 내 옷깃, 정확히는 멱살을 붙잡았다. 예상치 못한 행동에 당황한 나를, 그는 상하로 마구 흔들며 비명처럼 외치기 시작했다.

"왜 그랬어! 왜 그랬냐고! 말을 해! 말을 하란 말이야!"

"뭐, 뭐? 대체 무슨……? 야아, 이거 놓고 말해! 어지럽거드은?"
"시끄러워! 빨리 대답해! 왜 그랬어? 왜! 너 때문에 내가……
우리 아버지가! 대체 왜!"
풀린 눈이 정상이 아니다. 역시 이놈은 아직 완전히 깨어나지
않은 거다. 그런 주제에 무슨 놈의 손힘이 이리 괴력이며, 밑도 끝
도 없는 추궁은 도대체 무엇이란 말인가? 종족 하나 물어보려다가
생정령 잡을 사태였다.
나는 이 곤란한 상황을 어찌 해결하면 좋을지 맹렬히 고민하기
시작했다. 그러는 와중에도 녀석은 나를 계속 흔들어대며 다그쳤
다.
"말해! 말하란 말이야! 어서 대답해! 어서!"
결국 나는 참다못해 폭발했다.
"으아악! 대체 뭔 소린지 알아야 대꾸해 줄 거 아니냐고! 이거
나 놓고 말하란 말이야, 이 빌어먹을 놈아!"
"엘퀴네스!"
"그래! 내 이름 엘퀴네스 맞으니까 그만 부르고 제발 좀 닥쳐!
네가 내 소환자면 다야? 지금 드래곤들이 나를 따 시킨다고 너까
지 무시하는 거냐고! 에에잇! 왜 나는 되는 일마다 다 이따윈 거
야!"
세상 어느 소환자가 자신의 목숨과 맞바꿔 소환한 정령왕을 대
책 없이 짤짤 흔들어대며 윽박지르겠냔 말이다! 그것도 사정이 있
으면 말도 안 해! 무슨 일인지 설명조차 하지 않고 무조건 대답을

하라니…… 내가 천재냐? 아님 트로웰처럼 혜안이라도 있어서 남의 속마음을 읽는다고 착각하는 거야? 그런 걸 원하는 거라면 처음부터 트로웰을 소환했으면 되잖아! 왜 나 같은 걸 소환해서 서로 고생하는 거냐고!

씩씩거리면서 노려봐 주자 그제야 조금 진정이 된 듯 녀석이 흔드는 손을 멈췄다. 어딘지 조금 멍한 얼굴이었다.

"정말…… 엘퀴네스?"

"하아. 그래, 엘퀴네스 맞아. 의심이 그리 많아서야 대체 어디다 써먹겠냐? 아, 그래. 너 드래곤 아니지? 의심이 많은 걸 보니 틀림없이 인간이야. 그렇지?"

노골적으로 비꼬는 말에도 녀석은 아무런 반응이 없었다. 역시 아직도 제정신이 아닌 게 분명하다. 혹시 몽유병이라도 있는 거 아니야?

'이거야, 원. 자는 사람한테 주절거려도 이보다 더 한심하지는 않겠네.'

나는 인상을 찡그리며 내 옷깃을 잡고 있는 녀석의 팔을 가볍게 밀어냈다.

"내가 보인다니 소환엔 확실히 성공한 모양이네. 대체 너는 무슨 생각으로……."

"나와 계약해 줘!"

"……."

나는 하던 말을 멈추고 황당한 시선으로 녀석을 바라보았다. 밑도 끝도 없는 다그침을 끝낸 지 일 분도 지나지 않아서…… 뭐? 이제는 계약을 해 달라고?

도대체가 처음부터 끝까지 뭔가가 어긋나는 느낌이다. 이 녀석…… 정신이 멀쩡하긴 한 건가?

설마 미친 인간한테 소환된 게 아닌가 싶어 나는 불안한 눈으로 녀석의 모습을 다시 한 번 살펴보았다. 초췌한 안색이긴 하지만 흰 피부와 번듯한 이목구비가 꽤나 잘생긴 축에 속하는 놈이다.

구불거리는 짧은 금발은 달빛에도 반짝거릴 만큼 결이 좋았고, 입고 있는 옷차림도 수수하긴 했지만 전체적으로 단정했다. 아무리 봐도 미쳐서 거리를 활보하고 다닐 것 같은 행색은 아니다.

고민 끝에 나는 마나가 너무 소모된 나머지 잠시 넋이 나간 것으로 결론을 내렸다. 하긴, 내가 봐도 상당히 위험한 상태이긴 했다.

'그러니까 계약해도 괜찮겠지?'

찝찝한 기분은 여전히 남아 있었지만, 그래도 이왕 여기까지 온 이상 계약은 하는 게 나을 것 같았다. 지금 기회를 놓치면 누가 언제 또 날 불러 주겠는가.

'어디 보자, 계약하는 방법이…….'

잠시간 기억을 되짚던 나는 어렵지 않게 계약 방법을 떠올리고 소년을 빤히 응시했다. 녀석은 내 시선을 받자 눈에 띄게 불안한 표정을 지었다.

"나, 나는 안 돼? 계약할 수 없어?"

"뭐? 아니, 그렇지 않아. 소환에 성공한 자는 종족을 불문하고 계약할 자격이 있어. 내 이름은 물의 정령왕, 엘퀴네스. 너는?"

"……이사나. 이사나 란느 스왈트……."

"아아, 그래. 이사나란 말이지."

나는 고개를 끄덕인 다음, 한 손에 물의 기운을 끌어 올려 허공에다가 녀석의 이름을 썼다. 그러자 거울에 쓴 듯 투명한 글씨가 뚜렷하게 나타나기 시작하더니, 그 아래 물로 된 장문의 계약서가 주르륵 펼쳐져 내렸다.

"헉!"

그 광경에 놀란 듯 이사나가 눈을 크게 뜨고 헛숨을 삼켰다. 하지만 놀란 것은 나 역시 마찬가지였다. 누가 뭐라 해도 계약을 하는 건 나도 이번이 처음이었으니까.

'우와, 이런 식으로 하는 거구나.'

나는 흘러나오는 탄성을 억지로 삼키며 겉으로는 태연한 척 계약 시에 읊어야 하는 문구를 말하기 시작했다.

"이사나 란느 스왈트. 너는 나와 계약을 이행함으로 나를 이 세계에 끌어낼 힘을 제공하며, 나는 그 대가로 네 보필자가 될 것을 약속한다. 이 계약에 응하겠어?"

녀석은 황급히 고개를 끄덕였다. 하지만 여전히 탁한 눈빛을 보건대, 이 상황을 꿈이라고 생각하고 있는 것 같기도 했다. 나중에 정신이 들면 엄청 놀라지 않을까?

나는 피식 웃은 다음, 완전히 펼쳐진 계약서의 한가운데에 손바

닿을 갖다 대었다. 그러자 계약서가 순식간에 물로 변하더니 빠르게 내 손안에 스며들었다. 그렇게 스며든 기운은 검지와 중지, 두 손가락 끝으로 몰려들어 새파란 빛을 비추기 시작했다.

'그다음에는 이걸······.'

나는 손가락에 맺힌 푸르스름한 기운을 그대로 이사나의 이마에 가져다 대었다. 그러자 청명한 물방울이 부서지며, 그의 이마 위에 푸른색의 아름다운 눈꽃 무늬가 새겨지기 시작했다. 정령과 계약했음을 뜻하는 물의 인장이었다.

이 인장은 정령들에게만 보이는 것으로, 앞으로 이사나는 어디를 다니든 내 하위의 정령들에게 왕의 계약자로서 대우를 받을 수 있었다. 물론 나도 그렇다고 말만 들었을 뿐, 실제로 본 것은 이번이 처음이지만 말이다.

'끝났다······.'

처음 하는 계약임에도 별다른 실수 없이 무사히 마친 것에 나는 크게 안도의 한숨을 내쉬었다. 그런데 그 순간 멀쩡히 서 있던 이사나가 갑자기 의식을 잃고 옆으로 쓰러졌다.

"이크!"

당황해서 얼른 받아내자 이미 깊은 잠에 빠진 얼굴이 보였다. 아무래도 육체적으로나 정신적으로나 쇼크가 너무 컸던 모양이다.

"으음, 계약이 완료되었다는 선언이랑 그 밖의 주의 사항들을 알려 줘야 하는데······ 뭐, 할 수 없지. 이건 나중에 깨어나면 해도 되니까. 아무튼 수고했어."

나는 씩 웃으며 곤하게 숨을 내쉬고 있는 녀석의 머리를 가볍게 토닥였다. 인제 보니 몸이 한층 가벼워진 기분이다. 계약자가 생기면서 본래 이곳에서 받아야 하는 힘의 제약이 조금 풀어진 듯했다.

'호오, 이거 괜찮은데?'

이제 이사나가 살아 있는 한, 나는 얼마든지 인간 세상에서 유희를 즐길 수 있다. 그 사실을 상기하니 처음 녀석 때문에 쌓였던 불쾌한 기분이 한순간에 사라지는 것 같았다.

하지만 들뜬 기분은 그다지 오래가지 않았다.

"그나저나…… 이제부턴 어떻게 해야 하지?"

나는 녀석의 머리를 받치고 앉아 난감하게 주변을 둘러보았다. 생각해 보니 계약을 했다고 마냥 좋아할 상황이 아니었다. 사방은 첩첩산중이고 주변은 온통 새카맣다. 민가는커녕 어디에도 사람이 살 만한 곳은 보이지 않았다.

무엇보다 나는 이사나의 이름 외엔 그의 정체도, 사는 곳도 알지 못하는 상태다. 결론은 생전 처음 보는 낯선 장소에 낯선 소년과 단둘이 남게 되었다는 건데…….

"뭐야, 나더러 뭘 어쩌라는 거야?"

황망한 내 목소리만이 허공 속으로 허무하게 울려 퍼졌다.

4.

한동안 심심함에 몸부림치던 난 근처에 있는 아무 정령이나 붙들고 말동무 삼기로 결심했다. 다행히 멀지 않은 곳에서 서성이던 시큐엘이 보였다. 녀석은 조만간 이 지역에 쏟아질 폭우를 위해 며칠 앞서 시찰을 나온 상태였는데, 내가 이곳에 있는 것을 발견하곤 한달음에 달려온 참이라고 했다.

"으음, 그러니까 여기서 가장 가까운 민가가 최소 세 시간은 가야 하는 거리라는 말이지?"

―예, 그렇습니다. 왕이시여. 그나마도 가구 수가 채 오십을 넘지 않는 작은 민가입니다.

"그렇구나."

'결국 최소 몇 시간은 걸어서 여기까지 올라왔다는 말인데…….'

나는 내 무릎을 베고 누워 있는 이사나를 복잡한 기분으로 바라봤다. 한밤중 때아닌 소환으로 남의 잠은 온통 다 깨워 놓더니, 정작 장본인인 녀석은 세상모르는 아이처럼 한창 단잠에 빠져 있었다.

아직 나이도 어린 녀석이 보호자도 없이 왜 이런 곳에 홀로 있었던 걸까?

여긴 한국처럼 과학이 발달하지 않은 곳이라 가로등도 없고, 간판에 들어오는 현란한 빛도 자동차의 라이트도 없었다. 저녁이 되면 오로지 하늘에 떠 있는 달과 별이 내뿜는 소량의 빛으로만 사물을 분간해야 한다는 소리다.

나야 정령왕으로 태어난 이후 시각이 극도로 좋아져서 아무리 어두워도 앞을 보는 데 전혀 지장이 없다지만, 이 녀석 이사나는 평범한 인간이 아닌가? 용케 이런 곳까지 혼자 들어왔다 싶었다.

'며칠 씻지는 못한 것 같지만, 영양 상태를 보면 그리 고생하며 산 타입 같지는 않은데.'

"어쩌지. 마을에 가야 하나?"

―그건 별로 좋은 생각이 아닌 것 같습니다. 인간들은 밤이 되면 경계심이 더욱 강해집니다. 낯선 사람의 방문을 반기지 않을 겁니다.

"하지만 이사나를 이렇게 놔둘 수는 없어. 이제 곧 가을이잖아. 낮에는 상관없지만 저녁에는 꽤 추우니까, 이대로 놔두면 감기에 걸릴지도 몰라."

―그런 거라면 따뜻하게만 해 주면 되지 않습니까? 불의 정령들을 불러오면 괜찮을 겁니다.

"뭐? 그래도 돼? 그러다 불이라도 나면?"

―엘퀴네스 님이 계시는데 무슨 상관이겠습니까?

"아, 그렇지. 그냥 내가 끄면 되는구나."

스스로 생각해도 민망한 기분에 나는 머리를 긁적였다. 왠지 점점 바보가 되어 가는 기분인데, 착각이겠지? 그래 그냥 착각일 거야.

―어쨌건 제 개인적인 소견으론, 이 소년이 마을에 내려가도 좋을지 확인이 되기 전까진 이곳에 계시는 게 좋을 듯합니다.

"그게 무슨 소리야?"

침착하게 대답하는 시큐엘의 말에 나는 눈을 동그랗게 떴다. 마을에 내려가도 좋을지 확인을 해야 한다고? 그렇다면 이 녀석이 마을에 내려가선 안 되는 상황일 수도 있다는 소리인가?

의아한 듯이 바라보는 내게 시큐엘은 어떻게 설명해야 할지 고민하는 사람처럼 미간을 살짝 찌푸리더니(잘 봐줘 봤자 늑대인 주제에 참 표정이 다양한 녀석이다) 조심스럽게 말을 이었다.

―주제넘은 생각인지 모르겠습니다만, 이런 깊은 밤에 마을에서 멀리 떨어진 산에 들어와 있는 자라면, 분명 평범한 인간은 아닐 거라고 생각합니다.

"……누군가에게 쫓기고 있다거나?"

―아마도 그러리라 생각합니다. 마을에 내려가면 필히 골치 아픈 일에 휘말리게 될 겁니다.

"으음, 역시 그런가."

어쩌면 난 엄청난 범죄자와 공범이 된 걸지도?

하지만 나는 곧 그 생각을 접었다. 정령을 소환하려면 높은 수준의 자연 친화력이 필요하다. 그리고 자연에 대한 친화력을 가지고 있다는 것은 그만큼 마음이 올곧고 순수하다는 뜻이었다. 주변의 모든 것 하나하나를 아끼고 애정을 부으며 지켜보아야 친화력이 높아진다는 것이다. 물론 반드시 다 그렇다는 건 아니지만, 그런 이유로 정령사들 중에는 타고난 악인이 없다는 것이 엘뤼엔을 비롯한 다른 모든 정령왕들이 내린 평가였다.

게다가 어딜 봐도 내 또래로밖에 안 보이는 어린 녀석이 사람들을 피해 다닐 만큼 흉악한 범죄를 저질렀다는 생각은 들지 않았다. 혹시 피치 못할 사정으로 집에서 가출한 것은 아닐까? 그래, 어쩌면 과거의 나처럼 말이다.
  내가 그렇게 속으로 조심스레 추론을 내리고 있을 때였다.
  "이사나 님께 무슨 짓을 한 거냐?"
  "헉……?"
  갑자기 들려온 낮은 목소리에 나는 흠칫 놀랐다. 그와 동시에 목가에 차갑고 딱딱한 감촉이 느껴졌다. 흘끗 시선을 내린 나는 은색으로 빛나는 날카로운 쇳덩이를 볼 수 있었다. 누군가 내게 커다란 장검을 들이밀었던 것이다.
  "뭐, 뭐하는 거예요? 위험하게."
  이런 산 속에 또 다른 인간이 있었을 줄이야.
  찔린다고 죽는 건 아니지만, 그래도 생전 처음 보는 진검에 나는 조금 당황해서 말했다. 그러자 뒤쪽에서 나를 위협하고 있는 것으로 추정되는 사내(목소리가 남자였기 때문이다)가 싸늘한 어조로 대꾸했다.
  "질문은 내가 먼저 건넸다. 넌 누구지? 누구의 사주를 받고 이곳에 있는 거냐. 네가 안고 있는 그분에게는 대체 무슨 짓을 한 거지?"
  "무슨 짓이라니…… 그냥 잠든 것뿐인데요?"
  "잠든 거라고?"

"의심스러우면 직접 확인해 보면 되잖아요. 저기, 그전에 이 칼은 좀 치우고 말하면 안 될까요?"

그러자 남자는 검을 거두더니 빠른 걸음으로 내게 다가왔다. 덕분에 제대로 보게 된 그는 조끼로 된 윗옷에 통이 큰 바지, 어깨와 팔이 그대로 드러나 보이는 차림을 한 채 코끝까지 복면을 눌러쓰고 있었다. 그 때문에 얼굴을 알아보기는 어려웠지만, 존재감이 상당한 걸 보니 그저 평범한 사람은 아닌 것 같았다.

그는 양해를 구하지도 않고 멋대로 빼앗아 가듯 이사나를 안아 들고는 다급히 녀석의 여기저기를 살피기 시작했다. 아마도 상당히 걱정하며 찾았던 듯했다.

'헤에, 뭐야. 일행이 있었잖아.'

그런데 인제 보니 기척이 그 한 명만이 아니었다. 조금 멀리 떨어진 장소는 물론, 바로 가까운 지척에도 사람의 기척이 느껴졌던 것이다. 그런 내 예상을 증명하듯 곧 수풀 사이에서 또 다른 남자가 모습을 드러냈다.

"알렉! 이사나 님을 찾았습니까?"

"아아, 페리스. 와서 좀 살펴보겠나? 의식이 없으신 것 같다."

페리스라 불린 남자는 훤칠한 키에 마른 체구, 전체적으로 유약해 보이는 인상의 남자였다. 지나치게 단정해 보여서 이런 험한 산과는 도무지 어울리지 않는 모습이다. 그저 한가로이 방 안에서 두꺼운 책을 펴놓고 차를 마시고 있으면 딱 어울릴 것 같았다.

'그나저나 이사나 님이라……. 다들 그렇게 부르는 걸 보면 꽤

신분이 높은 녀석인가 보지?'

그러자 살피는 내 눈빛이 마음에 들지 않았는지 정체 모를 남자의 얼굴이 더욱 험악하게 일그러졌다. 하지만 이상하게도 나는 그 모습을 보면서 '재밌다'라고만 생각했을 뿐, 두렵다거나 곤란하다는 느낌을 전혀 받지 못하고 있었다.

'하긴, 그동안 엘뤼엔이며 정령왕들의 존재감을 매일같이 겪고 지냈는데, 인간이 뿜어내는 위압감 정도에 기죽을 리가 없나?'

어느새 벌써 정령왕이 다 되어 버렸나 보다.

나는 생긋 웃으며 입을 열었다.

"이사나라면 걱정하지 않아도 돼요. 몸이 지친 상태라 쇼크를 일으킨 것뿐이니까요."

"이 자식! 감히 누구의 이름을 함부로!"

"알렉! 잠시만요! 이사나 님의 상태가 이상합니다."

흥분한 알렉을 진정시킨 것은 이어진 페리스의 한마디였다. 그는 이사나를 살피느라 내 존재조차 의식하지 못하는 것 같았다. 분주히 살피는 얼굴이 점점 새하얗게 질려 가는 것이 보였다.

"이런 탈진 상태라니, 서, 설마……!"

"왜 그러나, 페리스? 무언가 알아낸 것이라도?"

"큰일입니다, 알렉. 아무래도 이사나 님이 정령 소환을 시도하신 것 같습니다."

"정령 소환?"

페리스가 죄책감을 느끼는 표정으로 고개를 떨어뜨리자 이번엔 알렉의 눈동자가 동그래졌다.
"제 탓입니다. 제가 정령 계약에 대한 말씀만 드리지 않았어도……."
"그게 무슨 말이지?"
"실은…… 이사나 님께서 정령 소환에 관심을 보이시기에 소환 주문을 알려 드린 적이 있습니다. 그걸 지금 실행하셨던 것 같습니다."
"그런데 실패했다는 건가?"
알렉의 질문에 페리스는 울 것 같은 표정으로 고개를 끄덕였다.
"지금 이사나 님은 극도의 탈진 상태로 몸 안의 마나가 거의 고갈된 상태입니다. 이것은 정령을 소환하다가 실패한 경우에 흔히 일어나는 현상이지요."
"그, 그런……. 어째서 그런 무모한 짓을……."
"……."
멀쩡히 소환되어 계약까지 한 나로선 그저 황당한 심경이었다. 아니, 이봐. 왜 너희 멋대로 이사나가 소환에 실패했다고 생각하는 거야? 눈앞에 있는 나는 대체 뭐로 보이는 거냐고?
페리스란 남자의 진단이 틀린 것은 아니다. 정령의 소환에 실패하면 그 반동으로 몸 안에 있던 마나가 급속도로 소모되어 탈진하는 경우가 일어나긴 하니까.
하지만 이것은 성공하게 돼도 마찬가지였다. 특히 시전자가 지니고 있는 마나가 의식에 필요한 최소한의 수준에도 못 미치는 경우, 생명을 유지하는 마나까지 함께 소진하기 때문에 시전자는 계약에 성공하더라도 당연히 극도의 탈진 상태가 될 수밖에 없다. 이사나가 바로 이런 경우였다.

그런데도 페리스가 그런 가능성을 전혀 제시하지 않은 것을 보면, 그는 처음부터 이사나에게 정령 소환이 무리라고 생각하고 있었던 게 틀림없었다.

'대체 뭐하는 녀석이기에 내 계약자를…… 어라?'

잠시간 불만스럽게 페리스를 살핀 나는 곧 눈을 크게 떴다. 그에게서 미약한 바람의 기운이 느껴졌기 때문이다.

"뭐야, 당신, 정령사야?"

아니나 다를까. 그의 이마에 투명하게 새겨진 소용돌이무늬가 보였다. 바람의 정령을 상징하는 인장이었다.

"어, 어떻게 그걸? 아니, 그보다 당신은 누굽니까? 여기서 뭘 하고 있었던 거지요?"

자신의 정체를 한눈에 간파한 것에 놀랐는지 그는 경직한 얼굴로 물었다. 그러자 이사나를 바닥에 눕힌 알렉이 내 쪽으로 다가오며 말했다.

"의식을 잃은 이사나 님과 함께 있었다. 수상한 녀석이야."

"예에, 이사나 님을?"

"페리스, 이사나 님을 모시고 뒤쪽으로 피해 있어라."

그는 나를 노려보는 상태에서 말한 다음, 다시 검을 뽑아 들었다.

스르릉.

새하얀 검신 위에 달빛이 부서지는 광경은 감탄이 절로 나올 정도로 멋있었다. 물론 이런 상황에서 느낄 감상은 아니었지만 말이다.
그는 뽑아 든 검을 내게 직각으로 겨누며 말했다.
"이런 깊은 산중에서 설마 우연히 마주쳤다고 변명하지는 않겠지. 너를 이곳으로 보낸 자의 이름을 고해라."
"……보낸 사람 없는데요?"
"모른 척할 셈인가?"
"아니, 정말 누가 보내서 온 게 아니거든요. 정 못 믿겠으면 저기 잠든 녀석 깨워서 물어봐요. 제 말이 전부 사실일 테니까."
"저 녀석이라니…… 설마 이사나 님을 향한 말은 아니겠지?"
"맞아요. 이사나. 여기서 잠든 사람이 저 녀석밖에 더 있나요?"
"……감히!"
─와하하하하하!
쏴아아─!
"……!"
그 순간 쾌활한 웃음소리와 함께 내 앞으로 강한 돌풍이 스치고 지나갔다. 찰나의 시간이었지만 그 사이에서 나는 반투명한 모습을 한 청년을 발견할 수 있었다. 바람의 상급 정령인 '진'이었다.
그들의 왕인 미네르바와는 달리, 바람의 정령들은 대개 성정이 난폭하고 거친 편이다. 좋게 말하면 담대하고 활기차다고 해야 하나. 어쨌거나 진은 그중에서도 유독 난봉꾼 기질이 강한 존재였다. 아무리 인간들의 눈엔 보이지 않는다지만, 정령왕의 앞을 이런 식으로 아무렇지 않게 지나갈 수 있는 정령은 아마 진이 유일할 것이다.

"우왓! 뭐, 뭐야?"

"갑자기 웬 바람이……."

녀석이 지나가면서 일으킨 바람은 하늘을 가리고 있던 나뭇가지들을 크게 흔들어 놓았다. 그 때문에 벌어진 틈 사이로 눈부신 달빛이 쏟아져 들어오기 시작했다.

덕분에 주위가 환해지자, 그제야 알렉과 페리스는 내 모습을 제대로 알아본 듯했다. 왠지 모르게 굳어진 두 남자를 향해 나는 어색한 표정으로 웃어 보였다.

"뜻밖의 방해꾼이 있었네요. 음, 그러니까…… 어디까지 말했었죠?"

"너, 너는 혹시 엘프인가?"

"예? 아닌데요?"

"아니라고? 아, 하긴 귀의 모양을 보니 엘프는 아닌 것 같군. 그렇다면 혹시 숲의 요정……? 아니면 달빛을 타고 내려온 신의 천사라거나……?"

"예에?"

"알렉, 지금 대체 무슨 소리를……."

"아, 아니, 아무것도 아니다! 방금 한 말들은 못 들은 것으로 해라. 그냥 해 본 헛소리니까."

스스로 내뱉은 말이 민망했는지 알렉은 귓불까지 달아오른 얼굴로 연방 헛기침을 내뱉었다. 헤에, 뭐야. 그런 걸 믿는 사람이었구나. 딱딱하고 냉정한 성격이라고만 생각했는데 실은 감수성이 상당히 풍부한 사람인가 보다. 페리스란 그의 동료도 마찬가지 생각이었는지 황당하게 그를 바라보다가 이제는 웃음을 참고 있었다.

그러자 더욱 크게 헛기침을 연발한 알렉이 새빨개진 얼굴로 소리쳤다.

"아, 아무튼 네 정체가 인간이 아닌 다른 무엇이라 해도 일단 수상하다는 점은 변하지 않는다! 하지만 아직 정확한 신원을 알 수 없는 자를 그냥 처치할 수도 없는 노릇이지. 그런 의미에서 넌 지금 이 순간부터 우리와 함께 가 줘야겠다."

"에? 당신들과요?"

"너에 대해서 이사나 님께 직접 물어보라고 한 건 바로 네가 아닌가. 그 말 그대로 해 주려는 거다. 차후 이사나 님께서 깨어나신 뒤에 네 처우를 결정하실 것이다."

'으음, 괜찮으려나?'

계약을 하긴 했지만, 이대로 쭉 그를 따라다니기로 한 건 아니었기 때문에 나는 조금 망설였다. 유희란 것이 반드시 계약자와 함께해야 한다는 규정 같은 것이 있는 건 아니었으니까. 사실 정령계로 돌아가 아직 못다 잔 잠을 더 이루고 싶은 마음이 굴뚝같기도 했다. 그러자 내 얼굴에 서린 불만의 기색을 읽었는지 알렉의 표정이 대번에 험악해졌다.

"저항할 생각이라면……!"

"아, 아뇨. 알았어요. 에휴. 할 수 없죠, 뭐. 어차피 할 일도 없었는데 그냥 따라갈게요. 그러면 되는 거죠?"

"……이해를 잘 못 하는 모양인데, 우리가 네 신병을 구속하겠다는 소리다만?"

"네, 그러니까 따라가겠다고요."

내 대답에 두 남자는 만족하면서도 어딘지 복잡한 표정을 지었다. 좀 더 저항하거나 겁을 먹을 줄 알았는데, 그러지 않는 것이 영 껄끄러운 듯했다.

어쨌거나 그들은 나를 데리고 어두컴컴한 숲 안쪽으로 들어섰다. 혹여 중도에 도망칠 것을 우려했는지 겉옷을 벗어 둘둘 만 다음, 내 팔을 뒤에서 묶어 결박까지 한 채였다.

'이거야 완전 죄인 취급이네.'

지금이라도 정령인 것을 밝힐까 싶었지만 나는 애써 눌러 참았다. 계약자인 이사나가 잠든 사이에 내가 먼저 그 사실을 밝혀 버리는 것이 왠지 반칙 같다는 느낌이 들었기 때문이다.

'게다가 엘퀴네스 최초의 인간 계약자인 거잖아? 좀 더 주인공 대접을 해 줘야지. 암, 그렇고말고.'

잠시 후 그들이 이른 곳은 입구가 좁아 잘 눈에 뜨이지 않는 작은 동굴 앞이었다. 그 안엔 알렉과 비슷한 덩치의 남자들이 우르르 몰려 있었는데, 하나같이 눈빛이 매섭고 살벌하기 그지없었다.

알렉에게 대강의 경위를 전해 들은 그들은 단번에 두꺼운 밧줄을 가져와선 나를 둘둘 말아 동굴의 한구석에 처박아 두었다. 그리고 두 명의 보초를 붙여 번갈아 가며 나를 감시하기 시작했다. 그때마다 어김없이 살벌한 협박 문구가 같이 이어졌다.

"쓸데없는 행동 하면 가만두지 않을 거다, 꼬마야. 조금이라도 수상한 짓을 했다간 이 검이 네 목과 몸 사이를 영원히 분리해 줄 테니까. 무슨 소린지 알아듣겠지?"

"⋯⋯아하하, 네에."

으음, 역시 반칙이고 뭐고 그냥 정령인 걸 밝힐 걸 그랬나? 왠지 그래 봤자 믿어 줄 것 같지도 않지만, 지조 없게도 나는 벌써 후회하고 있었다.

'그나저나 이사나 녀석, 대체 뭐하는 놈이기에 저런 남자들을 졸래졸래 달고 다니는 거야? 설마 산적의 아들인가?'

제대로 걸친 둥 마는 둥 후줄근한 옷차림들만 보면 가능성이 아주 없진 않은 것 같다. 하지만 그런 것치곤 그들의 행동이나 말투가 상당히 점잖았다. 육체는 균일하게 단련된 느낌이었고, 사소한 움직임에서도 절도가 느껴졌다. 마치 훈련받은 군인에 더 가까운 느낌이었다.

그들은 기절한 이사나를 극진히 모셔 자리에 눕혔다. 그래 봤자 그냥 찬 바닥에 마른 천 하나 달랑 깔아 두었을 뿐이었지만. 그것만으로도 충분히 호사인 걸 증명하듯, 대부분의 사람은 그냥 맨바닥에 몸을 눕힌 상태였다.

군데군데 타다 만 모닥불 자국이 있는 걸 보면 아마도 이 안에서 계속 머물고 있었던 모양인데, 이제껏 뭘 하느라 제대로 된 모포 하나 준비해 놓지 않은 걸까? 시큐엘이 말했던 것처럼 마을에 내려가서는 안 되는 이유라도 있나?

궁금한 것투성이였지만 나는 잠자코 상황을 주시했다. 그것이 더욱 사람들의 의심을 부추긴 것 같았지만, 밧줄이 단단히 묶여 있다는 것을 몇 번이나 확인했기 때문인지 시비를 걸어오는 자들은 없었다.

계약의 첫날이 그렇게 허무하게 지나가고 있었다.

5.

"이봐, 큰일이야. 대장의 열이 더 심해졌어."

"뭐? 젠장, 큰일이군. 약도 없는데……."

언제부터 잠이 든 것인지는 모르겠지만, 내가 깬 것은 누군가가 두런두런 떠드는 음성 때문이었다. 그것도 상당히 긴박한, 긴장이 고조된 분위기가 느껴지고 있었다.

무거운 눈을 몇 번 깜빡이고 나자, 뿌연 안개가 순식간에 걷히듯 주변의 모습이 선명하게 보이기 시작했다. 그 사이 꽤 시간이 흐른 것인지 바깥에서부터 어슴푸레한 빛이 지척까지 밀려와 있었다. 하지만 그럼에도 여전히 동굴 안은 전체적으로 어두웠다.

'아직 새벽인가…….'

그런데 이런 이른 시각부터 대체 무슨 소란이지?

나는 불편한 몸을 억지로 일으켜 세우고 똑바로 앉았다. 그러자 한구석에 몰려 있는 사람들의 모습이 보였다. 그들은 모두 다급한 모습으로 누워 있는 한 사람의 상태를 살피는 중이었다. 심지어 보초를 서고 있는 사람들조차 온통 그쪽에만 시선을 주고 있었다.

뭐야, 누가 아픈 건가? 당황한 나는 내 앞에 있는 감시자들에게 말을 걸었다.

"저기, 무슨 일이에요? 왜들 저러고 있는 거죠?"

"시끄럽다, 꼬마. 네가 상관할 일이 아냐. 깨어났으면 참견하지 말고 그저 조용히 있어."

"하지만……."

그때 무리에 있던 사람 중 한 명이 주위를 향해 소리쳤다.

"젠장! 대장, 정신 차려! 이봐, 누가 물 좀 새로 가져다줘. 수통의 물이 전부 비었어."

"잠시만 기다려. 내가 떠올게."

자리에서 일어난 사람은 나를 이곳으로 데리고 왔던 알렉이었다. 급히 수통을 챙겨 뛰어나가려는 그에게 나는 황급히 소리쳤다.

"알렉! 잠깐만 기다려요!"

"뭐지?"

이름을 불린 것에 당황했는지, 그는 움찔 걸음을 멈추고 돌아보았다. 그 사이 나는 망설임 없이 내 몸을 결박하고 있던 것을 가볍게 끊어냈다. 후두둑 떨어져 내리는 밧줄의 잔재에 모두의 눈이 휘둥그렇게 떠지는 것이 보였다.

"헉!"

"무, 무슨!"

여기저기서 헛숨을 삼키는 소리와 경악성이 울려 퍼졌다. 아무래도 어리고 체구도 가는 내가 두꺼운 밧줄을 이불솜 뜯듯 잘라 버리니 놀랄 수밖에 없을 것이다. 개중엔 반사적으로 검을 뽑아 든 자들도 있었다.

나는 그들을 무시하고 곧장 사람들이 모여진 가운데로 걸어 들어갔다. 당황한 사람들은 나를 붙잡지도 못하고 그저 멍하니 지켜보고 있었다.

가까이 가니 누워 있는 한 사람의 모습이 제대로 눈에 들어왔다. 밝은 금색의 머리칼에 날카로운 인상을 지닌, 이십 대 중후반가량의 남자였다.

어디서 크게 다친 건지 그의 온몸은 붕대로 단단히 감겨 있었다. 하지만 위생 상태까진 신경 쓰지 않은 건지, 기껏 감겨 있는 붕대는 그에게서 배어 나온 진물과 핏물, 그 밖의 자질구레한 오물로 몹시 지저분한 상태였다. 이대로는 병균에 먼저 감염되어 죽어도 전혀 이상하지 않을 것 같았다.

나는 살짝 혀를 찬 다음 밧줄을 끊어낼 때와 같은 방식으로 붕대를 말끔히 잘라냈다. 그러자 겨우 정신을 차린 듯 옆에 있던 자들이 분노한 얼굴로 소리쳤다.

"이봐! 이게 대체 무슨 짓……!"

"가만히 있어 봐요. 상처를 보려는 거잖아요."

"뭐, 뭐?"

너무 당당한 내 모습이 어이가 없었는지 그들은 황당한 표정을 지었다. 나는 그들의 기세가 주춤한 틈을 타 빠르게 남자의 환부를 살폈다. 그의 상태는 예상했던 것보다 훨씬 더 끔찍했다. 날카로운 것에 찢기고 베인 상처는 물론, 멍이 들고 깨진 곳이 여럿 눈에 띄었다.

하지만 가장 심각한 것은 그의 등 뒤를 문신처럼 뒤덮고 있는 화상의 잔해였다. 단순히 데인 것만이 아니라 터지고 움푹 파인 자국도 함께였는데, 그 안으로 곪아 터진 피부가 너덜너덜하게 늘어져 있는 상태였다.

무언가 몸 위에서 폭발이라도 한 걸까? 지금까지 살아 있는 게 용할 정도다.

"언제 이렇게 다친 거예요? 상처가 얼마나 됐죠?"

내 질문에 사람들은 잠시 망설이더니 곧 찜찜한 얼굴로 대답했다.

"……오늘로 이틀째다."

"헐, 이틀이나 됐어요? 이렇게 심한 상처를 입었는데 왜 바로 병원에 데려가지 않은 거죠? 게다가 응급처치조차 거의 해 두지 않고."

"그건……."

"아니, 뭐 지금은 그게 중요한 게 아니죠. 게다가 이런 부상이면 딱히 데려가도 뭘 어떻게 할 수 있을 것 같진 않네요. 그보다 상당히 고통스러울 텐데 진통제는 먹였어요?"

"해열에 좋은 약초라면 조금……."
"하지만 별로 효과는 없는 것 같았다."
그 정도는 온몸에 들끓는 열만 보아도 충분히 알 수 있는 사실이었다. 나는 가볍게 한숨을 내쉬며 고개를 끄덕였다.
"확실히 그런 것 같네요. 아무튼 이대로 계속 놔두면 죽을 것 같으니까 지금 바로 치료할게요. 별로 이의 없으시죠?"
"뭐? 설마 치료할 수 있다는 거냐?"
"그야 할 수 있으니까 하겠다고 하죠."
"하, 하지만 대체 어떻게……? 이곳엔 약도 무엇도 아무것도 없는데……."
"보시면 알아요."
대답과 동시에 나는 회복의 기운을 끌어모아 환부에 가져다 댔다. 그러자 그 행위에 경악한 사람들이 급히 나에게 달려들려 했다. 하지만 그들이 나를 붙잡는 것보다 내가 남자의 상처를 치료하는 것이 더 빨랐다.
"회복!"
순식간에 새하얀 물안개가 일어나 남자의 몸을 뒤덮었다. 그 모습에 내게 다가서던 사람들의 움직임이 움찔 굳는 것이 느껴졌다.
나는 주위엔 신경 쓰지 않고 오직 치료하는 일에만 전념했다. 이곳이 인간 세상이기 때문일까. 생각보다 기운의 소모가 더 컸다. 그런데도 회복 속도는 본래 수준의 절반에도 미치지 못하는 것 같았다. 물론 내 체감 속도일 뿐, 실제로 그 정도까지 약해지진 않았을 테지만 말이다.

 그 증거로, 그리 오랜 시간이 지나지 않아 물안개가 서서히 걷히기 시작했다. 다시 손을 뗐을 땐, 남자의 환부는 약간 분홍빛의 자국만 남긴 채 말끔하게 아물어 있었다.

 '됐다.'

 나는 속으로 안도의 한숨을 삼켰다. 그와 동시에 누군가 내 어깨를 강하게 붙잡는 것이 느껴졌다. 알렉이었다.

 "어, 어떻게 된 거냐! 대체 케이에게 무슨 짓을 한 거지? 방금 무슨 일이 벌어진 거냐고!"

 "이 사람 이름이 케이예요? 으음, 우선 상처는 치료하긴 했는데, 워낙 심각한 상태였으니 당장 무리하게 움직이는 건 안 돼요. 천천히 시간을 두고 체력을 회복하게 하는 게 좋을 거예요."

 "치료? 방금 그게 치료를 한 거라고?"

 아니, 그럼 내가 치료했다고 그러지 치질 걸렸다고 그랬겠냐? 웬 인간들이 이렇게 의심이 많은 거야!

 대답할 가치를 느끼지 못한 나는 곧장 케이의 몸을 가리켰다. 설마 멀쩡히 나은 것을 보고도 딴말을 하랴 싶었던 것이다. 예상대로 그들은 말끔히 아문 상처를 발견하고 한동안 아무런 말을 잇지 못했다. 그리곤 한참 만에야 신음과 함께 입을 열었다.

 "이, 이게 어떻게 된……."

 "혹시 넌 신관인가?"

 "하지만 그 밧줄을 끊어낸 괴력은 도대체……."

괴력이라니! 그건 그저 물의 기운을 칼날처럼 날카롭게 변동해서 사용한 것뿐이라고! 아니, 그보다 할 말이 그런 것밖에 없는 거냐!

초반에 날 범죄자 취급한 건 나름 이해할 수 있다. 내가 보기에도 내 등장은 오해를 살 만한 여지가 많았으니까. 하지만 지금은 나름대로 위급한 상황에서 도움을 준 것 아닌가? 그런데도 고맙다는 말은커녕 도리어 추궁하는 시선이나 보내다니. 이건 좀 너무한 거 아니야?

가슴속에서 무언가 억울한 기분이 솟구치는 것 같았다. 하지만 난 이런 불만을 그들에게 토로할 수도 없었다. 때마침 의식을 차린 케이가 입을 열었기 때문이었다.

"으으…… 무, 물……."

"……!"

"세, 세상에! 대장! 정신이 드는 거야?"

"신이시여! 어이, 이봐! 여길 봐! 대장이 살았어! 깨어났다고!"

"어떻게 이런 일이!"

주변은 순식간에 시끌벅적해지기 시작했다. 대장이라고 하는 걸 보면 아마 케이라는 이 사람이 이들 중에서 가장 지위가 높은 사람인가 보다. 게다가 상당히 신뢰받는 사람이라는 것까지 알 수 있었다. 서로 얼싸안고 감격을 나누는 사람들을 보니 괜히 울분에 차 씩씩거리고 있던 나만 더 바보가 된 기분이었다.

'그래. 내가 참자, 참아.'

"무, 무울……."

그 사이에도 케이는 달싹이는 입술로 연방 물을 찾고 있었다. 다른 사람들은 너무 기쁜 나머지 미처 그의 상태까진 신경을 쓰지 못하는 듯했다.

나는 푹 한숨을 내쉰 다음 손끝에 물을 모아 한입 크기로 삼킬 만한 물방울을 만들었다. 그런 후에 그것을 조심스럽게 케이의 입 안에 넣어 주었다. 그는 마치 먹이를 받아먹는 아기 새처럼 허겁 지겁 물을 삼켰다. 하기야 땀을 그렇게 많이 흘렸으니 갈증이 일 만도 했다.

그런데 착각일까. 왠지 갑자기 주변이 조용해진 것 같았다. 어 리둥절해져서 고개를 든 순간, 나는 경직된 얼굴로 나를 뚫어져라 바라보고 있는 사람들을 발견했다. 그들은 모두 동작 그대로 멈춘 채 얼이 빠진 표정을 짓고 있었다.

"……왜요?"

뭐, 뭐야. 왜 또 저렇게 보는 거지? 이번엔 그냥 평범하게 물을 준 것밖에 없는데? 설마 이젠 이런 것 가지고도 뭐라 하려는 건가?

워낙 의심이 많은 사람들이다 보니 이젠 선행을 베풀어도 당당 한 기분이 들지 않았다. 또 어디서 꼬투리를 잡힐지 모른다는 생 각에 나는 바짝 몸을 긴장시켰다.

챙강!

그때 맑은 쇳소리가 울렸다. 누군가 손에 들고 있던 검을 바닥 에 떨어트린 것이다. 그러나 이곳에 있는 어느 누구도 그 소리에 반응하는 사람이 없었다. 심지어 검을 떨어트린 장본인조차 다시 주워 들 생각이 없어 보였다. 아니, 본인이 검을 놓쳤다는 자각조차 하지 못하는 것 같았다.

이어서 보이는 광경에 나는 눈을 크게 부릅떴다. 알렉이 천천히 두 무릎을 땅에 꿇는 것이 아닌가!

"너는…… 아니, 당신은 누구십니까?"

"……에?"

갑작스러운 그의 행동에 나는 당황할 수밖에 없었다. 저 새삼스러운 경어는 웬 말이며, 사람들의 얼굴마다 떠오른 두려운 빛은 또 뭐란 말인가? 마치 인간이 아닌 것을 보는 듯한…… 어? 인간이 아닌 것?

'헉! 그, 그러고 보니 지금 이런 건 인간은 할 수 없는 거잖아.'

그제야 나는 주위의 반응을 납득했다. 순식간에 사람을 치료한 것도 놀라운데, 아무것도 없는 공간에서 물을 만들어 먹였으니 내가 인간이 아니란 걸 깨달을 수밖에.

그동안 정령계에서 살았답시고 이런 희한한 능력의 사용을 너무 당연하게 여기게 된 모양이다. 바로 얼마 전까지만 해도 평범한 인간이었던 주제에. 대체 언제부터 이런 생활에 적응이 돼 버린 걸까?

"말씀해 주십시오. 당신은 도대체…… 누구십니까?"

"으음……."

이쯤에서 그냥 정체를 밝히는 게 나을까?

아직 이사나는 깨어나지 않았지만, 이런 상황에서 끝까지 모르쇠로 일관하기도 좀 민망했다. 게다가 능력까지 다 선보인 마당에 이제 와 숨긴다 해서 믿지도 않을 것 같았다.

'할 수 없지.'

나는 가볍게 어깨를 으쓱한 다음, 여전히 두려운 시선으로 바라보고 있는 사람들을 향해 어색하게 미소 지었다.

"숨겨서 미안해요. 전 물의 정령왕 엘퀴네스라고 합니다."

"……에?"

"엘……퀴네스?"

"무, 물의 정령왕?"

파장은 순식간에 동굴 전체로 퍼져 나갔다. 하나같이 경직된 얼굴이었지만 그중에서도 단연 새파랗게 질린 것은 정령사 페리스였다. 붕어처럼 뻐끔거리기만 하던 입에서 간신히 갈라진 목소리가 흘러나온 것은 한참이 지난 후였다.

"어, 어째서 정령왕께서 이곳에……."

"부름을 받았거든요."

"부, 부름이라 하시면……."

"당신이라면 눈치챌 줄 알았는데요."

"서, 설마!"

경악한 그의 시선이 곧장 어느 한 곳을 향했다. 물론 그곳에 있는 건 당연히 이사나였다.

"지금 이사나 님은 극도의 탈진 상태로 몸 안의 마나가 거의 고갈된 상태입니다. 이것은 정령을 소환하다가 실패한 경우에 흔히 일어나는 현상이지요."

본인이 했던 말이니 기억하지 못할 리 없을 것이다. 마찬가지로 상황을 눈치챈 듯, 알렉이 충격에 휩싸인 얼굴로 눈을 부릅떴다. 그는 거의 숨조차 제대로 쉬지 못하고 있었다.

그들의 시선이 이른 곳을 알아챈 사람들도 모두 일시에 호흡을 멈췄다. 이 안에서 동요가 없는 것은 이런 소란 속에서도 용케 깨지 않은 채 곤하게 잠들어 있는 이사나, 그 녀석뿐이었다. 모두가 그를 주목하고 있는 가운데, 정작 장본인인 녀석은 깨어나지도 않다니. 마치 주인공이 빠진 연극을 지휘하는 기분이라 나는 씁쓸하게 웃었다.

"이사나 란느 스왈트. 그가 저를 이 땅에 소환하였고, 물의 정령왕과 계약한 첫 번째 인간이 되었습니다. 그런 이유로 앞으로 자주 뵙게 될 것 같네요. 잘 부탁드립니다."

쿠웅!

그 순간 내 눈앞에 펼쳐진 건 그곳에 있던 모든 사람이 차례로 바닥에 무릎을 꿇는 광경이었다. 마치 약속이라도 한 듯 일제히 몸을 굽히는 모습은 상당히 장엄했지만, 지켜보는 나로선 그저 당황할 수밖에 없었다.

"무슨……."

나는 하려던 말을 멈추고 입을 다물었다. 어느새 그들의 얼굴에 흐르는 눈물을 발견했기 때문이다. 다 큰 사내들이 얼굴을 한껏 일그러뜨린 채 서럽게 눈물을 뚝뚝 흘리고 있는 모습은 여러 가지로 충격이었다.

마찬가지로 눈물범벅이 된 알렉이 큰 목소리로 외쳤다.

"이 땅에 영광 있으라! 신은 아직 우리를 버리지 않았다!"

"우와아아아아!"

그리고 이어진 커다란 함성. 어림잡아 겨우 십여 명이 간신히 넘는 인원이었음에도 소리가 어찌나 우렁찬지 동굴 전체가 다 진동하는 느낌이었다.

영문을 모르는 나는 그저 그들이 환호하는 모습을 멍한 얼굴로 바라볼 수밖에 없었다. 정령왕과의 계약이란 게 물론 대단하게 여겨지긴 하겠지만, 이렇게까지 감격에 겨워할 일이던가?

'대체, 다들 왜 이러는 거지?'

어느새 주변은 완연히 떠오른 해로 새하얗게 밝아져 있었다.

완연한 아침, 새 하루가 시작되고 있었다.

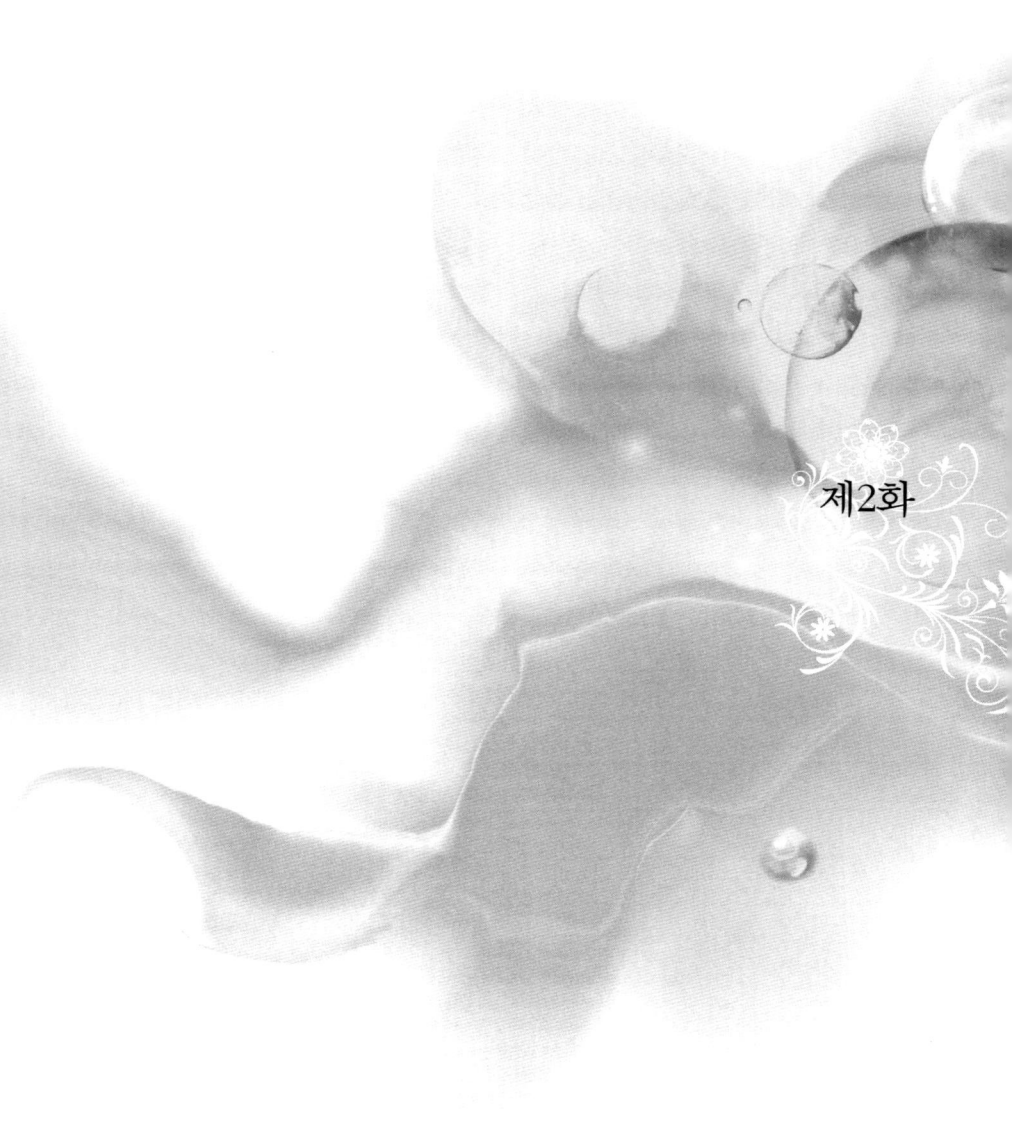

1.

"도대체 이게 무슨 소란인가."

잔뜩 끓어오른 분위기가 소강 된 것은 뒤쪽에서 들려온 가느다란 음성 덕분이었다. 돌아본 시야 끝엔 부스스한 머리로 일어나 앉아 있는 이사나의 모습이 있었다. 아직 잠이 덜 깬 상태인지 녀석은 얼굴을 잔뜩 찌푸린 채 한 손으로 눈을 비비는 중이었다.

그 순간 이어지는 사람들의 외침에 나는 깜짝 놀랐다.

"주군!"

'헉? 주군?'

설마 저 작은 꼬마가 여기 있는 사람들의 주군이라고?

저들이 보이는 극진한 태도에서 이미 어느 정도 신분이 높을 거라는 건 짐작했지만, 솔직히 예상 밖의 일이었다. 그만한 호칭으로 불리려면 적어도 어느 한 마을의 영주이거나, 지휘관 정도는 된다는 뜻이었으니까.

게다가 그렇게 부르는 쪽 역시 그저 평범한 신분일 리는 없었다. 대충 조사한 바로는 이 세계에서 주군을 모시는 사람은 주로 기사이거나 그에 준하는 계급의 사람들뿐이었다. 즉, 귀족의 신분인 것이다. 몸태에서 격식이 느껴진 이유가 바로 그 이유 때문이었던 모양이다.

"경하드립니다, 주군! 진심으로 경하드립니다!"

"역시 하늘은 주군의 편이셨습니다! 경하드립니다!"

"……그게 무슨 소리인가? 경하라니?"

어리둥절한 표정으로 반문한 이사나는 곧 주변을 돌아보며 의문을 표했다.

"그러고 보니 내가 어떻게 이곳에 돌아와 있는 것인가? 게다가 설마 지금…… 아침? 혹 내가 정신을 잃었던 건가?"

"어제 일이 전혀 기억이 나지 않으십니까?"

"밤이 깊었을 때 샘을 찾아갔던 것은 기억하고 있다. 페리스가 알려 준 정령 소환 의식을 행하기 위해서였지. 가르쳐 준 주문을 외웠는데 갑자기 눈앞이 새하얗게 변한 느낌이 들었다. 그리고 지금 눈을 떠보니 이곳이군."

"달리 더 기억하시는 건 없으십니까? 가령 의식의 성공 여부라든가……."

페리스의 질문에 이사나는 잠시 고민하는 표정을 짓다가 고개를 저었다.
"유감이지만 거기까진 기억이 나지 않는다. 그대로 쓰러진 것을 보면 아마도 소환은 실패한 모양이지."
뭐야, 역시 그땐 제정신이 아니었던 거군.
혹시나 싶긴 했지만 저렇게 아무것도 기억하지 못하고 있을 줄은 몰랐다. 그래서일까. 그때와는 말투도 억양도 확연히 다르다. 아마 날 다그쳤을 때 쓰던 말투가 본래의 것이 아닌가 싶다.
"그대들이 나를 찾아 이곳으로 옮겨 둔 것인가? 미안하다. 특히 페리스 그대에겐 정말 면목이 없구나. 미리 주의까지 들었으면서도 멋대로 이런 일을 벌이다니."
이사나는 침울한 표정으로 말했다. 그러자 페리스가 급히 그 앞으로 다가가 외쳤다.
"아닙니다, 주군! 주군께선 의식에 성공하셨습니다!"
"뭣? 그, 그게 무슨 소리인가. 내가 성공했다니?"
"주군께서 정령사가 되셨다는 말씀입니다. 경하드립니다, 주군! 이 페리스, 지금 이 벅찬 감동을 어떻게 표현해야 할지 모르겠습니다."
"마, 말도 안 된다, 페리스. 그대는 내가 소환하려고 한 존재가 누군지나 알고서 하는 말인가?"
그의 외침에 페리스가 씁쓸한 표정으로 고개를 끄덕였다.
"알고 있습니다. 정령왕의 소환을 시도하셨지요."

"그, 그걸 어떻게……. 그런데도 내가 성공했다고 말하는 건가?"

"물론입니다. 바로 이 자리에 살아 있는 증거가 있으니까요."

"살아 있는 증거?"

미소 지으며 고개를 끄덕인 페리스는 곧장 나를 바라보았다. 그의 의미심장한 눈빛에 나는 그저 어색하게 웃어 보일 수밖에 없었다. 그에 따라 시선을 보낸 이사나가 그제야 나를 발견했는지 두 눈을 멀거니 깜빡거렸다.

"누……구?"

혹시 날 보면 뭔가 떠오르지 않을까 싶었는데 기대가 너무 컸던 모양이다. 나는 실망감을 감추지 않으며 어깨를 으쓱했다.

"흐음, 진짜 하나도 기억을 못 하네. 나 모르겠어?"

"……모르겠다. 그대는 누구지? 누구기에 이곳에 있는 것이며 내게 하대를 하는 건가? 무례한 자로군."

"헐, 야. 다른 사람은 몰라도 네가 그렇게 말하면 안 되지. 초면에 먼저 나한테 말 놓은 건 너거든?"

"내가?"

"그래. 다짜고짜 내 멱살을 휘어잡고 고래고래 소리를 질렀잖아. 그때 내가 얼마나 황당했는데."

그 말에 사람들이 모두 놀란 표정으로 이사나를 응시했다. 그에 녀석이 당황한 얼굴로 강하게 고개를 흔들었다.

"무, 무슨 소리를! 난 그대를 지금 처음 보았다. 내가 언제 그런 짓을 했다는 건가?"

"지금 처음 보기는. 이미 만났는데 기억을 못 하는 것뿐이잖아. 생각이 안 난다고 그렇게 함부로 단언하면 되겠어? 게다가 너 나랑 계약까지 한 사이거든?"

"계약? 아까부터 도무지 알 수 없는 소리만 하는군. 혹시 그대가 무언가 착각을 하는 게 아닌가?"

"……좋아, 이렇게 나온다 이거지. 그럼 나 그냥 계약 파기하고 돌아가 버린다. 그래도 괜찮겠어?"

"헉! 아, 안 됩니다, 엘퀴네스 님!"

"고정하십시오!"

소리친 것은 안색이 하얗게 질린 페리스와 기사들이었다. 사실 이렇게 말한 나도 정말 파기할 생각을 한 것은 아니었기 때문에 창백해진 사람들을 보니 내심 미안한 기분이 들었다. 그와 동시에 눈썹을 찌푸리고 있던 이사나의 얼굴이 얼어붙었다.

"엘……퀴네스?"

고개를 든 녀석은 어딘지 얼이 빠진 표정이었다. 이제야 대강의 상황을 파악한 것이 분명했다.

"그대가…… 엘퀴네스라고? 설마 내가 소환에 성공했다는 것이…….'

"예! 주군! 여기 계신 분이 엘퀴네스 님이십니다. 주군께서 소환하신 물의 정령왕 엘퀴네스 님 말입니다! 정말 기억나지 않으십니까?"

페리스가 애가 탄 얼굴로 물었지만 이사나는 한동안 아무런 대답을 하지 않았다. 그저 충격에 휩싸인 얼굴로 조용히 굳어 있었을 뿐.
"저기, 이사나?"
숨을 쉬고 있는 것이 맞나 싶을 만큼, 녀석은 아무런 미동이 없었다. 설마 눈을 뜬 채로 기절한 건 아니겠지? 불안한 기분에 나는 슬쩍 눈앞에서 손을 흔들어 보였다.
그때 녀석이 불쑥 뜻 모를 이야기를 내뱉었다.
"꿈을 꿨었다."
"어어? 꿈?"
다행히 이번엔 정신이 온전한 모양이다. 나는 속으로 안도의 한숨을 삼키며 이사나를 바라보았다. 녀석은 어딘가 멍한 표정으로 고개를 끄덕였다.
"어둡고 캄캄한 밤이었다. 나는 온몸이 타는 것 같은 고통 속에서 정신을 차릴 수가 없었지. 생전 처음 겪는 지독한 갈증이었다. 마침내 죽음을 예감했을 때, 누군가 갑자기 나를 일으켜 세웠다. 그의 손길이 닿는 순간 거짓말처럼 목의 갈증이 가라앉았어. 난 상대방을 확인하기 위해 고개를 들었다. 그리고 발견한 건 아름다운 여신이었지. 그녀는 물빛의 머리카락에 마찬가지로 신비로운 물빛 눈동자를 지니고 있었다. 그래, 바로 지금 그대처럼."
"……그거 꿈 아니야. 그리고 나 여자 아니거든?"
"헉!"

"여자가 아니라고?"

어이, 왜 다들 거기서 놀라는 건데? 내가 노려보자 술렁임은 금세 잦아들었지만, 사람들의 얼굴엔 납득하지 못한 표정이 만연했다.

'나중에 두고 보자.'

나는 그들을 한 번 더 노려봐 준 다음, 이사나에게 다시 시선을 보냈다. 현실임을 깨닫고 나면 좀 더 사태를 명확하게 받아들일 줄 알았는데, 녀석은 여전히 혼란스러운 기색이었다.

"그게 꿈이 아니라고……."

"그래, 꿈 아니야. 내가 네 부름을 받고 소환되었을 때, 넌 온몸의 마나가 거의 바닥난 상태였어. 조금만 방치했다면 죽었을지도 모를 정도로 위험한 상황이었지. 그래서 내가 서둘러 마나를 불어 넣었거든. 아마 넌 그때 일을 기억하고 있는 걸 거야."

그 말에 이사나가 홀로 중얼거리던 것을 멈추고 나를 빤히 응시했다. 마치 눈앞에 떨어진 구명줄을 바라보듯, 절박해 보이는 얼굴이었다.

"만약, 만약 그대가 물의 정령왕이고, 내가 그대와 계약한 것이 사실이라면……."

"만약이 아니라 전부 사실이라니까."

"……그런가."

이제야 현실을 직시할 마음이 생긴 걸까. 녀석은 희미하게 신음을 내뱉으며 바닥으로 고개를 떨어트렸다. 어딘지 허탈해하는 것 같기도 하고, 초연해진 것 같기도 했다.
 이사나는 그로부터 한참 후에야 다시 고개를 들었다. 마음의 정리를 한 듯, 그 어느 때보다 눈빛이 또렷하고 맑았다. 하지만 그 순간 이어진 그의 말은 주위를 충격에 빠트리기 충분했다.
 "유감이지만, 난 이 계약을 파기하겠다."
 "……!"
 "주, 주군?"
 "그게 무슨 말씀이십니까?"
 모두가 경악성을 터뜨리는 가운데, 나는 그저 가만히 침묵했다. 당황스러운 건 사실이지만, 왠지 생각만큼 이런 상황이 놀랍지는 않았다. 무엇보다 조금 전부터 녀석에게서 느껴지는 기색이 영 꺼림칙하던 참이었다.
 날이 선 칼처럼 바짝 도드라진 거친 기운.
 그것은 분명 적의(敵意)였다.
 '……뭐야, 결국 또 그거냐.'
 나는 터져 나오는 한숨을 속으로 삼켰다. 어젯밤 소환되었을 때도 녀석은 사나운 기세로 나를 몰아붙였다. 표현의 방식은 다르지만 아마도 지금 또한 그때의 연장선인 모양이었다. 어떻게 보면 참 일관성이 있다고 해야 하나.
 다른 건 몰라도 한 가지는 확실했다.
 이사나는 날 싫어한다. 그것도 아주 지독하게.
 '거참……'

어차피 정신이 없는 와중에 이뤄진 계약이고, 정이 들 만큼 오래 알고 지낸 것도 아니다. 어렵게 만난 계약자를 잃는 것은 아쉽지만, 그렇다고 나 싫다는 녀석과 계속 계약을 유지할 마음은 없었다. 하지만 이대로 그저 수긍하고 돌아가기엔 내심 자존심이 허락지 않았다.

애초에 그렇게 싫다면 왜 굳이 나를 불러냈단 말인가? 정령왕이라면 나 말고도 다른 녀석들도 있는데 말이다.

"……뭐, 좋아. 계약을 파기하는 건 파기하는 거지. 하지만 그 전에 이유나 먼저 들어 보자. 대체 왜 파기하려는 건데?"

"이유? 지금 그걸 그대가 내게 묻는 건가?"

"그럼 나한테 원인이 있다고? 내가 너한테 무슨 잘못을 했는데?"

"……그렇겠지. 어차피 그대 같은 정령왕에겐 우리 인간들 따위는 발에 치일 정도로 하찮은 존재일 테니……."

"뭐? 이, 이봐, 이사나?"

이해할 수 없는 말과 함께 입술을 악문 녀석은 그대로 벌떡 자리를 박차고 일어났다. 황망한 심정으로 바라봤지만, 이미 빠르게 걸어간 뒷모습은 벌써 동굴 밖으로 사라진 상태였다. 그에 당황한 기사 몇 명이 급히 그의 뒤를 쫓아 달려 나갔다.

"주군! 기다려 주십시오! 주군!"

"이렇게 홀로 움직이시면……!"

동굴 밖에서도 웅성거리는 소리는 계속해서 울렸다. 아마도 화가 난 이사나를 달래기 위해 기사들이 진을 빼는 듯했다.

"뭐야, 저 녀석······."

전후 사정 설명 없이 무작정 저러면 나더러 어쩌라는 거야? 말투만 어른스러웠지, 행동은 처음 내 멱살을 붙들고 마구잡이로 윽박지르던 때와 다른 점이 하나도 없다.

대체 왜 저렇게 날 싫어하는 걸까? 아무리 생각해도 그 이유를 알 수가 없으니 답답할 노릇이었다.

"저어, 저희가 설명해 드려도 되겠습니까?"

그때 누군가가 조심스럽게 말을 걸어왔다. 돌아본 곳에는 난처한 표정을 지은 페리스와 알렉이 있었다.

"두 사람은 저 녀석이 왜 저러는 건지 알아요?"

"으음, 안다고 해야 할까요. 부디 청하건대 정령왕께선 저분의 행동에 너무 노여워하지 말아 주십시오. 그렇게 당부를 드렸는데도, 여전히 그 일을 마음에 담아 두고 계신 것 같습니다."

"······그 일이라니요?"

내가 의아해져서 묻자, 페리스가 씁쓸한 미소를 지으며 입을 열었다.

"정령왕께서 알고 계시는지 모르겠지만 이 대륙엔 세 개의 제국이 존재하고 있습니다. 마법제국으로 알려진 카터스와 검과 무위를 상징하는 알폰프 제국, 그리고 마신을 섬기는 신성제국 스왈트이지요. 지금 저희가 있는 이곳이 바로 마지막에 말씀드린 스왈트 제국입니다."

"흐음, 그렇군요. 스왈트 제국이라……. 어디선가 들어본 것 같네요."

"그러실 겁니다. 혹, 이사나 님의 정식 이름을 기억하십니까?"

"네, 그야 물론이죠. '이사나 란느 스왈트'였…… 에? 스왈트?"

당황해서 눈을 크게 뜨자 페리스는 그럴 줄 알았다는 듯 웃으며 고개를 끄덕였다.

"정령왕께서 짐작하시는 그대롭니다. 인간 세상에서는 소수의 귀족만이 이름 뒤에 성을 붙일 수 있지요. 그중에서도 제국명을 성으로 쓸 수 있는 건 오직 황실의 직계 혈통뿐입니다."

"그, 그렇군요."

귀족이라고는 생각했지만 설마 황족일 줄이야. 게다가 직계 혈통이라면 그중에서도 황자라는 소리일 것이다.

이제야 나이에 맞지 않게 과장된 이사나의 말투도, 그를 극진하게 모시는 사람들도 이해가 됐다. 기껏해야 가출한 도련님일 거라 생각했는데 아무래도 상당히 복잡한 사연이 있는 모양이다.

황자가 대체 왜 이런 동굴 속에서 거지꼴을 하고 있는 걸까. 혹시 전쟁이라도 일어났나? 아니면 황위 다툼 같은 것에 휘말렸다거나.

"지금부터 드릴 말씀은 이곳 스왈트 제국에서 일어난 일화입니다. 어쩌면 이미 알고 계시는 이야기일지도 모르겠습니다. 최근 음유시인들의 입에서 자주 오르내리고 있으니까요. 마신을 섬기는 신성의 땅 스왈트 제국, 그리고 그곳에 존재한 비운의 황제에 대하여……."

"비운의 황제?"

페리스는 먼 곳을 응시하듯 눈빛을 흐렸다.

왕정국가인 다른 제국들과는 달리 신성제국 스왈트는 교권과 황권이 분리된 체제로, 때때로 교황의 권력이 황제를 앞설 때가 많은 나라였다.

더구나 그들이 섬기는 마신 카노스는 사랑과 자비보다는 전투와 정복을 상징하는 존재. 제국의 실제적인 군사력이 대부분 교황의 휘하에 놓였다 해도 과언이 아니었다.

이에 위기를 느낀 황실에선 태어난 황손 중 한 명을 무조건 신전에 보내어 그곳에서 자라도록 했다. 그렇게 보내진 황손은 훗날 신전 내에서 중요한 위치를 맡는 인물로 성장했고, 때때로 교황으로 선출되기도 했다.

덕분에 신전과 황실은 오래도록 서로 평화롭게 공존할 수 있었다. 십 년 전, 그 끔찍한 재앙이 일어나기 전까지.

"재앙……이라면……."

"정령왕께서도 아실 겁니다. 대륙에 십 년간 비가 내리지 않았던, 그 지독한 가뭄 말입니다."

당연히 알고 있다. 내가 태어나지 않았기 때문에 일어난 재앙이었으니까.

나는 조용히 입을 다문 채 다음 말이 이어지길 기다렸다. 그러자 잠시간 살피는 시선으로 나를 바라보던 페리스가 다시 회상하는 표정으로 입을 열었다.

"때는 재앙이 시작된 지 칠 년째가 되던 해였습니다."

그때쯤 이미 대륙은 어디를 가도 멀쩡한 작물을 찾아보기 힘들 정도로 메말라 있었다. 샘과 강물은 모조리 바닥을 드러냈고, 마을마다 원인을 알 수 없는 역병이 돌았다. 하루에도 수십, 수백 명의 사람이 시체가 되어 바닥에 내던져졌다.

살아남기에 급급한 사람들은 공공연히 제 자식을 버리거나 거리에 내다 팔았다. 심지어 서로 잡아먹는 일도 빈번했다. 사람을 사람으로 보지 않는, 말 그대로 살아 있는 지옥이었다.

이사나의 아버지, 스왈트 제국의 황제 '카일 란느 스왈트'는 그 누구보다 마음 깊이 백성을 사랑하는 성군이었다. 계속되는 백성들의 고통을 지켜보다 못한 그는 친히 마신전을 찾아가 신탁을 청했다. 현 재앙의 원인과 그 해결 방식을 그들이 믿는 신에게 구한 것이다.

지극히 신성제국다운 방식이었고, 아무도 그 일에 이의를 제기하는 사람은 없었다. 오히려 신탁을 받는 의식은 공개적인 장소에서, 모든 백성이 지켜보는 가운데서 대대적으로 이루어졌다. 일종의 기우제 같은 행사였던 셈이다.

의식을 주관한 자는 황제의 친동생이자, 마신전의 대신관인 유카르테 대공이었다. 두 형제는 신탁을 받기 위해 일주일간 몸을 정갈히 하고 똑같이 금식했다. 평소 우애가 두텁기로 알려졌던 형제인 만큼, 그 자체만으로 백성들은 그들의 정성에 탄복했다.
"그래서 어떻게 됐어요?"
"신탁이 내려졌습니다."
꽤나 엄청난 이야기를 페리스는 마치 지나가는 이야기를 하듯 단조로운 어조로 대답했다. 뒤이어 이어지는 설명 또한 마찬가지였다.
"사람들은 처음에 다들 자신의 눈을 믿지 못했습니다. 신탁은 내리는 일이 정말 드물거든요. 평생을 마신에게 헌신하기로 한 대신관이 자신의 일생을 바쳐 골방에서 기도를 해도, 단 한 번 받기가 힘들 만큼 희박한 확률입니다. 그런데 그것이 공개적인 장소에서, 게다가 모두가 보는 눈앞에서 내려진 겁니다. 정말 놀라운 일이었지요."
"기적이 일어난 거네요."
"예, 그때는 분명 그렇게 생각했습니다. 모두 기뻐했지요. 드디어 기나긴 가뭄이 끝날 것이라고 믿었으니까요. 그 안에 적힌 내용이 얼마나 끔찍한 것인지 알지도 못한 채 말입니다."
페리스는 자조적으로 웃었다. 어딘지 잔뜩 비틀리고 뒤엉킨 웃음이었다. 왠지 불길한 예감이 들어 나는 살짝 몸을 떨었다.
"신탁이 무슨 내용이었기에……."
"궁금하십니까?"
그의 의미심장한 눈빛에 나는 꿀꺽 마른침을 삼켰다.
설마 전부 물의 정령왕 때문에 벌어진 거라고 적혀 있었던 건 아니겠지? 만약 그렇다면 이사나가 저렇게 날 싫어하는 것도 어느 정도는 이해가 된다.

긴장한 나를 향해, 페리스는 그가 듣고 보았다는 신탁의 전문을 읊었다.

> 타오르는 열기의 눈물이 어둠의 지배자를 책망하도다.
> 수많은 재앙을 등에 업고 밟은 땅이 저주의 말을 내뱉도다.
> 백성의 피가 양식이 되어 더러운 숨을 이어 가나니.
> 오로지 죽음으로 속죄할 수 있으리라.

"……어둠의 지배자?"
"신탁은 대부분 의미가 불분명합니다. 그렇기 때문에 그에 관해선 여러 가지 해석으로 갈릴 수 있긴 합니다만, 보통 그 호칭이 가리키는 존재는 단 하나입니다."
"그게 누구죠?"
"마신의 땅, 신성제국 스왈트의 황제를 은유적으로 부르는 호칭이지요."
"……!"

뭐야, 그게. 그럼 설마 황제의 업보 때문에 백성들이 고통을 당하고 있다는 뜻이야?

비단 나만 그런 뜻으로 받아들인 것은 아닐 것이다. 누가 보아도 신탁의 내용은 노골적이었으니까.

짐작대로 그 자리에서 신탁의 내용을 보았던 수많은 사람이 모두 나와 동일한 생각을 했다고 한다. 그리고 그때부터 사람들이 황제를 바라보는 시선이 달라지기 시작했다.

신이 직접 저주를 받았다 지칭했다. 백성의 피를 양식으로 삼아 살아가고 있다고 가리킨 존재였다. 사람이 하나씩 죽어 갈 때마다 백성들은 서슴없이 황제를 원망했다. 마신전에서는 대대적으로 황제를 악귀라 칭하며, 앞으로 황실과 다른 길을 걸어 나갈 것을 선포했다.

심지어 타국에서조차 시비를 걸어오는 일이 잦았다. 누구 하나 가릴 것 없이 전 대륙이 똑같이 겪은 재앙이었다. 이때에 내려진 신탁의 내용은 다른 제국에서도 주목하기 충분했다. 소문은 꼬리에 꼬리를 물고, 걷잡을 수 없이 크게 번져 가기 시작했다. 그렇게 스왈트 제국은 점차 전 대륙의 공적이 되어 갔다.

전 대륙의 사람들이 모두 입을 모아 소리쳤다. 스왈트 제국의 황제가 바로 이 끔찍한 재앙의 불씨였노라고!

백성을 위해 행했던 의식이, 황제 그 자신을 파멸에 이르게 한 것이다.

"자, 잠깐만요. 그 신탁이란 것이 아무리 대단하다고 해도 그렇지. 어떻게 그럴 수가 있어요? 왜 다들 아무런 의심 없이 그 내용을 받아들인 거죠? 진실이 아니면 어쩌려고요."

"신탁이니까요. 신이 직접 내려 주시는 것인데 어찌 그 내용을 불신할 수 있겠습니까?"

"누군가 조작한 걸 수도 있잖아요?"

"저 역시 그 점을 의심하지 않은 건 아닙니다. 하지만 그것을 밝혀내기란 여간 어려운 게 아닙니다. 게다가 그 당시 사람들은 어떻게 해서든 재앙을 끝내야 한다는 것에 혈안이 되어 있는 상태였습니다. 가뭄으로 고통을 당한 기간이 너무 길었던 탓으로 이성적인 판단력을 상실한 거지요. 설령 부당하다는 것을 알았다 해도 상관없었을 겁니다. 그들에겐 그 모든 상황을 원망하고 탓할 장소가 필요했을 테니까요."

"크흑!"

그러자 생각하는 것만으로 분했는지 페리스의 옆에 있던 알렉이 입술을 악물었다. 꽉 쥔 그의 손등은 이미 시퍼렇게 핏줄이 일어난 상태였다.

"그래서…… 황제는 어떻게 됐어요?"

설마, 죽은 건 아니겠지?

신탁에선 황제가 죽어야 이 모든 재앙이 끝난다고 되어 있었다. 결말이 뻔히 보인다는 걸 알면서도 나는 묻지 않을 수 없었다.

예상대로 페리스는 쓰게 웃음 지었다.

"……오래지 않아 시민들 사이에서 폭동이 일어났습니다. 닥치는 대로 귀족들과 근위병들을 죽이고, 심지어 무고한 민가까지 습격했지요. 폭도들이 요구한 건 단 하나였습니다. 재앙의 근원인 황제를 처형하라는 거였죠. 그 조건을 이루지 않으면 황실 일가를 전부 몰살시키겠다고요."

"그런……."
"이건 나중에 안 사실이지만 마신전에서 그들에게 힘을 실어 주었더군요. 결국 폐하께선 모든 책임을 떠안으시고 스스로 형장에 서셨습니다."
"……!"
형의 집행 방식은 교수형이었다. 이 또한 모든 백성이 지켜보는 가운데서, 공개적으로 이루어졌다.
한 제국의 가장 높은 곳에 존재하는 황제가, 가장 비참한 모습으로 밧줄 하나에 매달렸다. 그 모습을 슬퍼하고 안타까워한 백성은 아무도 없었다. 이미 그들은 옳고 그름을 구분할 수 없을 정도로 광기에 차 있는 상태였다.
당시의 과정을 설명하는 페리스의 두 눈은 어느새 새빨갛게 달아올라 있었다.
"저희는 모두 신탁의 내용을 믿지 않았습니다. 하지만 황제 폐하만은 다르셨지요. 그분은 자신만 사라지면 모든 것이 다 끝날 것이라고 여기셨습니다. 이해는 하고 있습니다. 누구보다 백성을 아끼던 분이셨으니, 그들의 분노와 원망을 감당하기 힘드셨을 겁니다. 결국 어느 누구도 그분의 결단을 막을 수 없었습니다. 그리고 이 모든 과정을 담담히 지켜보시던 황비 전하마저도 부군의 뒤를 따라 자결하셨지요."
"……그게 대체 언제 일어난 일이죠?"
"불과 육 개월도 채 되지 않았습니다."

"……."

맙소사, 육 개월? 그럼 내가 태어나기 직전에 있었던 일이잖아?

갑자기 눈앞이 캄캄해지는 기분이었다. 내가 일찍 태어났다면 사태가 그렇게까지 최악으로 번지진 않았을 것이다. 몇 년, 하다못해 몇 개월만 더 일찍 태어났어도.

하지만 그것은 달리 설명하면 결국 신탁이 이루어졌단 소리기도 했다. 황제가 죽은 뒤 얼마 지나지 않아 비가 내리기 시작했다는 것이었으니까.

아마 신탁을 믿지 않았던 사람들도 그가 죽은 뒤 생긴 변화를 보면서 생각을 달리하게 되었을 것이다. 그렇단 건 그 신탁이 진짜일 확률이 높다는 건데…….

'……설마 마신은 내가 이맘때쯤 돌아올 것을 알고 있었나? 대체 어떻게? 아니면 그저 단순한 우연의 일치일 뿐인가?'

가슴 한구석이 서늘해지는 기분에 나는 두 손을 꽉 움켜쥐었다. 그러자 페리스가 조심스럽게 내 표정을 살피며 물었다.

"정령왕께선 전혀 알지 못하는 일이셨습니까?"

"……몰랐어요. 알았다면 그냥 두고 보지는 않았을 거예요."

"그렇군요. 아무래도 저희가 지금까지 오해를 하고 있었던 모양입니다."

"오해라니요?"

내 질문에 페리스는 살짝 시선을 피하며 미안한 표정을 지었다.

"실은 대륙의 자연을 관장하는 건 정령왕들의 일이라고 들었거든요. 그래서 전 이번 가뭄이 엘퀴네스 님께서 주관하셨거나, 적어도 당신의 동의하에 일어난 일이라고 생각했습니다."

"네에? 말도 안 돼요! 저희가 자연을 관장하는 건 맞지만 일부러 이런 짓을 저지르진 않아요. 심지어 단 한 사람의 업보 때문이라니. 누가 그런 말도 안 되는 짓을 해요? 게다가 물이 존재하지 않으면 물의 정령들도 무사하지 못한다고요."

"그럼 어째서 그토록 기나긴 가뭄이 이어졌던 겁니까? 게다가 그분이 돌아가신 후에 비가 내린 건……."

"그건 피치 못할 사정이 있었어요."

"피치 못할 사정이라면……."

"자세히 알려 드리긴 힘들지만, 저희로서도 어쩔 수 없는 상황이었다고만 말씀드릴게요. 비를 내린 시기는 단순한 우연에 불과하고요."

"그럼, 신탁이 맞았다는 거군요."

씁쓸한 페리스의 말에 나는 잠시 입을 다물었다. 그에 관해선 나도 딱히 해 줄 말이 없었기 때문이다. 분명 내가 늦게 태어난 것은 우연히 벌어진 사고 때문이었다. 하지만 그 자체가 저주에 의한 것이었다면?

'으으, 진짜 모르겠다.'

나는 복잡한 머리를 털어내려 애쓰며 한숨을 내쉬었다. 나중에 마신을 만나서 이번 일에 대해 물어보지 않는 이상 무엇 하나 확신할 수 없을 것 같았다.

"으음, 아무튼 제가 한 일은 아니에요. 그 점은 절대 오해하지 말아 주셨으면 좋겠어요."

"예, 알겠습니다. 아니라고 하시니 안심했습니다."

"당연하죠. 저 진짜 그런 정령 아니거든요. 어라? 잠깐만요! 그럼 혹시 이사나가 제게 적의를 보이는 것도?"

"아하하······."

페리스는 난처한 웃음을 흘렸다.

그제야 나는 이 모든 상황이 어떻게 된 영문인지 깨달았다. 소환하던 당시, 이사나가 나를 붙들고 다그쳤던 말이 무슨 의미였는지도.

왜 그랬어? 왜! 너 때문에 내가······! 우리 아버지가! 대체 왜!

마치 피를 토하는 듯한 외침이었다. 그때는 갑작스러운 상황에 당황한 나머지, 녀석의 얼굴에 서린 지독한 슬픔은 미처 읽어내지 못했다.

아마도 그것이 목숨을 걸고서라도 나를 불러낸 이유였을 것이다. 책임을 묻고 싶었던 것이다. 이 세계를······ 아크아돈의 자연을 망가트린 이유를.

황제를 죽음으로 몰아간 결정적인 역할을 한 건 마신의 신탁이었지만, 애초에 그 모든 것은 가뭄이 일어나지 않았다면 생기지 않았을 일이었다. 게다가 왜 하필이면 내가 태어난 시기조차 그런 식으로 공교롭게 어긋나 버린 것인지.

아버지가 처형당한 뒤, 기다렸다는 듯 쏟아지는 빗줄기를 보면서 녀석은 무슨 생각을 했을까. 나로선 모든 것이 우연에 불과했지만, 그로 인해 부친을 잃은 이사나의 입장에선 내게 원망하는 마음이 쌓이는 것이 당연했다.

"저어, 정령왕이시여. 모쪼록 은혜를 베풀어 주지 않으시겠습니까?"

"네? 그게 무슨 말이에요?"

페리스의 말에 나는 어리둥절해져서 물었다. 그러자 당황스러운 일이 벌어졌다. 그가 내 앞에 무릎을 꿇더니 두 손과 이마를 바닥에 댄 것이다. 갑작스러운 그의 행동에 나는 깜짝 놀라 뒤로 주춤 물러섰다.

"페, 페리스?"

"부디 이사나 님과의 계약을 해지하지 말아 주십시오! 이렇게 부탁드립니다!"

"……."

"감히 제가 나설 일이 아니라는 건 알고 있습니다. 그러나 지금 이사나 님은 이성적인 판단을 내리실 수 있는 상태가 아니십니다. 정령왕께서 일부러 재앙을 일으키신 게 아니란 걸 알게 되면 그분도 필히 생각을 달리하게 되실 겁니다. 제발 저희를 불쌍히 여기셔서 그분을 도와주십시오. 지금 그분께는 당신의 힘이 절실하게 필요합니다."

고개를 든 페리스의 두 눈엔 어느새 눈물이 가득 차올라 있었다. 그러자 알렉과 다른 사람들 역시 덩달아 하나둘씩 무릎을 꿇기 시작했다. 긍정의 대답이 떨어질 때까지 그 자리에서 꼼짝도 하지 않을 기세였다.

나는 그들의 행동을 말리지도 못하고 어색하게 바라보았다. 사실 이사나에게 쌓였던 불만은 이미 거의 사라진 상태다. 몰랐다면 모를까, 그런 사정이 있다는 걸 알았는데 마냥 꽁한 마음을 품을 순 없지 않은가. 어쨌건 나 때문에 일어난 가뭄이었으니, 내 탓인 것이 맞기도 하고.

"으음, 알았어요. 일단은 이사나와 다시 제대로 이야기를 해 볼게요."

"그, 그게 정말이십니까?"

"네, 그러니까 다들 그만 일어나세요. 계속 그렇게 계시면 저도 좀 부담스럽거든요?"

그 말에 사람들은 서둘러 자세를 바로 하기 시작했다.

나는 환하게 밝아진 그들의 얼굴을 돌아보다가 문득 궁금해진 점을 물었다.

"그런데 여러분은 왜 이런 곳에 있는 거죠? 비운의 황제라곤 해도 어쨌건 그의 아들이라면 이사나도 꽤 높은 신분이란 거잖아요. 설마 사람들이 그에게까지 해코지를 한 건가요?"

"예? 아아, 그에 관해서도 물론 드릴 말씀이 많지만, 그전에 정령왕께서 한 가지 오해하신 것이 있습니다. 비운의 황제란 호칭은 돌아가신 폐하를 뜻하는 것이 아닙니다."

"네? 아니라고요?"

내 반문에 사람들은 서로 머쓱한 표정을 지었다. 왠지 설명을 잇는 걸 껄끄러워하는 것 같았다. 그때 모두를 대표해서 알렉이 굳은 표정으로 입을 열었다.

"애통하고 원통한 일이지만 신탁이 이루어진 탓에 아직 선황께선 재앙의 불씨라는 누명을 벗지 못하셨습니다. 그 때문에 불명예스럽게도 세간에선 재앙의 황제라 불리고 계십니다."

"그렇군요. 그럼 비운의 황제란 건……?"

"그것은…… 이런 불의한 일로 어린 나이에 제위에 오르신 현 황제 폐하께 붙여진 호칭입니다. 바로 저희의 주군이신, 이사나 님께 말이지요."

"……에?"

자, 잠깐 기다려. 이사나가 뭐라고?

분명 두 귀로 들었건만 무엇 하나 제대로 매치가 안 되는 기분이었다. 그러자 굳어 버린 나를 본 페리스가 얼굴 가득 난처한 표정을 지으며 입을 열었다.

"말씀드리는 것이 늦었군요. 실은 이사나 님은 돌아가신 선황 폐하의 유일한 적자임과 동시에 첫 번째 계승권을 가진 태자셨습니다. 그런 이유로, 지금은 명실공히 스왈트 제국을 다스리는 군왕이시지요."

"……!"

그 순간 내 머릿속을 강타한 생각은 오로지 하나뿐이었다.

'황자가 아니라 황제였냐!'

2.

"……그래서, 황제가 왜 이런 곳에 있는 건데요?"

차라리 계승권 다툼에서 밀려난 황자라고 했다면 어느 정도 납득했을 것이다. 지구의 역사를 돌아봐도 옛날엔 왕위를 차지하기 위해 골육상잔이 벌어지는 일이 흔했으니까.

그런데 이사나는 형제가 있는 것도 아니고, 심지어 이미 제위에 오른 황제란다. 게다가 함께 있는 사람들은 황제를 지키는 황실의 직속 친위기사들이라는 것이 아닌가! 그런 자들이 뭐가 부족해서 이런 곳에 있는 건지 이해할 수가 없었다.

그뿐만이 아니다. 한눈에 보기에도 야윈 흔적이 역력한 데다가 며칠간 제대로 씻지 못한 것이 분명한 몰골. 부상자조차 돌보지 못하는 열악한 환경이 아닌가. 이건 누가 봐도 숨어 지내는 꼴이었다.

"그건…… 대공 때문입니다."

무거운 음성으로 대답한 건 알렉이었다. 생각지 못한 존재의 거론에 나는 살짝 얼굴을 찌푸렸다.

"대공이라면······."

"마신전의 대신관이자 선황 폐하의 동생인 유카르테 대공 말입니다."

"아아, 선황과 우애가 깊었다는 그 동생분 말이죠? 그럼 이사나에겐 숙부가 되는 거잖아요. 그런데 그 사람이 왜요?"

그에 대해서 설명하는 순간, 나는 알렉을 포함한 모든 이의 얼굴이 미묘하게 찌푸려지는 것을 발견했다. 왠지 좋지 않은 예감이 드는 광경이었다.

아니나 다를까. 이어진 알렉의 대답을 들었을 때 나는 깜짝 놀랄 수밖에 없었다.

"그가 이사나 황제 폐하를 주살하려 했습니다."

"예? 주, 주살? 숙부가 조카를 죽이려고 했다고요?"

당황한 나를 향해 알렉은 지난 상황을 빠짐없이 설명하기 시작했다.

선황의 죽음 이후, 큰 충격을 받은 이사나는 식음을 전폐하고 울기만 했다고 한다. 그 탓에 대관식을 치르고 난 뒤에도 한동안 국정에 제대로 전념하지 못하는 상태였다.

그러자 그의 숙부인 유카르테 대공이 그 점을 빌미로 이사나를 비난했다. 재앙의 황제를 기리는 것은 곧 이 제국을 파멸로 이끄는 행위이니, 당장 그를 향한 애도를 중단하라고 했다는 것이다.

"어떻게 그런······."

"그것은 마신전의 대외적인 입장이기도 했습니다. 건국 때부터 황족이 죽으면 모든 백성들은 추도의 의미로 몇 개월간 검은 의복을 입는 것이 관례입니다. 하지만 선황 폐하는 저주를 받았다는 이유로 장례조차 제대로 치르지 못하셨지요. 그들은 선황 폐하의 죽음을 슬퍼하는 것은 곧 마신에 대한 배교 행위라 주장했습니다."

"그래서요?"

"물론 황제께선 마신전의 주장을 받아들이지 않으셨습니다. 오히려 선황의 죽음은 백성들을 위한 거룩한 희생으로, 내린 비는 그 숭고한 정신을 위로하기 위한 것이라 이미지 쇄신을 시도하려 하셨습니다. 그러면서 동시에 삼 개월가량 애도의 기간을 정하려 하셨지요. 그리고 그 일이 벌어졌습니다."

"그 일?"

"대공이 한밤중에 병사들을 이끌고 쳐들어온 겁니다."

"……!"

그날도 이사나는 울다 지쳐 잠이 든 상태였다고 했다. 무방비했던 그는 새벽녘 이루어진 갑작스러운 습격 앞에 아무런 대항도 하지 못했다. 대공은 빠른 속도로 궁을 점거했고, 모두의 앞에서 섭정을 선포했다.

황제는 선황의 저주를 받아 미쳤다!

섭정왕의 자리에 오른 그가 세간에 공표한 이유였다.

"대공은 황제 폐하를 '마지막 탑'에 유폐하려 했습니다. '마지막 탑'은 예로부터 흉악한 죄를 짓거나, 미쳐 버린 황족을 가두어 두는 곳입니다. 그곳에 들어간 사람은 죽을 때까지 두 번 다시 나올 수가 없죠. 살아 있되 살아 있는 목숨이 아닌 겁니다. 그에 관해선 평소 폐하에게 호의적이지 않았던 자들조차 다소 지나치다는 평이 만연했습니다. 하지만 대공의 영향력이 너무 강했기에 나서서 반발하는 사람이 아무도 없었지요. 결국 저희가 폐하를 모시고 도망치는 것이 고작이었습니다."

설명이 전부 끝난 뒤에도 나는 한동안 아무런 말을 이을 수가 없었다. 처음 대공에 대해서 들었을 때 받았던 인상과 전혀 다른 사람인 것 같았다.

"대체…… 어떻게 그럴 수 있죠? 아무리 신탁의 내용이 그랬다 해도 자신의 형이잖아요. 심지어 우애가 깊은 형제라고 하지 않았어요? 그런데 어떻게 슬퍼하는 조카에게 그런 짓을……."

"그건 전부 거짓이다."

그 순간 들려온 음성에 나는 뒤를 돌아보았다. 그곳엔 언제 돌아온 것인지 이사나가 굳은 얼굴로 서 있었다.

"너……."

"우애가 깊은 형제라는 건 단지 그가 만들어낸 이미지였을 뿐. 정말 형제를 위하는 사람이었다면, 신탁에 의문을 제기한 마신관들을 그렇게 죽이진 않았을 테지."

"……신관들을 죽였다고? 같은 마신관을 말이야?"

그러자 옆에 서 있던 페리스가 침착하게 고개를 끄덕이며 설명을 이었다.

"정령왕께서도 이미 지적하셨지만 당시 신탁이 내려진 과정엔 이상한 점들이 많았습니다. 흔치 않은 신탁이 공개적인 장소에서 내려진 것도 그렇고, 신탁의 내용 또한 그러했지요."

"신탁의 내용?"

"누구나 알아보기 쉬운 형태로 적혀 있었으니까요."

페리스의 말에 의하면 보통 신탁의 내용은 신어로 적혀 있거나, 그게 아니면 내용이 상당히 모호한 편이라고 한다. 그래서 대신관이라 할지라도 단번에 정확한 뜻을 해석하기가 어렵다는 것이다.

그 때문에 처음 신탁이 공개되었을 때, 마신전 내에서조차 위조된 것이 아닌가 의문을 품은 자들이 있었다고 한다. 그리고 그런 자들은 전부 하나도 빠짐없이 대공의 검 앞에서 싸늘한 주검으로 변했다. 신이 내린 신탁을 의심했으니 배교자라고 주장한 것이다.

"마신전은 배교자를 결코 용서하지 않습니다. 설령 도망친다 해도 끝까지 추격하여 죽이죠. 교리상 그의 행동은 틀리지 않았지만, 그에게 선황 폐하를 생각하는 마음이 일말이라도 있었다면 결코 그렇게 할 순 없었을 겁니다. 결국 그로 인해 선황 폐하를 살릴 길이 전부 사라지고 말았으니까요."

"으음, 확실히 좀 수상하네요. 그거 혹시 일부러 그런 거 아니에요? 만약 정말로 신탁이 위조된 거고 범인이 대공이라면, 그가 그 사실을 감추기 위해 신관들을 죽인 걸 수도 있잖아요."

"저희도 처음엔 그렇게 생각했습니다만…….."
"그런데요?"
"반대로, 우리가 잘못 생각한 것일 수도 있지."
그 순간 이어진 질문에 대답한 건 이사나였다. 잠시간 허무한 웃음이 그의 입가에 감돌다 사라졌다.
"신탁이 이루어진 것만은 분명한 사실이니까."
"폐하, 그건……."
"선황께서 돌아가신 후 비가 내렸다. 우연이었다 해도 그건 아무도 부정할 수 없는 일이지. 아니, 오히려 우연이었기에 더더욱……. 그렇지 않은가?"
"……."
혹시 나와 페리스가 했던 대화를 전부 들었던 걸까? 망설임 없이 '우연'이란 단어를 거론하는 모습에서 나는 그가 나에 대한 오해를 풀었다는 사실을 직감했다. 더불어 더 깊은 상실감에 빠져들게 되었다는 것도.
이사나는 공허한 표정으로 허공을 응시했다.
"사실 이제 나도 뭐가 뭔지 잘 모르겠다. 신탁의 내용이 전부 사실이라면, 숙부가 한 일도 완전히 틀린 것만은 아냐. 오히려 그는 대신관으로서, 신의 뜻을 가장 빠르게 파악하고 실행한 것뿐이다. 그것을 끝내 받아들이지 못한 내가 미련한 것일 뿐."
"폐하……."
"크흐흑!"

어느새 사방은 흐느끼는 소리로 가득 차기 시작했다.

나는 눈물 콧물로 범벅이 된 기사들을 바라보다가, 살짝 얼굴을 찡그렸다.

"설령 신탁이 맞는 거라고 해도, 대공이 옳은 건 아닌 것 같은데?"

"……뭐?"

"그게 무슨 말씀이십니까?"

"뭐냐니. 신탁의 마지막 문구가 그거였다며. '오로지 죽음으로 속죄할 수 있다'고."

내 대답에 이사나를 비롯한 기사들은 오히려 더 어리둥절한 표정을 지었다. 그게 어쨌다는 거냐고 묻는 얼굴이다. 나는 조금 머쓱해져서 대답했다.

"으음, 그러니까…… 속죄란 건 내가 알기론 죄를 없앤다는 뜻이거든. 그러니까 신탁의 뜻대로 하면, 선황은 죽음을 맞이한 걸로 이미 용서를 받았다는 뜻이야. 그런데 그를 애도하는 것이 제국을 파멸로 이끈다고? 아무리 생각해도 말이 안 되잖아. 오히려 추모하고 애도를 해야 하는 게 맞지. 그로 인해 대륙의 모든 사람이 살았으니까."

"왜지? 그 반대가 아닌가? 애초에 아버지로 인해 이 땅에 재앙이……."

"어쨌든 네 아버지가 죽기로 했기 때문에 그 재앙도 끝난 거잖아. 이사나, 너도 그렇게 말했다고 하지 않았어? 선황의 죽음은 백성을 위한 거룩한 희생이었다고. 그냥 해 본 말이었던 거야?"

"그건…… 그렇지 않다."

굳어진 대답에 나는 단호히 고개를 끄덕였다.

"그렇다면 끝까지 흔들리지 마. 다들 죗값을 치렀다는 식으로만 받아들이는 것 같은데. 왜 다른 부분은 보지 않아? 실제로 선황이 그렇게 나쁜 사람이었어? 죽는 것이 마땅할 만큼?"

"그, 그렇지 않아! 선황 폐하는……! 아버지께선 정말 좋은 분이셨다. 당신이 먹을 음식, 마실 물 하나도 아끼지 않고 백성들과 나누던 분이셨어."

"거봐. 그럼 좋은 사람이라는 거잖아. 신탁이 말하면 아무리 착한 사람이라도 흉악한 범죄자가 되는 거야? 자신도 모르는 사이에 재앙의 원인이 된 거라면 오히려 가엾게 여겨야지. 심지어 다른 사람들을 살리기 위해 스스로 처형대에 오른 사람을 애도하는 게 왜 잘못이야? 이건 아무리 생각해도 그 대공이란 사람이 너무한 거야."

"……"

이사나는 한동안 아무런 말을 하지 않았다. 침묵을 지킨 건 기사들 또한 마찬가지였다. 그들 모두가 마치 무언가에 크게 얻어맞기라도 한 것 같은 얼굴이었다.

나는 살짝 한숨을 내쉬며 말을 이었다.

"게다가 도의적인 관점에서 봐도 말이지. 아버지를 여의고 울고 있는 어린 조카를 위로하진 못할망정, 미쳤다고 모함하는 숙부는 누가 봐도 좋은 사람이 아니거든? 애초에 신탁에 의문을 가졌다는 이유만으로 같은 신관들마저 베어 버릴 정도로 비정한 사람이잖아. 그런 사람이 하는 말을 따를 필요는 없지. 넌 하나도 잘못한 게 없어."

"잘못하지 않았다고……."

"당연하지. 지금 상황만 봐도 넌 충분히 피해자야. 네가 억지로 이 불합리한 상황을 납득하려고 할 필요 없어."

그건, 과거 친구였던 태진이 내게 자주 해 주던 말이었다. 동시에 그 시절의 날 유일하게 버티게 해 주던 말이기도 했다.

"네가 피해자야, 강지훈! 그러니까 울든지 화를 내든지 뭐라도 해! 병신같이 참고만 있지 말라고!"

늘 항상 듣기만 했던 말을 이제 반대로 내가 다른 사람에게 건네고 있다. 그래서일까. 이러고 있으니 마치 그때로 다시 돌아간 것 같은 착각이 일었다.

이사나는 물끄러미 나를 응시했다. 곧게 직시하는 푸른 눈동자가 그때의 나처럼 결연한 빛을 품고 있었다.

"처음이다. 이런 말을 들은 건."

"앗! 미안, 내가 남의 일에 너무 나섰지? 아무리 생각해도 납득이 안 돼서 그만……."

"아니, 그렇지 않다. 덕분에 확실히 정리가 되었으니까."

"무슨 정리?"

"나의 입장. 그리고 앞으로 내가 나아가야 할 길."

이사나는 담담한 어조로 대답하곤 희미하게 웃었다.

"사실 지금까진 무엇을 해야 할지 알 수가 없었다. 내게 미래란 한 치 앞도 보이지 않는 캄캄한 암흑에 불과했으니까."

"그게 무슨 소리야?"

"일백에 가깝던 황실 친위기사단이 나를 지키다 쓰러졌다. 살아남은 자들은 지금 이곳에 있는 십여 명의 인원이 고작이지. 모두를 희생하여 이곳까지 왔지만, 이것이 과연 옳은 것인가 줄곧 고민했다."

"폐, 폐하!"

"어째서 그런 말씀을!"

"그것이 사실이니까. 짧은 시간이었지만 그대들도 내가 그다지 좋은 황제가 아니었다는 것만은 알고 있을 것이다."

자조하듯 웃으며 중얼거린 말에 기사들은 잠시간 아무 말도 잇지 못했다.

덕분에 나는 그전의 상황을 보다 자세히 들을 수 있었다. 선황의 죽음 이후 이사나가 국정을 돌보지 않은 건 단지 부친을 향한 애도 때문만은 아니었다. 상심이 너무 큰 나머지 상당히 많이 방황했다는 것이다.

매일매일 마치 실성한 사람처럼 홀로 방에 틀어박혀 울거나, 그렇지 않으면 술에 취해 고함을 치고 사람들을 향해 난동을 부렸다. 선황에 대해서 조금만 거론하는 말을 들으면 참지 못하고 검을 뽑아 들기도 했다.

어린 황제의 방종한 행동은 황성 안의 사람들을 불안하게 하기 충분했다. 결과적으로 그 행동은 훗날 대공이 미쳤다고 주장한 말에 가장 큰 힘을 싣기도 했다. 적어도 대부분의 사람이 이사나보다는 대공의 섭정을 지지했다.

"나는 무엇을 위해 이 자리에 있는가. 백성들을 위하고 사랑했던 황제조차 버린 백성들을 과연 끌어안아야 하는가. 그렇게 해서 무슨 과연 의미가 있을까. ……오직 머릿속에 이런 생각들만 가득했다. 비단 숙부가 아니었어도 나는 같은 결과를 맞았을 것이다."

그러자 얼굴이 새파래진 기사들이 한목소리로 소리쳤다.

"그, 그렇지 않습니다, 폐하! 그때는 그저 너무 혼란스러우셨을 뿐입니다!"

"맞습니다, 폐하! 저희 모두가 폐하의 태자 시절을 알고 있습니다. 폐하께서는 변했다 말씀하셨지만 그렇지 않습니다. 대장이 쓰러졌을 때, 그를 버리지 않고 곧장 끌어안지 않으셨습니까! 그것을 보면서 확실히 깨달았습니다. 당신은 선황 폐하의 따스한 심성과 지혜로움을 그대로 이어받은, 저희의 하나뿐인 폐하시라는 것을요!"

기사들의 우렁찬 목소리가 동굴 가득히 울려 퍼졌다. 나는 먹먹한 표정으로 말을 잇지 못하는 이사나를 향해 씩 웃었다.

"그렇다는데? 너무 그런 식으로 자신을 책망할 필요는 없지 않을까?"

"하지만 나는…… 정말로 불민한 황제였다. 그때의 내겐 아무런 목적도, 살아갈 의미도 없었다. 만약 그대로 죽는다면 그걸로 상관없다고 여겼지."

"그런데 지금은?"

"지금은?"

"조금 전에 가야 할 길을 찾았다고 했잖아. 지금은 어떤데? 아직도 예전과 같은 생각이야?"

내 질문에 이사나는 조금 망설이면서도 단호한 표정으로 대답했다.

"아니, 지금은…… 다르다. 이젠 살아가야 할 이유가 생겼다. 모두 그대 덕분이다."

"어? 나는 딱히 아무것도 하지 않았는걸."

"아니. 그대는 선황 폐하의 죽음이 모두를 위한 희생이라고 말해 주었다. 나 자신도 그렇게 믿어 왔지만, 지금 그대의 말이 아니었다면 확신하진 못했을 거다. 그렇다면 나는 무슨 방법을 써서라도 다시 내 자리를 되찾을 거야. 되찾아서, 선황 폐하께서 목숨을 걸고 사랑했던 그들을 지켜낼 거다. 결코 그분의 죽음을 헛되게 하지 않겠어."

"폐, 폐하!"

"폐하!"

그 순간 모든 기사가 감격에 차오른 얼굴로 소리쳤다. 이사나는 후련해하면서도 동시에 미안한 표정을 지으며 주위를 돌아보았다.

"미안하다, 모두. 지금까지 나 때문에 고생이 많았다. 그러나 앞으로의 여정은 지금까지보다 더 고되고 힘들지도 모른다. 그래도 나를 믿고 따라와 주겠는가?"

"물론입니다, 폐하!"

"이 알렉! 바로 이 순간만을 기다리고 있었습니다!"

"당신이 가시는 그 길을 끝까지 따르며 지키겠나이다!"

마치 폭포수까지 쏟아지는 외침에 귀가 다 먹먹해지는 것 같았다. 이사나와 기사들은 서로 부둥켜안은 채 한참을 울었다.

훤칠한 체구의 청년들이 저보다 한 자는 작은 소년에게 마치 어린아이처럼 매달렸다. 이사나는 그런 기사들을 한 사람 한 사람 어루만지며 다독이고 있었다. 그 모습에서 위화감은 전혀 느껴지지 않았다. 그제야 그저 내 또래로만 보이던 그가 처음으로 황제라는 존재로 다가왔다.

그때 문득 이사나가 나를 바라보는 시선이 느껴졌다. 토끼처럼 새빨개진 눈을 하면서도 그는 애써 의연한 어조로 말을 건넸다.

"엘퀴네스, 그대에게 부탁하고 싶은 것이 있다."

"부탁?"

"……나를 도와주지 않겠나?"

나는 두 눈을 크게 떴다. 설마 이사나가 그에 관한 말을 먼저 꺼낼 줄은 몰랐으니까. 기사들도 마찬가지인 듯 얼굴 가득 놀람과 감격의 표정을 짓고 있었다.

그에 민망해진 듯 이사나는 뻣뻣해진 얼굴로 허둥거렸다. 그 모습을 보니 문득 장난치고 싶은 기분이 들어, 나는 일부러 더 생글생글 웃었다.

"헤에, 언제는 계약을 파기하겠다고 하더니?"

"그, 그건……. 전부 내가 잘못했다. 내가 그대를 오해했다. 지금은 마음 깊이 반성하고 있다."

"흐음— 정말일까?"

"진심이다. 부디 날 용서해 주지 않겠나? 이런 부탁을 하는 것이 얼마나 염치없는 행동인지 알고 있다. 하지만 난 그대가 필요하다. 내게 그대의 힘을 빌려 다오."

"……으음, 좋아. 알았어."

어차피 계약을 해지할 생각은 이미 사라진 상태였다. 더구나 상대 쪽에서 먼저 숙이고 들어오는데, 딱히 거절할 이유도 찾을 수 없었기 때문에 나는 가볍게 승낙했다. 그에 이사나의 얼굴이 환하게 밝아졌다.

"정말인가? 나를 용서해 주는 건가?"

"단, 내게도 조건이 있어."

"조건?"

"우선 그 애늙은이 같은 말투를 그만둘 것."

"……아?"

내가 내세운 조건이 상당히 뜻밖이었는지 이사나는 당황한 얼굴로 두 눈을 깜빡거렸다. 마치 허를 찔린 듯 주춤하는 기색에 나는 그럼 그렇지 하고 고개를 끄덕였다.
"지금 그 말투 일부러 쓰는 거지? 억지로 어른스럽게 말하는 것 같은데, 하나도 안 어울려."
"뭐, 뭐? 무슨 말을 하는 건가. 나는……."
"변명하려고 해도 소용없어. 넌 기억을 못 하는 것 같지만, 처음 날 소환했을 땐 분명 그 말투가 아니었거든."
이사나의 얼굴은 순식간에 붉게 달아올랐다. 기사들도 연방 헛기침을 하는 것이, 그들 또한 녀석의 본래의 말투를 알고 있는 것이 분명했다.
"황제라니까 어느 정도는 이해하겠는데, 적어도 내 앞에선 그만둬라. 아까부터 계속 참아 보려고 해도, 손발이 오그라들어서 더는 못 들어 주겠다."
"손……발이 오그라들어? 그게 무슨 말이지?"
"그만큼 부담스럽다는 뜻이야. 아무튼 난 인간도 아니고, 네가 위엄이나 체면을 차릴 대상은 더더욱 아니잖아? 그러니까 편하게 말해, 편하게."
"으음……."
"왜? 싫어?"
"아, 아니. 알겠다. 그렇게 하지."
"하지?"
"아, 알았어……."

이사나는 급하게 더듬거리며 대답을 수정했다. 이미 귀까지 새빨개진 얼굴은 금방에라도 재가 되어 날아갈 것처럼 보였다. 그 노골적인 순진한 반응에 나는 웃음을 터뜨렸다.
'의외로 귀여운 녀석이네.'
한때는 기분이 상하기도 했지만 역시 계약을 하길 잘했다 싶다. 왠지 녀석과는 좋은 친구가 될 수 있을 것 같았다.

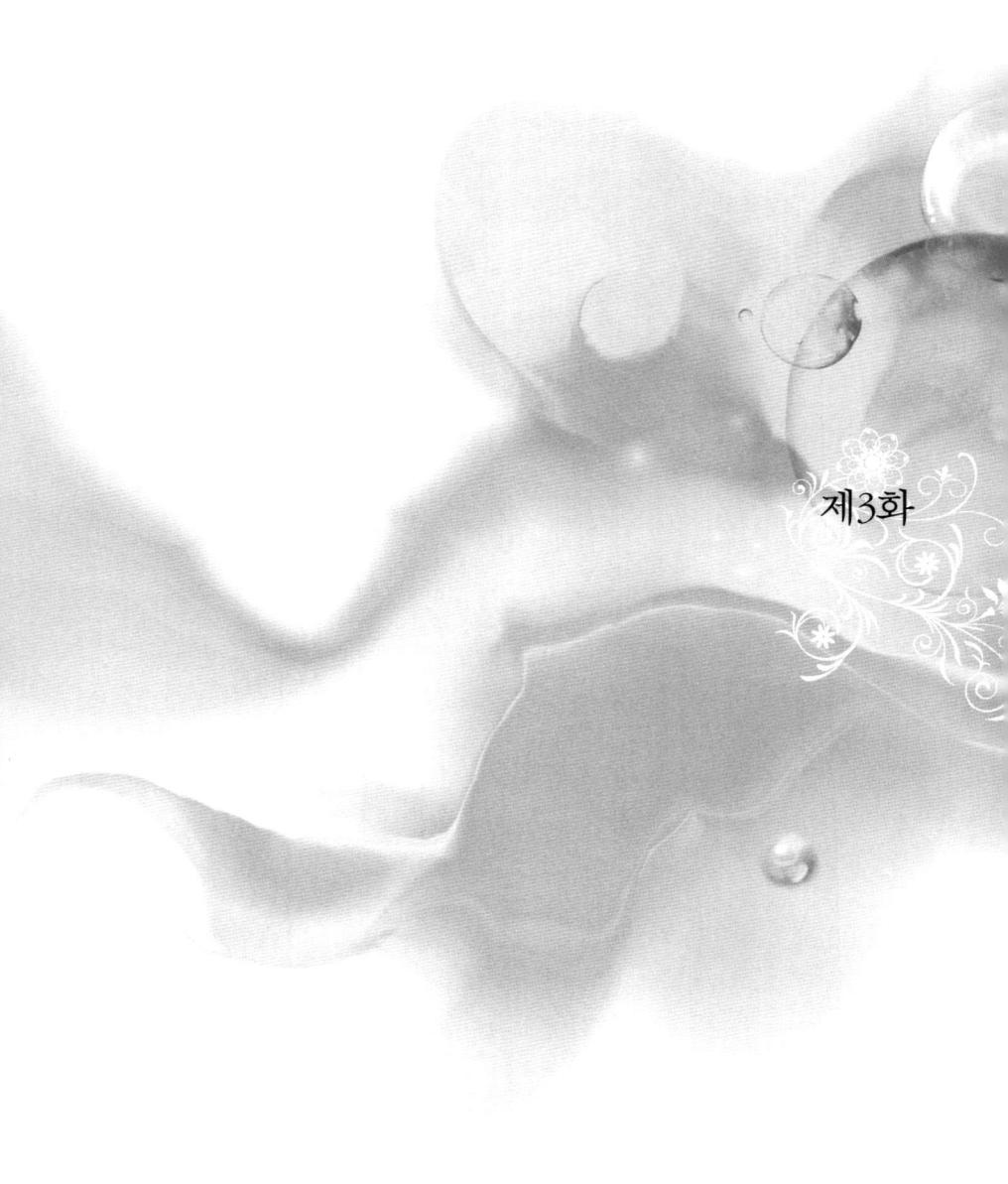

1.

쿠웅!

거대한 나무 잔이 테이블 위에 거칠게 떨어져 내렸다. 이미 안에 가득 차 있던 맥주는 약간의 거품을 남긴 채 깨끗이 비워진 상태였다. 동시에 방금 전 쓰디쓴 맥주를 단숨에 마셔 버린 남자가 거칠게 입술을 훔치며 소리쳤다.

"크아아! 이게 며칠 만의 포식이냐! 이제야 살 것 같다!"

그 앞에는 산더미 같은 음식들이 테이블 가득 차려져 있었다. 이미 음식이라고 하기엔 잔해에 더 가까운 상태였지만, 그럼에도 입과 탁자를 오가는 손은 멈추지 않았다. 반대편에 앉은 사람들도 마찬가지였다.

"으아— 완전 좋아. 이거 다 먹고 배 터져 죽어도 행복할 것 같다."

"킥킥, 미친놈. 닥치고 더 먹기나 해. 한동안 이런 기회는 다시 없을 테니까."

"나도 알아, 이 새끼야. 아, 그건 내가 찍어 둔 거야! 손대지 마!"

"지랄! 먼저 집은 사람이 임자지 이게 어디서 감히 선점질이야, 선점질이? 죽고 싶냐?"

거친 욕설이 난무하는 가운데 그들은 새로 나온 요리를 마구 잡고 허겁지겁 삼켰다. 누가 보면 열흘은 족히 굶었다고 해도 이해할 수 있을 정도다. 그래선지 아까 전부터 식당 안에 있는 사람들의 시선이 전부 이쪽, 그러니까 내가 있는 테이블을 향해 있었다.

나는 쓰게 웃으며 머리를 뒤덮은 후드를 다시 고쳐 만졌다.

"싸우지 말고 천천히 먹어요. 음식은 얼마든지 있으니까."

"아이고, 의뢰주님. 저야 당연히 그러고 싶은데 저 새끼가 성질을 자꾸 건드리네요. 의뢰주님은 저 자식이 얼마나 인간말종인지 모르실 겁니다. 언제고 한 번 두들겨 놔야 정신을 차릴걸요."

"뭐가 어째, 이 새끼야? 니 방금 뭐라고 씨부렸냐?"

"뭐, 내가 틀린 말 했냐?"

"이게 끝까지 잘났다고 큰소리지! 오냐, 어디 한번 해보자! 덤벼!"

"해보자면 누가 겁날 줄 아냐?"

그들은 삼류 건달 같은 대사를 날리며 허리춤에 매달려 있던 투박한 검을 꺼내 들었다. 그러자 다른 손님들의 비명이 이곳저곳에서 울려 퍼지기 시작했다.

어둡고 좁은 가게였지만, 한창 점심때였던지라 안에는 사람들로 가득 차 있었다. 약간의 소란으로도 충분히 대형 사고로 번질 수 있는 환경인 것이다. 마침내 사색이 된 주인이 달려와 곤란한 표정으로 말리기 시작했다.

"저어, 여러분. 다른 손님들께 피해가 갑니다. 여기서 이러지 마시고……."

"뭐야? 끼어들지 마, 주인장! 내가 누군지 알아? 나는 말이야! 이 검 하나로 대륙을 횡단한 검객이라고! 그 위험한 여인 부족국가 아마데우스에 들어가서도 당당히 살아 나온 사내다, 이 말이야!"

호기롭게 외친 남자의 말에 식당 주인이 겁을 먹은 듯 뒤로 한 발짝 물러섰다. 하지만 그를 상대하고 있던 다른 쪽의 남자는 오히려 더 비웃는 표정을 지었다.

"흥, 그래 봤자 미천한 삼류 용병밖에 더 되냐? 의뢰주만 아니었어도 당장에 굶어 죽었을 판국이었으면서 허풍은."

"아니, 그래도 이 자식이!"

아아아, 말리기는커녕 오히려 부채질한 꼴인가? 본격적으로 가속된 다툼에 식당 주인의 시선이 냉큼 나를 향했다. 얼른 말리지 않고 뭐 하냐는 눈빛이었다.

제3화 **109**

'네네, 이럴 땐 의뢰주인 제가 나서야지요.'
나는 한숨을 내쉬며 일부러 더 단호한 어조로 말했다.
"자꾸 이런 식이면 의뢰고 뭐고 다 그만둬 버릴 거예요. 그래도 멈추지 않을 건가요?"
과연 내 한마디의 타격이 컸는지 그들은 곧장 싸움을 멈췄다. 그리곤 투덜거리면서 얌전히 제자리에 착석했다.
"……쳇! 너 말이야. 의뢰인 때문에 산 줄 알아! 원 재수가 없으려니!"
"누가 할 소리! 닥치고 밥이나 마저 처먹어!"
그들은 다시 경쟁하듯 음식을 입에 욱여넣기 시작했다. 덕분에 한층 조용해지자 식당 주인이 내게 감사의 눈길을 보냈다. 이윽고 식사가 끝난 즉시 그들을 먼저 밖에 나가 있게 한 후, 식당 주인을 향해 손짓했다. 그러자 한달음에 달려온 그가 친절한 표정으로 말했다.
"손님, 계산해 드릴까요?"
"예, 전부 계산해 주세요. 그리고 아까는 죄송했어요. 많이 시끄러우셨죠?"
"아닙니다. 오히려 손님께서 그분들을 진정시켜 주셔서 얼마나 감사한지 모릅니다. 그런데 여행자이신 모양이죠? 아까 그분들은 용병들이신 것 같던데."
"네, 자유 용병이라고 하더라고요. 먼 도시에 들를 일이 생겼는데 저 혼자선 불안해서 고용한 사람들이에요."

그 말에 식당 주인은 그럴 줄 알았다는 듯이 고개를 끄덕였다.

"그러신 것 같았습니다. 가끔 손님처럼 용병을 고용해서 여행하시는 분들을 뵙곤 하거든요. 그때마다 느끼는 거지만 용병들이란 하나같이 어쩜 저리 성정이 거친지. 그래도 손님의 일행분들은 생김새만 보면 꽤나 말끔하던데 말입니다."

"아하하. 그, 그런가요? 뭐, 그래 봤자 용병이 어디 가겠어요."

"허허. 그건 손님의 말이 맞는 것 같습니다. 행동이며 말투는 딱 용병 그 자체더군요. 그나저나 여행에 필요한 것들은 좀 넉넉히 챙기셨습니까? 먼 도시에 가시는 거라면 식량도 많이 필요하실 텐데요. 저분들 식성을 보니 식비가 한두 푼 드는 게 아닐 것 같은데."

"음, 사실은 그다지 구비를 하지 못했어요. 필요할 때마다 민가에 들러서 사들일 예정이었는데, 이 마을엔 적당한 상가가 존재하지 않더라구요."

"저런, 이 근처는 죄다 작은 마을들뿐이라 상가를 찾기는 힘드실 겁니다."

"윽, 그렇군요. 이걸 어쩌지. 여분 식량은 이제 거의 바닥났는데……."

당황한 내 말투에 식당 주인은 안됐다는 표정으로 내 위아래를 훑었다. 아무것도 모른 채 여행길을 나선, 사회 초년생을 보는 시선이다.

"그거 정말 난처하시겠군요. 괜찮다면 제가 좀 마련해 드릴까요? 마침 내일 장이 들어서는 날이라 여유가 있거든요."
"어? 정말요? 살았다. 그럼 이왕 부탁드리는 김에 좀 많이 부탁드려도 돼요? 다섯 명이 일주일을 먹어도 될 수 있을 정도로요."
"다섯 명이요?"
"일전에 인원수에 딱 맞춰 준비했더니 금방 바닥나 버렸거든요. 값은 넉넉히 드릴게요."
그렇게 말하며 나는 식당 주인의 손에 슬쩍 금화 하나를 올려놓았다. 이곳에서 금화 하나는 한 달 생활비를 거뜬히 상회하는 가치였다. 그것을 본 주인의 눈은 휘둥그렇게 벌어졌다.
"실은 조리에 필요한 기구들과 향신료도 좀 필요하거든요. 그것들도 같이 준비해 주시면 지금 이것과 같은 걸 하나 더 드릴게요."
"어, 어이쿠! 다, 당연합지요. 지금 당장 준비해 드리겠습니다! 그 밖에 따로 더 필요하신 것은 없으십니까? 원하시면 물도 구해다 드릴 수 있습니다만."
"네? 물이요? 아니요, 그건 괜찮아요. 지금 말씀드린 것만 부탁드릴게요."
"예! 조금만 기다려 주십시오!"
우렁차게 대답한 주인은 빠르게 주방 저편으로 달려갔다. 나는 그 모습을 웃으며 지켜보다 그가 사라지는 즉시 짧게 한숨을 내쉬었다.
'이번이 다섯 번째인가…….'

다행히 역할대로 '어리고 세상 물정 모르는 부자 도련님'으로 보이는 것엔 성공한 것 같다. 처음엔 떨려 죽는 줄 알았는데, 이것도 어느새 익숙해졌는지 조금은 여유 있게 대화를 받아치게 되었다.

그래도 설마 물까지 얻어다 주겠다는 말을 들을 줄이야. 그 정도로 내가 어수룩해 보였나? 이렇게 연기에 소질이 있었다니, 놀랄 노 자다.

'뭐, 그래도 연기 대상 감으로 치면 저 사람들 정도까진 아니겠지만……'

문득 문밖으로 시선을 돌리니 '거칠고 무식한 세 용병 역' 중 하나를 맡았던 알렉이 이쪽을 기웃거리는 것이 보였다.

내가 손가락으로 동그라미를 그려 보이자 그는 환한 표정으로 고개를 끄덕였다. 처음의 머쓱하고 쑥스러운 기색은 다 어디로 갔는지, 이젠 아주 여유가 넘치는 모습이다.

그 얼굴을 보니 문득 여기까지 오게 된 과정이 떠올랐다.

"어? 황성으로 가는 게 아니었어?"

이사나를 돕기로 한 이후, 우리는 곧장 앞으로의 일정을 의논했다. 곧장 황성에 다시 돌아갈 거라고 예상한 나와 달리 이사나는 고개를 저었다. 이미 그곳은 대공의 세력이 장악하고 있는 데다, 추격자가 붙었기 때문에 섣불리 돌아갈 수가 없다는 것이다.

"그럼 어떻게 할 건데?"

"카웰 형님을 찾아갈 생각이야."

"형님이라니?"

그러자 기사들이 입을 열었다.

"카웰 님이라면…… 폐하의 사촌이신 카웰 드 클모어 공작님을 말씀하시는 겁니까? 대륙의 다섯 번째 소드 마스터이자 철혈의 기사로 알려지신 그분 말입니다."

"헤에, 소드 마스터라고?"

소드 마스터란 이곳 세상에서 검술의 경지에 이른 사람을 칭하는 말이다. 모든 기사의 꿈이자, 상징적인 존재이기도 했다. 호기심을 비치는 날 향해 이사나는 부드럽게 웃으며 고개를 끄덕였다.

"외가 쪽의 사촌이야. 선대 가주였던 그의 부친은 선황의 가장 충실한 신하로, 과거 선황 폐하의 뜻을 받들어 몇 번이나 위험한 전장에 나섰던 인물이지. 그 아들인 카웰 형님 또한 부친과 똑같은 성정으로, 굉장히 우직한 데다 황실에 충성하는 사람이야. 선황 폐하께서 늘 믿어도 되는 사람들이라고 입버릇처럼 말씀하셨어."

"그렇구나. 그 사람을 찾아가서 도움을 청하겠다는 거지?"

"응. 지금은 무엇보다 내 지지 기반을 마련하는 것이 중요하니까. 카웰 형님이 다스리는 클모어 공국은 우리 스왈트 제국에 존재하는 공국 중에서 가장 크고 막강한 군사력을 보유한 곳이야. 게다가 그 개인적으로는 다른 제국의 황족들과 상당히 막역한 관계지. 특히 알폰프 제국의 현 황제와는 같은 아카데미를 졸업한

동기생이라고 들었어. 그가 내 편이 되어 주면 귀족원에서도 상당수가 회유될 거야."

자랑스러운 사촌 형에 대해서 설명하는 것이 기쁜지 이사나는 잔뜩 들뜬 기색이었다. 하지만 그와 반대로 기사들은 어딘지 석연치 않은 표정을 짓고 있었다.

"하지만, 폐하……. 카엘 공작님은 벌써 몇 년간 공국 안에서 칩거 중인 상태가 아니십니까? 선황 폐하께 그러한 일이 있을 때조차 단 한 번도 기별이 없으셨습니다."

"맞습니다. 칩거 기간이 너무 길어 이미 공국 안에선 그분의 병환이 깊다는 소문이 공공연하게 나돈다고 들었습니다. 찾아가신다 해도 만나지 못할지도 모릅니다."

"게다가 클모어 공국은 몇 달 안에 닿는 것조차 힘들 정도로 먼 데다, 가는 길목에 험한 지형이 많기로 유명합니다. 혹여 몸이라도 상하시면……."

한마디씩 이어지는 말들엔 모두 이번 결정을 우려하는 내용뿐이었다. 그러나 이사나는 단번에 그들의 걱정을 일축했다.

"그대들의 말도 틀리진 않다. 하지만 어차피 간단한 각오로 시작한 일이 아니지 않은가? 그는 지금 이 제국에서 내가 믿을 수 있는 몇 안 되는 사람 중 하나다. 예로부터 황실에 충실해 왔던 가문조차 설득할 수 없다면, 황성의 어느 귀족이 과연 나를 돌아보겠는가?"

"……."

기사들은 아무런 반박을 하지 못하고 입을 다물었다. 그들 또한 그 점만은 어쩔 수 없이 인정하고 있는 듯 보였다.

황궁 내에 이사나의 편은 아무도 없다. 그것은 지금 현재 상황만 보아도 충분히 알 수 있는 사실이었다. 황제인 그가 성을 탈출해 이곳에 이르기까지, 그를 도운 귀족이 단 한 명도 없었다고 했다. 그렇게 될 때까지 기반을 잃은 이사나를 가여워해야 하는 건지, 아니면 그만큼 깊숙이 황성을 장악한 대공을 대단하다 여겨야 하는 건지 알 수가 없었다.

하지만 지금 그들은 바로 눈앞에 당면한 가장 중요한 문제를 정작 잊어버린 상태였다. 그것은 벌써 며칠째 굶고 있다는 것과 앞으로 먹을 식량이 하나도 없다는 것이다.

정령인 나야 먹지 않아도 살 수 있지만, 다른 이들은 엄연히 양분을 섭취해야 하는 인간이 아니던가. 내가 그 사실을 지적하자 그제야 이사나와 기사들은 민망한 표정으로 마주 보았다.

"아, 그렇지. 그럼 일단 가까운 마을에서 식량을 구해야……."

"식량을 살 돈은 있어?"

"……."

"게다가 설마 지금 그 차림으로 마을을 내려갈 생각은 아니겠지. 이 근처는 죄다 작은 민가뿐이거든? 수상한 사람들이 우르르 몰려다니면 누군가 신고하지 않을까?"

"……."

예상대로 그들은 아무런 대답도 하지 못했다.

지금 그들이 입고 있는 것은 몸에 바짝 달라붙는 단순한 형식의 면 옷이다. 본래는 갑옷 안에 받쳐 입는 것으로, 일종의 속옷 차림인 셈이었다. 기존에 착용하고 있던 갑옷들은 추격을 피하려고 오는 길에 전부 버렸다고 했다. 눈에 띄지 않기 위해선 당연한 선택이었지만, 결과적으론 상당히 남세스러운 행색이었다.

그나마 이사나와 정령사인 페리스의 차림은 평범했으나, 그런 두 사람도 딱히 팔아서 마련할 만한 장신구 같은 건 지니고 있지 않았다. 급하게 도망쳤다고 하더니 미처 그런 부분들에까진 신경을 쓰지 못한 것 같았다.

결국 고심 끝에 나는 이전에 수집해 둔 비장의 컬렉션(?)을 풀기로 결심했다. 에바스 에덴에서 채집한 보석 꽃을 개봉한 것이다.

"자, 받아."

"……!"

"이, 이게 뭡니까, 엘퀴네스 님?"

내가 이사나에게 건넨 건 붉은 루비로 된 장미 한 송이였다. 반짝거리는 보석을 본 사람들은 한동안 아무런 말을 잇지 못했다. 특히 그것을 직접 건네받은 이사나는 아예 그 자리에 얼어붙은 상태였다.

"어때요, 이 정도면 경비로 쓰기에 충분할까요?"

"추, 충분하다마다입니까. 제 생전 이렇게 아름다운 보석은 본 적이 없습니다. 이걸 설마 저희에게?"

"특별히 빌려 드리는 거예요. 하지만 부담은 갖지 마세요. 나중에 이사나한테 다 받아낼 생각이니까."

"엘퀴네스 님……."

기사들은 하나같이 감동에 젖은 얼굴로 나를 바라보았다. 괜히 쑥스러운 기분에 나는 얼른 화제를 전환했다.

"그나저나 이 보석은 가치가 얼마 정도 될까요? 실은 전 이곳의 물가에 대해선 거의 아는 게 없거든요."

"그, 글쎄요. 저희도 거기까지는……."

"굉장히 귀해 보이기는 합니다만."

"제가 좀 봐도 되겠습니까?"

그때 조금 떨어진 자리에 있던 페리스가 냉큼 다가와 물었다. 그는 보석을 받아 들자마자 감탄한 얼굴로 연방 탄성을 터뜨렸다.

"세상에! 이건 정말 훌륭한 보석이군요. 이렇게 선명한 광채와 정교한 장미꽃 모양이라니……. 이건 혹시 그 유명한 브리아의 보석이 아닙니까?"

"브리아의 보석이요?"

"예? 모르십니까? '브리아의 보석'은 여신의 전설을 지닌 보물입니다. 빛의 여신 브리아가 꽃을 따서 바구니에 넣고 가는 중에 실수로 바닥에 쏟았는데, 그것이 인간 세상에 떨어져서 보석이 되었다는 전설이죠. 그래서인지 지금 이것처럼 꽃의 형태를 지니고 있는 것이 특징입니다. 게다가 마치 살아 있는 꽃처럼 같은 종류라도 똑같은 모양이 하나도 없다고 하더군요. 몹시 희귀해서 구하기 쉽지 않은 보석으로, 부호 중엔 브리아의 보석만 따로 수집하는 자들도 있을 정돕니다."

음, 그거 아무래도 에바스 에덴의 꽃들인 것 같은데?

나는 내 짐작을 확신했다. 아무리 생각해도 저런 보석이 또 있을 것 같진 않았기 때문이다. 아마도 지금처럼 이런저런 사정으로 정령계에서 흘러 나간 꽃들이 사람들 사이에 그런 식으로 알려진 것이 분명했다.

"모조품은 몇 번 봤지만, 진품을 본 건 저도 이번이 처음입니다. 정말 살아 있는 꽃이 보석으로 변한 것 같군요. 과연 그런 전설이 붙을 만도 하네요."

'그야 당연하지. 진짜 꽃이니까.'

하지만 나는 구태여 이런 사실까진 알리진 않았다. 페리스나 기사들도 그저 전설의 보석을 직접 보게 된 기쁨만 누릴 뿐, 내가 그것을 지니게 된 경위까진 궁금해하지 않는 것 같았다. 어쩌면 정령왕이니까 당연하게 여기는 것 같기도 했다.

"희귀하다면 가격도 꽤 비싸겠네요?"

"예, 물론입니다. 오히려 너무 비싸서 문제가 될 것 같습니다. 이런 변방 지역에서 현금으로 사들일 만한 부호가 있을지……."

"그럼 가격을 많이 낮춰서 팔면 되죠. 그렇게 유명한 보석이라면 누구든 사려는 사람이 나오지 않을까요?"

"으음, 그렇긴 하지만 그런 식으로 처분하기엔 좀 아까워서 말입니다. 도시에 가면 적어도 백 골드 이상은 받을 수 있는 보석인데."

페리스는 진심으로 안타깝다는 표정을 지었다. 물론 그래 봤자 그것이 어느 정도의 가치인지는 알 수 없었기 때문에 난 그저 의아해할 뿐이었다. 그에 비해 다른 기사들은 놀란 기색이 역력했다.

"배, 백 골드?"

"믿을 수가 없군요. 그 작은 보석 하나가 그렇게 비싸단 말입니까?"

"그게 얼마인데요?"

황제의 직속 친위기사라면 어느 정도 화려한 생활에 익숙한 자들일 것이다. 그런 그들이 이렇게까지 놀라는 모습을 보니 왠지 모르게 불길한 기분이 들었다. 짐작대로 이어진 페리스의 대답은 상당히 충격적이었다.

"백 골드면 도시에서 작은 저택 하나 정도는 마련할 수 있는 돈입니다."

"헉! 저, 저택을 산다구요?"

"예. 하지만 그 정도로 놀라시면 안 됩니다. 기본 가격이 백 골드이고, 경매가 붙으면 그보다 더 오르기도 하니까요. 브리아의 보석은 귀족 여성들이나 수집가들 사이에서 상당히 인기가 높거든요. 특히 크기가 크고 특이한 꽃 모양일수록 가격이 비싼 편이지요. 어떤 것은 십만 골드에 거래가 될 정도입니다."

"……!"

예상 수치를 가볍게 뛰어넘는 거액에 나는 아무런 말도 할 수 없었다. 하기야 생각해 보면 지구에서도 보석은 고액의 물건이었다. 특히 다이아몬드 같은 건 크기와 종류에 따라 수십, 수백억을 호가하기도 했으니까.

여신의 보석으로 알려진 거라면 그보다 더한 가치를 지녀도 전혀 이상하지 않을 것이다.

'……앞으로 꽃은 가급적 손대지 말자. 심장에 좋지 않을 것 같아.'

나는 조용히 속으로 그렇게 결심했다.

그 뒤 잠시간의 의논 끝에 페리스가 마을에 내려가 보석을 처분하는 것으로 결정됐다. 다른 사람들보다 물정에 밝다는 이유도 있지만, 무엇보다 그의 차림이 가장 멀쩡했기 때문이다.

혹여 비싼 보석을 지니고 있는 것에 의심을 받으면 어쩌나 걱정했지만, 다행히 페리스는 이러한 우려를 일축했다. 브리아의 보석은 세공사가 존재하는 것이 아니기 때문에 고대 문명의 산물로 알려져 있다는 것이다. 그래서 보석을 습득하는 경위도 전부 천차만별이었다. 보물이 숨겨진 던전 안에서 구하기도 했고 밭을 갈다 흙 속에서 우연히 발견하기도 했다. 오히려 행색이 초라한 만큼 단순히 운이 좋은 사람으로 치부하리라는 게 그의 설명이었다.

그의 말대로 보석은 아무런 문제없이 수월하게 처분되었다. 비록 받은 금액은 본래 시세의 절반에도 미치지 못했지만, 당분간 사용할 경비로는 충분했으니 만족스러운 결과였다.

돌아오는 길에 그는 기사들이 갈아입을 여벌을 함께 준비해 왔고, 다음 날부터 우리는 본격적인 식량 구입 작전에 들어가기 시작했다. 몇 명의 인원을 뽑아 팀을 만든 뒤, 여행객인 것처럼 위장하여 여러 마을을 순회하는 것이 목적이었다. 만약을 대비해 이사나는 동굴에 그대로 남겨 두기로 했다.

그리하여 지금의 풋내기 도련님 의뢰주와 세 명의 자유 용병이 탄생한 것이다.

2.

"다들 수고하셨어요. 이제 필요한 건 전부 구했으니, 그만해도 될 것 같아요."

식당에서 나온 즉시, 나는 기사들과 함께 인적이 없는 한적한 곳으로 자리를 이동했다. 이미 두 손마다 여기저기서 사들인 식료품으로 가득 찬 상태였다. 반나절 이상 이곳저곳 돌아다니느라 녹초가 된 상태였지만, 그들의 눈빛만은 모두 생생하게 빛나고 있었다.

"엘퀴네스 님께서도 고생하셨습니다. 휴우, 그나저나 정말 죽는 줄 알았습니다. 사람들 앞에서 체면도 잊은 채 고래고래 소리를 지르다니. 다시 생각해도 창피해서 얼굴에 불이 날 지경입니다."

그렇게 말한 사람은 기사들의 젊은 대장인 케이였다. 다음 날 아침이 되어서야 겨우 의식을 차린 그는, 무엇보다 자신이 살아 있다는 사실에 가장 크게 당황했다. 부상이 워낙 심해 당연히 죽을 것이라 예상하고 있었던 것이다.

그런 그에게 이사나가 직접 나서서 그간의 상황을 전부 설명했다. 그리고 지금, 그는 어느 누구보다 적극적으로 내 지휘에 따라 주는 사람이 되어 있었다.

"하하, 잘하시던데 뭘 그래요? 너무 신경 쓰지 마세요. 덕분에 아무도 제 말을 의심하지 않는 것 같았으니까요."

"그렇다면 다행입니다만……. 저희가 나간 후에 딱히 별다른 일은 없으셨던 겁니까?"

"네. 전부 다 순조로웠어요. 식당 주인이 좀 이상한 제안을 하긴 했지만요."

"이상한 제안이라니요?"

"원하면 물도 구해다 주겠다고 하더군요. 수통을 채워 주겠다는 소리는 아닌 것 같고, 마치 사다 주겠다는 말처럼 들리더라고요."

그러자 케이를 비롯한 기사들의 얼굴에 묘한 표정이 떠올랐다. 마치 목 안에 껄끄러운 가시가 박힌 것 같은 얼굴이었다.

"왜요?"

"으음, 엘퀴네스 님. 그건 아마 당신이 생각하시는 게 맞을 겁니다."

"네? 그게 무슨 말이에요?"

"실은 지난 십 년 가뭄 이후로 물이 귀해져 버렸거든요. 일부라도 식수를 구하려면 마법사를 초빙해서 인공우를 뿌려야 하는데,

이 작업에 상당히 많은 돈이 들어갑니다. 그래서 일정량의 세금을 받고 물을 판매하기 시작했습니다. 그 이후로 강이나 우물은 전부 마을의 유지나 영주들을 통해 관리되고 있습니다."

"……저기, 잠깐만요. 그때는 몰라도 지금은 물이 풍족할 텐데요? 그런데도 여전히 사고판다는 건가요?"

이미 이 땅에는 몇 차례나 큰 비가 내렸다. 오염된 바다는 전부 정화했고, 바닥을 드러내거나 사라졌던 강과 샘도 대부분 되돌아왔다. 내가 직접 한 일이니 틀릴 리가 없었다. 어이없는 심정으로 묻는 나에게 알렉이 씁쓸한 어조로 대답했다.

"이미 고정된 판매 수익을 놓치기 싫은 귀족들이 행패를 부리는 겁니다. 가뭄은 끝났지만 평민들의 삶은 별로 달라진 것이 없다 들었습니다. 몰래 물을 훔치는 자는 큰 벌을 받기 때문에 강가 근처엔 얼씬도 하지 못한다고 하더군요. 심지어 그런 자를 신고하면 후한 상금을 주다 보니 포상금을 노리고 서로 감시하는 형국입니다. 그나마 최근에는 비가 자주 내린 덕분에 미리 빗물을 받아다가 다음 비가 올 때까지 생활을 연명하는 것 같았습니다만."

"말도 안 돼. 그럼 농사 같은 건 어떻게 해요? 작물을 키우려면 물이 많이 필요하잖아요?"

"그건, 일부 수로를 지원해 주는 대가로 추수 때 수확물을 제공받는 걸로……."

"……."

그들의 말은 전부 사실이었다.

그 즉시 나는 가까운 냇가로 향했다. 그리고 그곳에서 주위를 길게 둘러싼 나무 울타리와 커다란 팻말을 볼 수 있었다. 그 안엔 허락 없이 울타리를 넘어가는 자는 엄벌에 처할 것을 명시한 경고문과 물의 가격이 세세히 기재되어 있었다. 심지어 무장한 병사들이 입구 앞을 지키고 서 있기까지 했다.

"하……."

사람이 너무 기가 막히면 아무 말도 못 한다더니 지금 내가 딱 그랬다. 케이와 알렉들도 무섭도록 얼굴을 굳히고 있었다.

"사실 저희도 소문으로만 들었을 뿐, 이런 실태를 직접 본 것은 지금이 처음입니다. 직접 보니 예상했던 것보다 더 처참하군요."

"이사나도 이 사실을 알아요?"

"으음, 아마 자세하게 아시진 못할 겁니다. 수도에선 곧장 규제가 풀린 데다, 지방 영주들이 황제 폐하께 올리는 사안은 대개 간단한 형태로 기록이 되거든요."

"그나마도 제대로 국정에 참여하지 않았다고 했었죠."

그 말에 케이가 민망한 듯 쓴웃음을 지었다. 아무리 사랑하는 황제 폐하라도, 이번만큼은 변명해 주기가 힘들었던 모양이다. 물론 녀석을 탓할 생각으로 꺼낸 말은 아니었기 때문에 나는 몰래 살피던 것을 멈추고 몸을 일으켰다.

"일단 돌아가요. 이 일에 대해선 따로 방안을 마련해 봐야겠어요."

"방법이 있으십니까?"

"그야……."

그때 문득 내 시야에 특이한 광경이 들어왔다. 마을의 광장 앞에 한 무리의 사람들이 몰려 있는 모습이었다. 나는 설명하려던 것을 멈추고 케이를 향해 물었다.

"저건 뭐 하는 걸까요?"

"글쎄요."

모두가 의아해하는 사이, 곧 무리 앞으로 한 사람이 모습을 드러냈다. 검은색 갑옷에 붉은 망토를 걸친 기사였다. 그 순간 케이와 알렉들의 얼굴이 빠르게 굳었다.

"마신전의 신관기사입니다."

"신관기사?"

"대공의 명령을 받아 움직이는 자들입니다. 아무래도 좋은 용무는 아닌 것 같군요."

신관기사는 무리의 한가운데에 멈춰 섰다. 그리고 들고 있던 두루마리를 모두의 앞에서 펼쳐 보였다. 이윽고 쩌렁쩌렁한 목소리가 울려 퍼지기 시작했다.

"이 제국을 파멸에 빠트리려 하는 사악한 무리가 나타났다! 모두 이 수배령을 보고 의심이 가는 자를 발견하면 즉시 신고하길 바란다!"

그렇게 소리친 신관기사는 자신이 들고 있던 두루마기를 뒤쪽에 있던 벽에 붙이곤 몸을 돌렸다. 나는 그들의 모습이 완전히 사라질 때까지 기다렸다가, 무리의 틈을 파고들어 벽보의 내용을 확인했다.

- 공고 -

죄명
미친 황제를 부추겨 제국을 파멸에 빠트리려 하고, 그를 황궁 밖으로 도피시킨 죄.

수배 목록
이름: 케이 드 쉐리크.
신상: 황실 친위기사단 대장. 28세. 짙은 갈색 머리, 갈색 눈동자.

이름: 알렉 드 이르완.
신상: 황실 친위기사. 23세. 금발, 초록색 눈동자.

이름: 페리스 드 젤로
신상: 바람의 중급 정령사. 21세. 황갈색 머리, 초록색 눈동자.
⋮
이상, 전원을 수배함.

금발에 푸른 눈동자인 16세 전후의 소년과 함께하는 무리를 발견하는 자는 지체 없이 신고 바람.

  신고하는 자에겐 후한 포상을 내리겠음.

교황 하이오네

  "헉……. 이게 뭐야?"
  설마 이렇게 대놓고 수배령을 내릴 줄이야. 게다가 이사나를 납치한 것으로 포장한 것을 보니 더욱 기가 막혔다. 마찬가지로 벽보를 본 케이가 씁쓸한 얼굴로 중얼거렸다.
  "결국 대공의 힘이 여기까지 미쳤군요."
  "다들 알고 있었어요?"
  "물론입니다. 이곳까지 오는 동안 가는 곳마다 동일한 내용의 수배령이 붙었으니까요."
  주변을 의식한 듯 대답하는 그의 목소리는 아주 작았다. 나는 조심스럽게 마을 사람들의 반응을 살폈다. 그들은 모두 벽보에 적힌 기사들에 대해 반감을 드러내고 있었다.
  "쯧쯧쯧, 황실의 친위기사라는 자들이 미친 황제를 말리지는 않고 오히려 돕다니."
  "소문에 의하면 애초에 황제를 미치게 만든 자들이 저들이라던데?"
  "허어, 대체 세상이 어떻게 되려고 이러는 건지 원. 이제 겨우 살 만해졌나 싶었는데 좀처럼 사건이 끊이질 않는군."

"이게 다 재앙의 황제가 내린 저주의 여파가 아직도 남아 있어서 그런 거라니까."

대부분의 사람이 벽보의 내용을 여과 없이 받아들이는 것 같았다. 그들로선 주어진 정보를 그대로 받아들인 것뿐이겠지만, 모든 상황을 알고 있는 입장에선 썩 듣기 좋은 대화는 아니었다. 심지어 선황에 대해 언급하는 말까지 나오자 기사들의 얼굴이 삽시간에 분노로 일그러졌다.

"이……."

"진정해라, 알렉."

당장에라도 튀어 나갈 듯 앞으로 몸을 내밀던 알렉을 저지한 사람은 케이였다. 그의 만류에 알렉이 억울한 표정으로 돌아보았다.

"하지만, 대장! 아무리 그래도 저건……."

"이미 우리는 신상까지 전부 공개된 상태다. 이런 곳에서 소란을 피웠다간 바로 발각되고 말아. 한순간의 분을 못 참아 일을 망칠 셈이냐?"

"……큭!"

알렉은 이를 악물고 주먹을 움켜쥐었다. 그때, 문득 옆쪽에서 웅성거리는 대화 소리가 들렸다.

"근데 아까 식당에서 본 용병들 말이야. 왠지 인상착의가 여기 벽보의 설명이랑 좀 비슷하지 않아?"

'우리 얘기다!'

나와 케이는 빠르게 시선을 교환했다. 알렉과 다른 기사 역시 뻣뻣하게 굳은 채 숨을 죽였다.

"아아, 그 사람들? 나도 기억나. 하지만 갈색이나 금발 머리 같은 건 흔하잖아. 게다가 말투도 상당히 거친 게 어딜 봐도 용병이었다고."

"하지만 일행 중에 체구가 작은 사람이 하나 있었어. 후드로 얼굴을 가리고 있어서 자세히 보진 못했지만, 나이가 좀 어려 보이던데."

"⋯⋯흠, 그건 그러네. 좀 수상하긴 하군."

"신고하는 게 나을까?"

"⋯⋯."

다행히 그들은 아직 이쪽에까진 시선을 주지 않은 상태였다. 나와 기사들은 사람들이 대화를 나누는 틈을 타, 조용히 무리에서 빠져나왔다. 워낙 몰려 있던 탓인지 빠르게 흩어지는 우리를 이상하게 바라보는 시선은 없었다.

"우와, 깜짝 놀랐다. 하마터면 들킬 뻔했네요."

으슥한 곳에 이르자마자 나와 기사들은 안도의 한숨을 내쉬었다. 이미 멀찍이 떨어진 광장에선 여전히 많은 사람이 벽보를 구경하고 있었다.

"그래도 이렇게 숨을 필요까진 없는 건데 그랬나요? 제가 후드를 벗으면 바로 의심이 풀렸을 텐데. 벽보에 적혀 있던 건 금발에 푸른 눈동자의 소년이었잖아요."

그러자 케이가 굳은 얼굴로 고개를 저었다.

"설령 그 자리에선 위기를 모면했더라도 곧장 감시가 붙었을 겁니다. 마신전의 신관기사들은 집요하니까요. 그들 중에선 저희의 얼굴을 아는 자들도 있을 테니 결국 정체가 발각되는 건 시간문제입니다."

"음, 하긴 그렇군요."

"어쨌든 빨리 이곳을 떠나는 게 좋겠습니다. 수배령이 떨어졌으니 저희가 은신하고 있는 동굴도 더 이상 안전하지 않을 겁니다."

"죄송합니다, 대장. 제가 생각이 짧았습니다."

그때 알렉이 파리한 얼굴로 고개를 숙였다. 조금 전 자신의 행동이 얼마나 위험한 것이었는지 이제야 자각한 표정이었다. 케이는 그런 그의 어깨를 가볍게 두드리며 말했다.

"분하고 억울한 마음은 나 역시 마찬가지다. 하지만 지금 우리는 발톱을 숨기고 몸을 움츠릴 때다. 우리의 존재 이유는 오직 이 사나 님을 지키기 위해서일 뿐. 지금은 단지 그것만 생각해라."

"예! 명심하겠습니다."

알렉은 몇 번이나 연거푸 허리를 숙였다. 그때마다 그의 어깨를 다독이던 케이가 문득 나를 향해 말했다.

"한 가지 부탁드릴 것이 있습니다, 엘퀴네스 님."

"부탁? 저한테요?"

나는 의아해져서 그를 쳐다보았다. 케이는 곧은 시선으로 나를 응시했다.

"이런 곳까지 수배령이 떨어졌다면, 이미 제국 안은 어딜 가도 전부 대공의 힘이 미쳤다고 봐야 합니다. 아무래도 계획을 변경해야 할 것 같습니다. 저희를 도와주십시오."

"그야…… 당연히 도와 드리겠지만, 대체 뭘요?"

고개를 끄덕이면서도 나는 좀처럼 그의 의도를 파악할 수가 없었다. 어차피 난 이미 그들을 돕기로 한 상태가 아닌가. 이제 와 새삼스럽게 이런 요청을 하는 것이 이상했다.

케이의 얼굴엔 결연한 표정이 떠올라 있었다.

"엘퀴네스 님, 모든 것이 당신의 뜻에 달렸습니다."

3.

"……뭐? 대체 무슨 말을 하는 것인가. 엘퀴네스와 단둘이 떠나라니?"

가늘게 벌어진 입에서 떨리는 음성이 흘러나왔다. 이사나는 당황스러움이 역력한 얼굴로 몇 번이나 두 눈을 깜빡이고 있었다. 그런 그의 앞에 케이와 기사들이 한쪽 무릎을 꿇은 자세로 고개를 숙였다.

"폐하, 말씀드렸다시피 이미 전국에 저희의 수배령이 떨어졌습니다. 저희와 함께 행동하시면 그만큼 폐하께서 발각되실 위험이 큽니다. 저희는 폐하를 지키기 위한 친위기사단. 폐하를 위험에 노출할 일은 하고 싶지 않습니다. 부디 저희의 뜻을 알아주십시오."

"아니, 방금 한 말은 못 들은 것으로 하겠다. 계획은 예정대로, 모두 함께 떠난다."

"폐하!"

"듣기 싫다! 아무리 위험해진다 해도 내가 그대들을 버릴 것 같은가? 나를 위해 모든 것을 희생한 그대들을?"

"버리시는 것이 아닙니다! 보다 안전한 길을 선택하시는 것입니다! 이곳에 남는다 해서 저희가 위험해지는 일은 없습니다. 저희는 수도로 가서, 그곳에서 폐하께서 다시 돌아오기를 기다리고 있을 것입니다!"

"누가 그 말을 믿는다 하더냐! 지금 그대들이 수도에 가면 목숨을 부지할 수 있을 것 같은가! 그것이 자결한다는 소리와 뭐가 다르단 말이냐!"

"폐하! 어째서 알아주시지 않으십니까? 저희가 바라는 것은 폐하께서 무사히 제위를 되찾으시는 것입니다! 그것을 위해서 클모어 공국으로 가셔야 한다고 말씀하신 건 바로 황제 폐하가 아니십니까? 저희에게 내려진 수배령은 그곳으로 가는 길에 수많은 위험을 불러일으킬 것입니다! 저희는 결코 폐하의 짐이 되고 싶지 않습니다. 제발 통촉하여 주십시오!"

"통촉하여 주십시오, 폐하!"

"듣기 싫다고 말했다!"

단호한 음성에 기사들은 안타까운 표정을 지었다. 하지만 그럼

에도 이사나가 아무런 동요가 없자 이번엔 애절한 시선으로 나를 바라보기 시작했다. 말은 없어도 그 의미야 뻔하다. 나더러 이 녀석을 설득해 보라는 것이다. 그것은 이미 앞서 케이가 내게 부탁한 부분이기도 했다.

'……으음, 이런 상황에서 나서긴 싫은데.'

하지만 모른 척하기엔 그들의 시선이 너무 강렬했다. 결국 망설임 끝에 나는 한숨을 내쉬고 말했다.

"저기, 이사나. 네가 어떻게 생각할지 모르겠지만, 기사들의 안전을 위해서라면 굳이 반대할 필요는 없는 것 같아. 이건 기사들에게도 그다지 나쁘지 않은 일 같거든."

"……그게 무슨 말이야?"

"수배지에는 금발에 푸른 눈동자를 한 16세가량의 어린 소년이 동행하고 있다고 명시되어 있었어. 즉, 네가 있음으로 해서 역으로 기사들이 발각될 가능성도 있다는 거지."

"그런……. 내가 모두를 위험에 빠트린다고?"

"그렇게 볼 수도 있다는 거야. 수배지를 본 사람들은 대부분 네 또래의 소년이 있는지부터 확인할 테니까. 몰려다니는 거야 용병이든 뭐든 위장할 수 있지만 네 존재까진 감추지 못하잖아. 그런 의미에서 나는 너희가 떨어져서 행동하는 것도 나쁘지 않을 것 같거든. 기사들도 괜찮을 거라고 하는데, 한번 믿어 보는 건 어때?"

"나, 나는……."

일리가 있다고 판단한 것일까. 그때까지 단호하기만 하던 이사나의 음성이 처음으로 흔들렸다. 그러자 기다렸다는 듯 기사들의 우렁찬 외침이 다시 이어졌다.

"통촉해 주십시오, 폐하!"

"폐하!"

"……."

결국 한참을 밀고 당기던 지루한 감정싸움은 이사나의 패배로 끝났다. 기사들이 워낙 강경하기도 했지만, 사실상 이사나가 현실을 받아들인 덕분이었다. 녀석이라고 흩어지는 편이 더 안전하다는 것을 모르진 않았을 것이다. 다만 이들과 끝까지 함께할 수 없다는 사실을 인정하고 싶지 않았던 것일 뿐.

침통한 표정으로 고개를 숙인 이사나는 금방이라도 울 것 같은 목소리를 내뱉었다.

"미안하다. 나는 너무나 약한 황제구나. 나를 위하는 자들조차 제대로 지키지 못하는 한없이 부족하고 모자란 주군이다. 이런 내가 그대들의 주군이라 미안하다. 정말 미안하다."

"무, 무슨 말씀을 하시는 겁니까, 폐하! 그렇지 않습니다! 주군을 위해서 목숨을 바치는 것은 모든 기사의 염원이자 꿈입니다!"

"맞습니다, 폐하! 저희 염려는 하지 마시고, 부디 무사히 과거의 영광을 되찾으십시오. 저희는 그것으로 충분합니다!"

이미 한참 전에 눈시울이 붉어져 있던 이사나는 결국 울음을 터뜨렸다. 녀석은 자신의 앞에 있던 케이를 와락 끌어안고 흐느꼈다.

"흐윽! 약속한다. 반드시⋯⋯ 반드시 황성에 있는 내 자리로 돌아가겠다. 그러니 너희도 약속해라, 절대로 죽지 않겠다고. 돌아오는 나를 환송하는 자리에 반드시 있을 것이라고 말이다."

"크흡! 약속드리겠습니다, 폐하! 결코 다치지도, 죽는 일도 없을 것입니다! 이 케이 드 세리크! 폐하께서 돌아오시기만을 수도에서 기다리고 있겠나이다! 부디 다시 뵈올 날까지 강녕하십시오."

"흐윽, 흑! 으흐흐흑!"

주변은 곡과 울먹임을 삼키는 소리로 가득 찼다. 이사나와 기사들은 서로 부둥켜안은 채, 그들이 믿는 신에게 각각의 안전과 안위를 빌었다.

그 모습을 지켜보고 있던 나는 돌연 알 수 없는 긴장감을 느꼈다.

한 치 앞도 보이지 않는 불안한 상황. 다음을 기약할 수 없는 이별. 생각하는 것이 다르고 뜻이 다르다는 이유만으로 내쫓기고 목숨을 잃는 것이 아무렇지 않은 세계. 빼앗으려는 자와 지키려는 자. 어린아이가 어린아이로 존재할 수 없는 나라.

그것은 지금껏 한국이라는 안정된 체제에만 익숙해져 있던 내가 경험해 보지 못한 신선한 충격이었다.

그제야 나는 내가 지금까지 상황을 굉장히 단순하게 바라보고 있었음을 깨달았다. 그저 여행하는 기분으로 가볍게 승낙했던 이번 여정이 사실은 상당히 많은 각오가 필요한 일이었음을.

그리고 그 여정의 끝에 걸린 목숨이 비단 이사나 하나만은 아니라는 것을 말이다.

＊　　＊　　＊

그날은 새벽 무렵이 될 때까지 아무도 잠들지 않았다. 당장 내일 아침에 짐을 꾸려서 떠나야 했지만, 그렇다 보니 더 쉽게 잠을 이루지 못하는 것 같았다.

이사나와 기사들이 회상에 빠져 담소를 나누는 동안, 나는 동굴에서 빠져나와 조용히 밤하늘을 구경했다. 무성한 나뭇가지 사이로 새어 들어오는 달빛은 그 자체로 정취가 있었다.

숨소리조차 들리지 않는 고요한 공간 속에 나는 홀로 서서 머릿속의 복잡한 생각들을 정리했다. 그런 내가 꽤 심각해 보였던지, 평소라면 득달같이 몰려들었을 나이아스들도 지금은 그저 관망하는 중이었다.

"엘퀴네스 님? 왜 이런 곳에 나와 계십니까?"

그때 누군가의 목소리가 내 상념을 깨웠다. 동굴 밖을 나온 페리스가 나를 발견하고 말을 걸어온 것이다.

"아, 페리스. 으음, 별거 아니에요. 그냥 간단한 자기혐오 중이랄까."

"네? 자기혐오요?"

"아하하, 그냥 그런 게 있어요. 그러는 페리스는요?"

"아, 저는 수통을 채우려고 나왔습니다. 내일 길을 떠나려면 지금 충분히 새 물을 보급해 둬야 하니까요. 엘퀴네스 님이 계실 때야 물이 부족할 일이 없겠지만, 이제부턴 알아서 해결해야 하잖습니까? 하하."

그는 자신의 품 안에 들린 가죽으로 된 물 주머니들을 가리키며 말했다. 한두 개가 아닌 걸 보면 본인 것만이 아니라 기사들 것까지 전부 챙겨 나온 모양이다.

"그 많은 걸 가져가서 혼자 어떻게 다 들고 돌아오려고요? 그냥 저한테 주세요. 제가 여기서 채워 드릴게요."

"정말이십니까? 그럼 부탁드리겠습니다."

페리스는 사양하지 않고 냉큼 수통을 내밀었다. 처음부터 이걸 의도하고 나한테 말을 건 게 아닌가 싶을 정도다.

그런데 막상 받아 든 가죽 주머니의 크기가 생각보다 더 컸다. 적어도 이십 리터 정도는 충분히 들어가는 것 같았다. 본래는 술을 담글 때 쓰는 부대인데, 수통으로 활용해도 좋을 것 같아 마을에 내려갔을 때 구입해 왔다는 것이다.

문제는 그런 부대가 다섯 개가 넘는다는 점이다. 거기에 개별용의 작은 수통들을 또 따로 구비하고 다닐 생각인 것 같았다. 하루 세끼를 물로만 때울 생각인가? 줄줄이 이어지는 수통의 행렬에 나는 조금 질린 기분으로 물었다.

"잠깐만요, 페리스. 이걸 전부 다 들고 다니려고요? 식량의 무게만도 상당할 텐데 짐이 이렇게 많으면 무겁지 않겠어요?"

"그야 그렇겠지만 어쩔 수 없습니다. 식수가 떨어질 때마다 보급을 할 수 있는 상황은 아니니까요. 호수나 개울가 쪽은 감시망이 더 철저할 테고, 이런 산 속에선 물을 찾기도 쉽지 않으니 여유가 있을 때 많이 채워 두어야 합니다."

'그렇다고 이런 무식한 짓을…….'

페리스는 진중한 학자 같은 타입이라고만 생각했는데 의외로 무모한 면이 있는 것 같다. 나는 속으로 혀를 찬 다음 수통을 채우던 것을 멈췄다. 그러자 페리스가 의아한 표정을 지었다.

"엘퀴네스 님?"

"으음, 저기요. 이럴 게 아니라 그냥 페리스가 물의 정령과 계약할 생각은 없어요? 일일이 물을 구하러 다니는 것보다야 그게 편하잖아요."

"예에? 물의 정령과 계약을요? 하지만 저는 바람의 정령사인데요."

"바람과 물은 그다지 거스르지 않은 속성이라서 상관없어요. 제가 보기엔 페리스는 충분히 자질이 있거든요."

"예? 그, 그게 정말입니까?"

놀란 페리스를 향해 나는 고개를 끄덕였다. 사실 그는 처음 볼 때부터 친근한 기분이 들었다. 그만큼 정령과의 친화력이 높다는 뜻이다.

하긴 지난 십 년 재앙 동안 모든 정령의 힘이 크게 축소된 상황에서도 바람의 중급 정령인 슈리엘을 소환해낼 정도니까, 자질적인 면으로만 따지면 그는 이미 한참 전에 상급 정령사가 됐어야 했다. 그리고 아마 상당히 가까운 시일 내에 그렇게 될 것이다. 딱히 누군가 알려 준 것은 아니지만, 난 자연스레 그 사실을 알아볼 수 있었다.

알게 된 것은 그것만이 아니다.

보통 상급 정령을 소환할 정도의 친화력은 아무나 가지는 것이 아니라는 것, 그리고 그 정도면 본인의 의지와 노력 여부에 따라 다른 속성(물론 상극이 아니란 전제하에)의 정령들도 소환할 수 있다는 것까지.

배우지도 않은 지식들이 속속들이 머릿속에 떠올랐다. 정령왕으로서 점차 자각해 가고 있다는 증거일까? 아무튼 상당히 신기한 경험이었다.

"그렇군요. 노력만 하면 된다니……. 그래도 어지간한 노력으론 어림도 없겠지요?"

"그야 당연하죠. 하지만 페리스는 지금 당장도 가능해요."

"예? 그게 무슨 말씀이십니까?"

"정령왕인 제가 바로 옆에 있잖아요. 제가 당신의 몸에서 물에 대한 친화력을 이끌어낼 수 있어요."

이것 또한 저절로 터득한 사실이다.

그 순간 페리스의 얼굴이 눈에 띄게 밝아졌다. 마치 세상을 다 가진 사람의 표정이었다.

"믿을 수 없을 정도로 놀라운 말이네요. 실은 다른 속성의 정령들과도 계약해 보고 싶었거든요. 하지만 대부분의 정령사들이 한 속성의 정령밖에 다루지 못하기 때문에 내심 포기하고 있었습니다."

"그럼 해 보겠어요? 다만 바람의 정령을 다룰 때보다는 힘이 좀 들 거예요. 상성이 비슷하긴 해도 아주 똑같은 건 아니라서 약간 저항이 생기거든요."

"상관없습니다. 부탁드리겠습니다, 엘퀴네스 님!"

"좋아요, 그럼 이왕 해 보는 김에 시큐엘을 불러 보죠."

나는 고개를 끄덕인 후 그에게서 물의 친화력을 끌어 올릴 준비를 했다. 그러자 그때까지만 해도 자신감에 가득 차 있던 페리스가 기겁하며 소리쳤다.

"예? 자, 잠깐만요, 엘퀴네스 님! 시큐엘이라면 상급 정령이잖습니까?"

"맞아요. 왜요?"

"왜, 왜냐니요. 저는 지금 바람의 정령도 중급밖에 다루질 못합니다만?"

"괜찮아요. 곧 그것도 상급이 될 테니까요."

"예? 그게 무슨 말씀이십니까?"

"자질이 있다고 했잖아요. 괜찮으니까 어쨌든 절 믿고 소환주문을 외워 봐요."

잠시간 주저하던 페리스는 곧 결심을 굳혔는지 비장한 얼굴로 고개를 끄덕였다.

"아, 알겠습니다. 그렇다면 해 보겠습니다. 저어, 그런데 소환 의식을 여기서 하는 겁니까? 이곳엔 매개체로 할 만한 물이 없는데요. 게다가 시큐엘이라면 바다로 가야 하는 건 아닌지…….”

"바다는 왜요?"

"그, 그야 매개체가 커야 그만큼 의식에 집중하기가 쉬울 테니까요. 상급 정령일수록, 불러내기 위해선 온전히 그 정령의 속성을 느낄 수 있는 환경을 갖추는 게 제일 중요하다고 들었습니다. 사실 전 이사나 님이 그 작은 샘에서 엘퀴네스 님을 소환한 것도 이상하다고 여겼거든요.”

"하하. 그 녀석이 이상한 건 그것만이 아니에요. 원래 이사나의 친화력으론 나이아스도 간신히 불러낼 수준인걸요.”

"예? 그런데 어떻게…….”

"특별한 기연이 닿았나 보죠. 아무튼 매개체라면 걱정할 것 없어요. 바다보다 더 효과가 좋은 환경이 바로 눈앞에 있잖아요.”

"에? 눈앞이요?"

"물의 정령왕인 저 말이에요. 제가 직접 도와주는데 이보다 훌륭한 매개체가 어딨어요?"

그제야 그 사실을 자각한 듯 페리스는 한동안 아무런 말을 잇지 못했다. 나는 얼굴이 붉어진 그를 향해 손을 내밀며 말했다.

"자, 준비됐으면 이제 시작해 봐요.”

페리스는 고개를 끄덕이곤 떨리는 손으로 내 손을 맞잡았다. 나는 그가 눈을 감고 의식을 집중하길 기다린 다음, 닿은 피부를 통해 천천히 물의 기운을 주입하기 시작했다. 그러자 그의 몸이 크게 들썩였다.

"흡!"

"집중해요, 페리스."

내 말에 그는 눈을 더 질끈 감았다. 하지만 부들부들 흔들리는 몸의 떨림만은 멈추지 못하는 상태였다. 얼굴에선 식은땀이 비 오듯 흘렀다.

아마도 그는 지금 바닷속 깊은 해저에 빠진 기분일 것이다. 나는 서두르지 않고 그의 몸을 감싼 물의 기운이 최고조에 이르기를 기다렸다. 그때 페리스의 몸 주변으로 찰랑거리는 물의 파동이 일어나기 시작했다. 드디어 소환 틀이 갖춰진 것이다.

"지금이에요."

나는 곧장 신호를 내렸다. 그와 동시에 페리스가 입술을 벌리고 소리쳤다.

"태초의 지배자께 허락을 구하노니. 여기 이곳 자격을 갖춘 이가 물의 유지를 이어 가길 감히 바라나이다. 그대 바다의 시큐엘이여, 나의 부름에 응답하소서!"

쏴아아―!

그 순간 그의 주변을 맴돌던 물의 파동들이 분수처럼 하늘로 솟아올랐다. 떨어지는 물방울에 놀랐는지 페리스가 감았던 눈을 부릅뜨고 허공을 응시했다. 급격한 마나의 소모로 인해 그의 얼굴은 탈색한 듯이 창백해져 있었다.

한곳에 뭉쳐진 물덩이는 이윽고 풍성한 갈기를 휘날리는 거대한 늑대의 형상으로 변했다. 시큐엘이 소환된 것이다.

"헉……!"

새파란 물의 늑대가 지면에 착지하자 페리스는 금방에라도 숨이 넘어갈 것 같은 표정을 지었다. 그러나 완전한 형태를 갖춘 시큐엘이 가장 먼저 이른 곳은 그가 아닌 바로 내 앞이었다.

―위대하신 물의 왕, 우리의 주군을 뵙습니다.

시큐엘 특유의 낮고 정중한 목소리가 울려 퍼졌다. 확실히 상급 정령은 그 존재감부터가 중하급과는 확연히 다르다. 내가 웃으며 고개를 끄덕이자, 시큐엘은 그제야 자신을 소환한 페리스를 향해 시선을 돌렸다. 탈진한 채로 주저앉아 있던 페리스는 그와 눈이 마주치자 흠칫 놀라 어깨를 움츠렸다.

―그대가 나를 소환한 자인가?

"그, 그렇습니다."

―나를 이 땅에 부른 그대의 이름을 고하라.

"페리스 드 젤로……입니다."

페리스는 약간 경직된 얼굴로 대답했다. 그런 그를 잠시간 물끄러미 응시하던 시큐엘이 다시 입을 열었다.

―그대는 나와 계약할 자격이 충분하다. 태초의 약속에 의해 그대가 내게 존재의 힘을 부여하면, 나는 이 땅에서 그대의 보필자가 될 것이다. 페리스 드 젤로, 나와 계약하겠는가?

계약의 문구였다. 그제야 정신이 들었는지 페리스는 눈을 부릅뜬 채 마구 고개를 끄덕였다. 지켜보는 내가 다 민망할 정도로 필사적인 모습이었다.

"하, 하겠습니다! 당연히 합니다! 아니, 제발 저와 계약해 주십시오!"

그 처절한 승낙에 시큐엘의 푸른색 눈동자가 얼핏 웃는 것처럼 휘어졌다. 그에 페리스가 민망한 표정을 지을 때였다.

촤아악!

갑자기 시큐엘의 몸이 공중으로 가볍게 떠올랐다. 그가 자리를 박차고 도약한 것이다. 그렇게 거꾸로 반 바퀴를 돈 시큐엘은 그 자리에서 하나의 물덩이로 변했다. 그것은 곧 물줄기가 되어 페리스의 이마에 강렬히 내리꽂혔다.

"허억!"

—계약은 이루어졌다, 페리스!

놀란 페리스가 헛숨을 삼킴과 동시에, 웅장한 목소리가 울려 퍼졌다. 이미 고고한 늑대의 모습은 어디에도 보이지 않았다. 남은 것은 시큐엘이 남기고 간 짙은 물의 여운뿐이었다.

"페리스? 페리스, 괜찮아요?"

"예? 아아, 예……. 조금 놀랐을 뿐입니다."

한참을 굳어 있던 페리스는 내가 부르는 소리를 듣고서야 겨우 정신을 차렸다. 그는 얼떨떨해진 얼굴로 주위를 둘러보고는 떨리는 손으로 자신의 이마를 매만졌다. 대체 무슨 일이 일어난 건지 영문을 모르겠다는 표정이다.

하지만 정령인 내 눈엔 똑똑히 보였다. 그의 이마에 새겨진 바람의 인장 옆으로, 새로운 물의 인장이 더해진 것을 말이다. 계약을 무사히 마쳤다는 가장 확실한 증거였다.

"저어…… 제가 정말 시큐엘과 계약한 겁니까, 엘퀴네스 님?"
"그럼요. 시큐엘도 마지막에 그렇게 말했잖아요."
"그, 그렇긴 한데 아무래도 실감이 나지 않아서 말입니다."
"그럼 지금 이 자리에서 한번 소환해 보든가요."
"예? 아아, 그런 방법이 있었군요! 으음…… 시, 시큐엘?"
─날 불렀나?
"으헉!"

자신이 불렀으면서도 막상 시큐엘이 모습을 드러내자 페리스는 깜짝 놀라 허둥거렸다. 마치 한 편의 희극을 보는 기분이었다. 어쨌거나 페리스는 자신이 불러낸 물의 늑대를 보며 매우 감동했다.

"저, 정말이군요. 제가 정말 시큐엘과 계약을……! 맙소사, 어떻게 이런 일이!"
"그렇게 기뻐요?"
"기쁘다 뿐입니까? 혹시 이게 전부 꿈인 건 아닌가 의심스러울 지경입니다."

하지만 그가 소환을 유지한 시간은 그리 길지 못했다. 아직 상급 정령이 소모하는 마나양을 받쳐 줄 만큼 육체가 튼튼하지 못했기 때문이다. 아마도 당분간은 꾸준히 소환 훈련을 하며 적응 기간을 가져야 할 것 같았다. 그것만으로도 페리스는 충분히 만족해했다.

"정말 믿을 수가 없습니다. 제가 대륙에서 열 손가락 안에 드는 상급 정령사가 되다니! 감사합니다, 엘퀴네스 님! 모두 엘퀴네스 님 덕분입니다."

"저한테 고마워할 것 없어요. 그것도 다 페리스한테 자질이 있어서 가능했던 거니까요. 힘들어도 당분간은 시큐엘을 자주 소환해서 적응하도록 해 봐요. 그의 기운에 익숙해지면 곧 바람의 상급 정령인 진도 불러낼 수 있을 거예요."

"그, 그게 정말입니까?"

전혀 생각지 못한 말이었는지 페리스는 경악한 표정을 지었다. 나는 피식 웃으며 고개를 끄덕였다.

"아까도 말했잖아요. 아무리 제가 도와준다고 해도 자질이 없으면 상급 정령을 소환하긴 힘들어요. 시큐엘을 소환했다는 건 페리스가 이미 상급 정령사가 될 자질이 있는 사람이란 뜻이에요. 오히려 진을 불러내는 건 훨씬 쉬울걸요? 페리스는 본래 바람의 속성을 지닌 정령사니까요."

"그럴 수가……."

"그러니까 열심히 해 보세요. 이제부터는 전부 페리스가 어떻게 하느냐에 달려 있어요. 다음에 만날 땐 바람과 물 모두 상급이 되어 있길 바랄게요."

"예! 노력하겠습니다, 엘퀴네스 님! 반드시 그리되어 보이겠습니다. 절대 실망시켜 드리지 않겠습니다!"

페리스는 전의를 불태우는 얼굴로 대답했다.

낌새를 보니 당장 오늘부터 수련에 매진할 기세다. 그가 이사나의 수하 중에서 가장 강한 사람으로 꼽힐 날도 얼마 남지 않은 것 같았다.

1.

 동이 트자마자 나와 기사들은 그동안 머물렀던 흔적부터 말끔히 지웠다. 혹시 있을지 모를 추격자가 이곳까지 다다를 것을 우려해서였다.
 이 과정에서 정령들의 활약이 빛을 발했다. 특히 땅의 정령들의 솜씨가 발군이었다. 그들의 손길이 닿는 곳마다 인위적으로 깎이거나 패인 자국들이 본래의 상태로 되돌아왔다. 마지막으로 바람의 정령까지 움직이자, 사람의 체온으로 달아올랐던 공기마저 서늘하게 식었다. 이제 누군가 우연히 동굴을 발견해도 이곳에 사람이 숨어 있었다는 걸 알아채긴 힘들 것 같았다.
 모든 준비를 마친 뒤 기사들은 각자의 짐을 메고 이사나 앞에 정렬했다. 마지막 인사를 나누는 얼굴에서 사뭇 비장함이 감돌았다.

"다시 뵐 때까지 부디 강녕하십시오, 폐하."

"……그대들의 무운을 빈다."

이사나는 울지도 웃지도 못하는 얼굴로 힘없이 답했다. 그 모습을 지켜보는 기사들의 얼굴에도 안타까운 표정이 서리긴 마찬가지였다. 그들의 대장인 케이 역시 씁쓸한 표정을 지었다.

하지만 전체적으로 그들의 분위기는 밝은 편이었다. 특히 어젯밤 페리스가 상급 정령사가 되었다는 사실을 접한 이후로 자신감에 가득 차 있었다.

한 사람이라도 더 힘이 필요한 상황이니만큼 동료의 성취가 반가운 것은 당연하다. 무엇보다 그들은 일일이 물을 구하러 다닐 필요가 없다는 사실에 가장 크게 기뻐했다.

"폐하를 잘 부탁드립니다, 엘퀴네스 님."

"네, 너무 걱정하지 마세요. 다 잘될 거예요."

"정령왕께서 그리 말씀해 주시니 한결 마음이 든든합니다."

이후에도 기사들은 몇 차례나 더 당부의 말을 전한 뒤에야 먼 길을 떠났다.

이윽고 그들의 모습이 완전히 사라질 때까지 이사나는 그 자리에 서서 못이 박힌 듯 움직이지 못했다. 나는 우리 몫의 배낭을 집어 들고 그의 어깨를 두드렸다.

"자, 이제 우리도 출발하자. 기사들은 괜찮을 테니 너무 염려하지 마."

"으응."

어색하게 고개를 끄덕인 이사나는 곧 나를 따라 주섬주섬 짐을 챙겼다. 그리곤 우물거리며 작은 소리로 말했다.

"저기, 엘퀴네스…… 고마워."

"응? 뭐가?"

"경비를 마련해 준 것도 그렇고, 페리스를 상급 정령사로 만들어 준 것도 그렇고…… 그 외에도 이것저것. 전부 고마운 것들뿐이라 어떻게 감사의 인사를 해야 할지 모르겠어."

"됐어, 뭘 그런 걸 가지고. 넌 내 계약자잖아. 이 정도는 돕는 게 당연하지. 그리고 그냥 엘이라고 불러."

"엘?"

"나와 친한 존재들은 다 그렇게 부르거든. 게다가 앞으로 마을이나 도시를 방문하는 일이 많을 텐데 사람들 앞에서도 날 엘퀴네스라고 부를 순 없을 것 아냐."

어리둥절해하던 이사나는 납득한 얼굴로 고개를 끄덕였다.

"응. 알았어, 엘."

"좋아. 아, 그렇지. 이참에 네 가명도 짓자. '라이'라는 이름 어때?"

"난 아무래도 상관없어. 그런데 그게 무슨 뜻이야?"

"거짓말(Lie)이라는 의미야."

"거짓말?"

놀란 표정을 짓는 그를 향해 나는 생긋 웃었다.

"가짜 이름이잖아. 그러니까 거짓말이란 거지. 즉석에서 지어낸 것치곤 꽤 괜찮지 않아?"

"하하, 응. 정말 그러네."

"그럼 이제부터 사람들 앞에선 널 '라이'라고 부를게. 누가 우리 사이를 물어보면 형제라고 하자. 먼 곳에 사는 친척을 만나기 위해 여행 중인 상태라고 말이야."

"형제……?"

"응, 내가 형이고 네가 동생. 왜, 싫어?"

"아니…… 그건 아니지만, 사람들이 믿어 줄까?"

"뭐, 어때. 형제라고 꼭 얼굴이 닮을 필요는 없잖아. 정 안 되면 이복형제라고 하면 되지."

"그런 게 아니라……."

"그게 아니면?"

"……아니, 아무것도 아니야. 그냥 해 본 말이었어."

나는 어색하게 웃는 이사나를 보며 어깨를 으쓱해 보였다.

"뭐야, 싱겁긴. 아무튼 아까 제국 전도를 봤는데 여기서 반나절 정도 걸어가면 조금 큰 규모의 도시가 나오는 것 같아. 일단 오늘은 그곳으로 가서 숙박을 잡자. 아, 그리고 혹시 모르니까 바깥에선 후드를 절대 벗지 마. 알았지?"

이사나는 말 잘 듣는 어린아이처럼 고개를 끄덕였다. 그러면서 계속해서 내 눈치를 살피는 게, 뭔가 하고 싶은 말이 있는 것처럼 보였다.

"왜?"

"저기, 엘도 후드를 쓰고 다니는 게 좋을 것 같아서……."

"응? 나도?"

이번에도 그는 고개를 끄덕였다.

"난 괜찮지 않아? 수배 목록에 오른 것도 아니고, 이곳엔 날 아는 사람도 없는걸."

"……하지만 눈에 띄니까."

"눈에 띄어? 아, 이 머리색 때문에?"

나는 머리카락 일부를 들어 보였다. 자극적인 색깔이 꽤 많은 이곳에서도 내 머리색은 흔치 않은 편이다. 그 때문에 식량을 구하러 갔을 때 일부러 후드를 쓰긴 했지만(작은 마을이다 보니 아무에게도 인상을 남기지 않기 위해서였다), 굳이 다른 곳에서까지 그럴 필요가 있을까 싶었다. 하지만 이사나의 입장은 강경했다.

"어쨌든 난 엘도 후드를 쓰고 다니는 게 좋을 것 같아."

"으음, 알았어. 그러지 뭐."

내가 고개를 끄덕이자 이사나는 환하게 안색을 밝혔다. 왠지 안도에 가까운 표정이다. 혹시 저 혼자 후드를 쓰는 게 싫었던 건가? 한창 감수성이 예민한 시기이니 그럴 수도 있을 것 같았다.

* * *

산에서 내려와 마을 어귀 쪽을 향하던 우리는 그 앞에 진을 치고 있는 한 무리의 병사들을 발견했다. 그들 가운데엔 날카로운 인상을 지닌 황갈색 머리칼의 남자가 서 있었다. 한눈에 봐도 차림이나 소지품 같은 것에서 귀족임을 알 수 있는 자였다.

그는 마을 주민으로 보이는 몇 사람과 함께 무언가 대화를 나누고 있었다. 손에는 길게 늘어진 두루마기를 든 채였다.

그 순간 이사나가 흠칫 몸을 굳히더니 내 옆으로 바짝 몸을 밀착시켰다. 후드에 가려져 얼굴은 보이지 않았지만 겁을 먹은 기색이었다.

"왜 그래, 이사나?"

"세트니오 백작……."

"뭐?"

"숙부의 수하야."

"……!"

나는 얼굴을 굳히고 다시 그들 쪽을 응시했다. 세트니오 백작이라는 자는 주민들과 이야기를 하느라 이쪽엔 전혀 시선을 주지 않았다. 병사들 역시 딱히 주변을 감시하는 느낌은 아니었다. 나는 낮은 목소리로 이사나에게 속삭였다.

"긴장하지 말고 최대한 아무렇지 않게 걸어. 알았지?"

이사나는 천천히 고개를 끄덕였다. 하지만 굳어지는 몸은 어쩔 수 없는지 내 팔을 붙잡고 있는 손에서 가는 떨림이 느껴졌다.

우리는 병사들이 진을 친 장소에서 최대한 멀찍이 떨어져 걸었다. 마침 활동이 잦은 시각이었기 때문에 우리 외에도 같은 길목을 걷는 사람들이 많았다. 운이 어지간히 나쁘지 않은 이상 들키진 않을 것 같았다.

이윽고 옆을 스쳐 지나가는 순간 나는 그들이 나누는 대화의 내용을 잠시 엿들을 수 있었다.

"이 산으로 향하는 걸 봤다고?"

"예, 분명히 제 두 눈으로 확인했습니다."

"수배지의 인상착의와 비슷한 게 확실한가?"

"틀림없습니다. 그렇게 똑같은 특징은 일부러 만들려고 해도 힘들 겁니다."

"흐음……."

우리를 겨냥한 것이 분명한 대화였다. 아무래도 밤사이에 신고가 들어간 모양이다.

'하마터면 큰일 날 뻔했네.'

나는 속으로 안도의 한숨을 내쉬었다.

설마 이렇게 빨리 뒤를 밟힐 줄이야. 일찌감치 길을 떠나서 천만다행이다. 아마 저들에게 기사들이 발각될 일은 없을 것이다. 수색은커녕 흔적을 발견하는 것조차 힘들 테니까. 간발의 차이로 위험을 면했다고 생각하니 등줄기에 식은땀이 절로 흘렀다.

"어이, 거기!"

하지만 위기는 그것으로 끝난 것이 아니었다. 때마침 주위를 두리번거리고 있던 병사 하나가 우리를 발견하고 부른 것이다. 놀라서 바라보자 그가 가까이 다가오라는 듯 손짓했다.

"에, 엘……."

"괜찮아. 침착해."

긴장하긴 마찬가지였지만 나는 애써 차분한 어조로 이사나를 진정시켰다.

가까이 다가가는 순간 갑자기 무언가 날아들었다. 반사적으로 잡고 보니 빈 나무통이었다. 어리둥절해져서 바라보자 그것을 던진 병사가 내 쪽은 쳐다보지도 않고 말했다.

"가서 물 좀 길어 와라."

"……네?"

"못 들었냐? 물이 다 떨어졌으니까 가서 새 물을 길어 오라고."

"……."

다행히 우리가 수상해서 불러 세웠던 건 아닌 모양이다. 하지만 안도가 되는 것과는 별개로 불쾌한 기분이 스멀스멀 피어올랐다. 지가 뭔데 남한테 물을 길어 오라 마라야? 그러자 그것을 눈치챈 듯 이사나가 옆에서 조심스럽게 내 옷깃을 잡아끌었다. 가급적 자극하지 말라는 눈빛이었다.

나는 꾹 참고 다시 병사를 바라보았다. 어차피 물이야 지금 당장에라도 채울 수 있으니 딱히 번거로울 것도 없다. 그냥 다녀오는 시늉 정도만 해도 될 것 같았다. 그때 문득 머릿속에 한 가지 사실이 스쳤다.

"……저기요, 물을 사려면 돈이 필요한데요?"

"그래서?"

"저희가 가난해서 돈이 없거든요. 물을 길으러 갈 순 있는데 이대로 가면 분명 쫓겨날 거예요."

"쯧, 세트니오 백작님이 시켜서 왔다고 해."

"하지만 안 믿어 주시면 어떡해요."

"허어, 이거 꽤 당돌한 녀석이네. 자, 옛다."

병사는 품을 뒤적이더니 반짝이는 무언가를 내게 던졌다. 구리로 된 동전이었는데 양면에 각각 제국의 문양과 1이라는 숫자가 적혀 있었다.

"……일 실링?"

나는 기가 막힌 심정으로 병사를 바라보았다. 이 제국에서 구리는 가장 낮은 가치의 주화를 만들 때 쓰인다. 그렇게 만들어진 화폐를 실링이라고 부르는데, 오백 실링의 가치가 일 실버에 겨우 해당할 정도였다. 한 마디로 일 실링은 푼돈에도 못 미치는 수준인 것이다. 물의 거래가가 정확히 얼마인지는 모르지만 결코 이 돈으로 살 수 없다는 것만은 분명했다.

"뭐야, 돈 줬잖아. 이제 불만 없지?"

"하지만 이걸로는……."

"그래서 가기 싫다는 거냐?"

"아, 아뇨! 갈게요! 그럼 바로 다녀오겠습니다! 가자, 라이!"

나는 병사의 눈빛이 험악해지는 것을 보고 얼른 이사나를 잡아끌었다. 얼결에 따라오면서도 이사나는 어리둥절한 기색이 가득했다. 녀석은 병사들과 어느 정도 거리가 멀어지고 나서야 조심스럽게 물었다.

"엘, 왜 그랬어? 굳이 돈은 안 받아도 되잖아?"

"물이 꽤 비싸다고 들었거든. 그런데 순순히 가면 의심할지도 모르잖아."

"아아, 그렇구나."

고개를 끄덕이면서 이사나는 대단하다는 시선으로 나를 바라보았다. 쑥스러운 느낌에 나는 바로 화제를 전환했다.

"이왕 이렇게 된 김에 냇가까지 다녀와 볼까? 실태도 확인해 볼 겸."

"실태?"

"지난번엔 대충 봐서 자세히 살펴보질 못했거든."

잠시 후 도착한 냇가 앞에는 때마침 물을 길으러 온 행렬이 줄지어 있었다. 나는 줄을 서는 대신 가격이 적힌 팻말부터 확인했다. 그 안에 적힌 글자는 나를 경악하게 하기 충분했다.

식수 1동이당—20실링
허드렛물 1동이당—5실링
(단, 허드렛물은 최소 10동이부터 구입 가능)

'……헐, 똑같은 물인데 용도에 따라 가격이 다르단 말이야?'

심지어 용도를 속이고 싸게 구입해 갈 것을 우려했는지 허드렛

물은 구입양이 정해져 있기까지 했다. 이사나 역시 놀랐는지 아무 말도 못 하고 있었다.

팻말 앞에선 무장한 병사들이 서서 사람들로부터 돈을 받고 있었다. 그 모습을 유심히 지켜보던 나는 한 가지 이상한 점을 발견했다. 간혹 몇몇 사람들이 돈을 지불하지 않고 물을 긷는 것이 보였던 것이다. 심지어 빨래 더미를 가져와 마음껏 냇가를 사용하는 이들도 있었다.

그러나 당연히 제지를 가해야 할 병사들은 마치 그들이 보이지 않는다는 듯이 행동했다. 물을 사러 온 사람들도 마찬가지였다.

"귀족가의 하인들이야."

그때 이사나가 분하다는 듯이 중얼거렸다. 확신을 담은 그의 어조에 나는 의문을 표했다.

"그걸 어떻게 알아?"

"복장을 보면 알 수 있어. 직업과 신분에 따라 정해진 옷차림이 있거든. 저들의 차림은 귀족가에 고용된 하인들이 입는 옷이야."

'학생들이 교복을 입는 것 같은 건가?'

그러고 보니 지구에서도 옛날엔 옷차림으로 직업과 신분을 구분했다고 들었다. 현대처럼 다양한 직종이 없는 시대이니 특히 구별하기가 더 쉬울 터였다.

설명을 마친 이사나는 입술을 악물었다.

"가난한 백성들에게서는 돈을 받으면서 정작 부유한 그들에겐 무료로 쓰게 하다니……. 대체 내가 알지 못하는 곳에서 무슨 일이 벌어지고 있던 거지?"

"씁쓸하지만 이런 게 현실이지. 권력자라는 게 다 그렇잖아. 세상은 원래 다 강자를 위주로 돌아가니까."

"하지만 아버지께서 바라시고 만들어 가던 세상은 이런 게 아니었어. 어떡하지, 엘? 난…… 내가 용서가 안 돼. 내가 그때 그렇게 한심한 생활만 하지 않았더라면……."

나는 떨리는 그의 어깨를 가볍게 두드리며 말했다.

"지금이라도 깨달았으면 된 거 아냐? 이제부터 고쳐 나가면 되지."

"하지만……."

"좋게 생각해. 오히려 이런 상황이 아니었다면 끝까지 실태를 알지 못했을 수도 있잖아. 기합이나 단단히 넣어. 앞으로 네가 해야 할 일이 그만큼 많다는 소리니까."

내 말에 이사나는 굳은 얼굴로 고개를 끄덕였다. 조금은 기운을 차린 것 같아 다행이었다.

그때 갑자기 냇가 쪽에서 큰 소리가 울렸다. 돌아본 나는 병사들이 누군가와 승강이를 벌이는 것을 볼 수 있었다. 상대는 유아를 업고 있는 허름한 행색의 여인이었다. 그녀는 간곡한 표정으로 병사들에게 매달리고 있었다.

"나으리, 제발 부탁드립니다. 남편은 죽고 이 어린 것 하나 키우며 혼자 사는 여자가 무슨 힘으로 하루아침에 이십 실링이나 하는 금액을 마련하겠습니까. 모쪼록 자비를 베푸셔서 물 좀 마시게 해 주세요."

"글쎄, 몇 번을 말해도 안 된다니까! 물을 마시고 싶다면 돈을 가져와! 그전엔 절대 내줄 수 없다!"

아마도 물을 구하러 온 여인이 돈을 내지 못하자 병사들이 내쫓고 있는 모양이었다.

"제발, 나으리! 한 모금이라도 좋습니다. 벌써 삼 일이나 한 모금의 물도 마시지 못했습니다. 이 아이만이라도 제발……."

여인은 비쩍 마른 손으로 병사의 바지 자락을 붙잡았다. 그러자 병사가 똥이라도 밟은 것처럼 얼굴을 찌푸리더니, 거친 동작으로 그녀를 밀어냈다.

"아악!"

"빌어먹을! 어디서 거지 년이 찾아와 행패야? 애새끼와 함께 당장 세상 하직하고 싶지 않으면 좋은 말로 할 때 꺼져라! 네년의 더러운 입을 적셔 줄 자비로운 물 따윈 없으니까!"

쥐고 있던 주먹에 저절로 힘이 들어갔다. 머릿속을 점령한 분노에 두 눈이 새카맣게 타들어 가는 기분이었다.

"에, 엘?"

"잠깐 여기서 기다려, 이사나."

나는 당황한 이사나를 내버려 둔 채 성큼성큼 앞으로 걸어갔다.

쓰러진 여인은 병사에게 걷어차인 충격으로 연방 기침을 토했다. 그러면서도 등 뒤에 있는 아이가 걱정되었는지 급히 앞으로 안아 들었다.

아이는 울 힘도 없는지 색색거리며 작게 숨을 내쉬고 있었다. 당장에라도 숨이 넘어갈 것처럼 위태로운 모습이었는데, 급기야 풀썩 고개를 뒤로 꺾더니 눈동자를 하얗게 뒤집었다. 아이의 상태가 이상해지자 여인이 다시 남자의 바지춤을 붙잡기 시작했다.

"제발 부탁드립니다, 나으리! 제발 한 번만 자비를! 이 불쌍한 어린 것을 봐서라도 제발! 제발, 나으리!"

"아니, 이년이 그래도?"

병사는 다시 발을 들어 올렸다. 이번에야말로 죽을 거라 예상했는지 여인은 아이를 끌어안고 질끈 두 눈을 감았다.

그 즉시 나는 냇가 쪽으로 시선을 보냈다. 잔잔하던 시냇물은 나의 의지에 따라 거대한 장벽처럼 물결을 일으켰다. 순식간에 벌어진 현상에 근처에 있던 사람들이 비명을 지르기 시작했다.

"헉! 저, 저게 뭐야?"

"으아악! 모두 피해!"

물결은 빠른 속도로 사람들을 덮쳤다. 행렬이 대기하고 있던 장소는 어느새 물바다가 된 상태였다. 그중 몇 사람은 냇가로 휩쓸려 갔지만 애초에 수위가 깊지 않으니 죽진 않을 것이다.

나는 모두가 정신이 없는 상황을 틈타 여인과 아이를 구해낸 다음, 이사나가 기다리는 곳으로 가볍게 이동했다.

멀찍이서 이 모든 상황을 관망한 이사나는 어안이 벙벙한 표정을 짓고 있었다.

"엘, 방금……."

"아아— 경치 좋다. 역시 사람은 죄를 짓고 살면 안 돼. 그치?"

나는 생긋 미소 지으며 물었다. 그 말에 멍하니 있던 이사나가 품 하고 웃음을 터뜨렸다.

"아하하! 진짜 멋있었어. 최고야, 엘."

"헤헤, 그래?"

나는 품 안에 있는 여인과 아이를 바라보았다. 갑자기 일어난 일들에 그녀는 잔뜩 겁먹은 기색이었다. 아이를 꼭 끌어안은 채 경계하는 모습을 본 나는 조심스럽게 말을 걸었다.

"괜찮으세요? 어디 다친 곳은 없어요?"

"누, 누구신가요? 저를 왜……."

"무서워하지 마세요. 도와 드리려는 것뿐이니까요."

그때 다른 쪽에서 병사들이 우르르 몰려오는 것이 보였다. 소식을 듣고 책임자가 달려온 것이다.

"아니, 이게 대체 무슨 일이야! 여기가 왜 이렇게 된 거야?"

"대, 대장! 갑자기 물이……."

"빅터와 웨인이 물에 빠졌습니다!"

"이 바보 자식들! 무슨 일을 이렇게 해? 당장 물에 휩쓸린 놈들부터 찾아! 어서!"

명령을 받은 병사들은 사방으로 흩어졌다. 그 와중에도 정신을 부지한 사람들은 감시가 소홀해진 틈을 타 물통을 채우기 여념이 없는 상태였다.

나는 이사나와 짧게 시선을 교환한 뒤 여인을 향해 말했다.

"일단 다른 곳으로 피하죠. 사람들 눈에 띄지 않는 곳으로."

2.

우리가 이동한 곳은 마을 뒤편에 있는 허름한 공터였다. 그때까지도 여인은 아이를 부둥켜안은 채 몸을 잔뜩 움츠리고 있었다.

나는 조금 머쓱한 기분으로 이사나와 시선을 교류했다. 구해 온 것까진 좋았는데 여인 쪽의 경계심이 너무 강해서 어떻게 말을 붙여야 할지조차 난감했다. 하긴 방금 병사들에게 험한 꼴을 당할 뻔한 데다, 지금은 낯선 사람들의 손에 이끌려 왔으니 겁이 나는 것이 당연했다.

'아, 그렇지. 일단 물부터 줘야……'

주위를 두리번거리던 나는 마침 이사나가 나무통을 들고 있는 것을 발견했다. 세트니오 백작의 병사가 물을 길어 오라며 던져 줬던 바로 그 나무통이었다. 나는 그 안에 물을 채운 다음 여인을 향해 내밀었다.

"자, 여기요."

"……예?"

"아까 물이 필요하다고 하셨잖아요."

여인은 내가 내민 통 안에 담긴 물을 보고 눈을 크게 떴다.

"저, 정말 이걸 제게……?"

"네, 부족하면 더 드릴 테니까 부담 갖지 말고 드세요."

"가, 감사합니다! 감사합니다, 나으리!"

그제야 여인은 앞으로 다가와 통 속의 물을 허겁지겁 마시기 시작했다.

"천천히 드세요. 물도 잘못 마시면 체한다구요."

하지만 여자는 고개를 끄덕이면서도 급하게 물을 들이켜기를 멈추지 않았다. 대체 얼마나 갈증이 심했으면 이렇게까지 되는 건가 싶을 정도였다.

잠시 후 어느 정도 목을 축였는지 여인은 이번엔 안고 있던 아이에게 물을 떠 넣어 주기 시작했다. 그러나 아이는 엄마만큼의 기운도 남아 있지 않은 모양이다. 입안에 들어간 물은 대부분 삼켜지지 못하고 밖으로 다시 흘러나왔다. 아이가 좀처럼 물을 받아 마시지 못하자 다급해진 여인은 울먹거리기 시작했다.

"레이, 이것 좀 마셔 보거라. 물이야. 우리 레이, 물이 마시고 싶다고 했었지? 물이야, 물! 자 보렴, 이렇게나 많아. 제발…… 아가야? 제발 한 모금만이라도…… 흑흑, 아가야……."

나는 여인의 앞에 몸을 굽히고 앉아 아이를 살폈다.

이제 겨우 세 살 정도 되었을까? 보통 이 또래의 아이는 젖살이 올라 통통해야 정상인데, 레이란 아이는 뼈만 앙상한 모습이었다. 그에 비해 배만은 비정상적으로 불룩했다. 흔히 기아지경에 처한 아이들이 그러하듯이 복수가 찬 것이 분명했다.

나는 속으로 혀를 찬 다음 아이의 불룩한 배 위에 손을 얹었다.

그러자 울던 여인이 의아한 표정을 지으며 고개를 들었다. 나는 그녀를 안심시키기 위해 부드럽게 미소 지어 보였다.
"잠시만 기다려 보세요. 괜찮아질 거예요."
말을 마침과 동시에 나는 치료술을 시전했다. 그러자 나의 손에서부터 새하얀 물안개가 일어나 아이의 전신을 뒤덮었다. 여인은 놀란 표정을 지었지만, 다행히 아이를 떨어트리거나 비명을 지르진 않았다.
물안개는 일어난 속도만큼이나 빠르게 사라졌다. 하지만 전후의 광경은 분명히 달랐다. 금방이라도 터질 듯 팽창해 있던 복부는 보통의 평범한 아이들 정도로 수축한 것이다. 그것을 확인한 여인의 얼굴이 부들부들 떨렸다.
"어, 어떻게……."
"엄마……."
그때 의식을 차린 듯 아이의 두 눈이 가늘게 떠졌다. 아이가 자신을 부르는 음성을 들은 여인은 거의 넋을 잃은 듯했다. 그녀는 정신없이 아이를 끌어안고 눈물을 쏟기 시작했다.
"레이! 오, 아가! 세상에! 내 아기, 레이! 정신이 드니? 엄마 알아보겠어?"
"엄마, 나 물……."
"응, 그래! 엄마가 지금 바로 물을 줄게! 신이시여, 감사합니다! 감사합니다!"
'으음, 이게 바로 신에게 공로를 뺏기는 경우인가…….'

언젠가 트로웰이 투덜거렸던 것이 떠올라 나는 속으로 실없이 웃었다. 그러고 보니 그는 어디에서 유희를 보내고 있는 걸까? 모습을 보지 못한 지 꽤 오래된 것 같다. 소환된 이후론 다시 정령계에 가 보질 못했으니, 아마 내가 이곳에 있다는 사실도 모르고 있을 가능성이 컸다.

내가 잠시 상념에 빠진 사이, 물을 다 마신 아이는 곤한 얼굴로 잠에 빠져들었다. 여인은 아이를 조심스럽게 옆에 눕히곤 감격한 얼굴로 나를 향해 엎드렸다.

"감사합니다, 사제님. 물을 주시는 것만이 아니라 제 아들을 치료까지 해 주시다니. 정말 감사합니다. 이 은혜는 결코 잊지 않겠습니다."

"네? 사제요? 아, 네에…… 아하하."

아이를 치료했기 때문일까. 여인은 나를 사제로 오해한 것 같았다. 당황스러웠지만, 정령왕이라고 밝힐 수도 없는 노릇이라 나는 어색하게 그녀의 인사를 받을 수밖에 없었다. 그런데 뜻밖의 이름이 귓가에 들려왔다.

"설마 이런 곳에서 엘뤼엔 님의 사제를 뵙게 될 줄은 몰랐습니다. 아아, 이걸 어떻게 감사드려야 할지……."

"……예? 엘뤼엔이요?"

설마 내가 아는 그 엘뤼엔을 말하는 건가?

친숙한 이름이 반갑긴 했지만 한편으론 황당한 심정이었다.

사제라고 생각하는 건 백번 양보해서 그렇다 치자. 이곳에서 특이한 능력으로 사람을 치료할 수 있는 사람은 신관이나 마법사들 뿐이니깐. 하지만 왜 그게 하필이면 그게 엘뤼엔인지는 알 수가 없었다. 그는 치료와는 전혀 상관없는 형벌의 신이 아닌가.

그런데 이 의문은 전혀 엉뚱한 곳에서 해결되었다. 옆에서 듣고 있던 이사나가 중얼거리는 소리가 들린 것이다.

"아, 그러고 보니 최근에 형벌의 신 엘뤼엔의 사제들이 치료 순례를 다닌다고 했었지."

"응? 그게 무슨 소리야?"

내가 관심을 보이자 이사나는 여인에게 들리지 않게 낮은 목소리로 설명했다.

"엘뤼엔은 비교적 최근에 신도수가 늘어가고 있는 신이야. 처음 신전이 세워진 게 이십 년도 채 되지 않았는데, 벌써 각지에서 그를 섬기는 신도들이 무서울 정도로 늘어나고 있지. 그 이유에 매년 그의 사제들이 치료 순례를 돌기 때문이라고 들었어."

"그래서 날 엘뤼엔의 사제로?"

"응, 치료능력을 지닌 사제들이 흔하지 않은 데다, 무료로 고쳐 주는 곳도 거의 없거든. 일단 저 여인에겐 그렇게 알려 두는 게 좋을 것 같아."

나는 고개를 끄덕인 후 다시 여인에게로 시선을 보냈다. 그때까지도 그녀는 바닥에 엎드려 연방 감사하다는 말을 되풀이하고 있었다.

"저기, 그만 일어나세요. 감사 인사는 충분히 받았으니까요."

나는 여인의 몸을 억지로 부축해서 일으켰다. 그러자 새삼스럽게 가늘고 야윈 몸이 눈에 들어왔다. 아이만큼 심각한 상태는 아닐지라도, 여인 또한 오래도록 굶주린 것이 분명한 모습이었다.

아이의 몸은 나았지만 그들에겐 앞으로가 더 문제일 것이다. 지금처럼 굶주리는 상태가 계속되면 오히려 고통만 이어질 뿐이니까.

"남편이 없다고 하셨죠? 살고 계신 곳은 어디세요? 아이와 함께 몸을 의탁할 곳은?"

"그, 그건……."

"아무것도 없나요?"

내 말에 여인은 침울한 표정으로 고개를 끄덕였다. 어떤 사정인지 모르지만, 아이와 함께 이곳저곳을 떠돌아다니며 구걸해서 먹고사는 형편이 아닌가 싶다.

나는 주머니 안에서 금으로 된 조약돌을 몇 개 꺼내어 여인에게 내밀었다. 사실 보석 꽃을 건넬까 했지만 지나치면 부족함만 못하다고, 오히려 이 모자에게 화가 될까 봐 나름 자중한 것이었다.

"이것, 드릴게요."

"……예, 예에?"

"아이 이름이 레이라고 했죠? 어쩌면 작은 집 정도는 구할 수 있을지도 몰라요. 남은 돈은 아껴 두셨다가 아이에게 맛있는 음식도 사 주시고 깨끗한 옷도 입히세요."

금을 본 여인은 아연실색해서 고개를 흔들었다.

"아, 아닙니다! 치료해 주신 것만으로도 평생의 은혜를 입었는데 이런 귀한 걸 받을 수는……!"

"괜찮아요. 그냥 받으세요. 모처럼 나왔는데 아무것도 먹지 못하면 또 병들잖아요. 그리고 겨울이 오기 전에 머물 만한 곳도 찾으셔야죠."

"하, 하지만……!"

"괜찮다니까요."

나는 극구 거부하는 여인의 손에 억지로 금덩이들을 쥐여 주었다. 그녀는 믿을 수 없다는 시선으로 손안에 들린 금과 나를 번갈아 보더니 다시 눈물을 터뜨렸다. 그동안 고생했던 일들이 한꺼번에 북받친 것 같았다.

한참을 서럽게 울던 여인은 황급히 눈물을 훔치고 옷매무새를 단정히 다듬었다. 그리곤 내게 깊숙이 절하며 말했다.

"오늘 저희 모자에게 내려 주신 이 은혜를 결코 잊지 않겠습니다. 부디 제게 은인의 성함을 알려 주십시오. 훗날 아이가 자라면 반드시 은인을 찾아가 갚게 하겠습니다. 아직 마르고 볼품없지만, 부친이 살아생전 뼈대 굵은 용병이었습니다. 장성하면 어지간한 성인 몫은 충분히 해낼 수 있을 겁니다."

"아, 아니에요. 그러지 않으셔도 괜찮아요."

"아닙니다. 그렇게 하지 않으면 감히 이 은혜를 받을 면목이 없을 것 같습니다."

"으음……. 정말 괜찮은데……. 저는 한곳에 오래 머무는 사람이 아니거든요. 대륙 이곳저곳을 떠돌게 될 거라 아마 찾기 힘들 거예요."

"설령 그렇다 해도 상관없습니다. 저희 모자를 은혜를 입고도 모른 척하는 몹쓸 사람들로 만들지 말아 주십시오."

나는 난감한 기분으로 신음을 삼켰다.

이름을 알려 주는 거야 어려운 것은 아니었지만(애칭을 알려 주면 되니까), 아이에게 훗날 은혜를 갚게 한다니 섣불리 대답하기가 힘들었다. 저 여인의 기세를 보니 정말로 그렇게 하고도 남을 것 같은데, 있지도 않은 사제를 찾겠답시고 전국을 돌아다니게 할 순 없는 노릇 아닌가.

'그렇다고 본명을 가르쳐 줄 수도 없고. 미치겠네, 이걸 어쩌지?'

그때였다. 묵묵히 상황을 지켜보던 이사나가 품 안에서 무언가를 꺼내 들었다. 동그란 메달이 달린 체인 목걸이였다. 이사나는 그것을 잠든 아이의 목에 걸어 주며 말했다.

"훗날 아이가 장성하면 수도로 가게 하세요. 이 목걸이를 알아보는 자들이 아이가 찾아갈 곳을 일러 줄 겁니다."

"그, 그곳으로 가면 뵐 수 있는 건가요?"

"물론입니다. 어머니의 인품을 보니 아이의 장래를 의심할 필요가 없을 것 같네요. 장차 훌륭하게 장성해서 찾아올 아이의 모습을 기대하고 있겠습니다. 그러나, 그때까지 이 목걸이를 타인에게 함부로 보여선 안 됩니다. 이 점을 미리 약조해 주십시오."

"야, 약조하겠습니다, 나으리! 결코 아무에게도 보이지 않겠습니다!"

여인은 필사적인 대답에 이사나는 만족스러운 표정으로 고개를 끄덕였다.

아마 그녀는 지금 자신이 얼마나 엄청난 연줄을 잡았는지 절대 알지 못할 것이다. 그 혼란스러운 와중에도 간직하고 있을 정도로 귀중한 목걸이다. 황제 본인이나, 적어도 황실을 뜻하는 물건임이 분명했다.

저런 물건을 들고 나타난 사람을 황성에서 홀대할 리도 없지만, 은혜를 갚겠다고 찾아온 사람에게 이사나가 소일거리를 내줄 리도 없다. 아니, 설령 그렇다 해도 황성에서 일하는 것이니 아이의 입장에선 절대 손해 보는 일이 아니었다. 일반인들에게 황성이란 말 그대로 꿈의 직장일 테니까. 한마디로 출세로 가는 보증수표인 셈이었다.

그렇다 보니 쓸데없는 걱정이 스쳤다. 혹시 중간에 잃어버리면 어쩌나 싶었던 것이다.

황제인 이사나가 지니던 것이니 당연하다면 당연하겠지만, 목걸이는 그냥 보기에도 무척 값비싸 보였다. 아무리 조심히 보관해도 누군가 작정하고 훔치는 것은 막을 수 없다. 만약 장물이 되어 뒷세계에 돌아다니게 되면 상당히 골치 아파질 것이 분명했다.

그런데 이런 내 기분이 정령들에게도 전달이 된 모양이다. 문득 주변을 맴돌던 나이아스 한 마리가 내게 다가와서 말했다.

―왕이시여, 제가 목걸이 안에 들어가 머무는 것을 허락해 주세요.
"어? 목걸이에?"
―예! 제가 때가 이를 때까지 이 목걸이를 지키겠어요!

대답하는 나이아스의 표정은 사뭇 비장했다(물론 귀여운 얼굴 때문에 별로 심각하게 느껴지진 않았지만). 덕분에 나는 머릿속이 맑아지는 것을 느꼈다. 한 번도 생각해 보지 않은 방식이었지만 가능하다는 것을 깨달았기 때문이다. 더불어 상당히 괜찮은 방법이라는 것도.

정령이 깃든 물건은 스스로 의지를 지닌다. 즉, 잃어버리거나 도난을 당해도 본래의 소유주에게 되돌아오는 것이다. 지난번 페리스 때 그랬던 것처럼 이번에도 그런 지식이 자연스럽게 머릿속에 떠올랐다.

"흐음, 그래. 그거 괜찮네."
"응? 엘, 아까부터 뭐라고 중얼거리는 거야?"
"아니, 별거 아니야."

나는 의아하게 바라보는 이사나에게 생글 웃어 준 다음, 잠든 아이를 살피는 척하며 목에 걸린 목걸이를 매만졌다. 그리고 그 틈에 나이아스가 그 안에 깃들도록 했다.

"잘 부탁해."
―맡겨 주세요! 따개비처럼 딱 붙어서 떨어지지 않을게요!

목걸이 안에서 나이아스가 씩씩하게 대답했다.

나는 곤하게 숨을 내쉬고 있는 아이를 바라보았다. 운이 좋으면

이 아이는 훗날 정령사가 될 수 있을지도 모른다. 정령이 깃든 물건을 소지하면 친화력 쌓기가 쉽기 때문이다. 그때가 되면 목걸이에 깃든 나이아스가 아이에게 계약을 청하게 될 것이다.

'좋아, 완벽해.'

나는 속으로 마음껏 자화자찬하며 뿌듯해했다.

아직 먼 미래였지만, 말쑥이 성장한 아이가 정령사가 되어 이사나를 찾아올 생각을 하니 벌써 마음이 들떴다.

3.

여인과 헤어진 후 나와 이사나는 다시 새 물을 채워 병사에게 돌아갔다. 사실 그냥 무시하고 가 버릴까 싶기도 했지만, 혹시 후환이 생길지 모르니 마지막 선심을 쓰기로 한 것이다.

"뭐야? 왜 이렇게 늦었어?"

나무통을 건네받는 병사의 표정은 무척 험악했다. 나는 배시시 웃으며(그래 봤자 후드 때문에 잘 보이진 않겠지만) 아무렇지 않게 대답했다.

"모르셨어요? 지금 냇가 쪽이 난리가 났는데."

"난리라니?"

"갑자기 냇가에서 파도가 일어나서 사람들을 덮쳤지 뭐예요? 그래서 줄이고 뭐고 전부 엉망이 됐어요."

내 말에 병사는 황당한 표정을 감추지 못했다.

"그게 말이 돼? 바다도 아니고 고작 시냇가에서 무슨 파도가 일어나? 게다가 그게 사람을 덮쳐? 너 이 자식, 어디서 농땡이 치고 와선 거짓말하는 거지?"

"아니에요, 정말이에요. 거짓말을 하려면 좀 더 그럴듯한 이야기로 꾸며냈겠죠. 누가 그런 말도 안 되는 핑계를 대겠어요?"

"……그럼 정말이라고?"

"못 미더우시면 직접 가서 확인해 보시면 되잖아요."

병사는 미심쩍은 얼굴로 나를 바라보다가 귀찮다는 듯이 손을 휘휘 내저었다.

"알았으니까 그만 가 봐."

나는 살짝 고개를 숙이곤 이사나와 함께 멀찍이 물러섰다.

이미 병사는 우리에게서 관심이 떠난 듯 통을 들고 물을 마시는 중이었다. 꿀꺽꿀꺽 목울대를 울려 가며 물을 삼킨 그는 깜짝 놀란 표정으로 얼굴을 뗐다. 그러자 옆에 있던 다른 병사가 궁금하다는 듯이 물었다.

"뭐야, 왜 그래?"

"우와, 여기 물맛 굉장한데? 엄청 시원하고 비린내도 없어."

"그래?"

"응, 한번 마셔 봐."

정령왕인 내가 직접 채운 물이니 맛이 좋은 것은 당연했다. 물통을 넘겨받은 동료 병사는 망설임 없이 물을 마셨다. 그리고 감탄한 표정을 지으며 중얼거렸다.

"허어, 진짜네. 무슨 냇물이 깊은 산 속에서 먹는 계곡물보다 더 청량하지?"

"그 정도야? 나도 줘."

"나도, 나도."

삽시간에 그의 주위는 동료 병사들로 가득해졌다. 저래서야 가득 채운 물이 동나는 것도 시간문제였다. 지체했다간 또 붙잡힐 것 같은 예감에 나는 얼른 이사나를 재촉했다.

"얼른 여길 떠나자."

"응."

이윽고 동구 밖을 벗어날 때까지 우리를 붙잡거나 불러 세우는 사람은 아무도 없었다. 하지만 안도하는 나에 비해 이사나의 얼굴은 여전히 어두웠다.

"왜 그래, 이사나?"

"으응. 그냥 좀 답답해져서."

"답답하다니?"

"지금 이 순간에도 그 여인처럼 물조차 제대로 마시지 못하는 사람들이 많겠지……."

무슨 고민을 하는 건가 했더니 계속 그 부분에 마음을 쓰고 있었던 모양이다. 부친인 선황이 백성을 굉장히 위했다더니, 이사나도 그대로 닮은 것이 분명했다. 하긴 이런 성격이니 기사들도 자신의 목숨을 바쳐 이사나를 구할 생각을 했을 것이다. 나는 피식 웃으며 녀석의 머리를 꾸욱 눌렀다. 갑작스러운 행동에 놀랐는지 이사나가 어리둥절한 표정을 지었다.

"……엘?"

"음, 그거 말이야. 안 그래도 내가 생각해 둔 방법이 하나 있는데……."

"해결 방안이 있다는 거야?"

흥분을 담은 목소리에 나는 차분히 고개를 끄덕였다.

"원래 모든 일은 수요가 있어야 공급할 수 있는 법이거든. 케이들이 그러는데, 형편이 어려운 사람들은 비가 내릴 때를 기다렸다가 빗물을 받아 생활한다고 하더라고. 그러니까 내가 비를 자주 내려 주면 되지 않을까? 비가 잦으면 그만큼 물을 살 필요를 못 느낄 테고, 그럼 귀족들 역시 더 이상 판매를 고수하기 힘들겠지."

"하지만…… 그렇게 되려면 시간이 오래 걸리지 않을까? 게다가 우리가 모든 마을을 다 돌아볼 순 없잖아."

"하하, 굳이 돌아보지 않아도 돼. 그냥 여기서도 전국에 비를 내릴 수 있거든."

"뭐? 정말?"

"당연하지. 난 정령왕이잖아. 전국이 아니라 전 대륙에 내리는 것도 가능한데?"

이사나는 놀란 표정으로 나를 바라봤다. 새삼스럽게 내가 정령왕이라는 사실을 깨달은 표정이었다.

"어때? 괜찮은 방법 같지 않아?"

"으응! 난 찬성이야. 하지만 비가 자주 내리면 그것도 좀 문제가 되지 않을까? 강이 범람한다든가……."

"그렇게 안 되도록 조절하면 되니까 괜찮아. 아, 그래. 아예 기간을 정해 두고 비를 내릴까? 삼사일에 한 번씩 정해진 시간에 아주 짧게 폭우를 퍼붓는 거야. 그럼 사람들이 물을 받아 두기도 더 편하겠지. 강이 범람할 일도 없고."

"그, 그래도 돼? 똑같은 시간에 비가 내리면 사람들이 이상하게 여기지 않을까?"

"그러라고 하는 거야."

"뭐?"

당황한 이사나를 향해 나는 씩 웃어 주며 대답했다.

"한두 번도 아니고 꾸준히 정해진 기간, 정해진 시간에 전국적으로 비가 내린다고 생각해 봐. 당연히 누군가 의도적으로 벌이는 일이라는 걸 깨닫지 않겠어? 더불어 초자연적인 힘을 지닌 엄청난 존재라고 생각하겠지. 그럼 지금까지 자기들 맘대로 물을 팔던 녀석들이 겁을 먹게 될 거고, 좀 더 빨리 독점 행위를 중단하게 될지도 몰라."

"와아, 굉장해, 엘. 거기까지 생각하고 있었구나."

이사나는 감탄한 표정을 숨기지 못했다. 반짝반짝한 눈동자로 바라보는 그의 모습에 나는 괜히 쑥스러워져서 뒷머리를 긁었다.

"저기, 엘. 케이들에게도 이 사실을 알려 줄 수 있을까?"

"기사들에게?"

"응, 우리가 세운 계획이니까 그들도 미리 알고 있는 게 좋을 것 같아서."

"하긴…… 흠. 그럼 네 힘 좀 잠깐 빌려도 돼, 이사나? 조금 어지러울지도 몰라."

"응, 괜찮아. 근데 뭘 하려고?"

나는 대답 대신 이사나의 마나를 끌어와 하급 정령인 나이아스를 소환했다. 그러자 주위를 맴돌고 있던 자연체의 나이아스 중 한 마리가 퐁 하고 내 손바닥 위에 떨어졌다. 갑작스러운 기운의 소모에 휘청거리면서도 이사나는 눈을 크게 부릅떴다.

"에? 뭐, 뭐야? 정령?"

"응, 물의 하급 정령인 나이아스라고 해. 귀엽지? 방금 네 마나를 빌어서 소환했어."

"헤에, 그렇구나."

그는 한참 동안 나이아스에게서 시선을 떼지 못했다. 처음 보기도 하거니와, 아무것도 없는 공간에서 갑자기 눈앞에 나타난 것처럼 보였을 테니 신기한 것이 당연했다.

"자아, 나이아스. 부탁한다."

나의 의지를 읽은 나이아스는 크게 고개를 끄덕인 후 빠르게 모습을 감췄다. 아마 녀석은 기사들 앞에 도착하자마자 물로 된 편지를 펼쳐 보일 것이다. 갑자기 허공을 수놓는 글귀에 기사들이 놀랄 모습이 눈에 선했다. 물론 그 사실을 알지 못하는 이사나는 돌연 정령이 사라진 것이 그저 아쉬운 표정이었다.

"방금 뭘 한 거야, 엘?"

"나이아스 편으로 소식을 전달했어. 이제 기사들도 우리 계획을 알게 될 거야."

"와아, 정말? 정령으로 그런 것도 가능하구나. 처음 알았어."

나는 감탄하는 이사나를 보며 어깨를 으쓱해 보였다.

사실 이런 일에 가장 적합한 정령은 시큐엘이었다. 중하급의 정령과는 달리 상급은 사람과 직접 대화를 나누는 것이 가능하기 때문이다. 그러나 아직 이사나의 마나로는 시큐엘은커녕 중급 정령인 운디네조차 소환하는 것이 불가능했다.

그런 주제에 정령왕인 날 소환하다니.

억수로 운이 좋다는 건 이사나를 두고 하는 말이 분명했다.

제5화

1.

 우리가 클모어로 출발한 지 약 이 주쯤 지났을 무렵, 마을마다 이상한 소문이 돌기 시작했다. 근방에 신출귀몰한 의적들이 출몰한다는 내용이었다.

 그 의적들이 처음 등장한 건 약 이 주일 전, 그러니까 우리의 여정이 막 시작될 때쯤이었다. 어느 날 갑자기 불쑥 나타난 그들은 부정부패로 유명한 귀족들의 집만을 골라서 털어 가난한 빈민가에 재물을 나눠 주는 방식으로 백성들의 마음을 단번에 사로잡았다.

 놀라운 건 그들이 사람들 앞에 외치고 다니는 말이었다. 지난 10년 재앙이 선황의 저주 때문에 일어난 것이 아니며, 현 황제 이사나가 미쳤다고 알려진 것은 그의 숙부인 유카르테 대공이 꾸민 음모라고 주장한 것이다.

물론 처음부터 그 말을 믿는 사람은 아무도 없었다. 단숨에 납득하기엔 선황에 대한 부정적인 시선이 너무 강했을 뿐만 아니라, 반대로 유카르테 대공의 이미지는 대중들에게 좋게 알려져 있었기 때문이다. 아무리 의적이라곤 해도 어차피 도적이란 인식도 한몫했다.

하지만 의적들은 굴하지 않았다. 오히려 자신만만하게 누구나 믿을 수밖에 없는 증거를 보이겠노라고 소리쳤다. 그와 함께 그들이 내세운 증거란 이러했다. 앞으로 삼 일에 한 번씩, 하늘에서 큰비가 내린다는 것이다.

그리고 그 말은 사실이 되었다. ……바로 나에 의해서.

"아마 케이들일 거야."

이사나는 조심스럽게 나의 눈치를 살피며 말했다.

사실 그가 말해 주지 않아도 나 역시 익히 짐작한 바였다. 비를 내릴 거란 계획을 아는 사람은 나와 이사나, 그리고 기사들뿐이었으니까.

설마 그들이 의적이 될 줄이야. 더구나 자신들의 입지를 강화하기 위해 이런 소문을 낼 거라곤 전혀 생각지도 못했다. 뭐, 그 덕분에 비가 내린단 소문이 생각보다 빠르게 퍼져서 물을 구입하는 사람들이 현저히 줄어들긴 한 것 같지만 말이다.

"미안해, 엘. 가난한 사람들을 위해 계획한 일인데 이런 식으로 이용해서…….”

이사나는 민망한 표정으로 내게 어쩔 줄 몰라 했다. 기사들이 의도적으로 퍼트린 소문에 내가 불쾌해할 것이라 생각한 것 같았다.

나는 피식 웃으며 고개를 가로저었다.

"아냐, 오히려 잘됐어. 덕분에 선황이나 너에 대한 부정적인 소문들이 많이 사라졌잖아."

"그렇지만…….”

"괜찮다니까. 난 목적을 이루기만 하면 어떤 방식이든 상관없어. 케이들이 알아서 잘 처리해 나가는 것 같아 다행이야."

그제야 이사나는 한층 밝아진 얼굴을 했다.

기쁜 듯이 상기된 두 뺨을 보니 덩달아 내 기분도 좋아졌다.

현재 우리는 클모어로 향하는 길목에 있는 작은 도시에서 잠시 체류하고 있었다. 이 주간의 노숙에 질리기도 했고, 슬슬 떨어져 가는 식량을 보급할 필요가 있어서였다.

점심때라 들른 낡은 식당 안은 용병 차림을 한 손님들로 가득했다. 본래 이런 상황이라면 나이가 어린 우리 둘이 가장 눈에 띄었겠지만, 얼굴을 후드로 가리고 있는 데다 말없이 식사만 하고 있어선지 별로 주목받는 느낌은 아니었다.

아니, 사실 그보다는 우리에게 신경 쓸 여유가 없다는 것이 더 맞는 표현일 것이다. 마침 이 식당의 자랑이라는 주인의 손녀가

서빙을 하는 중이었기 때문이다.

"휘익— 에이미, 오늘은 더 예쁜데? 이제 제법 숙녀티가 나는걸?"

"그러게. 내일 당장 시집을 가도 되겠는데?"

"오셨어요, 리오 아저씨? 헨센 아저씨, 그 말은 삼 년 전부터 질리게 들었거든요? 괜찮은 신랑감이나 소개해 주시고 그런 말이나 하시든가요."

에이미라 불린 소녀는 특출한 미인은 아니었지만 상당히 귀여운 외모에 속했다. 나이는 이사나 정도 되었을까? 오래전부터 식당의 일을 도운 듯 손님들을 상대하는 태도가 능숙했다.

"무슨 소리야. 에이미 네 신랑감은 이미 있잖아? 피트 녀석이 오늘이야말로 네게 청혼하겠다고 벼르고 있던데 말이야."

콰앙!

그 순간 소녀가 들고 있던 쟁반을 거칠게 내려놓고 사납게 대꾸했다.

"지금 피트 따위를 받아 주라고 하시는 거예요? 그런 녀석 한 무더기가 와도 사양이라구요! 저에게도 나름대로 꿈이 있단 말이에요!"

"킬킬킬. 하얀 백마를 탄 왕자님 말이지? 아서라, 에이미. 너같은 평민 계집아이를 어느 귀족가의 도련님이 봐주겠냐? 마음에 든 척하면서 갖고 놀다 버리지나 않으면 다행이지."

"그래, 에이미. 그냥 피트가 죽자 살자 따라다닐 때 모른 척하고 받아 주라고. 나이 더 들면 그런 것도 없다?"

"아니, 이 아저씨들이 정말 보자 보자 하니까?"

"크하하하! 오늘 정말 술맛 좋구만! 어이 주인장! 여기 맥주 한 통 더 추가해 주시오!"

"예, 예! 갑니다!"

아직 훤한 대낮이건만 식당 안은 온통 술판으로 가득했다. 아예 맥주를 통째로 쌓아 놓고 잔을 비우는 사람들도 있을 정도였다.

그 모습을 물끄러미 바라보던 이사나가 문득 궁금하다는 듯이 물었다.

"맥주는 무슨 맛일까? 저것도 술이겠지?"

"응? 그야 당연히 술이지. 왜, 마셔 보고 싶어?"

"아, 아니. 그게 아니라 그냥 좀 궁금해서. 이전에 페리스가 맥주가 꽤 맛있다고 한 적이 있었거든. 그래서……."

그냥 솔직하게 그렇다고 해도 될 걸 그는 붉어진 얼굴로 열심히 변명했다. 한때 술에 절어 살았다는 게 믿어지지 않을 만큼 순진한 반응이다. 하긴 자학하기 위해 마셨던 술이 지금과 의미가 같을 리는 없겠지만.

그런데 별안간 근처에 있던 용병들이 요란하게 웃음을 터뜨렸다. 이사나가 한 말을 듣고 반응한 것이다.

"어이, 꼬마! 아직 맥주도 마셔 보지 못한 샌님이냐? 이리 와 봐! 이 형님이 한 잔 따라 주마. 마시는 순간 아마 새로운 세상을 알게 될 거다!"

"암, 이 맛을 모르면 어른이 됐다고 할 수 없지!"

아니, 이 인간들이 누구 마음대로 순진한 미성년자에게 음주를 권하는 거야? 나는 행여 이사나가 호기심을 보일세라 얼른 고개를 저었다.

"아니, 됐어요. 제 동생은 몸이 약해서 술 같은 건 절대 마시면 안 되거든요. 마음만 감사히 받겠습니다."

하지만 이미 거나하게 취한 사람들은 쉽게 물러나지 않았다.

"호오, 이건 뭐야? 보호자 등장이신가? 쯧쯧, 아무리 동생 몸이 약해도 그렇게 키우면 안 되지, 형씨. 그럴수록 오히려 마시게 해야 하는 거야!"

"아무렴, 술을 모르면서 남자라고 할 수 있나! 자, 자, 그러지 말고 마셔!"

급기야 그들은 자기 팔뚝만 한 맥주잔을 강제로 들이밀기 시작했다. 당황스러웠지만, 딱히 악의가 있는 것 같진 않아 나는 난감해질 수밖에 없었다.

바로 그때 우리 앞으로 구세주가 등장했다. 조금 전까지 다른 쪽 테이블의 용병들과 입씨름을 하던 소녀가 이번엔 그들을 나무라기 시작한 것이다.

"그만두세요, 잭 아저씨. 몸이 약하다는 사람에게 술을 마시라고 강요하는 게 어디 있어요? 민폐라고요, 민폐!"

"윽! 에이미, 이제 우리 차례냐? 이건 강요가 아니라 권유라고."

"누가 그런 말을 믿을 줄 알아요? 지난번에도 싫다는 사람에게 억지로 술을 먹여서 의식불명으로 만드셨잖아요! 자꾸 그러시면 쫓아낼 줄 알아요!"

"하하핫! 오늘 우리 에이미 아가씨가 기분이 매우 나쁜 모양이네? 이거 알아서 몸을 사려야겠는걸?"

그들의 말에 식당에 있던 사람 대부분이 유쾌한 웃음을 터뜨렸다. 작고 낡은 가게치곤 손님이 많은 편이다 생각했더니, 오래전부터 이곳을 찾는 단골들이었던 모양이다.

"자아— 우리 귀엽고 깜찍한 에이미 양을 위해서 건배!"

"건배!"

누군가의 구령에 맞춰 그들은 동시에 맥주잔을 치켜들고 건배를 외쳤다. 이 또한 이곳에선 이미 익숙한 일인 것 같았다.

소녀가 다시 신경질을 냈지만, 덕분에 우리에게 향했던 관심은 전부 흩어진 상태였다. 나는 안도의 한숨을 내쉬며 이사나를 바라보았다.

"술은 되도록 마시지 않는 걸로 하자. 혹시 골치 아픈 일에 휘말리게 될 수도 있으니까."

"으응, 미안. 괜히 나 때문에 소란이 벌어질 뻔했네."

민망한 듯 얼굴을 붉히며 고개를 끄덕인 이사나는 마저 식사를 하기 위해 포크를 들었다. 바로 그때 누군가 또 말을 걸어왔다.

"어이, 너희. 이곳은 처음인 모양이지? 둘이서 여행 중이야?"

그는 바로 옆 테이블에 앉아 있던 손님 중 한 명이었다. 이곳에 있는 대다수의 사람처럼 그 역시 용병 차림을 하고 있었다. 그의 맞은편에도 역시 용병으로 보이는 금발의 남자가 묵묵히 술을 마시고 있었는데, 딱히 둘이 친밀한 관계로 보이진 않았다. 일행의 행동에 전혀 관심이 없는 것 같았기 때문이다. 어떻게 보면 테이블이 부족해 합석하고 있는 것 같기도 했다.

"예, 맞아요. 저희 둘이서 여행 중이에요."

"헤에— 어디까지 가는데?"

그의 물음에 나는 어떻게 대답해야 할지 잠시 망설였다. 하지만 오히려 숨기는 것이 더 의심을 살지도 모른단 생각에 되도록 아무렇지 않은 어조로 가볍게 대답했다.

"클모어 공국까지요. 그곳에 사는 친척을 만나기로 했거든요."

"엥? 클모어? 엄청 먼 곳이잖아. 거기까지 단둘이서 간다고?"

"네, 맞아요."

"헤에, 괜찮겠어? 알고 있는지 모르겠지만 이 지역을 벗어나면 본격적인 우범지대야. 산적들도 많고 몬스터도 자주 출몰하지."

"그래요?"

산적은 알겠는데 몬스터는 뭐지? 나는 속으로 어리둥절했지만 그것을 내색하진 않았다. 드래곤도 있고 엘프도 있는 세상인데, 괴물이 있다 해도 이상할 것은 없었으니까.

"상급 몬스터는 없지만 오크나 고블린의 둥지는 가는 길에 널렸어. 가다가 마주치면 너희 둘로는 상대하기 벅찰걸? 호위라도 고용하는 게 어때? 관심 있으면 내가 괜찮은 용병을 추천해 줄 수도 있는데."

"아뇨, 말씀은 감사합니다만 괜찮아요."

"왜? 돈 때문에 그래?"

그는 당연히 우리가 비용이 부족해 거절한다고 여기는 것 같았다. 하긴 나도 그렇지만, 이사나 역시 키가 크거나 체구가 건장한 편은 아니니 실력에 자신이 있어서 그렇다고 여기긴 힘들 것이다. 나는 멋대로 오해하도록 일부러 아무런 대답을 하지 않았다. 그러자 그것을 긍정으로 인식했는지 그가 냉큼 다른 제안을 건넸다.

"그렇다면 용병단의 심부름꾼이 되는 건 어때?"

"심부름꾼이요?"

"용병단 밑에 임시로 들어가서 그들의 잔심부름을 해 주면서 목적지까지 함께하는 사람들을 말해. 안전하고 심심하지 않고, 더불어 노잣돈까지 벌 수 있으니 일석삼조지. 그러고 보니 이번에 클모어까지 가는 용병단이 있다고 했던 것 같은데 말이야. 어이, 그게 너희 아니었나?"

그가 돌아본 곳은 바로 자신의 맞은편에 있던 금발 남자였다. 아는 척을 하는 것을 보니 일행이긴 일행이었던 모양이다. 그 증거로 금발의 남자는 귀찮은 표정을 지으면서도 흘깃 우리 쪽을 응시했다. 하지만 이내 입안에 다시 술을 털어 넣더니 짧게 대꾸했다.

"내 용병단에 심부름꾼은 필요 없어."

"그렇게 대답할 줄 알았다. 그야 나도 네가 심부름꾼을 잘 안 쓴다는 건 알지만 말이야. 그러지 말고 좀 생각해 봐. 네 용병단은 숫자가 적은 편이니 그런 긴 일정에선 한두 명 정도 손이 더 필요할 거 아냐."

"지금도 충분해. 그리고 설령 필요하다 해도 애송이는 안 받아."

"우와, 진짜 너무하네. 사정이 딱하지도 않아? 클모어까지 가는 길에 등장하는 몬스터가 얼마인데. 저 두 사람이 그걸 감당할 리가 없잖아. 너 그렇게 안 봤는데 엄청 냉정하다?"

"시끄러워. 네 말대로 클모어까지 가는 길에 등장하는 몬스터가 얼마인데 저런 아무것도 모르는 애송이들까지 챙기며 간다는 거냐? 네가 하는 일이 아니라고 너무 쉽게 생각하는 거 아니야?"

다투는 모습을 보니 한두 해 알아 온 사이가 아닌 것 같았다. 저대로 놔두면 싸우게 될 것 같아 나는 급히 손을 내저었다.

"저기, 정말 저희 일은 신경 쓰지 않으셔도 돼요. 알아서 할 수 있으니까요."

"엥? 무슨 소리를 하는 거야? 바깥은 진짜 위험해. 가다가 어떻게 죽을지 모른다고."

"아뇨, 정말 괜찮습니다. 그렇지, 라이? 우리끼리 갈 수 있지?"

"으응! 하나도 겁 안 나."

당황한 이사나는 크게 고개를 끄덕이며 대답했다. 하지만 그것이 오히려 저 두 사람을 불안하게 해 버린 모양이다. 특히 금발 쪽 남자의 얼굴은 이상할 정도로 뻣뻣하게 굳어 있었다.

"노파심에 묻는 건데, 혹시 너희 나이가……?"

"예? 아, 동생의 나이는 올해 열여섯이구요. 저는 열일곱이에요."

나는 적당히 진실과 거짓을 섞어 대답했다.

그러자 그 순간 금발 남자의 얼굴이 와락 일그러졌다. 반대로 처음 우리에게 말을 걸었던 남자는 폭소를 터뜨렸다.

"으하하! 아이고— 이걸 어떡하냐, 휴센? 아무래도 꼼짝없이 걸린 것 같은데?"

"……제기랄. 이래서 제크 네가 관련되면 되는 일이 하나도 없다니까."

"킥킥킥. 오히려 잘된 거지, 뭘 그래? 모르고 넘어갔다가 중간에 시체라도 발견해 봐. 아마 한동안 꿈자리가 엄청 사나울걸? 그것보단 훨씬 낫잖아."

"시끄러워."

금발의 남자는 이를 갈 듯이 대꾸하곤 남아 있던 잔을 단숨에 비웠다. 그때까지도 나와 이사나는 상황을 파악하지 못해 그저 어리둥절해할 뿐이었다. 그런 우리를 향해 제크라 불린 남자가 친절하게 웃으며 설명했다.

"어이, 너희. 휴센이 어린애들에게 약하다는 것에 감사해라. 이 녀석, 나이를 못 들었다면 모를까. 이제 절대로 모른 척할 수 없을걸?"

"네? 그, 그게 무슨 말인가요?"

"무슨 말이긴. 이 녀석의 용병단에 심부름꾼으로 들어가게 되었다는 말이지. 행운을 축하한다."

'헐? 누구 마음대로?'

이쪽은 그럴 생각이 전혀 없는데 저들끼리 멋대로 결정을 내린 모양이다. 그 순간 술잔을 내려놓은 금발의 남자가 자리에서 일어나 우리 앞으로 다가왔다. 앉아 있을 땐 몰랐는데 생각보다 꽤 키가 큰 편이었다.

"내 이름은 휴센이다. 샴페인 용병단을 이끄는 단장이지. 너희는?"

"네? 아, 저는 엘이고, 제 동생은 라이라고 해요."

"그렇군. 클모어까지 간다고? 따라와라. 앞으로 함께할 동료들을 소개해 주마."

"예에? 아, 아니, 저희는 괜……."

"잔말 말고 따라와. 난 실익을 추구하는 용병이지만, 그렇다고 어린애들끼리 사지에 뛰어드는 것을 못 본 척할 만큼 냉혈한은 아니다."

'누가 사지에 뛰어든다는 거야?'

하지만 나는 그 말에 미처 반박할 기회조차 얻지 못했다. 먼저 몸을 돌린 그가 나가면서 이사나가 먹은 음식 값까지 함께 계산해 버린 것이다.

"헉! 자, 잠시만요! 가자, 라이!"

"으응!"

당황한 나와 이사나는 황급히 짐을 챙겨 그의 뒤를 따라나섰다.

그런 우리를 향해 이번 사태의 원흉인 남자가 유쾌한 표정으로 손을 흔들며 소리쳤다.
"여어— 행운을 빈다, 꼬마들! 오늘 만나서 즐거웠어!"
'즐겁기는 개뿔!'
평화롭던 일정에 폭탄이 떨어진 순간이었다.

2.

휴센은 우리가 따라 나온 것을 확인하자마자 곧장 어디론가 걷기 시작했다. 그러면서 간략하게 자신이 이끄는 용병단에 대한 설명을 이었다.
"우리 용병단의 인원은 전부 여섯이다. 남자 네 명에 여자가 두 명이지. 그들 중 두 명은 너희 또래다. 하지만 어리다고 만만히 보지 않는 게 좋을 거다. 일 인당 열 명은 충분히 해치울 수 있는 괴물들이니까. 물론 그렇다고 미리 겁을 먹을 필요도 없다. 민폐만 끼치지 않는다면 다들 너희에게 상냥할 테니까."
"저, 저기요. 마음을 써 주시는 건 감사한데 정말 저희로도 괜찮거든요."
"너희는 운이 좋은 거야. 자랑은 아니지만 우리 용병단은 상당히 실력이 있거든. 가는 길까지 목숨의 위협을 받는 일은 절대 없을 거다."

"……."
 전혀 듣고 있지 않군. 대꾸해 줄 가치조차 없다 이건가?
 유유상종이라더니 휴센도 제크란 남자만큼이나 제멋대로인 성향이 다분한 것 같다. 나는 자포자기에 가까운 심정으로 그의 뒤를 따랐다. 일단 목적지에 도착한 다음에 다시 제대로 거절을 해야 할 것 같았다.
 잠시 후 도착한 곳은 '나무샘의 쉼터' 라는 간판이 걸린 여관 앞이었다. 휴센은 우리에게 잠시 기다리라고 말한 뒤 혼자 건물 안으로 들어갔다. 동료들을 불러올 생각인 듯했다.
 그가 사라지자마자 나와 이사나는 한숨을 내쉬며 마주 보았다.
 "하아, 일이 완전 꼬였네. 미안, 이사나. 전부 내 탓이야. 이럴 줄 알았으면 처음부터 말을 걸어도 그냥 무시하는 건데."
 "아니야, 어쩔 수 없는 일이었잖아. 그래도 나쁜 사람인 것 같진 않은데? 애들끼리 여행한다고 챙기는 걸 보면. 사실 좀 감탄했어. 저런 용병들도 있구나. 용병은 전부 돈에 관계된 일에만 움직이는 줄 알았거든."
 "그래? 난 용병에 대해선 잘 몰라서. 아무튼 아무리 의도가 좋아도 지금 우리 처지엔 너무 위험한 제안이야. 다시 나오면 잘 거절해 보자. 이대로 진짜 용병단에 들어갈 순 없잖아."
 내 말에 이사나는 바로 고개를 끄덕여 동조했다.
 정체를 숨겨야 하는 우리에게 장시간의 단체 생활은 걸맞지 않았다. 사소한 대화는 물론 이름을 부르는 것도 능력을 쓰는 것도 조심해야 할 텐데, 일부러 그런 불편을 자처할 사람이 누가 있겠는가. 게다가 지금은 후드를 쓰고 있다지만, 함께 지내다 보면 얼굴을 계속 가리는 것도 힘들 것이다. 혹시나 그럴 일은 없겠지만, 만에 하나 누군가 이사나를 알아보기라도 하면 큰일이었다.

그때 갑자기 문 앞에서 시끌벅적한 소리가 들렸다. 휴센이 동료들을 데리고 나온 것이다.

"하암— 단장, 누굴 데리고 간다고?"

"우씨, 대체 무슨 일이기에 집합 명령이야? 한창 잘 자고 있었구만."

그와 함께 나온 사람들은 흐트러진 차림을 한 세 명의 남녀였다. 해가 중천에 뜬 시각이었지만, 그들은 전원 이제 막 침대에서 일어난 기색이 역력했다. 아무래도 휴센이 강제로 깨워서 데리고 나온 것 같았다. 그래선지 표정이며 분위기가 죄다 음침했다.

"와 보면 안다고 했지. 어제 초저녁부터 지금까지 처잤으면 충분히 잔 거다. 인제 그만 좀 징징거려."

투덜거리는 동료들을 향해 휴센은 살벌하게 쏘아붙였다. 그러자 그들 중 가장 키가 크고 우람한 덩치를 지닌 남자가 얼굴을 찌푸렸다.

"지금까지라니, 지금이 대체 몇 신데?"

"조금 전에 막 점심시간이 지났다."

"헐, 그게 정말이야? 으아, 어쩐지 아까부터 속이 엄청 출출하다 했지. 용건이 뭐라고, 단장? 얼른 끝내고 밥이나 먹으러 가자.

배고파 죽겠다."

"헤롤, 너……."

휴센이 기막히다는 듯 바라보자 헤롤이라 불린 남자는 오히려 당당히 턱을 치켜들었다.

"왜, 뭐가 어때서?"

"어처구니가 없어서 그런다. 어떻게 된 게 네놈의 관심은 오직 자는 거 아니면 먹는 것뿐이냐?"

"거참, 당연한 생리적 욕구 가지고 너무 뭐라 그러지 맙시다. 밥 좀 먹자는 게 그렇게 대순가? 어차피 이게 다 먹고살자고 하는 짓이잖수. 그나저나 오늘 점심 메뉴는 뭐지? 어이, 이봐! 너 뭔지 알아?"

그가 돌아본 사람은 일행 중 유일한 여성인 보라색 머리칼의 여인이었다. 분명 여성 멤버가 두 명이라고 들은 것 같은데 한 명의 모습은 보이지 않았다. 하품을 하고 있던 그녀는 남자의 질문에 버럭 짜증을 냈다.

"내가 여기서 일하는 종업원이니? 그딴 걸 어떻게 알아?"

"왜 화를 내고 그래? 쳇, 하여튼 계집애가 한 번도 사근사근하게 대꾸하는 법이 없지."

"뭐? 계집애? 너 죽을래?"

"너희! 조용히 좀 하지 못해?"

'굉장히 산만한 사람들이네.'

한적하던 주위는 어느새 시장통을 방불케 할 만큼 소란스러워져 있었다. 휴센이 몇 번이나 조용히 하라며 윽박질렀지만, 오히려 그 외침마저 소란처럼 들릴 정도였다. 이런 걸 보면 실력이 뛰어난 용병단인지는 모르겠지만, 딱히 팀워크가 좋은 편은 아닌 것 같다. 특히 헤롤이라 불린 덩치 큰 남자와 이릴이라는 이름의 여자는 몹시 사이가 나빠 보였다.

그 순간 요란한 틈을 가르고 차분한 목소리가 울려 퍼졌다.

"이릴, 헤롤. 또 싸우는 건가요? 일어나자마자 기운도 좋네요."

들려온 음성은 아직 채 변성기를 거치지 않은 소년의 음색에 가까웠다. 그러자 으르렁거리고 있던 두 사람이 언제 그랬냐는 듯이 얌전히 물러섰다.

"어머, 매튜. 아니야, 싸우긴. 그저 이 멍청이가 나한테 먼저 시비를 걸기에 한마디 해 준 것뿐이야."

"절대 오해야, 매튜! 난 그저 식단 메뉴를 물어본 것뿐이었다고. 근데 이 마녀가 다짜고짜 신경질을 낸 거지."

'매튜?'

나는 그들이 바라보는 쪽으로 시선을 돌렸다. 건물 안쪽 계단에서 누군가가 천천히 내려오는 것이 보였다. 예상했던 대로 가는 체형을 지닌 소년이었다. 막 씻고 나온 참인지 그의 머리칼은 물에 흠뻑 젖어 있었다.

"……어?"

하지만 그를 보는 순간, 나는 바보같이 멍하게 입을 벌릴 수밖에 없었다. 점차 가까워지는 그의 모습이 무척이나 낯익었기 때문이다.

까무잡잡한 피부에 결 좋은 검은색 머리카락. 조금 마른 듯한 느낌이면서도 보기 좋게 근육이 잡힌 체구. 상대방의 마음을 꿰뚫어 볼 듯 선명하게 발하는 황금색 눈동자.

그는 분명 내가 알고 있는 이의 모습을 하고 있었다.

"트로웰……?"

3.

그랬다. 아무리 봐도 그는 트로웰이었다. 피부색이며 눈동자 색은 물론이고, 키와 체형 모든 것이 그와 닮아 있었다. 심지어 사람을 홀리는 것 같은 특유의 묘한 분위기까지 똑같았다. 아니, 이 정도면 다른 사람이라고 생각하는 것이 오히려 더 어려울 정도였다.

하지만 설마 그가 이런 곳에 있을 리가. 나는 반신반의하면서도 그에게서 시선을 떼지 못했다.

그런데 혼자 입안으로 삼킨 소리가 그에게 들린 모양이다. 문득 나를 돌아본 그의 얼굴에 아주 잠깐 놀란 표정이 스쳤다. 분명 날 알아본 눈빛이었다.

'뭐, 뭐야. 설마 진짜 트로웰이야?'

머릿속의 생각과는 달리 난 이번에도 확신을 할 수가 없었다. 다시 나를 주시하는 그의 얼굴이 무척 덤덤했기 때문이다. 아니,

그저 덤덤한 정도가 아니라 완벽하게 무표정했다. 도무지 아는 사람을 바라보는 시선이 아니었다.

또한 내가 평소에 알고 있는 트로웰의 모습과도 거리가 좀 멀었다. 평소에는 늘 부드럽게 웃고 다정다감한 인상인 것에 비해 지금 그의 얼굴은 얼음처럼 차가웠으니까.

조금 전 놀랐다고 느낀 건 단순히 나의 착각이었나?

나는 어떻게 반응을 해야 할지 알 수 없어 속으로 머뭇거렸다. 그때 그가 무심한 얼굴로 휴센을 향해 물었다.

"단장, 이 사람들은?"

그러자 그제야 우리의 존재를 깨달은 듯 다른 사람들의 눈빛에도 이채가 서렸다. 앞다투어 쏟아지는 시선에 나는 속으로 바짝 긴장했다.

"뭐야, 단장이 데려온 애들이야?"

"누군데?"

"혹시 단장의 숨겨진 자식들?"

"그럴 리가 있냐!"

휴센은 버럭 소리 지르곤 짧게 헛기침을 내뱉었다. 그리곤 이번에도 우리의 의사와는 상관없이 모두를 향해 말했다.

"다들 인사해라. 이번 의뢰 여정에 우리와 함께할 심부름꾼들이다."

"에? 심부름꾼?"

그들은 의외라는 표정으로 휴센을 응시했다.

"갑자기 누굴 데려간다는 건가 했더니 심부름꾼이었어? 단장이 웬일이야? 그런 거 귀찮아하면서."

"맞아, 전엔 데려가자고 해도 싫다고 했잖아?"

"……사정이 있었다."

"사정이라니?"

그러자 일행 중 머리에 까치집을 얹은 붉은 곱슬머리의 남자가 작게 키득거렸다.

"뻔하지 뭐. 척 보니까 아직 어린애들인 것 같은데 딱한 사정을 듣고 마음이 끌린 것 아니겠어? 우리 휴센 씨는 생긴 거랑 달리 애들한테 약하니까."

"닥쳐, 마이티!"

"저 봐, 저 봐. 얼굴 붉어진 거. 내 말이 맞지?"

"쯧쯧, 한동안 잠잠하더니만. 그 버릇 언제 또 발동하나 했다. 근데 저 애들한테 의사는 제대로 확인한 거야? 설마 싫다는데 억지로 데려온 건 아니지?"

"그야……!"

소리치던 순간 그는 무언가를 깨달은 듯 입을 꾹 다물었다. 그래도 양심은 있어서 우리가 승낙하지 않았다는 사실을 상기한 모양이었다.

그 행동에서 모든 정황을 파악한 듯, 사람들의 얼굴에 황당한 표정이 떠올랐다.

"우와! 정말이야, 단장? 대체 무슨 짓을 한 거야? 그건 납치라고!"

"그, 그게 아니라······."

"아니긴 뭐가 아니야! 보나 마나 또 혼자 멋대로 판단하고 결정했겠지!"

"이봐, 정말 미안하다. 우리 단장이 쓸데없이 오지랖이 넓어서······."

나는 허둥지둥 사과를 건네는 사람들을 향해 어색하게 웃어 보였다.

"아하하, 괜찮아요. 확실하게 거절하지 못한 저희 탓도 있으니까요."

"무슨 소리. 우리가 저 인간을 아는데, 제대로 거절했어도 무시하고 끌고 왔을걸?"

"아무렴, 두말하면 입 아픈 소리지. 애초에 매튜도 그렇게 해서 우리 단원이 된 거잖아. 나 참, 저 또래의 애들이 다 쉐리처럼 보여서 걱정이 된다는 마음은 알겠지만 말이야. 그만두라고 그렇게 누누이 말했는데도 정신을 못 차리다니. 내 저러다 언젠가 신고당하는 날이 오지 싶다."

'매튜라면······.'

나는 슬쩍 시선을 돌려 트로웰(이라 추정되는 소년)을 바라봤다. 계속 나를 주시하고 있었던 것일까. 시선이 마주쳤다고 느끼기가 무섭게 그가 불쑥 질문을 건네 왔다.

"이름은?"

"……어?"

"네 이름."

당황하는 나를 향해 그는 다시 한 번 차분하게 요구했다. 그러자 그의 옆에 있던 동료들이 놀란 표정을 지었다.

"웬일이야, 매튜? 네가 먼저 다른 사람에게 관심을 다 보이고."

"그러게. 이름을 묻는 일도 거의 없잖아?"

"혹시 아는 애야?"

쏟아지는 질문들에도 그는 아무런 대답을 하지 않았다. 그저 더욱 집요하게 나를 응시하고 있을 뿐. 대체 무슨 의도인지 알 수가 없어서 나는 속으로 더 긴장했다.

"아, 저기…… 나는, 엘……이라고 하는데……?"

그 순간 일자로 다물어져 있던 그의 입술이 뚜렷한 호선을 그렸다. 그것만으로 그의 인상은 완전히 달라졌다. 마치 메마른 땅에서 만개한 꽃이 피어오른 느낌이었다.

"그럴 줄 알았어."

"어?"

그와 동시에 나는 일순 몸의 균형을 잃었다. 갑자기 무언가 날 잡아당긴 것이다. 정신을 차렸을 땐 그가 내 몸을 덥석 끌어안은 상태였다.

"오랜만이야, 엘. 보고 싶었어."

"……!"

'역시! 트로웰이 맞았잖아!'

나는 너무 놀란 나머지 아무 말도 할 수 없었다. 부릅뜬 눈으로 굳어진 내게 소년, 아니 트로웰이 장난스러운 미소를 지어 보였다. 이제야 내가 알던 그의 모습이 보였다.

"트, 트로……?"

"쉿. 매튜라고 불러야지."

내가 무심코 이름을 부르려 하자 그는 곧장 내 말을 가로막으며 속삭였다.

"……매튜?"

"내 유희 중의 이름이야. 익숙하진 않겠지만 그렇게 불러 줘. 네가 누군가에게 소환되었다는 건 알았는데 설마 이런 곳에서 만나게 될 줄은 몰랐네. 그동안 잘 지냈어?"

나는 여전히 얼떨떨한 상태에서 고개를 끄덕였다. 설마 이곳에서 만나게 될 줄 몰랐던 건 나도 마찬가지다. 게다가 용병이라니. 평소 그의 이미지와는 전혀 안 어울리는 직업이라 더 의외였다.

그동안 이사나는 내 옆에서 가만히 숨을 죽이고 있었다. 아마 나와 트로웰 사이에 흐르는 심상치 않은 분위기를 읽고 어느 정도 그의 정체를 짐작한 것 같았다.

그리고 우리와는 조금 다른 의미였지만, 이 뜻밖의 재회엔 휴센의 일행들도 경악한 기색이었다.

"뭐야? 정말로 둘이 아는 사이였어?"

"맙소사. 나 매튜가 저렇게 웃는 거 처음 봐."

"나, 나도."

"대체 어떻게 아는 사이야?"

불쑥 건네진 질문에 머뭇거리는 나와 달리 트로웰은 아무렇지 않게 거짓말을 했다.

"고향 친구예요. 오래전에 소식이 끊겼는데 이렇게 우연히 만나게 되네요."

"헤에, 고향 친구?"

"호오, 드디어 베일에 가려진 매튜의 과거를 아는 사람이 나타난 건가."

탐색하듯 훑어보는 시선에 나는 움찔 어깨를 움츠렸다. 그저 눈길을 받는 것만으로 포위된 채 추궁당하는 기분이었다. 그러자 어쩔 수 없다는 듯이 설레설레 고개를 저은 트로웰이 성큼 내 앞을 막아서며 말했다.

"엘은 내성적인 성격이에요. 너무 귀찮게 하지 마세요."

나긋한 음성이었지만 그 안에 실린 경고는 나도 느낄 수 있을 정도였다. 사람들은 아쉬운 표정으로 입맛을 다시면서도 순순히 물러섰다.

"이봐, 엘이라고 했지? 옆의 녀석이랑은 무슨 관계야?"

질문한 사람은 일행 중 가장 덩치가 큰 헤롤이라는 남자였다. 트로웰의 지인임이 밝혀진 후 그들이 나를 바라보는 시선은 이전보다 한층 호의적으로 변해 있었다. 나는 조심스럽게 트로웰의 눈치를 살피며 대답했다.

"제 동생인데요……."

"호오, 동생? 형제 둘이서 여행 다니는 건가? 단장이 심부름꾼으로 데리고 온 걸 보면 우리랑 가는 방향이 같은 것 같은데……혹시 목적지가 클모어야? 아니면 그 근방이라든가."

"네, 맞아요."

"아하, 역시. 그럼 잘됐네. 이왕 이렇게 된 김에 우리랑 같이 가지 않겠어?"

"네? 아, 저희는…….."

"그래, 엘. 그렇게 해. 오랜만에 만났는데 이렇게 헤어지는 것도 아쉽잖아."

대답하려는 순간 이어진 트로웰의 목소리에 나는 입을 다물었다. 다른 사람은 몰라도 그의 권유는 선뜻 거절할 수가 없었다. 할 수 없이 나는 의견을 묻기 위해 옆으로 시선을 보냈다. 그러자 알아서 하라는 듯 이사나가 살짝 고개를 끄덕였다.

"……으음, 알았어. 그렇게 할게."

"정말이지? 잘 생각했어, 엘."

트로웰은 어린아이처럼 좋아하며 내 손을 꼭 붙잡았다.

"그럼 여기서 잠시만 기다릴래? 우리를 고용한 의뢰주에게 일행이 늘어났다고 알려야 하거든. 단장, 제가 가서 말하고 올게요."

"아, 그래."

휴센이 고개를 끄덕이자 트로웰은 날듯이 어디론가 사라졌다. 그 모습을 지켜보는 일행들의 얼굴엔 하나같이 얼떨떨한 표정이 떠올라 있었다.
"허어, 내 눈이 이상해졌나? 매튜가 왠지 제 나이로 보이는데."
"너만 그런 게 아니니 안심해라. 내일은 아무래도 해가 서쪽에서 뜨려는 모양이다."
"저렇게 좋아하다니 신기하네. 정말 엄청 친했던 사이였나 봐?"
"아하하······."
다시금 쏟아지는 시선들에 나는 어색한 웃음을 흘렸다. 마치 포식자 앞에 선 토끼가 된 심정이었다.
그때 휴센이 짧게 헛기침을 내뱉으며 모두를 돌아보았다.
"흠흠, 아무튼 같이 가는 걸로 결정됐으니 나머지 이야기는 들어가서 하지. 음? 그런데 이릴, 네 파트너는 왜 보이지 않는 거냐. 분명 빠짐없이 나오라고 했을 텐데?"
아마 지금 보이지 않는 나머지 여성 멤버를 말하는 듯했다. 질문을 받은 이릴은 자신의 보라색 머리칼을 손가락에 말아 쥐며 심드렁하게 대꾸했다.
"쉐리 말이야? 지금 자리에 없어. 아침 일찍 나갔거든."
"뭐? 어디를?"
"글쎄. 근처에 이글 용병단이 와 있다니 아마 거기에 갔겠지."
"이글 용병단?"
"몰랐어? 거기 단원이랑 사귀는 사이인 것 같던데."
그녀의 말에 가장 크게 반응한 건 붉은 머리카락의 남자(이름이 마이티였던 것 같다)였다. 그는 혼비백산한 얼굴로 소리쳤다.

"뭐? 쉐리가 이글 용병단원이랑 사귄다고? 어, 언제부터? 누구랑?"

"그거야 나도 모르지. 요 며칠 뻔질나게 같이 외출하는 것 같기에 그냥 그런가 보다 짐작해 본 것뿐이야."

"아놔, 미치겠네! 그걸 왜 이제 말해? 젠장, 이번엔 또 어떤 한심한 자식이야? 지난번 놈팡이하고 떼어 놓은 지 얼마나 되었다고!"

하지만 분개한 것은 그 혼자뿐, 다른 사람들은 모두 아무렇지 않은 표정이었다. 이미 이런 상황에 이골이 난 것 같기도 했다. 좌절에 빠진 마이티를 향해 헤롤은 한심하다는 시선을 보냈다.

"쯧쯧, 그만큼 했으면 이제 포기할 때도 되지 않았냐, 마이티? 아무리 그래 봤자 소용없어. 쉐리가 얼마나 눈이 높은데. 너 같은 녀석에게 시선이나 줄 것 같냐?"

"뭐야, 인마? 내가 어디가 어때서? 이래 봬도 전도유망한 용병이거든?"

"그래 봤자 쉐리랑 같은 등급이잖아. 남자라면 제 여자보단 좀 더 강해야 하지 않겠냐? 그래야 위험한 순간이 와도 자신 있게 지켜 준단 말을 할 수 있지. 특히나 넌 키도 작으니까."

"누, 누가 작다는 거냐, 이 자식! 나 정도면 제국인 중에선 평균이라고!"

"내 어깨밖에 안 닿는 주제에."

"그건 네가 너무 큰 거지! 솔직히 네가 '오거'지 인간이냐? 너처럼 우락부락하게 클 바엔 차라리 내가 훨씬 낫겠다. 이 뇌 속까지 온통 근육으로 들어찬 자식아!"

"뭐야? 이 자식이!"

"둘 다 그만해."

분위기가 험악해지려는 찰나, 낮은 목소리가 끼어들어 싸움을 중지시켰다. 단장인 휴센이었다. 그의 날카로운 시선을 받은 두 사람은 주춤거리며 서로 내뻗으려던 주먹을 거뒀다.

"네놈들은 몇 년째 변하는 게 하나도 없군. 이제 그만 유치한 싸움질은 그만둘 때도 되지 않았냐?"

"단장! 그보다 쉐리 좀 어떻게 해 봐! 대체 언제까지 저렇게 사내놈들이랑 무분별하게 어울리는 걸 그냥 두고 볼 거야?"

"쉐리도 이젠 마냥 어린애가 아니야. 자기 행동은 알아서 결정하고 책임질 나이다. 특히나 연애 문제에 대해서 참견하는 건 더 말이 되지 않지."

"그래도 여자애잖아. 혹시 무슨 일이라도 생기면 어쩌려고? 애초에 지금 쉐리가 저러는 것도 전부……!"

찌푸린 얼굴로 소리치던 마이티는 휴센이 말없이 응시하자 입술을 악물었다. 분이 차오른 얼굴이었지만 우리들의 시선을 의식해서 억누르는 것 같았다.

"아, 아무튼 더 이상 두고 볼 수 없으니 뭐라고 좀 해. 단장이 자기 단원을 챙기지 않으면 누가 챙겨?"

"……그래, 알았다. 이릴, 쉐리가 돌아오면 내가 잠깐 보자고 한다고 전해 줘."

"알았어."

결국 체념한 듯 한숨을 내쉬는 그의 말에 이릴이 씁쓸한 표정으로 고개를 끄덕였다. 별것 아닌 평범한 대화에 이상할 정도로 분위기가 가라앉는 느낌이었다. 무언가 감춰진 속사정이 있는 것 같았다.

4.

샴페인 용병단이 클모어로 출발하는 건 모레 이른 아침이었다. 그때까지 머물 곳이 필요했기 때문에 나와 이사나는 그들이 머물던 여관에 새로 방을 얻었다.

"자, 이거 받아."

짐을 풀자마자 트로웰이 대뜸 무언가를 건네주었다. 가죽끈이 달린 손바닥만 한 크기의 동그란 나무패였다. 패의 겉면엔 검과 도끼가 교차한 투박한 그림이 새겨져 있었다.

"이게 뭐야, 트로웰?"

방 안엔 이사나와 나, 그리고 트로웰 셋만 존재했다. 서로 마음껏 해후를 즐기란 의미에서 자리를 비켜 준 것이다. 딱히 주위를 신경 쓰지 않아도 되는 상태였기에 나는 거리낌 없이 그의 본명을 불렀다.

그러자 이사나가 초조한 기색으로 나와 그의 모습을 번갈아 살피는 것이 느껴졌다. 오랜 가뭄 끝에 정령들의 존재도 전부 전설처럼 묻혔다고 들었다. 이름을 들었어도 아직 그의 정체를 정확히 깨달은 것 같진 않았다. 트로웰은 그의 시선을 전혀 개의치 않고 설명했다.

"임시 용병단원을 상징하는 나무패야. 너희의 신원을 샴페인 용병단에서 책임진다는 뜻으로 일종의 신분증 같은 거지. 검문소에서 필요할 거야."

"에? 검문소?"

"역시 몰랐구나. 클모어까지 가는 길엔 반드시 거쳐야 하는 주요 검문소만 세 개가 넘어. 신분증이 없는 사람들은 일반 길목으론 절대 통과할 수 없지."

"헉, 그렇구나."

그런 게 있다는 사실은 처음 알았다. 이사나 역시 몰랐던 일인 듯 신기한 얼굴로 나무패를 살피고 있었다. 하긴 황제인 그가 그런 세세한 부분까지 전부 다 알 리는 없을 것이다. 지금까지 살아오면서 신분을 감추고 여행을 할 일도, 검문을 받을 일도 없었을 테니까.

하마터면 크게 곤욕을 치를 뻔했다. 혹시 이것 때문에 같이 가자고 했던 걸까? 내가 슬쩍 바라보자 트로웰은 씩 웃으며 고개를 끄덕였다.

"그런 것도 있지만, 엘 너는 유희가 처음이니까 내가 조금이나 마 도움을 줄 수 있을 것 같았거든. 더불어 인간 최초로 엘퀴네스를 소환한 네 계약자를 만나 보고 싶기도 했고."

대답과 함께 트로웰은 흥미로운 시선으로 내 옆에 있는 이사나를 응시했다. 눈에 띄게 경직한 이사나는 이어진 그의 말에 흠칫 어깨를 움츠렸다.

"만나서 반가워. 짐작했겠지만 난 엘과 더불어 이 땅의 대지를 다스리는 정령왕 트로웰이야."

"아……! 뵈, 뵙게 되어 영광입니다. 저는……."

"이사나 란느 스왈트. 이 제국의 황제 폐하라는 거 말인가? 굳이 설명하지 않아도 알고 있어."

"어, 어떻게 그걸……?"

당황한 이사나를 향해 나는 얼른 설명을 덧붙였다.

"트로웰은 다른 사람의 마음을 읽을 수 있거든. 너무 놀라지 마, 이사나."

"아? ……아아, 그, 그렇군요."

고개를 끄덕이긴 했지만 그렇다고 굳어진 얼굴이 사라진 것은 아니었다. 아니, 오히려 그가 사람의 마음을 읽는다는 사실에 더 놀란 것 같았다. 트로웰은 가볍게 웃음을 터뜨렸다.

"쿡쿡, 땅의 정령왕의 모습이 이렇게 꼬맹이라 놀랐어? 뭐, 겉모습에 현혹되는 건 인간들의 가장 큰 취약점이기도 하지. 덕분에 유희할 땐 편하긴 하지만."

삽시간에 이사나의 얼굴이 붉게 물들었다. 아마 그를 보고 속으로 꼬마라고 생각했던 모양이다. 하긴 겉모습만 보면 트로웰은 영락없이 어린 소년이었으니 그렇게 생각하는 것도 무리가 아니다.

'미리 말해 줄 걸 그랬나.'

조금 미안해지긴 했지만 그렇다 해도 별수 없었을 것이다. 마음속의 생각이라는 게 그리 쉽게 컨트롤되는 것은 아니니까.

더구나 인간의 정신력으론 트로웰의 힘을 절대 이기지 못한다. 마음을 읽지 않으려 무의미하게 발버둥 치느니 차라리 빨리 이런 상황에 익숙해지는 편이 심장 건강에도 더 좋을 터였다. …… 경험상 그렇게 쉽게 적응되진 않겠지만 말이다.

"그러고 보니 트로웰, 네 계약자는?"

"응? 내 계약자는 이곳에 없어. 드래곤이라서 거의 나를 찾을 일이 없거든."

"헤에, 그렇구나. 저 사람들이랑은 어떻게 알게 된 거야?"

"음, 좀 재미있는 상황이었어. 대륙 상태를 점검해 보려고 주위를 살피고 있었는데 갑자기 휴센이 날 식당으로 끌고 가더라고. 아마 고아라고 생각한 거겠지."

"고, 고아?"

"가뭄 중에 버려진 아이들이 많았으니까. 솔직히 나도 그땐 좀 당황했어. 일부러 눈에 안 띄려고 허름한 차림으로 있었거든."

흠, 그러니까 눈에 안 띄려고 입은 차림에 오히려 휴센이 관심을 더 보였다는 건가? 내 생각을 읽은 듯 트로웰이 입가에 옅은 미소를 드리우고 말했다.

"요즘 같은 시대에 정처 없이 떠돌아다니는 거지 아이를 눈여겨보는 자들은 거의 없지. 용병 중에선 물론, 일반인들 사이에서도 흔치 않게 좋은 심성을 가진 인간이야."

"그런데 어떻게 용병까지 된 거야?"

"괜찮다는데도 계속 날 걱정해서 말이야. 그래서 내 몸 하나 지킬 능력은 충분하다는 걸 보여 줬지. 그랬더니 이번엔 동료가 되지 않겠냐고 귀찮게 굴더군."

"뭘 했는데?"

"별거 아니었어. 그냥 옆에 있는 바위 하나를 들어 보인 것뿐."

……그건 확실히 쫓아다닐 만했다. 어리고 약하다고 생각했던 아이가 눈앞에서 아무렇지 않게 바위를 들어 올렸으니 얼마나 큰 충격을 받았겠는가.

어머, 이 아이는 꼭 스카우트해야 해! 그런 의지로 불타올랐을 그들의 모습이 눈에 선했다.

"사실 쭉 네가 마음에 걸려서 내 나름대로 라피스라즐리를 찾아봤었어. 하지만 별로 소득이 없었네. 미안해, 엘."

"뭐? 아니야. 그게 트로웰 탓도 아닌걸. 게다가 이미 이렇게 훌륭한 계약자도 생겼고."

"그러게 말이야. 설마 네가 인간에게 소환된 줄은 몰랐어. 다분히 요행이 섞이긴 했지만 그렇다 해도 흔치 않은 일이지. 게다가 황제라니, 앞으로 이 땅의 미래가 기대되는데?"

"과, 과찬이십니다."

이사나는 이번에도 붉어진 얼굴로 대답했다. 일순 트로웰의 입가에 서린 미소가 더 짙어졌다.

"쉽게 들뜨지 않는군. 쓸데없이 자신의 능력을 과신하지도 않고. 좋은 성격이야."

"……."

"똑똑한 녀석은 싫지 않아. 지금껏 왕의 계약자 대부분이 그 자신의 미련함 탓에 목숨을 잃었지. 앞으로도 지금처럼 네게 주어진 힘을 의지하되, 이용하진 않는 게 좋을 거야. 모처럼 맞이한 행운을 저주로 바꾸고 싶지 않다면."

"……명심하겠습니다."

굳이 표정을 보지 않아도 이사나가 굳어 있다는 것을 느낄 수 있었다.

사실 긴장한 것은 나도 마찬가지였다. 엄격할 때도 있긴 하지만, 기본적으로 그는 친절하고 다정한 편이었다. 그런 그가 누군가를 압박하고 겁에 질리게 한다는 건 쉽게 상상하기 힘든 일이었다. 하지만 지금 내 눈앞에 있는 그는 거리낌 없이 정령왕의 위엄을 드러내고 절대자의 면모를 유감없이 보이고 있었다. 처음 매튜로서 그를 보았을 때 느꼈던 것처럼 마치 전혀 다른 사람이 된 것 같았다.

그러나 얼음처럼 차가웠던 시선은 내게 이르자 다시 부드러운 눈길로 변했다.

"그럼 난 이만 나가 볼게, 엘. '매튜'로서 해야 할 일이 쌓였거든. 저녁 식사 때 부르러 올 테니까 그때까지 쉬고 있어."

"아, 으응! 알았어, 트로웰. 아 참, 그렇지! 여기 여관비는……."

"아, 그건 신경 쓰지 마. 이미 다 처리되었으니까. 보통 호위 계약에서 용병들이 사용하는 경비는 전부 의뢰주가 부담하거든."

"그, 그래도 돼? 우린 정식 용병도 아닌데?"

"하하, 괜찮아. 임시라곤 해도 패가 발급된 이상 너희도 우리 용병단의 일원이 된 셈이야."

"그렇구나."

나는 감탄하며 들고 있던 나무패를 다시 바라봤다. 그때 불쑥 내 앞으로 까만 손이 펼쳐졌다. 트로웰이 악수를 청한 것이다. 의아해져서 바라보자 그는 장난스러운 표정으로 웃으며 말했다.

"그럼 정식으로 인사할까? 난 샴페인 용병단의 매튜라고 해. 앞으로 잘 부탁해, 엘."

"어어? 아, 응! 나도 잘 부탁해…… 매튜."

나는 서둘러 그의 손을 맞잡으며 대답했다.

시선이 마주친 순간 나와 그는 동시에 풋 하고 웃음을 터뜨렸다. 한 가지는 확실했다. 앞으로 내가 보게 될 트로웰의 모습이 수백 개가 넘더라도, 내가 아는 그는 단 한 명뿐일 것이라는 사실 말이다.

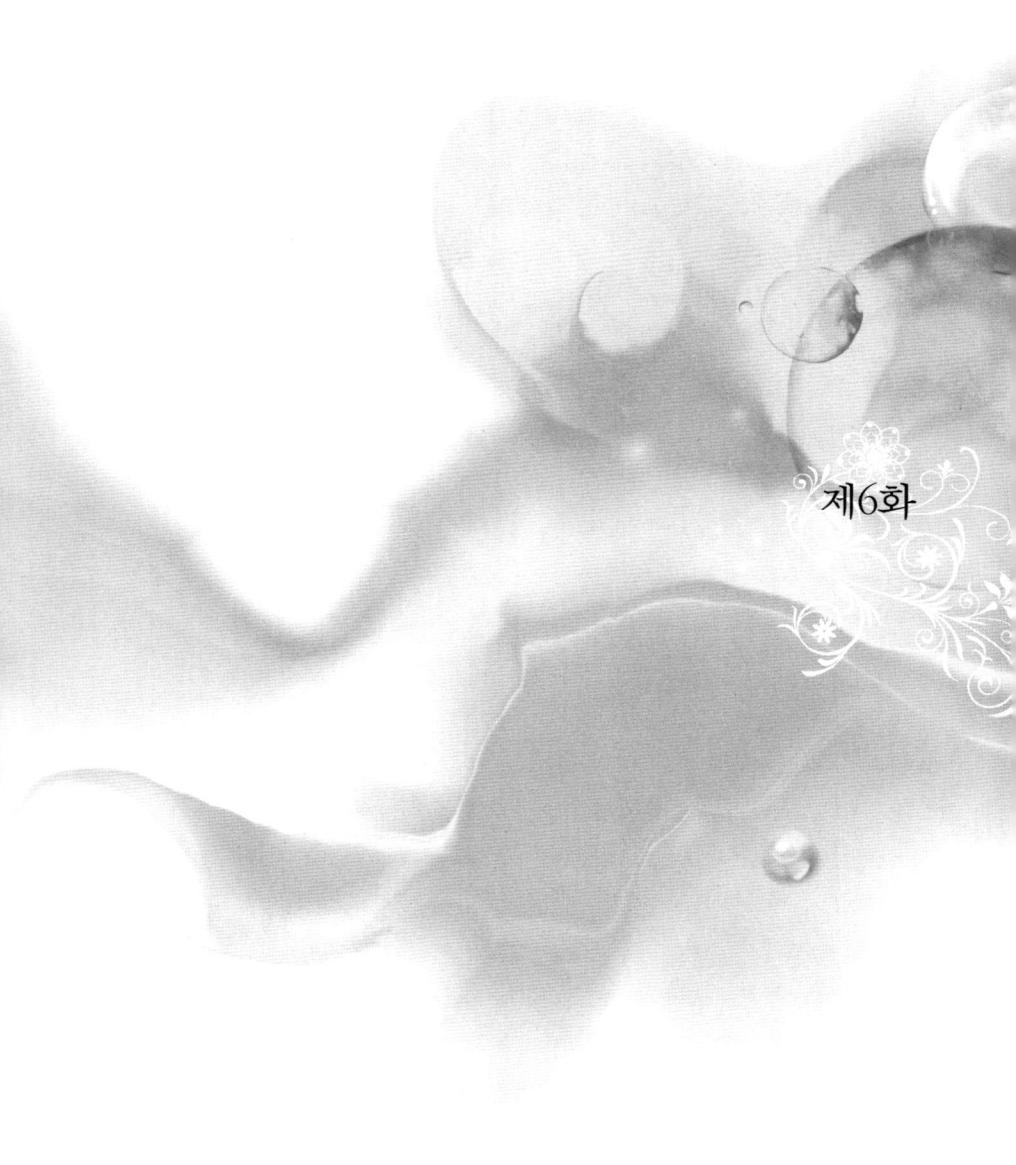

1.

 트로웰이 나가자마자 이사나는 기절한 듯이 잠들었다. 그간 쌓여 온 피로와 조금 전 그를 상대하면서 느낀 긴장들이 침대의 부드러운 감촉과 맞물리면서 한꺼번에 풀어져 그런 듯했다.
 딱히 할 일이 없던 나는 조심스럽게 방을 빠져나왔다. 일 층으로 내려오니 한 테이블에 자리를 잡고 앉아 있는 샴페인 용병단의 모습이 보였다. 그들은 제국 전도를 펼쳐 놓고 심각한 얼굴로 대화를 나누고 있었다. 아마 앞으로의 일정을 계획하고 있는 것 같았다.
 하지만 그러한 분위기는 오래가지 않았다. 트로웰이 나를 발견하고 크게 손을 흔든 것이다.

"엘! 어서 와."

덕분에 시선이 집중되자 나는 어색하게 묵례를 하며 다가갔다. 헤롤이 유쾌한 표정으로 반겼다.

"여— 어서 와라, 꼬마. 그런데 혼자네? 동생은?"

"라이는 자고 있어요. 죄송해요. 회의하시는 중인데 제가 방해했나요?"

"아니야, 방해는 무슨. 혼자서 심심했겠네. 이리 와서 앉아."

그는 자신의 옆을 툭툭 두드리며 말했다. 그러자 맞은편에 앉아 있던 이릴이 두 눈을 사납게 치떴다.

"웃기시네. 누구 마음대로 네 옆이야? 매튜의 친구니까 당연히 그 옆에 앉아야지. 그러니까 이쪽!"

"뭐? 그런 게 어딨냐? 어차피 한동안 얼굴 보고 지낼 사이인데 다 같이 친하게 지내야지."

"흥, 다른 사람이면 몰라도 네 말은 못 믿어. 넌 의도가 너무 불순하거든."

"내가 뭘 어쨌다고!"

"가끔 음흉한 시선으로 매튜를 바라보잖아. 그걸 보면서 일찌감치 깨달았지. 네놈 옆에 소년을 앉히는 건 양 무리에 늑대를 풀어 놓는 격이야."

"그건 매튜 생김새 자체가……!"

"거봐. 결국 본인도 인정하는 거네."

"누가 인정을 했다는 거야? 내가 아무리 굶주렸어도 사내놈을 넘보진 않거든?"

"변태 말을 누가 믿어?"

"아냐, 진짜!"

헤롤이 억울한 표정으로 머리를 벅벅 긁는 동안 나는 슬쩍 트로웰 옆에 앉았다. 그러자 이릴이 과일 주스를 내게 건넸다.

"이거 마실래?"

"아, 감사합니다."

아마도 이릴은 헤롤을 제외한 다른 사람들에게는 대체로 친절한 편인 것 같았다. 그를 대할 때와는 전혀 다른 상냥한 표정에 나는 어색한 웃음으로 화답했다.

"클모어에 사는 친척을 만나러 간다고 했지? 부모님은?"

"부모님은 안 계세요."

"저런, 어린 나이에 고생이 많구나. 하긴, 우리도 부모님은 다 안 계셔. 일찌감치 돌아가셨거나 가뭄 때 버려진 고아 출신들이지. 용병질하는 녀석들 과거야 다 그게 그거지만 말이야. 워낙 힘든 시기였잖아. 사실 요즘 같아선 그런 시절이 있었다는 게 믿기지 않을 정도지만."

"아하하, 그렇죠."

"생각해 보면 정말 웃기지 않니? 그렇게 끝나지 않을 것처럼 길고 긴 가뭄이 막상 비 몇 번 오니까 금방 원래대로 돌아올 줄 누가 알았겠어? 꼭 자연한테 농락당한 기분이라니까."

"……."

유난히 회복이 빨랐던 건 정령왕들이 나섰기 때문이지만, 나는 일부러 아무 말도 하지 않은 채 묵묵히 음료수만 마셨다. 트로웰 역시 전혀 관심 없다는 듯 화제에 참여하지 않는 상태였다. 다행히 내가 반응하지 않아도 그들은 저들끼리 알아서 대화를 이어 가기 시작했다.

"세상이 좋아지면 뭐하냐? 그래 봤자 생활은 예전과 달라진 게 하나도 없는데. 여전히 서민들은 가난하고 힘들기만 한걸. 주변에 물이 넘쳐 봤자 마음대로 쓸 수 있는 것도 아니고."

"그건 그래. 망할 귀족 놈들."

"그래도 마지막 부분은 조만간 해결될 것 같지 않아? 요즘 비가 규칙적으로 자주 내리잖아."

"아아, 그 '삼 일의 기적' 말이지."

"큽! 쿨럭, 쿨럭!"

"엘, 괜찮아?"

"아, 으응."

나는 황급히 고개를 끄덕이며 냅킨으로 입가를 닦아냈다. 설마 여기서 그 소문에 관한 이야기를 듣게 될 줄이야. 덕분에 정령왕도 사레가 들린다는 진귀한 사실을 알았지만 웃을 기분은 아니었다. 다행히 다들 대화에 집중하느라 딱히 내 행동을 수상히 여기는 기색은 아니었다.

"그러고 보니 그 소문이 정말 사실일까? 신탁이 거짓이라는 거 말이야."

"그야 아직은 알 수 없지. 하지만 삼 일마다 정해진 시간에 비가 내린다는 건 확실히 평범한 일은 아닌 것 같아. 그걸 생각하면 맞지 않겠어?"

"아무래도 그렇지?"

"쯧쯧, 사실 난 처음부터 알았어. 마신의 신탁이 그렇게 쉽게 내려질 리가 없잖아. 황제가 미쳤다는 것도 왠지 구린내가 나더라고."

"아무튼 그 소문 때문에 대공 쪽에선 마음이 급해진 모양이야. 조만간 기사들에게 붙은 현상금 금액이 더 커질 거라더군. 더불어 황제에 대한 수배령도 따로 내려진 모양이던데."

"……!"

맙소사, 이제 하다못해 이사나에게까지 수배령을 내렸다고? 굳어 버린 나만큼이나 다른 사람들 역시 놀란 표정을 지었다.

"황제에게 수배령을?"

"쓸모 있는 정보 상인한테 들은 거니까 확실해. 이미 현상금 사냥꾼들 쪽에선 소문이 파다한 모양이더라고. 내가 보기엔 대공 쪽에서 기사들과 황제가 따로 행동한다고 판단한 것 같아. 그러니 새삼스럽게 그런 수배령을 내렸겠지. 하긴 그렇게 대놓고 벽보를 붙여 놓는데 나 같아도 떨어져서 행동하겠다."

마이티의 설명에 휴센은 얼굴을 찌푸리고 중얼거렸다.

"어쨌건 덕분에 검문이 더 강화될 테니 우리 입장에서는 별로 좋은 소식이 아니군. 가급적 귀찮은 일이 생기지 않았으면 좋겠는데."
 "뭐 어때, 우리가 어디 보통 평범한 용병단이야? 무려 금패의 용병을 보유한 단이라고! 누가 감히 우릴 건드리겠어?"
 자신만만하게 대꾸한 사람은 헤롤이었다. 이를 드러내며 웃는 그와 달리 휴센은 살짝 한숨을 내쉬었다.
 "금패가 모든 걸 다 해결해 주진 않아."
 "그래도 상당수 도움이 되는 것도 사실이지."
 "……금패?"
 그게 뭔지는 모르겠지만 굉장히 좋은 것인 모양이다. 그러자 내 혼잣말을 들었는지 헤롤이 바로 시선을 돌렸다.
 "아, 금패가 뭔지 모르나? 그건 일급 용병들만 지닐 수 있는 표식이야."
 "일급 용병이요?"
 "용병은 길드에 가입할 필요가 없는 임시 용병을 제외하고 전부 길드에서 받는 실력 테스트를 통해 등급이 정해지거든. 밑 단계인 삼급에서부터 가장 높은 일급까지 딱 세 가지 등급이 있는데, 어디에 속하느냐에 따라 주어지는 신분패가 달라."
 그렇게 말하며 그는 자신의 신분패를 꺼내 보였다. 내가 지니고 있는 패와 똑같은 형태에 무늬도 동일했지만, 그의 것은 조금 달랐다. 재질이 나무가 아닌 새하얀 은으로 이뤄져 있었던 것이다. 훨씬 더 예쁘기도 했지만 금속이란 점에서부터 일단 정식이라는 느낌이었다.

"가장 낮은 삼급은 동, 중간이 은, 그리고 일급은 금으로 되어 있지."

"아아, 그래서 금패라고 하는 거군요."

이어진 헤롤의 설명에 의하면 용병은 각자 지닌 신분패에 따라 맡을 수 있는 의뢰도 달라진다고 했다. 동패는 주로 좀도둑을 잡거나 마을의 순찰 의뢰를 맡는 경우가 대부분이고(길드 내에서 가장 비율을 많이 차지하는 것도 바로 이 등급이다), 상단의 호위라든가 몬스터 토벌 같은 수준급의 의뢰는 은패부터 받을 수 있었다.

은패 자체도 드문 편이지만 그중에서도 금패의 용병은 상당히 희귀했다. 고위 마법사나 상급 기사의 실력을 상회할 정도로 뛰어난 능력을 지닌 자들만이 자격을 얻을 수 있다는 것이다. 그 때문에 길드 내에서도 열 손가락에 꼽을 정도로 숫자가 적고, 심지어 아무나 테스트를 받지도 못했다. 게다가 그 시험이라는 것 또한 상당히 난이도가 높은 것 같았다.

그래서 금패의 용병은 어느 제국을 가도 귀족에 준하는 대우를 받으며 존중받는 편이라고 한다. 그런데 이 샴페인 용병단 안에 그 희귀한 금패의 용병이 있다는 것이다. 놀랍게도 그는 바로 휴센이었다.

"헉, 휴센 단장님이요?"

"그래, 놀랍지? 저거 샌님처럼 보여도 사실은 엄청난 괴물이라고."

"……그 괴물한테 죽고 싶나 보군."

낮게 깔린 휴센의 목소리에 헤롤은 그를 가리키던 손가락을 얼른 거두고 어색하게 웃었다.

"아하하, 농담 좀 한 걸 가지고 정색하긴. 아무튼 말이지, 금의 패를 가진 용병들은 대부분 혼자 행동하는 경우가 많아. 우리 단장은 좀 특이하게도 단체 생활을 더 편하게 여기지만 말이지. 그리고 한 가지 더 놀랄 만한 정보 알려 줄까? 아마 올해가 지나면 매튜도 금패를 받을지 몰라."

"에엑? 트…… 아니, 매튜가요?"

뜻밖의 이야기에 나는 당황하며 트로웰을 바라보았다. 그는 드물게 무안한 표정으로 시선을 피하고 있었다.

"올 초에 테스트를 받았는데 이제 거의 마무리 단계거든. 아마 크게 일이 틀어지지 않는 한, 겨울쯤엔 무난히 금패를 받을 거야. 대단하지? 아마 길드 역사상 최연소 금패 용병일걸? 이로써 우리 샴페인 용병단에 일급 용병이 두 명이나 생기는 거라고. 으쌰! 나도 분발해야지."

"아하하……."

더불어 알게 된 사실이지만 샴페인 용병단은 금패인 휴센 외에도 전원이 은패를 소지한 보기 드문 용병단이었다. 보통 대부분의 용병단은 한두 명 정도만이 은패를 소지하고, 나머지는 동패로만 이뤄진다는 것이다.

인원도 이들은 고작 여섯 명 정도에 불과하지만, 다른 용병단은 가장 적은 숫자가 열 명 이상부터 시작한다고 했다. 그래선지 그들 일행은 일대에서 꽤 유명한 편인 것 같았다.

2.

 이사나가 일어난 건 저녁 식사 시간 무렵이었다. 사실 일어난 게 아니라 내가 강제로 깨운 것이다. 여행 중엔 끼니를 잘 챙겨 먹는 것이 무엇보다 중요하니까.
 휴센들은 식당에 같이 들어온 우리를 묘한 표정으로 바라보았다.
 "……둘 중에 누가 엘이야?"
 "아, 저예요."
 "아하, 그렇구나. 둘 다 후드를 쓰고 있는 데다 체형까지 비슷해서 누가 누군지 알 수가 있어야지."
 테이블 위엔 이미 음식들이 가득 차려져 있었다. 비프스튜와 베이컨, 갖가지 고기 조림과 과일샐러드 등, 어림잡아 십 인분은 가뿐히 넘는 양이었다. 다들 체구가 큰 데다 몸을 쓰는 직업이다 보니 그만큼 식사량도 많은 것 같았다.
 "여기서 잘하는 것들로 주문해 놨어. 아무거나 먹고 싶은 걸로 가져가. 부족하면 또 주문하면 되니까 사양하지 말고 마음껏 먹어."
 "네, 감사합니다."

하지만 아무리 먹음직한 음식이라도 내겐 그림의 떡이나 다름없었다. 정령은 살아가기 위해 영양을 보충할 필요가 전혀 없는 존재다. 그래선지 아무것도 먹지 않아도 늘 적당한 포만감이 느껴졌다.

산해진미라도 배가 부르면 소용이 없는 법. 굳이 먹으라면 먹을 수 있지만, 부러 식사를 하고 싶은 생각은 없었다. 특히 인간 세상의 음식들은 맛이 잘 느껴지지도 않아 더 그랬다.

그것은 트로웰도 마찬가지인 듯, 그의 앞엔 간단한 종류의 수프 한 접시만 놓여 있을 뿐이었다. 그것을 본 헤롤이 얼굴을 찌푸렸다.

"매튜, 넌 또 그것만 먹는 거야?"

"이거면 충분해요."

"또 그런 소리. 그럼 안 돼. 자꾸 그렇게만 먹으면 키도 안 큰다? 한창 자랄 성장기에 매끼를 희멀건 수프 따위로 때워서 어쩌자는 거냐?"

그러나 그의 진지한 충고는 도중에 끼어든 이릴에 가로막혀 본전도 찾지 못하고 무너졌다.

"개폼 잡지 말고 너나 잘하셔. 매튜가 적게 먹어서 우리한테 피해 준 거라도 있니? 자기가 어련히 알아서 관리 잘하거든?"

"아, 아니. 난 그저 걱정스러운 마음에……."

"그러니까 너나 잘하라고. 지는 만날 과식해서 체하는 주제에."

"……."

이쯤 되면 슬슬 헤롤이 불쌍할 정도다. 할 말을 잃고 기가 죽은 그의 모습에 나는 속으로 동정의 시선을 보냈다. 대체 이릴은 왜 저렇게 헤롤을 싫어하는 걸까? 눈만 마주치면 싸울 만큼 사이가 나쁘면서도 용케 같은 용병단에서 지낸다 싶다.
"쉐리는? 아직도 안 들어온 거냐?"
때마침 이어진 휴센의 질문에 이릴이 헤롤을 놀리던 것을 멈추고 어깨를 으쓱했다.
"돌아오기는커녕 하루 종일 연락도 없어."
"쯧, 그 녀석……."
"그냥 놔둬. 지금 사춘기잖아. 한창 생각이 많고 방황할 시기지. 누가 뭐라고 말해도 별로 소용없을걸? 직성이 풀리면 다시 정신 차릴 거야."
"넌 대체 누구 편이냐, 이릴?"
"어머, 나는 무조건 작고 사랑스러운 쪽 편이야. 몰랐어, 단장?"
장난스러운 말투에 휴센은 불쾌하다는 듯 미간을 가득 찌푸렸다. 그때 마이티가 궁금하다는 듯이 나를 바라보며 물었다.
"그런데 아까부터 묻고 싶었는데 말이야. 두 사람은 왜 계속 후드를 쓰고 있는 거야? 혹시 무슨 이유라도 있어?"
"네? 아, 아뇨. 그냥 습관이 되어서……."
"흠, 그래?"
변명이 너무 어설픈 탓일까. 마이티는 생각에 잠긴 얼굴로 턱을 쓸었다. 나는 한층 조심스럽게 그를 바라보았다.

"저어, 후드를 쓰면 안 되나요?"

"응? 아니, 그건 아니고. 사실 인제 와서 할 말은 아니긴 한데, 보통은 일행으로 받아들이기 전에 간단한 신원 조사를 거치거든. 하지만 너흰 매튜의 친구니까 딱히 그런 절차를 밟을 필요가 없었지. 하지만 아무리 그래도 얼굴은 서로 알아야 하지 않을까? 이제부턴 한동안 함께 지낼 사이잖아."

"그래, 그러고 보니 어떻게 생겼는지 궁금하다. 목소리는 굉장히 좋은데 말이지."

마침내 우려하던 일이 벌어지고 말았다. 그들이 나와 이사나의 얼굴을 궁금해하기 시작한 것이다.

'헉, 어쩌지? 나야 아무래도 상관없지만 내가 후드를 벗으면 이사나도 벗어야 할 텐데…….'

사방에서 쏟아지는 시선들에 나는 꿀꺽 마른침을 삼켰다. 이사나 역시 긴장한 듯 어깨를 굳힌 상태였다.

"엘의 얼굴은 안 보는 게 나을 텐데요."

그때 불쑥 누군가가 중얼거리는 소리가 들렸다. 식사를 마친 트로웰이었다.

"안 보는 게 낫다니? 그게 무슨 말이야, 매튜?"

"후회하실지도 모르거든요."

"엥? 설마 그 정도로 못생겼단 말이야? 에이, 그럼 또 어때? 사내 녀석 얼굴이 못생길 수도 있지."

"그래, 맞아. 오크 같은 헤롤도 이렇게 멀쩡히 잘만 돌아다니잖아."

"아놔, 거기서 왜 또 날 걸고넘어져?"

헤롤이 얼굴을 찌푸렸지만 그 말에 신경을 쓰는 사람은 아무도 없었다. 그리고 난 더욱 짙어진 그들의 시선에 식은땀을 흘려야 했다. 트로웰이 한 말이 오히려 그들의 호기심에 불을 지핀 것 같았다.

『엘, 괜찮으니까 후드 벗어도 돼.』

그 순간 들려온 음성에 나는 눈을 크게 떴다. 분명 입을 움직이는 걸 보지 못했는데 또렷하게 말이 전달된 것이다. 마치 머릿속에서 직접 울리는 듯한 느낌이었다.

내가 당황하자 트로웰은 얼굴을 살짝 찌푸리더니 쓰게 웃었다.

『아아, 아직 이런 방식의 대화는 익숙지 않아? 나중에 알려 줄 테니까 일단은 내 말대로 해 봐. 반드시 계약자보다 네가 먼저 벗어야 해.』

'……내가 먼저?'

영문을 알 수 없는 지시였지만 어차피 이 상황에선 다른 선택지가 없었다. 나는 머뭇거리며 쓰고 있던 후드를 천천히 머리 뒤로 젖혔다. 그러자 안쪽에 갇혀 있던 물빛의 머리칼이 우수수 아래로 쏟아져 내렸다.

새삼 느끼는 거지만 아무리 생각해도 남자치곤 너무 긴 머리칼이다(엘뤼엔은 이것보다 더 길긴 하지만). 원래 잘라 버릴 예정이었는데 무게감이 거의 없는 탓에 그만 깜빡 잊고 있었다. 아무래도 조만간 조치를 해야 할 것 같다.

'응? 근데 왠지 주위가 조용해진 듯한……?'

나는 머리칼에 팔렸던 정신을 수습하고 급히 고개를 들었다. 정면으로 보이는 건 어딘지 모르게 굳어 있는 사람들의 얼굴이었다. 숨을 쉬고 있는 건지 의심이 일 정도로 다들 하나같이 아무런 미동이 없었다. 멍하니 벌어진 헤롤의 입에선 미처 삼키지 못한 음료수가 줄줄 흘러내리는 중이었다.

'뭐, 뭐지?'

그들의 시선은 전부 나를 향해 있었다. 혹시나 싶어 돌아보았지만 뒤에는 아무도 없었다. 결국 나는 정적을 견디지 못하고 입을 열었다.

"……저기, 왜 그러세요?"

"으응? 아, 저기, 그게……."

나의 질문이 마치 신호라도 된 듯, 그들은 일제히 허둥거리기 시작했다. 그렇게 뚫어져라 볼 땐 언제고 이젠 아무도 나와 시선을 맞추려 하지 않는다. 게다가 얼굴은 어째선지 전부 홍시처럼 붉어져 있었다. 심지어 과묵한 휴센마저 똑같았다.

"쿨럭, 쿨럭! 으음, 엘. 저, 저기…… 미, 미안하다. 이런 오해가 있을 줄은……."

"오해라니, 뭐가요?"

"크흠, 흠. 실은 지금까지 당연히 네가 남자라고만 생각을……."

"저 남자 맞는데요?"

"……."

또다시 침묵이 이어졌다. 게다가 이번 것은 조금 전보다 더 길고 더 음침하게 가라앉는 느낌이다. 마치 환상에서 갑자기 현실로 떨어진 듯한 표정? 혹은 쭉쭉빵빵한 몸매를 강조하며 요염하게 설정된 만화영화의 캐릭터가 사실은 열두 살이라는 걸 알았을 때의 얼굴이랄까. 아무튼 점점 기분이 나빠지는데…… 단순히 내 착각이겠지?

"그러게 후회한다고 했잖아요."

지나치게 경직된 분위기에서 아무런 동요가 없는 건 트로웰뿐이었다. 그가 무심한 얼굴로 지나가듯이 중얼거린 말에 일행들은 격분했다.

"큭! 이런 건 진작 말해 줬어야지, 매튜! 아무 생각 없이 봤다가 깜짝 놀랐잖아!"

"으아, 미치겠다. 매튜의 친구라고 했을 때부터 눈치챘어야 했는데! 내가 남자한테 두근거리다니! 있을 수 없어, 이건 있을 수 없는 일이야! 여자애라도 당혹스러울 정도인데, 저 얼굴로 남자라고? 이게 무슨 희대의 사기극이야? 정말 말도 안 돼!"

"엘, 너 얼른 다시 후드 써! 얼른! 절대, 무조건, 무슨 일이 있어도 벗지 마! 알았어?"

"……."

그래, 이제야 알겠다. 굳이 내가 먼저 후드를 벗어야 하는 이유. 내 외모와 성별의 갭에 충격을 받으면 자연히 이사나의 얼굴은 궁금해하지 않을 거라고 생각한 거구나.

나는 한숨을 내쉬며 트로웰에게 슬쩍 원망의 시선을 던졌다. 그도 미안하긴 한지 난처한 미소를 짓고 있었다.

실제로 이사나가 후드를 벗으려고 하자 그들은 모두 혼비백산한 얼굴로 격렬히 만류했다. 자라 보고 놀란 가슴 솥뚜껑 보고 놀란다더니, 내가 이상한 트라우마를 형성한 것 같았다(게다가 형제라고 알고 있으니 당연할지도). 덕분에 걱정하던 일은 해결됐지만 내 가슴도 같이 너덜너덜해진 상태였다.

'나 진짜 여성체인가? 남자라는 사실에 저렇게 다들 크게 충격받을 정도로?'

아무래도 조치가 시급한 것 같다. 나는 그간 마음속으로만 생각했던 일을 드디어 실행하기로 했다. 이 치렁치렁하고 거추장스러울 뿐만 아니라 여자다움의 상징인 긴 머리칼을, 지금 당장 잘라 버리기로 말이다.

3.

"엑? 머리카락을 자른다고?"

내 결심을 들은 일행들은 모두 당황한 기색을 감추지 못했다. 나는 고개를 끄덕이며 씩씩하게 대답했다.

"네, 이 근처에 이발소 같은 곳은 없나요? 저 혼자선 깔끔하게 못 자를 것 같은데."

"음, 있긴 하지만……."

"그래요? 그럼 오늘은 시간이 늦었으니까 대충 혼자 잘라 두고 내일 가 볼까."

"안 돼!"

그 순간 울려 퍼지는 외침에 나는 어깨를 움찔 떨었다. 소리친 사람은 바로 이릴이었다. 그녀는 마치 자신의 머리카락을 자르기라도 한다는 것처럼 기겁해서 소리쳤다.

"갑자기 머리카락을 왜 자른다는 거야? 색도 결도 이렇게 예쁘기만 한데! 절대 안 돼! 무조건 안 돼!"

"으음, 하지만 자꾸 여자라고 오해받는 것도 불편하고……."

"무슨 소리야? 그건 네 얼굴 문제지 머리카락 탓이 아니잖아?"

……그렇게 선뜻 남의 심장에 칼을 꽂지 말아 줄래요?

하지만 더 화가 나는 건 다른 사람들도 일말의 망설임 없이 고개를 끄덕이고 있다는 사실이다. 심지어 이사나마저도.

울컥한 나는 과감하게 단도를 꺼내 들고 머리칼에 갖다 댔다. 그러자 여기저기서 숨을 참는 안타까운 소리가 터져 나왔다. 하지만 내 시도는 이뤄지지 못했다. 그 순간 머릿속에 들려온 또렷한 음성 때문이었다.

『그거, 안 잘려.』

"……."

『정령은 타고난 모습을 죽을 때까지 유지하거든. 머리카락도 네 육체의 일부분이라 잘리지도 않고, 설령 잘린다 해도 금방 원래대로 돌아올 거야. 게다가 상처 난 것으로 인식할 테니 웬만하면 시도도 안 하는 편이 좋을걸? 네가 다치면 네 계약자도 다치니까.』

"……."

뭐야, 그럼 난 죽을 때까지 이 치렁치렁한 머리를 끌어안고 살아야 한다는 거야?

"……엘?"

망연해진 내 표정에 일행들이 이상하다는 시선을 보냈다. 그들의 시선엔 당장에라도 머리카락을 잘라낼 기세였던 내가 갑자기 멍하니 굳은 것으로 보였을 테니 당연했다. 나는 한숨을 내쉬고 단도를 탁자 위에 올려놓았다.

"머리 안 잘라?"

"……후우, 그만둘래요."

"어머, 정말? 호호, 잘 생각했어. 너도 좀 아까웠던 거지? 하긴 아무리 생각해도 너무 예쁜 머리카락이야. 색도 어쩜 이렇게 이쁘지? 이런 건 두고두고 관리하며 보존해 줘야 한다니까."

비참한 내 심정을 알 리가 없는 이릴은 마냥 기분이 좋아 보였다.

그때 딸랑거리는 종소리가 울리더니 여관 출입문이 열렸다. 그와 함께 안으로 들어온 사람의 모습에 나는 눈을 크게 떴다. 마치 요정같이 아름다운 소녀였던 것이다.

작고 갸름한 얼굴에 가느다란 체구, 버터를 녹여 만든 것 같은

샛노란 머리카락이 허리 아래에서 부드럽게 살랑거렸다. 고양이처럼 커다란 눈동자는 한봄의 새순을 닮은 예쁜 초록색이었다.

그러자 그녀를 본 일행들이 자리에서 벌떡 몸을 일으켰다.

"쉐리!"

헉! 저 소녀가 쉐리라고?

예상치 못했던 상황에 내가 소리 없이 굳어지는 사이, 성큼성큼 걸어 나온 휴센이 사나운 얼굴로 물었다.

"지금이 몇 시인지 아는 거냐? 대체 지금까지 어디에 있었던 거지?"

그렇지 않아도 차가운 인상의 그가 정색을 하고 물으니 더 살벌한 느낌이었다. 하지만 쉐리라 불린 소녀는 겁을 먹기는커녕 오히려 심드렁하게 물었다.

"어디를 다녀오는지 일일이 보고해야 해?"

"뭐?"

"어차피 출발은 내일모레잖아. 그때까진 자유 시간 아니었어? 내가 어디서 뭘 하든 상관할 거 없잖아."

"……그래도 넌 일단 단에 소속된 용병이다. 일행에게 걱정을 끼치지 않는 건 가장 기본적인 것 아닌가?"

"걱정씩이나 했던 거야? 휴센이 나를 그렇게 생각해 주는지는 미처 몰랐네."

사이가 좋지 않은 걸까? 대답하는 한 마디 한 마디에 가시가 돋쳐 있는 느낌이었다. 휴센은 화를 꾹 참는 얼굴로 입을 벌렸다.

"너……."

"늦게 돌아온 건 미안해. 클렉이 좀처럼 놔주질 않아서 어쩔 수 없었어. 모레부터 한동안 만날 수 없다고 했더니 몸이 잔뜩 달아서 말이야. 이래 봬도 떼어 놓고 오느라 고생했다고."

그 말에 반응을 보인 건 마이티였다. 그는 튕기듯 쉐리의 앞으로 튀어 나가며 그녀의 양어깨를 붙들었다.

"크, 클렉이라니? 쉐리! 네가 만난다는 자식이 설마 클렉이야?"

"그래, 왜?"

"왜라니! 그 자식이 얼마나 소문이 지저분한 놈인 줄 알아? 사방팔방 안 건드리고 다닌 여자가 없어서 오죽하면 종마라는 별명까지 붙었다고! 하고많은 놈 중에 왜 하필 그런 녀석이랑……!"

"뭐 어때."

"쉐, 쉐리?"

"종마든 뭐든 즐기는 데 아무런 상관없잖아. 오히려 너저분하게 매달리는 것보다야 훨씬 낫지."

그 말에 놀란 것은 마이티뿐만이 아니었다. 하나같이 멍한 표정으로 쉐리를 바라보던 사람들은(트로웰만은 무심한 표정이었지만) 곧 믿을 수 없다는 듯 떨떠름하게 중얼거리기 시작했다.

"맙소사. 지금 저 말을 내뱉은 사람이 쉐리 맞냐? 쉐리는 조신과 일편단심의 표본 아니었어?"

"글쎄다. 어느 망할 인간이 사람을 계속 돌 보듯 하니 애가 맛이 갔나 보지. 듣고 있어, 단장? 이젠 나도 몰라. 둘이서 마음대로 하라고."

"……!"

이릴의 말을 듣고서야 나는 돌아가는 상황을 겨우 짐작했다. 설마 쉐리라는 소녀가 휴센을……? 아니나 다를까. 툭툭 거침없는 말을 내뱉으면서도 쉐리의 시선은 휴센에게 고정되어 떨어질 줄을 몰랐다. 불쾌한 표정이었지만 한편으론 그가 어떤 반응을 보일지 기대하고 있는 것 같기도 했다.

하지만 무거운 침묵 끝에 그가 내뱉은 말은 전혀 다른 얘기였다.

"클모어까지 함께 갈 일행이 늘었다. 인사해라."

"……"

그 말에 일행들은 머리를 짚고 고개를 설레설레 저었다. 뜨거울 정도로 강렬하던 소녀의 눈빛도 한순간에 식었다. 씁쓸하게 가라앉은 얼굴에 떠오른 빛은 명백한 체념의 빛이었다.

작게 한숨을 내쉰 쉐리는 그제야 고개를 들고 이쪽을 바라보았다. 그런데 나를 발견하자마자 그녀의 표정이 이상할 정도로 매섭게 변했다.

"……또야?"

"에?"

"보나 마나 휴센이 데려왔겠지. 어린애들한테 약한 건 여전하네. 비겁해. 정작 중요할 때는 그 약한 모습도 허용하지 않는 주제에."

대체 뭐가?

나로선 무슨 의도로 하는 말인지, 게다가 오늘 처음 만난 상대에게 왜 경멸에 가까운 시선을 받아야 하는 건지 하나도 이해가 되지 않았다. 쉐리는 성큼 내 앞으로 다가오더니 바짝 얼굴을 들이밀며 말했다.

"내가 충고 하나 할게. 행여 저 사람의 행동에 착각 같은 건 하지 않는 게 좋을 거야."

"……뭐?"

"휴센은 아무리 예뻐도 어린애한텐 관심 없거든."

"…….."

한순간 차디찬 바람이 내 등 뒤를 스쳤다. 분명 두 귀로 제대로 들었건만 무슨 뜻인지 잘 이해가 되지 않았다.

그러니까 잠깐 기다려. 이 소녀가 휴센을 좋아하는 건 확실한 것 같단 말이지. 그런데 뜬금없이 나를 노려보곤 착각하지 말라고 하더니, 이젠 휴센이 어린애를 좋아하지 않는다고?

'설마…….'

머리부터 점차 차갑게 굳어 가는 기분이었다. 도무지 인정하고 싶지도 않고 생각하고 싶지도 않은 일이지만, 이 상황에서 내려지는 판단은 단 하나. 지금 이 소녀가 날 연적으로 판단한 건가?

……그런 건가?

쉐리는 얼어붙은 내 반응을 즐기듯이 바라보며 물었다.

"왜 아무 말이 없어? 대답하지 않는 걸 보니 찔리나 보지?"

"푸핫!"

그러자 참고 있던 숨을 한꺼번에 내뱉듯 뒤쪽에서 커다란 폭소가 들렸다. 동시에 일행들이 미친 듯이 웃음을 터트리기 시작했다.

"푸하하하하! 아이고, 배야! 누가 나 좀 살려 줘!"

"크큽! 맙소사, 쉐리. 너 그냥 극단에 서도 되겠다. 휴센이 누구한테 관심이 있다고? 푸흐흐흡!"

"크하하하하! 아니, 이해가 안 되는 건 아니긴 한데…… 킥킥킥! 어, 어떻게 그렇다고 휴센하고 연결을…… 크하하학…… 으아, 웃겨 죽을 것 같다. 헥헥!"

"뭐, 뭐야? 왜들 그러는 거야?"

"……."

이 상황에서 웃지 않는 사람은 당사자인 나와 쉐리밖에 없었다. 심지어 이 모든 일의 원흉인 휴센조차 뒤로 돌아선 채 부들부들 떨고 있었다. 그렇다 보니 쉐리도 상황이 이상하게 돌아간다는 것을 깨달은 것 같았다. 나는 한숨을 내쉰 다음, 그녀의 손을 붙잡아 내 가슴에 끌어당겼다.

"뭐, 뭐하는? 꺄, 꺄악!"

나의 돌발 행동에 당황한 표정을 짓던 쉐리는 가슴에 손이 닿자마자 비명을 지르며 한 발짝 뒤로 물러났다. 믿을 수 없다는 시선이 나와 자신의 손을 번갈아 향했다.

"나, 남자?"

"이제 뭘 오해했는지 알겠어?"

창백해진 얼굴을 보니 한결 기분이 나아지는 것 같다. 그에 비해 다른 일행들(특히 마이티와 헤롤)은 왠지 실망한 기색이었다. 무슨 생각을 했는지는 뻔했기에 나는 속으로 이를 갈았다. 그러자 트로웰이 가벼운 웃음을 삼키며 입을 열었다.

"더불어 엘은 제 고향 친구예요, 쉐리. 더는 곤란하게 만들지 마세요."

"매, 매튜의?"

"휴센이 데려온 건 맞지만 동행을 제안한 사람은 저예요. 엘이 착해서 그렇지 다른 사람이었다면 화냈을 겁니다."

"미, 미안해. 난 그런 줄도 모르고……."

예상과는 달리 쉐리는 순순히 사과했다. 대뜸 시비부터 걸어오기에 상당히 도도한 성격이라 생각했는데, 자신이 한 실수를 바로 인정하는 걸 보면 본성이 나쁜 애는 아닌 것 같다.

"머릿속에 쓸데없는 생각만 가득 차 있으니 그런 실수를 하는 거다."

쩔쩔매는 그녀를 향해 휴센이 냉정한 말투로 쏘아붙였다.

잠시간 입술을 악문 쉐리는 곧 아무렇지 않게 웃으며 고개를 들었다.

"아무튼 정말 미안해. 이번 여정에 함께하게 되었다고? 이름이 뭐야? 나이는?"

"아, 열일곱이야. 엘이라고 해."

"그래? 동갑이네. 난 쉐리야. 앞으로 잘 지내보자. 조금 전의 실수는 잊어 줘."

"아니, 괜찮아. 이미 잊었으니까 신경 쓰지 않아도 돼."

"고마워."

웃고 있지만 그다지 밝은 표정은 아니었다. 나와 간단히 악수를 한 그녀는 흐트러진 머리칼을 쓸어 올리며 몸을 돌렸다.

"그럼 난 이만 내 방에 올라가 있을게. 피곤해서 쉬어야겠어."

"어? 쉐리, 식사는?"

"생각 없어."

간단한 대꾸와 함께 쉐리는 빠른 속도로 계단을 밟아 이 층으로 올라갔다. 이윽고 그녀의 모습이 시야에서 사라지자 일행들은 일제히 힐난이 담긴 시선으로 휴센을 노려보았다.

"단장, 꼭 그런 식으로 말해야겠어? 안 그래도 힘든 애한테."

"틀린 말을 한 건 아니다."

"틀린 말은 아니지. 하지만 굳이 단장이 할 말도 아니었어. 쉐리가 누구 때문에 저러는지는 단장이 제일 잘 알잖아."

"그래서 내가 무조건 봐줘야 한다는 거냐?"

"그런 게 아니라……."

"애초에 표출 방식이 잘못됐어. 무단 외박에 잦은 외출은 그렇다 치고, 용병으로서 가장 기본적인 체력 관리조차 소홀히 하고 있잖아. 무슨 일이 있어도 식사는 거르지 말라고 했는데."

"……."

일행들은 갑갑한 표정을 지으며 마주 보았다.

그때 이릴이 접시에 몇 가지 음식을 담아 휴센 앞에 내밀었다. 그 행동의 의미를 눈치챈 듯 휴센이 얼굴을 찌푸리자 그녀는 막무가내로 들이밀어 억지로 받도록 했다.

"가지고 따라가 봐."

"이릴……."

"말은 그렇게 하면서 결국 쉐리가 굶는 게 걱정되는 거잖아. 게다가 이런 일을 단장이 챙기지 않으면 누가 챙겨? 잔말 말고 얼른 올라가."

한숨을 내쉰 휴센은 결국 어쩔 수 없다는 듯이 접시를 들고 계단을 밟았다. 기운 없이 축 늘어진 뒷모습이 마치 도살장에 끌려가는 소 같았다. 그 모습을 지켜본 일행들이 끌끌 혀를 찼다.

"하여튼 둘 다 똑같다니까. 솔직하지 못해선."

"그보다 쉐리 말이야. 저쯤 되면 증상이 좀 심각한 것 아냐? 아주 당연하다는 듯이 휴센을 넘보지 말라고 경고하는 것 좀 봐. 여기에 남자 일행이 그 혼자뿐인 것도 아닌데 말이지. 세상의 모든 여자가 다 휴센을 좋아할 거라고 생각하는 건가?"

헤롤의 말에 이릴은 바로 한심하다는 시선을 보냈다. 위아래로 빤히 훑어 내리는 그녀의 행동에 헤롤은 불쾌해하면서도 당황한 표정을 지었다.

"뭐, 뭘 그렇게 보는데?"

"아니, 자신감이 너무 넘치는 것도 병인 것 같아서. 세상의 모든 여자가 휴센을 좋아하는 건 아니지만, 적어도 한 가지는 확실하지. 멀쩡한 시각을 가진 여자라면 너나 마이티를 좋아하진 않으리라는 거."

"뭐, 뭐야?"

"야, 이릴! 왜 나까지 걸고넘어지고 그래?"

발끈한 두 남자로 인해 주변은 다시 소란스러워지기 시작했다. 씩씩거리는 마이티를 향해 이릴은 비웃는 표정을 지었다.

"그럼 네가 잘생겼다고?"

"누, 누가 그렇대? 그래도 내가 지금까지 어디 가서 못생겼단 말은 안 들어 봤거든? 그리고 사내자식이 얼굴이 빼어나서 뭐하냐? 요즘은 터프한 남자가 매력인 거 몰라? 너무 예쁘게 생겨서 여자로 오해받는 것보다야 차라리 내가 훨씬……! 흠흠, 엘, 이건 너한테 한 말은 아니다. 정말이야."

"……."

나는 대답 대신 묵묵히 후드를 뒤집어썼다.

지금 난 세상에서 가장 불행한 정령왕이다.

1.

 샴페인 용병단이 호위를 맡은 피닉스 상단은 대륙에서도 세 손가락에 들 만큼 규모가 큰 상단이었다.
 목적지인 클모어에는 두세 달에 한 번씩 물건을 공급하기 위해 정기적으로 들르는데, 그때마다 본래 데리고 있는 호위무사들 외에도 용병을 추가로 고용한다고 했다. 상단의 총수가 신중한 성격이라서 무엇보다 안전한 일정을 선호한다는 것이다. 그래선지 휴센들 외에도 고용한 용병단이 세 개가 넘었다.
 "켁, 저 자식들 보드카 용병단 아니야?"
 출발 당일, 집결 장소에 모인 헤롤은 무리 중에 있는 누군가를 발견하고 얼굴을 찌푸렸다. 그가 바라보는 방향에 있는 건 검은색 가죽 갑옷을 입은 용병 무리였다. 그러자 마찬가지로 그들을 발견한 이릴과 마이티가 동시에 표정을 굳혔다.

"보드카? 윽, 정말이네. 저 녀석들이 왜 여기에 있어?"
"설마 저놈들도 같이 가는 건가?"
"으아, 싫다. 갑자기 일할 맛이 확 떨어지네."
"단장은 알고 있었지? 왜 아무 말도 안 했어?"

사람들의 불만 어린 시선에 휴센은 가볍게 어깨를 으쓱였다.

"말했으면?"
"당연히 이딴 의뢰 거절하자고 했지! 저 자식들이 얼마나 질이 나쁜 놈들인 줄 몰라서 그래? 툭하면 약탈하고 여자들 강간하고, 하는 짓이 삼류 건달들보다 못한 놈들이라고. 대체 무슨 생각으로 의뢰를 받은 거야?"
"보수가 좋으니까. 어딜 가도 이만한 보수는 받기 힘들다. 거슬려도 그 정도는 좀 참아."
"난 싫어! 저놈들이랑 몇 개월이나 같이 다닐 생각만 해도 구역질이 치민다고. 그냥 선금 돌려주고 파기하면 안 돼?"
"안 돼. 돌려줄 선금은커녕 이번 달은 남은 운영비도 간당간당한 상태다. 찬물 더운물 가릴 처지가 아니야."
"뭐? 지난달에 열심히 일했잖아. 그런데 왜 벌써 운영비가 떨어져?"
"……그걸 지금 네놈이 묻는 거냐?"

서슬 푸른 시선에 헤롤이 움찔 몸을 떨었다. 휴센은 금방이라도 잘근잘근 씹어 먹고 싶다는 표정으로 그를 노려보았다.

"그 잘난 주둥이로 떠들기 전에, 네놈이 지난 의뢰 때 파손한 기물이 몇 개인지부터 상기해 봐. 몬스터를 토벌하랬더니 방책을 전부 엉망으로 만들어 놔? 어디 그것뿐이냐? 바로 전 의뢰에선 의뢰주를 묵사발로 만들었지. 그때 들어간 치료비가 다 어디에서 나갔다고 생각하는 거냐?"

"그, 그건 그 새끼가 용병을 비하하는 말을 해서……."

"가볍게 위협만 했어도 충분했을 일이다. 그런데 넌 손목을 부러트린 것으로 모자라 다리 근육까지 전부 파열시켜 놨어. 네놈의 그 욱하는 성질머리 때문에 우리 용병단의 재정 상태가 파탄 날 지경이야. 경고하는데, 이번에도 또 문제를 일으켰다간 단에서 제명해 버릴 테니 각오해."

"췌엣……."

"대답은?"

"알았어, 알았다고. 조심하면 되잖아."

하지만 단원의 그 누구도 그의 말을 순순히 납득하는 기색이 아니었다. 오히려 얼마나 잘하나 두고 보자는 표정이다. 그것만 보아도 그가 일행들에게 상당히 신뢰받지 못한다는 것을 알 수 있었다.

"아니, 이게 누구야. 샴페인 용병단 아니야?"

그때 들려온 누군가의 목소리에 휴센들의 시선이 자연히 그쪽을 향했다. 한 발짝 앞에 서 있는 상대를 발견한 그들의 얼굴은 약속이라도 한 듯 똑같이 일그러졌다. 바로 보드카 용병단들이었던 것이다.

그들은 음흉한 시선으로 이릴과 쉐리를 잠시 훑었다. 그리곤 단장인 휴센을 향해 이죽거리듯이 물었다.

"이 용병단엔 여전히 미인이 많군. 양 옆구리에 여자들 끼고 일하면 기분이 좀 어때? 좀 더 영웅 느낌이 나나?"

"무슨 소리지?"

"아아, 별 뜻은 없어. 그저 이렇게 아름다운 아가씨들 옆에 있으면 잘 보이고 싶단 생각에 열심히 일할 것 같아서 말이지. 근데 아무리 생각해도 이해가 되진 않네. 여자들 따위가 전력에 보탬이 되긴 하나? 저렇게 가는 몸으론 검 하나도 제대로 못 들 것 같은데."

"하하! 혹시 몬스터가 나타나면 꺅꺅 비명 지르면서 숨기나 하는 거 아냐?"

"말조심해. 이릴과 쉐리는 은패의 용병이다."

"어이쿠, 실례. 내가 아는 여자들은 남자한테 빌붙어 아양밖에 부릴 줄 몰라서 말이야. 누구나 다 그런 줄 알았지."

"저 자식이……!"

노골적인 모욕에 행동에 마이티가 분개한 표정을 지었다. 주먹을 움켜쥔 그가 당장에라도 그들을 향해 달려들려던 순간이었다.

촤악!

날카로운 파공음과 함께 보드카 용병단이 그 자리에서 얼어붙었다. 그중 선두에 선 자가 부릅뜬 눈으로 자신의 뺨을 쓸어내렸다. 찢긴 듯 깊게 파인 뺨에서 붉은 피가 흘러내리고 있었다.

그 앞에 서 있는 건 보라색 머리칼을 하나로 틀어 올린 채 요염하게 웃고 있는 이릴이었다. 그녀의 손에는 길고 검은 채찍이 들려 있었다.

'잠깐, 채찍이라고?'

나는 당황해서 다시 이릴의 모습을 살폈다. 다시 봐도 그녀의 손에 쥐어진 건 분명 채찍이었다. 그것도 군데군데 뼛조각이 박혀 있는, 작정하고 고문하기 위해 제작된 채찍임이 분명했다.

"다, 단장!"

"이년이! 이게 갑자기 무슨 짓이야? 다짜고짜 채찍을 휘두르다니!"

채찍을 맞은 사람은 아무래도 보드카 용병단의 단장인 모양이다. 단원들이 경악해서 소리치자 이릴은 희게 웃으며 대꾸했다.

"어머, 이거 미안해서 어쩌지? 네 말대로 난 여자라서 검을 들 힘이 없거든. 그래서 보다시피 다른 무기를 쓰고 있어. 그걸 보여주려고 한 번 휘둘렀는데 설마 거기에 맞을 줄은 몰랐네. 좀 알아서 피하지 그랬어. 그렇게 굼떠서야 어디 고블린 한 마리나 제대로 잡을 수 있을지 모르겠네."

"뭐, 뭐야?"

"거짓말하지 마! 지금 일부러 그런 거잖아!"

"어머, 정말이야. 내가 진심으로 휘둘렀으면 살아 있을 리가 없거든."
"무슨 헛소리를……!"
"보여 줄까?"
하지만 그들은 아무 말도 이을 수 없었다.
그 순간 이릴이 휘두른 채찍이 그들 바로 옆에 있던 나무를 크게 휘감은 것이다. 그와 동시에 벼락이라도 맞은 것처럼 나무의 몸체가 부르르 떨더니, 멀쩡하던 줄기에서 균열이 일어나기 시작했다.
빠지직빠지직! 쿠우웅!
요란한 소리와 함께 옆으로 기운 나무는 곧 이등분이 되어 바닥으로 쓰러졌다. 도무지 채찍질 한 번으로 일어났다곤 믿기 힘든 현상이었다. 그 충격적인 광경을 목도한 사람들의 얼굴은 전부 핼쑥해졌다.
"오, 오라……?"
누군가의 중얼거림에 그녀는 천사처럼 해맑게 웃었다.
"알았으면 꺼져, 이 얼간이들아."
화사한 얼굴만큼이나 상큼한 말투였다(비록 그 안에 담긴 내용은 상큼함과는 전혀 거리가 멀었지만).
보드카 용병단원들은 얼굴을 굳히면서도 순순히 물러났다. 눈앞에서 채찍의 위력을 확인한 만큼 감히 덤벼들 용기는 없는 것 같았다. 하지만 끝내 자존심을 버릴 순 없었는지 상투적인 몇 마디를 던지고 가는 것만은 잊지 않았다.

"어, 어쨌든 앞으로 한동안 같이 다니게 됐으니 잘 지내보자고."

"너희! 우리가 겁먹어서 물러났다고 생각하면 오산이야!"

"……."

마지막까지 치졸한 모습에 휴센들의 얼굴은 똑같이 찌푸려졌다. 그리고 이릴은 바닥에 늘어트린 채찍을 가볍게 휘감아 올리며 코웃음 쳤다.

"한 놈만 제대로 걸려 봐. 아주 아작을 내줄 테니까."

분명 내게 하는 말이 아니란 걸 알면서도 저절로 몸이 떨렸다. 나만이 아니라 다른 일행들도 오한이 이는 듯 어깨를 감싸 안고 있었다. 그중에서 헤롤이 작은 목소리로 투덜거리는 소리가 들렸다.

"하여튼 저 성질머리하곤. 저러니까 이제껏 시집을 못 갔지."

내게도 들린 말이 이릴의 귀에 닿지 않을 리 없었다. 이제야 그녀가 헤롤을 싫어하는 이유를 알 것 같았다. 저 쓸데없이 주절거리는 입이 문제인 거다. 이릴은 눈꼬리를 사납게 추켜올리며 헤롤을 쏘아보았다.

"너 지금 뭐라고 했어, 헤롤?"

"아무 말도 안 했는데."

"웃기시네. 내가 어때서 시집을 못 갔다고? 어디 시집 못 간 여자 손에 한번 죽어 볼래?"

촤아악!

감겼던 채찍이 다시 바닥에 늘어졌다. 헤롤은 창백한 얼굴로 뒷걸음질 쳤다.

"야, 야. 그거 반칙이다. 나 지금 무기도 안 들었거든?"

"그런다고 내가 봐줄 것 같니?"

나무도 통째로 절단하는 무시무시한 채찍이 거침없이 헤롤을 향해 날아갔다. 의외인 건 산만한 덩치를 지닌 헤롤의 반사 신경이 그리 나쁘지 않다는 것이다. 그는 이리저리 몸을 굴려 가며 채찍이 닿는 범위에서 달아났다. 하지만 이릴의 공격은 집요했다. 피하는 횟수가 거듭될수록 그의 얼굴과 몸엔 크고 작은 생채기가 하나둘씩 늘어가고 있었다.

"우와악! 누가 이 마녀 좀 말려!"

나는 조마조마한 기분으로 다른 사람들을 돌아보았다. 그러나 마주치는 시선마다 하나같이 고개를 설레설레 저었다. 괜히 나서서 불똥 맞지 말라는 친절한 충고이리라.

그렇게 모두의 철저한 방관 속에서 헤롤과 이릴의 목숨을 건 숨바꼭질은 계속되었다.

이러다 조만간 살인이 일어나는 게 아닐까?

진심으로 이 여정의 앞날이 걱정되는 순간이었다.

2.

불안한 시작과 달리 막상 이어진 여정은 생각보다 순조로웠다. 그렇게 잡아먹을 듯 으르렁거리던 일행들이 출발하고 나서는 소 닭 보듯 서로 임무에만 충실했던 것이다. 더불어 염려했던 보드카 용병들과도 마주칠 일이 거의 없었다. 행렬이 워낙 긴 데다 각자 맡은 영역이 달랐기 때문이었다.

샴페인 용병단이 맡은 것은 행렬의 후미였다. 대부분의 사람은 선두에 서는 것이 더 위험하다고 생각하지만, 실제로는 후미도 그에 못지않게 중요한 부분이었다. 몬스터나 산적이란 것이 항상 선두부터 공격해 오는 것은 아니기 때문이다. 오히려 방심하기 쉬운 뒤쪽을 일부러 노리고 들어오는 경우가 상당했다. 또한 불가피하게 탈출해야 하는 경우, 뒤따라오는 적을 처리하는 것 역시 후미의 몫이었다.

"으으, 이제 슬슬 추워지는걸."

마이티가 입고 있는 가죽조끼를 단단히 여미며 중얼거렸다.

이미 가을로 접어든 날씨는 한국만큼이나 일교차가 컸다. 낮은 숨 막히도록 더우면서도 밤이 되면 언제 그랬냐는 듯 살이 에일 듯한 추위가 닥쳤다.

변덕스러운 날씨를 견디지 못한 사람들 사이에선 벌써 감기 환자가 속출하고 있었다. 다행히 휴센들은 타고난 체질이 건강한 건지 아직까진 멀쩡한 상태였지만 말이다.

"그런데 지금 몇 월달이에요? 가을인 거 맞지요?"

"으음? 아아, 한낮의 정취를 즐기는 여신의 발걸음이 머물러 있는 달이지. 이 걸음이 두어 발자국 내디뎌질 때면 포악한 성자가 얼음 창을 들고 행차하실 거야."

"……."

이들이랑 어울리게 되면서 알게 된 건데, 이곳 사람들은 계절을 말할 때 정확히 몇 월이라고 구분 짓지 않는다. 그 대신 각각의 계절에 따라 부르는 명칭이 정해져 있었는데, 예를 들면 봄은 '잠에서 깨어난 페어리의 하품'이라든지, 여름은 '푸른 물가를 달리는 정령들의 축제', 가을은 '한낮의 정취를 즐기는 여신의 발걸음', 겨울은 '포악한 성자의 행차'라는 식이었다.

뭐, 사람에 따라 조금씩 더 시적인 표현을 첨가하거나 다른 방식으로 부르기도 한다지만 대체로 낯간지러운 방식으로 표현한다는 점에선 같았다. 그 때문에 이들이 하는 말에서 날짜의 정확성을 찾아내기란 나로선 낙타가 바늘구멍에 들어가는 것만큼이나 어려운 것이었다.

생각해 봐라. 누군가와 만나기로 약속을 했는데 상대가 내게 '잠에서 깨어나는 페어리가 드디어 눈을 깜빡일 때, 그 해가 조금이나마 기울어지는 시각에 만나세'라고 하면 대체 뭐라고 하는지 내가 알 게 뭐란 말인가. 무슨 추리소설도 아니고 말이다. 아마 그 말을 들은 즉시 녀석의 멱살을 틀어잡게 될지도 모른다.

"그런데 그건 왜?"

"아니, 갑자기 궁금해서요. 여기서 클모어까지 얼마나 걸릴까요?"

"흐음, 적어도 도착하게 되면 포악한 성자가 그 얼음 창을 지면에 꽂아 넣을 때쯤일 테지. 클모어는 눈이 많이 내리는 지역이라 성자의 안배가 더욱 살아 숨 쉬고 있을 거야. 두꺼운 옷을 준비해 두는 게 좋아."

"하하, 네에."

그러니까 그게 대체 무슨 소린데?

웃는 얼굴로 대답은 했다만 정말 무슨 뜻인지 알아들을 수가 없다. 얼음 창을 지면에 꽂아 넣을 때면 초겨울이라는 뜻인가? 그렇다면 십이월? 여신의 발걸음이 두어 걸음 이어져야 포악한 성자가 행차한다고 했으니, 적어도 두 달은 지나야 겨울이 온다는 소리다. 그럼 여기서 클모어까지 그 정도 걸린다는 걸까?

'제길. 머리 나쁜 놈은 여기서 오래 살지도 못하겠군.'

"왜 그래, 엘?"

속으로 잔뜩 투덜거리며 끙끙거리고 있자니, 어느새 다가온 트로웰이 의아한 표정으로 물었다. 간단하게 현재의 고충을 털어놓자, 그는 특유의 생글거리는 얼굴로 친절하게 설명을 시작했다.

"'포악한 성자가 얼음 창을 지면에 꽂아 넣을 때'라고 하면 이미 초겨울은 지난 거야. 초겨울일 때는 그저 '행차'했다고만 말하지. 또한 한겨울일 때는 그 얼음 창에 기대어 휴식을 취하고 있다고 말해. 그러니까 헤롤이 말한 것은 초겨울과 한겨울의 중간이야."

"그, 그래?"

"응. 정확한 표현으로 하면 일월 초를 뜻해. 그러니까 여기서 클모어까지 대충 서너 달 정도가 걸린다고 보면 돼. 한국에서는 일 년을 열두 달로 나눈다고 했지? 그건 여기도 마찬가지야. 다만 이곳 사람들이 워낙 시적인 표현을 좋아해서 '언어유희'를 하는 것뿐이지. 서로 애매모호한 뜻을 풀이하면서 즐기는 거야."

으으, 나처럼 정신 고문을 좋아하지 않는 사람은 도무지 공감할 수 없는 취미다. 그냥 쉽게 말하면 될 것을 왜 일부러 비비 꽈서 굳이 해석하게 한단 말인가. 아무튼 사람만큼 자학하길 즐거워하는 생물도 없는 것 같다.

그맘때쯤 모종의 결실이 있었다. 그동안 공공연히 이루어지던 물의 거래가 드디어 자취를 감추기 시작한 것이다. 삼 일에 한 번씩 내리는 큰 비로 사람들이 더 이상 물을 사지 않게 되었기 때문이다.

그와 동시에 황성에서도 물의 거래를 엄중히 금지한다는 공문을 각지에 내렸다. 표면적으론 가뭄이 완전히 끝났기 때문에, 더 이상 물을 사고팔 필요가 없다는 이유에서였다. 하지만 세간에 도는 소문을 아는 이들은 누구나 그 진위를 의심할 것이 뻔했다.

그리고 난 공문이 내려지자마자 곧장 비를 내리는 것을 중단했다. 마음껏 물을 사용할 수 있게 되면 자주 내리는 비는 오히려 불편한 요소가 될 테니까. 동시에 짜 맞춘 듯 비가 그치게 되면 사람들이 더욱 의구심을 느낄 것이라는 의도도 있었다.

그리고 그런 나의 예상은 어느 정도 맞아떨어졌다. 공문이 내려짐과 동시에 비가 그치자 사람들이 대공을 향해 더 의심의 목소리를 높이기 시작한 것이다. 한편에선 대공의 추악한 행동에 고통받는 백성들을 구제하기 위해 신이 개입한 것이라는 소문도 돌았다. 물론 그러한 이야기가 들려올 때마다 트로웰은 질색했지만 말이다.

"하여튼 그놈의 신. 하는 일도 없이 영광을 챙겨 가는 건 여전해."

어린애처럼 투덜거리는 트로웰을 보며 나는 피식 웃었다.

그때 행렬의 움직임이 멈췄다. 가장 선두에서 이동을 중단한 것이다. 아직 휴식 시간이 되려면 멀었기에 나는 어리둥절해져서 중얼거렸다.

"무슨 일이지?"

"무기와 짐을 재정비하려는 거야. 이제부터는 몬스터들이 나오는 길목이거든."

"몬스터?"

아, 그러고 보니 그런 게 있다고 했었지. 나는 호기심을 감추지 않고 트로웰에게 물었다.

"몬스터는 어떻게 생겼어? 설마 늑대나 사자 같은 것을 몬스터라고 하는 건 아니지?"

"음? 전에 살던 곳에선 없었어?"

여기서 그가 묻는 전에 살던 곳이란 한국을 말하는 것이 분명했다. 나는 천천히 고개를 끄덕였다.

"대충 괴물처럼 생겼을 것 같긴 한데……."

"대체로 그렇긴 해. 하지만 전부 흉측하기만 한 건 아니야. 평범한 것도 있고 한눈에 홀릴 정도로 아름다운 것도 있지."

이어진 그의 설명에 의하면 몬스터는 낮은 지성을 지닌 유사인종의 하나였다. 그 때문에 직립보행하는 종류도 있고, 어떤 것은 유창한 언어까지 구사한다는 것이다. 하지만 그 성격이 매우 포악한 데다 공격적이라서 인간들과 어울리지 못하고 숲과 들에 서식하는 적으로 남았다고 했다.

"겉모습이 아름다울수록 상급의 몬스터일 가능성이 높아. 이 근처엔 드래곤의 레어가 없으니까 나타날 가능성은 거의 없지만."

"응? 그것과 드래곤의 레어가 무슨 상관인데?"

설마 그 상급 몬스터라는 건 드래곤의 레어 근처에서 자주 출몰하는 족속들인가? 궁금한 표정으로 돌아보자, 내 생각을 미리 읽었는지 트로웰이 얼른 고개를 끄덕였다.

"드래곤은 몬스터를 조종하는 힘이 있거든. 그래서 몬스터의 왕이라고 불리기도 하지. 드래곤의 레어 주위엔 대체로 몬스터들이 많이 서식하는 편이야."

"헤에, 그렇구나."

그러자 감탄하는 나를 향해 헤롤이 어리둥절하다는 듯이 물었다.

"엘은 어디 딴 세상에서라도 왔냐? 다들 아는 얘기를 어째 하나도 몰라?"

"아하하, 그, 그게…… 실은 어릴 때부터 밖을 잘 다녀 보지 않았거든요. 그래서 세상일에 대해서 모르는 것들이 좀 많아요."

"흠, 확실히 고이 자란 것 같이 보이긴 하는데. 혹시 신전에서 컸어?"

나는 무슨 소린지 모르면서도 얼결에 고개를 끄덕였다. 대충 그런 곳에서 자라면 세상 물정에 어두워도 괜찮은 건가 싶었기 때문이다. 그러자 헤롤의 눈이 휘둥그레졌다.

"어? 정말이야? 그럼 신관 지망생인 건가?"

"네? 아, 네, 뭐……."

"호오, 그렇구나. 어쩐지 분위기가 굉장히 정순한 느낌이더니. 어느 신을 믿는데?"

헉! 어느 신? 어느 신이냐고?

나는 어떻게 대답해야 할지 몰라 마른침을 삼켰다. 무심코 내뱉은 거짓말 때문에 이런 고민에 빠지게 될 줄은 몰랐다. 그런 나를 구원해 준 건 옆에 있던 트로웰이었다.

"엘이 섬기는 신은 엘뤼엔이에요, 헤롤."

'……에?'

당황해서 눈을 크게 뜨자 헤롤이 정말이냐는 듯이 나를 응시했다. 할 수 없이 나는 고개를 끄덕였다.

"매, 매튜 말이 맞아요."

"헤에, 그래? 엘뤼엔이라면 형벌의 신 엘뤼엔 님을 말하는 거지? 나도 들어 본 적 있어. 그 신의 사제들은 무술도 잘하고 사람을 치유하는 능력도 꽤 뛰어나다고 하던데. 엘, 너도 그럼 신성력 쓸 줄 알아?"

"네? 아, 그게……."

"아! 하긴, 신성력을 쓸 정도면 이미 고위 신관이란 소리겠구나. 너같이 어린 녀석이 벌써 고위 신관일 리가 없지. 미안, 내가 괜한 걸 물었네."

내가 난처해하는 걸 부정의 뜻으로 받아들였는지 헤롤은 곧장 사과를 건넸다. 덕분에 고비를 넘긴 나는 속으로 길게 안도의 한숨을 내쉬었다.

3.

내가 '몬스터'라는 생물을 실제로 본 것은 그로부터 나흘이 지난 햇볕이 따가운 날의 오후였다. 그날은 마침 클모어로 가기 직전에 거쳐야 하는 세 개의 검문소 중 첫 번째 검문소에 거의 다다른 날이었다. 사방이 탁 트인 평원에서 마주친 몬스터라는 생물은 황당하게도 사람의 몸체에 돼지의 머리를 달고 있었다.

거친 숨소리를 내뱉는 입에는 날카로운 어금니가 길게 솟아올라 있었다. 들고 있는 무기는 대부분 낡은 창이나 짧고 투박한 모양의 도끼였다.

"오크다."

일부러 행렬을 노리고 나타난 듯, 순식간에 길목을 점거한 몬스터들은 사방을 넓게 포위하기 시작했다. 언뜻 세어 봐도 그 숫자가 일백은 넘었다.

"오크? 저게 혹시 몬스터야?"

"응, 맞아. 단체로 몰려다닌다는 것만 빼면 비교적 상대하기 쉬운 하위급 몬스터야. 겁을 줘도 잘 물러서지 않고 끈질기게 따라붙어서 좀 귀찮긴 하지만."

"헤에, 그렇구나."

말로만 듣던 몬스터를 이렇게 보게 되다니!

단체 빼곤 별 볼 일 없는 하위급 몬스터라더니, 수많은 적 앞에 있으면서도 누구 하나 긴장하는 기색이 아니었다. 다만 나만큼이나 몬스터를 접할 기회가 없던 이사나만은 잔뜩 굳은 채였다.

"취이익! 취이이익!"

오크들이 내뱉는 숨소리는 마치 쇠가 긁히는 것처럼 거칠었다. 털이나 몸에서 고약한 냄새도 나는 것 같았다. 그때 무리 중의 한 오크가 큰 목소리로 외쳤다.

"취익, 인간! 짐만 내리고 가면 죽이지 않겠다, 취익! 얌전히 물건을 내놔라, 취익!"

"숫자도 취익, 우리가 더 많다, 취익! 쓸데없는 반항은 하지 말고, 취익! 물건을 내놓아라!"

'우와! 정말로 말을 하잖아?'

하체가 인간이긴 했지만 돼지 머리를 달고서 사람 말을 하니 신기했다. 마치 돼지가 사람처럼 서서 말하는 것 같았다.
그때 옆에서 가볍게 몸을 풀던 트로웰이 눈짓을 보내왔다.
"엘, 옆으로 피해 있어."
"응?"
대체 뭘 하려고?
내가 어리둥절해져서 바라보자 그는 가볍게 미소 지으며 대답했다.
"녀석들이 순순히 물러날 리는 없으니 처리해야지. 보기에 조금 거북한 장면이 있을 수도 있으니까 라이랑 같이 눈 가리고 있어."
"거북한 장면?"
"……금방 끝날 거야."
그는 질문과는 전혀 상관없는 말을 중얼거리며 시선을 피했다. 왠지 모르게 난처한 표정이다.
"쯧, 첫 타자는 고작 오크 떼인가."
그때 목을 좌우로 크게 돌린 헤롤이 등에 매단 짐에서 무언가를 꺼내 들더니 빠른 속도로 조립해 나가기 시작했다. 철컥철컥, 눈을 몇 번 깜빡이는 동안 완성된 그것은 거대한 도끼 창이였다. 얼마나 큰지 어지간한 사람은 두 손으로 쥐기도 힘들어 보였다. 그는 그것을 한 손에 움켜쥐고 호기롭게 오크들을 향해 외쳤다.
"어이, 돼지 머리들. 이 형님들이 지금 몹시 바쁘다. 이쯤에서 그냥 얌전히 도망가 주면 죽이지 않으마. 응? 어떻게 할래?"

"와하하하!"

동시에 여기저기서 용병들의 웃음소리가 울려 퍼졌다. 누가 봐도 노골적으로 놀리고 있다는 것을 알 수 있을 정도였다. 지능이 낮은 몬스터라도 그 점만은 확실히 깨달은 것 같았다.

"취익! 건방진 인간들이다, 취익!"

"공격해라, 취익! 모두 다 죽여라!"

기분이 상한 오크들은 거친 신음을 내뱉으며 도끼를 휘두르기 시작했다. 그것은 곧 대기하고 있던 용병들과의 전투로 이어졌다.

퍽! 둔탁한 소리와 함께 내리꽂힌 창에 의해 오크의 머리가 반으로 갈라지며 땅바닥으로 굴러떨어졌다. 터진 뇌수와 붉은 선혈이 지면을 온통 적셔 들어가기 시작했다.

"윽!"

내가 싸우는 것도 아니고 단지 지켜만 보는 건데도 미친 듯이 심장이 뛰었다. 트로웰의 충고를 무시한 대가랄까? 멋모르고 전투를 지켜보던 나는 눈앞에서 벌어지는 끔찍한 살육 장면에 그대로 얼굴을 굳혔다. 정령이라 다행이지 아마 평범한 사람이었다면 이 자리에서 오늘 아침에 먹은 것을 확인했을지도 몰랐다(그래 봤자 수프겠지만).

그러는 사이에도 오크들은 무참히 토막 나고 있었다.

"크하하하! 바로 이 맛이야! 그동안 이동만 하느라 지겨워 죽는 줄 알았는데! 니들이 나를 돕는구나! 푸하하하!"

"헤롤! 도망가는 놈들까지 다 죽여야 해! 이놈들은 내버려 두면 더 많은 놈을 데리고 돌아온단 말이야!"

"알고 있어! 맡겨 두라고!"

쉐리의 외침에 헤롤이 광소하며 대답했다. 그는 도끼 하나만 짊어진 채 오크 무리 사이를 종횡무진 움직이고 있었다. 부웅! 묵직한 파공음과 동시에 그의 앞에 있던 세 마리의 오크들 머리가 한꺼번에 떨어져 내렸다. 그리고 또다시 터져 나오는 피 분수. 으윽! 역시 괜히 봤다.

"이 빌어먹을 놈아! 애들 보는 것도 생각하란 말이야! 좀 얌전하게 죽일 순 없어? 트롤도 아닌데 뭐하러 멱을 따는 거야?"

"그건 내가 할 소리다, 마녀야! 채찍의 강도 좀 조절하라고! 네 눈엔 저 반으로 갈라진 몸통이 보이지도 않냐?"

"시끄럿! 터진 머리통보다야 훨씬 나아!"

"웃기지 마! 흘러내린 내장들보다야 동강 난 머리통이 낫다고!"

"뭐가 어째??"

으아아, 이건 정신 고문이야! 시선을 피하고 있어도 친절하게 이어지는 헤롤과 이릴의 생중계(?) 때문에 나는 입을 틀어막았다. 이사나의 얼굴 역시 급격히 창백해진 상태였다. 그러자 그 모습을 보고 얼굴을 살짝 찌푸린 트로웰이 얼른 둘 사이에 끼어들어 중지시켰다.

"헤롤, 이릴! 말다툼할 시간 있으면 싸움이나 빨리 끝내요. 이러다 날이 저물겠어요."

"앗! 미, 미안, 매튜."

"쳇, 너 매튜 때문에 봐주는 줄 알아!"

하지만 이후로도 둘의 말다툼은 좀처럼 끝나지 않았다. 그나마 다행이라면 더 이상 몬스터를 죽이는 방식을 가지고 떠들어대지는 않았다는 점이다.

전투를 치르는 와중에도 저렇게 여유 만만한 모습이라니. 이런 일들이 그들에겐 마치 숨 쉬는 것처럼 자연스러운 일상인 것 같았다.

퍼억!

그 순간 바로 옆에서 경쾌한 타격음이 울렸다. 트로웰이 자신에게 덤벼드는 오크를 향해 돌려차기를 날린 것이다. 그의 발을 맞고 나가떨어진 오크는 게거품을 물더니 그대로 바닥에 추욱 늘어졌다. 단 한 방의 발차기에 절명한 것이 분명했다.

그뿐만이 아니었다. 그는 공중으로 가볍게 도약해서 자신을 향해 뻗어진 오크들의 도끼에 살짝 내려앉은 뒤, 빠른 속도로 일격을 가했다. 피가 튀지도 않고 끔찍한 잔해도 없는 군더더기 없이 깔끔한 처리 방식이었다.

휴센 역시 그 못지않게 깔끔한 움직임으로 단번에 몬스터의 급소만을 제압하고 있었다. 그가 지나가는 자리마다 마치 칼바람에 맞은 낙엽처럼 오크들의 시체가 쌓였다.

아무것도 모르는 내 눈으로 보기에도 그들의 동작은 하나하나 전부 아름다웠다. 한창 싸우기 바빠야 할 다른 용병단 사람들까지 넋을 놓고 바라볼 정도였다. 이사나 또한 동경 어린 눈으로 그들의 싸움을 지켜보느라 정신이 없었다.

"정말 대단하다……."

"으응, 굉장해."

눈 깜짝할 사이에 대부분의 몬스터가 처리되었다. 상황이 대충 마무리되어 가자 트로웰은 더 이상 미련 없다는 듯 내 쪽으로 다가왔다. 그렇게 수많은 오크를 상대했으면서도 얼굴에 땀 한 방울 흐르지 않는 상태였다.

그가 물러서자 다른 샴페인 용병단원들도 돌아섰고, 남아 있던 몇 마리의 오크들은 다른 용병단원들로 인해 그 최후의 생을 마감했다. 비릿한 피 냄새와 널려진 시체들 때문에 저절로 얼굴이 찡그려지긴 했지만, 큰 활약을 이루고 돌아오는 일행들을 보며 나는 환하게 웃어 보였다.

"정말 대단해요. 눈 깜짝할 사이에 그 많은 몬스터를 처리하다니."

"후훗. 이 정도야 우리한테는 식후 디저트나 다름없지. 어때? 나 괜찮았어?"

"네, 정말 멋졌어요. 어디 다치신 데는 없으세요?"

"우리는 괜찮아. 저쪽 인간들은 좀 다친 모양이지만."

그렇게 말하며 마이티가 가리킨 것은 선두에 있던 보드카 용병단이었다. 그들 또한 휴센들처럼 은패를 다수 보유했다고 들었는데 생각보다 피해가 큰 것 같았다. 어깨와 다리, 머리 부근에 붉은 자국들이 가득했다.

소란스러운 주변이 어느 정도 정리되었을까. 마차 안에서 누군가가 모습을 드러냈다. 마차 안의 사람이 밖으로 나오는 일은 거의 없었기에 자연히 모두의 시선은 그쪽을 향해 집중되었다.

조심스럽게 걸어 나온 것은 새하얀 로브를 입은 흑발의 남자였다. 그는 부상자들에게 다가가 환부에 손을 얹으며 무어라 중얼거렸다. 그러자 그의 손에서 흰빛이 새어 나오더니 눈 깜짝할 사이 상처가 아물었다. 그것을 본 일행들이 동시에 눈을 부릅떴다.

"헉, 설마 신관?"

"헤에, 그러게. 역시 대륙에서 세 손가락 안에 들어가는 상단답네. 고작 짐마차 일정에 저 비싼 신관을 동행하고 가다니. 돈이 썩어 넘쳐나는 모양이지?"

치유 능력을 지닌 신관은 진귀한 만큼 몸값이 매우 비싸다. 신전을 찾아가서 한 번 치료를 받는 데 드는 금액만 해도 어지간한 평민들의 한 달 생활비를 상회한다는 것이다. 그런데 이런 장기간의 여행에 동행할 정도라면 얼마나 엄청난 금액이 들어갈지 상상조차 할 수 없었다.

신관이 빠르게 부상자들을 치료하는 것을 본 마이티가 아쉽다는 표정으로 중얼거렸다.

"이럴 줄 알았으면 나도 좀 다칠 걸 그랬나? 나도 태어나서 한 번쯤은 신관한테 치료받아 보고 싶었는데."

"미친놈. 신관의 신성력이 전지전능한 줄 알아? 저거 겉으로만 나은 것처럼 보일 뿐이지 치료받은 이후에도 한동안은 안정해야 하고, 이전의 몸 상태로 돌아오려면 한참 지나야 한다고. 나 같으면 그냥 안 다치고 만다."

"쳇, 나도 그냥 해 본 말이거든?"

그들이 다투는 동안 치료를 마친 신관은 다시 마차로 돌아갔다. 멀찍이서 뒷모습을 본 것뿐이지만, 짧은 시간 동안 강렬한 인상을 남긴 존재였다.

4.

오크들은 분노하고 있었다. 그들의 동료가 인간의 전사들에게 거의 일방적으로 참패했기 때문이다.

그들이 그 소식을 접하게 된 것은 전투 중 운 좋게 도망친 한 마리의 오크에 의해서였다. 지원 요청을 받고 달려왔을 땐 이미 텅 비어 버린 현장에 처절한 전투의 잔해만 남겨져 있었다. 도망친 한 마리를 제외한 모든 오크가 죽었다. 차마 말로 표현하기 힘들 만큼 처참한 모습으로.

오크들은 주변에 널린 동료들의 시체를 보고 크게 울부짖었다.

"취이익! 복수다, 취익!"

"그렇다, 취익! 우리는 싸워야 한다, 취익!"

"더 많은 동료들을 모으자, 취익! 인간들을 취익! 용서 말자, 취이익!"

소문을 듣고 몰려온 오크들이 빠른 속도로 군집하기 시작했다. 그렇게 모인 무리는 모두 한목소리로 소리쳤다.

"인간들에게 본때를 보여 주자, 취익!"

"그들을 쫓아가자. 취이익!!"

"모두 죽이고 물건을 빼앗자, 취이익!"

본래가 동족 의식이 강한 오크들은 원수에 대해서는 집요할 정도로 복수하려는 습성을 지니고 있었다. 하지만 이번만큼은 그들도 긴장했다. 인간들에게 당한 동료들의 숫자가 지금과 같은 백 마리였기 때문이다. 똑같은 숫자로 나섰다간 도리어 희생자만 늘리는 꼴이 될 것이다. 아둔한 머리지만 그 정도는 예측할 수 있었다.

"취익! 대책을 세워야 한다, 취이익! 인간들을 이긴다!"

"인간들 강했다, 취익! 동료들이 순식간에 당했다, 취익!"

오크들은 시끄럽게 떠들면서도 막상 구체적인 대안을 내놓지 못했다. 지금까지 그들은 적에게 무조건 덤벼들기만 하면 된다고 생각했다. 그런 그들이 제대로 된 전략을 세워 봤을 리가 없었다. 그때 다른 이들과 달리 조용히 사태를 주시하고 있던 오크 한 마리가 입을 열었다.

"후후후, 내게 방법이 있다."

"방법? 그게 뭐냐, 취익?"

"인간 용병들에게 동료가 쉽게 당한 것은 우리에게 그들을 상대할 만한 훌륭한 무기가 없었기 때문이다. 강도 높은 무기와 그들보다 압도적으로 많은 숫자의 동료들을 모아 공격하면 맥없이 당할 것이다."

그 오크는 다른 오크들처럼 말투가 어눌하지도, 이상한 숨소리를 내지도 않았다. 그것만으로도 충분히 수상했지만, 둔감한 오크들은 그 사실을 전혀 눈치채지 못했다.

"오오! 그렇다, 취익! 하지만 무기…… 구할 수 없다, 취익! 인간들 거, 빼앗아야 한다, 취익!"

오크들은 서둘러 고개를 끄덕였다. 손재주가 없는 그들은 스스로 검과 활을 만들 능력이 없었다. 그들이 얻는 물건은 모두 인간들에게서 약탈한 것뿐이었다. 설명하던 오크도 그 점은 미리 알고 있다는 듯이 히죽 웃었다.

"킬킬. 걱정하지 마라. 나에게 쓸 만한 무기가 있다. 그것을 나누어 주겠다."

"무기가…… 있다?"

"무기?"

"그렇다. 어지간한 무기는 단번에 두 동강을 낼 수 있을 정도로 아주 단단하고 훌륭한 무기지. 그것으로 공격하면 인간들을 가볍게 제압할 수 있을 것이다."

"그게 정말이냐, 취익?"

"취이이익! 이긴다!"

"우리가 이긴다, 취익!"

오크들은 그가 어떻게 수많은 무기를 가지고 있는지 전혀 궁금해하지 않았다. 그저 복수할 수 있다는 사실이 중요했기 때문이다. 그 점에 대해 무기를 줄 것을 제시한 오크는 마음속으로 몰래 안도의 한숨을 내쉬었다.

'역시 멍청한 놈들이군. 의심 많은 인간들보다야 다루기는 쉽다만.'

사실 그는 올해로 삼천오백 세의 블랙 드래곤 메세테리우스였다. 그러나 지인들 사이에선 '메테', 혹은 '테리우스'라는 별칭으로 더 많이 불렸다.

예로부터 드래곤은 손이 귀했다. 워낙 게으른 족속들이라 후세를 남기는 의무조차 귀찮아했기 때문이다.

그런 현상은 블랙 일족이 유독 더 심해서, 그가 태어났을 당시만 해도 삼천 년 만에 나온 해츨링이라며 전 일족이 축제를 벌였을 정도였다.

그런 사정상 그는 전 드래곤의 따뜻한 관심과 보호 아래에서 자랐다. 그야말로 일국의 왕자 부럽지 않을 대우를 받으며 살았다고 해도 과언이 아닌 셈이다.

그런 그가 유일하게 열등감을 느끼는 부분이 있다면 그것은 바로 그와 비슷한 시기에 태어난 드래곤이자, 레드 일족인 라피스라줄리에 대한 것이었다.

그가 태어난 후 오백 년 만에 탄생한 '라피스라줄리'는 비록 일족은 달랐지만 그와 같은 부모 아래 태어난 형제였다. 그가 블랙 드래곤인 부친의 피를 이어받은 것과 달리, 그는 레드 드래곤인 모친의 피를 승계한 것이다.

하지만 다른 것은 그것만이 아니었다. 평범한 성장 과정을 거친 그에 비해 라피스라즐리는 헤츨링 시절부터 마나 운용력과 자연친화력이 여느 성룡들을 가뿐히 뛰어넘었다. 게다가 머리도 아주 비상해서 그 나이 때는 풀지 못하는 어려운 수식들도 단번에 읽고 쓸 줄 알았고, 그것을 넘어 새로운 공식을 만들어내기도 했다. 그야말로 자타 공인 천재인 셈이었다.

일족들의 관심이 그에게 집중되자 자연히 메세테리우스는 소외될 수밖에 없었다. 사실 그가 유희를 시작하게 된 계기도 라피스라즐리를 찬양하는 소리를 더 이상 듣고 싶지 않다는 이유가 제일 컸다.

'흥, 그딴 물의 정령왕에게 미친 녀석이 대체 뭐가 멋지다고.'

그가 유일하게 라피스라즐리보다 잘하는 것이 있다면 그것은 바로 대인 관계였다. 그의 동생은 한 가지에 미치면 오직 그것만 파는 독불장군이었다. 더구나 본인이 잘난 것을 너무 잘 알고 있어서, 걸핏하면 타인을 무시할 뿐만 아니라 무리와 잘 어울리지도 못했다.

그러나 메세테리우스, 그는 달랐다. 그는 성년이 되자마자 일찌감치 인간들 문화에 섞여 그들과 어울리며 수많은 유희를 겪었다. 그렇게 쌓인 경험들은 그를 드래곤 세계에서 더할 나위 없는 재간둥이와 입담꾼으로 자리매김하게 했다.

근래에 들어 그는 라피스라즐리에게 도전장을 내밀었다. 누가 더 빠른 시일 내에 알찬 유희를 보내는지 내기를 하자고 청한 것이다. 정작 도전장을 받은 상대는 별로 관심 없어 했지만 그는 그 어느 때보다 의욕에 불타올랐다.

'훗! 설마 위대하신 이 몸이 오크로 폴리모프할 것이라곤 생각도 하지 못했겠지. 두고 보라지. 오크들을 부추겨서 인간들을 몰아내고 새 왕국을 건설하고 말 테다. 그럼 다들 깜짝 놀라겠지?'

그는 벌써 이 세상이 오크들로 가득 차 있다는 착각에 빠져들었다. 인간들을 노예로 부리고, 엘프들을 몬스터 취급하는 세상!

그건 이제껏 어느 드래곤도 시도해 보지 못한 유희였다. 성공만 한다면 메세테리우스는 역사상 가장 위대한 드래곤으로 자리매김할 것이 틀림없었다. 이번 인간들을 향한 복수는 그 계획의 초석을 닦는 과정이나 마찬가지였다.

'후훗, 아무리 무기가 좋아 봤자 실력이 되지 않으면 말짱 꽝이지. 하지만 기뻐해라, 천한 오크 놈들아. 이 위대하신 몸이 너희 편에 있으니 반드시 이길 것이다.'

속으로 음흉한 웃음을 삼킨 메세테리우스는 자신의 레어에 보관 중이던 무기 중에 쓸모 있는 몇 가지를 추려 왔다. 그중에는 보통 인간들이 눈에 불을 켜고 달려들 만한 마법검도 섞여 있었다. 메세테리우스는 찝찝한 표정으로 입맛을 다셨다.

'오크들에게 빌려 주기에는 너무 과분한가? 이놈들은 마나가 적어서 마법검을 줘 봤자 어차피 다루지도 못할 텐데. 하긴 뭐, 상관없지. 이 정도의 물건이야 내 레어엔 썩어 넘칠 정도로 많으니까.'

본래 무슨 일이든 즐거운 일에는 그만한 대가가 따르는 법이다.

그는 그렇게 생각하고 후하게 투자(?)하기로 마음먹었다. 오크들은 농기구나 도끼 따위와는 비교할 수 없을 강도의 날카로운 무기를 쥐어 보고는 크게 환호했다.

"크오오! 좋다! 멋지다! 이 정도면 이긴다, 취익!"
"인간들을 죽인다, 취익! 오크들의 세상이다, 취이익!"
"복수한다! 취익! 복수할 수 있다!"

메세테리우스의 지시에 따라 알맞게 무기를 배분한 오크들은 의기충천했다. 그들은 자신의 동료를 처참하게 죽인 인간의 행렬을 뒤쫓기 시작했다.

"취이익! 우리 숫자 많다! 강한 인간, 이길 수 있다!"
"옳다, 취익! 인간들에게 복수다, 취익!"
"모두 죽이자, 취익!"

기세등등하게 무기를 치켜들고 달려가던 오크들은 잠시 후, 멀리서 홀로 걷고 있는 남자를 발견했다. 동료들을 살육한 놈들은 아니었지만 인간이었고, 그것만으로도 오크들이 그를 죽일 이유는 충분했다.

"인간이다, 취익! 저 녀석부터 죽이자, 취익!"
"기세 살려야 한다! 취익! 죽여야 한다! 취익!"

커다란 오크들의 함성 때문인지 걷고 있던 남자의 고개가 슬쩍 뒤를 향했다. 샛노란 머리카락에 보라색 눈동자. 전체적으로 날카로운 인상의 남자는 입고 있는 튜닉 위에 클록을 걸치고 있었다. 옷차림은 수수했지만 허리에 찬 벨트에 롱소드가 고정되어 있는 것으로 보아 평범한 민간인은 아닌 듯했다.

일행의 선두에서 신 나게 지휘하던 드래곤의 눈에 이채로운 기운이 흘렀다. 그의 몸에 흐르는 범상치 않은 기운을 읽었기 때문이다.

'호오. 상급 기사 정도는 되는 것 같은데? 하지만 나에게는 어림도 없지.'

제아무리 뛰어난 검사라 할지라도 드래곤인 그에 비할 바는 아니었다. 자신감 가득한 미소를 지은 메세테리우스는 우선 상황부터 지켜보기로 했다. 마침 지레 흥분한 오크들이 시키지도 않았는데 알아서 남자를 향해 돌격했기 때문에 그가 따로 수작을 벌일 필요도 없었다.

'후후후, 어리석은 놈들. 미천한 오크들이라는 게 다 그렇겠지만 저렇게 상대를 볼 줄 몰라서야. 어디 열심히들 덤벼 보려무나. 놈에게 처참하게 당하고 있을 때 내가 혜성처럼 나타나 구해 줄 테니.'

메세테리우스의 머릿속은 온통 오크들에게 영웅 대접을 받을 생각으로 가득 차 있었다. 그러나 그가 실수한 것이 있으니 바로 그들이 싸울 인간 남자가 그의 생각보다 만만한 상대가 아니었다는 점이었다.

"많군."

백여 마리에 가까운 오크들을 보면서도 남자가 중얼거린 말은 그것 하나뿐이었다. 무심한 표정으로 뒤돌아선 그는 허리춤에 걸린 롱소드를 천천히 뽑아 들었다. 몬스터가 왜 자신을 공격하려 하는지, 수가 많아 혼자서 상대하기는 무리라는 것 따위는 전혀 염두에 두지 않는 모습이었다.
'대단한 자신감이군. 아니, 오만한 건가?'
메세테리우스는 속으로 의외라는 듯이 중얼거렸다. 하지만 여전히 그가 자신의 하수라는 생각에는 변함이 없는 상태였다.
인간 남자가 도망가기는커녕 오히려 가만히 서 있자 오크들은 그저 굴러 들어온 떡이라고 생각했다. 그들은 우렁찬 함성을 지르며 무기를 내질렀다. 그곳에 있는 오크 중 인간 남자가 자신들의 공격에 쓰러질 것을 의심하는 자는 단 하나도 없었다.
"취이익! 죽어라, 인간!"
"복수다, 취익! 죽는다, 인간!"
"동료들, 원한 갚는다! 취이이익!"
오크들이 외치는 소리에서 대강의 상황을 짐작한 남자는 살짝 얼굴을 찌푸렸다.
'어떤 멍청이가 오크와 싸우면서 생존자를 남겨 둔 거지? 재미없군.'
그러나 그렇게 속으로 중얼거리면서도 남자의 대응은 재빨랐다. 뽑아든 롱소드를 고쳐 잡은 그는 일말의 망설임도 없이 수십 마리의 오크 떼를 향해 돌진하기 시작했다.
쉬익— 콰직— 퍼어억— 촤악!
"쿠에에엑!"

"크아악!"

그가 검을 내지를 때마다 수십 마리의 오크가 한꺼번에 베어져 쓰러졌다. 그야말로 전광석화 같은 속도였다. 무심한 표정으로 몬스터들을 베어 가는 그의 검에선 어느새 미미한 푸른색 기운이 감돌고 있었다. 그제야 메세테리우스는 상황이 심상치 않음을 깨닫고 몸을 긴장시켰다.

'인간 주제에 꽤 하는군! 하지만 어림없다!'

고작 인간에게 잠시라도 긴장했다는 사실은 그의 자존심을 크게 상처 입혔다. 그는 서둘러 살아 있는 오크들을 향해 명령하기 시작했다.

"멍청이들아! 도망만 치지 말고 활을 날려라! 검을 내지르란 말이다!"

하지만 오크들이 검을 들려고 손을 움직이는 것보다, 남자가 날린 푸른 검풍에 오크들의 몸뚱이가 박살 나는 것이 더욱 빨랐다. 활은 애초부터 무용지물이 된 지 오래였다. 모처럼 내준 무기들이 전혀 빛을 발휘하지 못하고 있었지만, 드래곤은 경악하느라 그것을 아까워할 겨를도 없었다.

'검풍? 검풍이라니! 이런 제기랄! 설마 저 인간이 소드 마스터였단 말인가!'

소드 마스터!

그것은 검의 한계를 초월한 경지에 이른 자들을 부르는 극상의 칭호였다. 상급 기사 따위와는 차원이 다른 존재다. 드래곤조차 이들을 대할 땐 경계해야 한다고 알려져 있었다. 실제로 드래곤을 죽이는 자들에게 내려지는 '드래곤 슬레이어'의 칭호를 받는 이들 대부분이 바로 소드 마스터였다. 마법이 주는 편리성에 취해 검술에는 일절 관심 없는 삶을 살던 그로서는 낭패나 마찬가지였다.

긴장한 메세테리우스는 유희 중이라는 사실도 잊고 평소처럼 마법을 시전하려고 했다. 그에게는 숨 쉬는 것보다 더 간단한 것이 마법이었으니, 발동만 한다면 제아무리 소드 마스터라 해도 큰 타격을 면하기 어려울 것이었다.

메세테리우스는 자신이 쏘아 보낸 마법으로 인해 눈앞의 남자가 비참하게 쓰러질 것이라 믿어 의심치 않았다. 다만 남자가 쏘아 보낸 검풍이 하필이면 그가 시동어를 내뱉던 순간보다 더 빨랐던 것이 불행이라면 불행이었다.

콰아아앙!

"미, 미디엄 스트라이…… 크어어억!"

최후의 한마디를 완성하지 못한 탓에 마법은 실행되지 못하고 그대로 소멸해 버리고 말았고, 드래곤 메세테리우스 역시 처참하게 쓰러졌다. 드래곤 본신에 비해 한없이 뒤떨어지는 오크의 육체를 미처 계산하지 못한 탓이었다.

휘익— 촤악— 콰악!

솟구치는 검날에 오크들이 전부 전멸하기까지는 불과 몇 분밖에 걸리지 않았다. 백 마리에 해당하던 오크들이 단 한 사람의 손에 전부 싸늘한 시체로 변한 것이다. 그러나 그와 반대로 남자의 얼굴에는 지친 기색이 전혀 없었다. 그 흔한 생채기조차 생기지 않은 상태였다.

그는 자신이 베어낸 수많은 오크 중에 폴리모프한 드래곤이 있었다고는 전혀 상상하지 못했다. 아니 알았다 해도 별로 상관하지 않았을지 모른다.

잠시 무심한 표정으로 오크들의 시체를 둘러본 남자는 간단한 동작으로 검에 묻은 피를 털어내곤 다시 허리춤에 고정하며 입을 열었다.

"그만 구경하고 나오지. 이쯤이면 충분히 즐겼을 텐데?"

그러자 아무것도 없던 공터에서 한 떼의 검은 갑옷을 입은 남자들이 나타나기 시작했다. 그 중 선두에 선 자는 어둠의 기사단 단장이자 대공의 왼팔이라 칭해지는 세트니오 백작이었다.

본의는 아니었지만 그들 전원이 방금 남자가 보인 위용을 똑똑히 목격했다. 인간으로선 절대 할 수 없는 결과를 이루고도 남자의 얼굴은 무표정했다. 잠시 두려운 표정으로 눈앞의 남자를 바라본 세트니오 백작이 딱딱하게 고개를 숙였다.

"파이런 드 카리브디스 님을 뵙습니다."

"그래, 오랜만이군. 루키엠 드 세트니오 백작."

남자의 서늘한 보라색 눈동자가 자신에게 닿자 세트니오는 흠칫 어깨를 움츠렸다. 빌어먹을 보라색 눈. 그는 예전부터 저 눈동자가 싫었다. 마치 피로 물든 것 같지 않은가.

"내가 왜 이곳에 왔는지는 그대도 잘 알 테지?"

눈동자만큼이나 서늘한 질문에 세트니오는 입술을 악물었다. 카리브디스의 입장에선 그저 확인하는 차원에서 던진 질문이었지만 그것이 세트니오의 자긍심을 자극했다.

"……저 혼자서도 충분히 할 수 있는 일이었습니다."

"그러나 하지 못했지. 안 그런가? 그대가 황제의 흔적을 놓친 지 벌써 한 달이 넘었다. 대공 전하의 실망이 이만저만이 아니야."

"……."

대답할 말이 있을 리가 없었다. 그가 대공의 기대에 못 미친 것은 사실이니까. 세트니오 백작은 다시금 피가 나도록 입술을 깨물었다.

지금쯤 유카르테 대공이 뭔가 다른 지시를 내릴 것이라는 건 이미 그의 예상에도 있던 일이었다. 그렇다곤 해도 설마 대륙에 다섯 명뿐인 소드 마스터이자, 대공의 오른팔인 카리브디스 공작이 직접 올 줄은 전혀 예상하지 못했다. 적어도 그는 한참 후에나 쓸 패라 생각했던 것이다.

하지만 이미 당도한 이상 이제부터 모든 지휘권은 그에게 넘겨야만 했다. 자존심이 상하긴 했지만 일단 그에게 나쁘게 보여서 좋을 일은 없다는 판단에 백작은 정중하게 허리를 굽혔다.

"면목 없습니다, 공작님. 제가 부족했습니다."

"알면 되었다, 백작. 유감이지만 이제부터 그대들을 지휘하는 것은 나 파이런 드 카리브디스이다. 이에 이의가 있는가?"

"그럴 리 있겠습니까. 지당하신 결정입니다."

정중한 대답에 카리브디스는 만족한 얼굴로 고개를 끄덕였다.

"현재 상황은 어떻지?"

"황제의 흔적은 아직 발견되지 않았습니다만, 아마도 클모어 공국으로 향할 것이라 사료됩니다. 이미 공국에 병사들을 풀어 두었습니다."

"황제는 여전히 그의 친위대와 움직이고 있는 건가?"

"아마도 그럴 것입니다. 황제는 자신을 지킬 능력이 전혀 없으니까요. 그들로서도 황제를 보호하기에 혈안이 되어 있을 테니, 섣불리 떨어지진 못할 겁니다."

"흐음, 그렇군. 각 검문소의 검문을 강화하고 병사들을 추가 배치하라."

"알겠습니다. 카리브디스 님!"

지휘권을 양보한 것은 못내 아쉬운 일이긴 해도, 소드 마스터인 공작의 합류는 그들에게 여러모로 유리했다. 백작은 황제를 잡아 대공에게 바치는 자신을 상상하며 흐뭇하게 미소 지었다.

바로 그때 오크들의 시체를 살펴보던 기사들이 뜻밖의 사실을 알려 왔다.

"백작님! 오크들이 가지고 있던 무기들이 모두 굉장합니다!"

"마법검은 물론이며, 미스릴로 제작된 양검도 있습니다."

"뭐라고?"

놀란 표정으로 묻는 두 지휘관에게 기사들은 정중히 수거한 무기들을 보이기 시작했다. 그들의 말대로 검집의 세공부터 시작해 칼의 벼림까지 흠잡을 데 없이 완벽한 검이었다.

"어쩐지 오크들의 무기가 꽤 좋아 보인다 했지. 어디 무기상점이라도 털었나?"

흥미로운 얼굴로 중얼거리는 공작의 말을 들으며 세트니오 백작은 꿈에 부풀어 미소 지었다. 그것은 기사들도 마찬가지였다.

'하늘이 우리를 도우시는구나! 이것은 앞으로의 일이 잘될 징조가 틀림없다!'

세트니오 백작과 어둠의 기사단, 그들은 모두 이번 일이 길조임을 믿어 의심치 않았다. 다만 카리브디스 공작만은 오크들이 고급무기를 지니게 된 경위에 잠시 의문을 품었다. 물론 그에 대한 관심도 그리 오래가진 못했다.

"크, 크윽. 감히 나를······."

공작과 기사들이 떠난 이후, 시체들 사이에서 한 오크가 꿈틀거렸다. 그것은 검풍에 당한 순간 기절했었던 블랙 드래곤 메세테리우스였다.

매캐한 오물 사이에서 몸을 일으킨 그는 아득바득 이를 갈았다. 드래곤인 자신이 인간에게 당해 기절했다는 사실에 자존심이 상해 견딜 수 없었다.

그의 몸 한가운데에는 카리브디스 공작에게 당한 검풍으로 생긴 상흔이 길게 그어진 상태였다. 깊이 파인 상처는 그가 움직일 때마다 울컥 새빨간 피를 토했다.

그것을 찌푸린 눈으로 노려본 메세테리우스가 악에 받친 소리로 중얼거렸다.

"오늘은 단지 방심했을 뿐이다. 다음에 만나면 절대 호락호락 당하지 않을 것이야. 그때가 네놈들의 마지막이 될 것이다!"

두 주먹을 움켜쥔 메세테리우스는 무언가 허전하다는 것을 깨달았다. 그는 주위를 둘러보고 나서야 그 이유를 깨달았다. 오크들에게 나눠 주었던 상당량의 무기가 그가 잠시 기절한 사이 모두 사라졌던 것이다. 그것을 깨닫고 나자 그는 더욱 화가 치밀었다.

'이 자식들이 감히 내 무기까지 들고 튀었다 이거지?'

오크들에게 선뜻 무기를 내어주긴 했지만, 사실 드래곤 메세테리우스는 재물 욕심이 상당한 자였다. 그는 처음부터 모든 무기에 추적마법을 걸어 둔 상태였다. 혹시나 잃어버리게 돼도 언제든지 되찾을 수 있도록 한 것이다.

메세테리우스는 회심의 미소를 지었다.

"그 물건을 가지고 간 것을 평생 후회하게 만들어 주마. 어리석은 인간들아."

한 번 맺은 원수는 두고두고 쫓아다니며 갚아 주는 것. 그것이 바로 그의 복수 방법이었다.

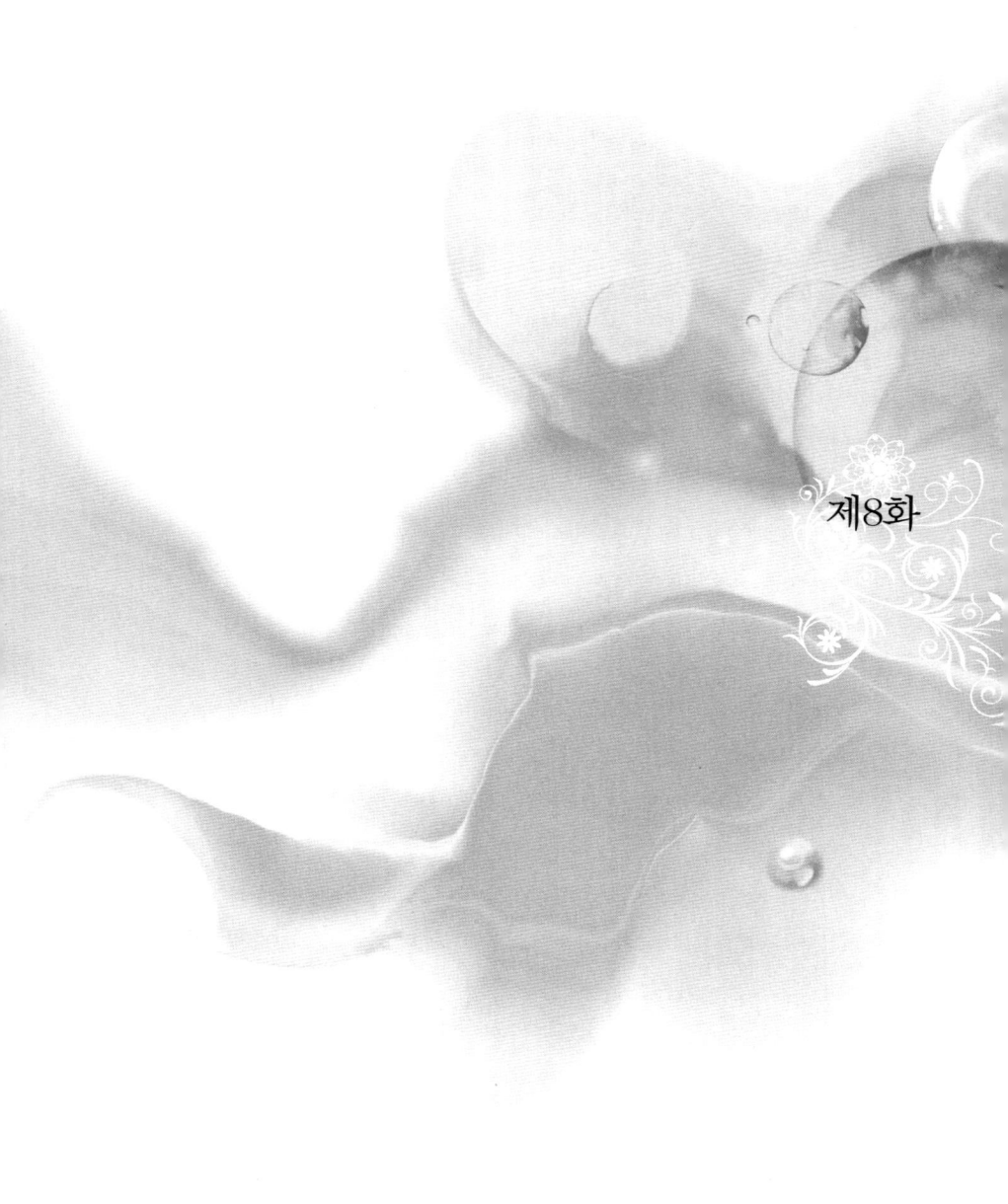

1.

 오크 떼를 만난 이후, 일행은 별 탈 없이 무사히 첫 번째 검문소에 다다랐다.

 검문소는 길게 쌓인 성탑 밖으로 작은 초소가 지어진 형식이었다. 그 안에서 담소를 나누던 병사들은 우리가 도착한 것을 보곤 심드렁한 표정으로 몸을 일으켰다.

 마차 안에 있던 상단의 대표자가 얼른 자신의 신분패와 목적지가 명시된 서류를 보이자 병사들이 느긋한 표정으로 마차와 용병 일행을 쭈욱 둘러보기 시작했다.

 "흠, 피닉스 상단인가? 지부에 물건을 공급하러 가는 모양이군."

"예, 나으리들. 언제나 그렇듯이 비단과 다수의 밀가루 포대입니다."

"이쪽들은 이번에 고용한 용병인가? 소속된 용병패와 단증을 보여라."

그의 말에 휴센들을 비롯해서 용병들이 품 안에서 신분패를 꺼내 보였다. 다들 한두 번 해 본 일이 아니라는 듯 익숙한 모습이었다.

혹시 병사들이 나와 이사나가 가진 나무패에 관심을 보이면 어쩌나 싶었는데, 그들은 패를 제대로 확인도 하지 않은 채 성의 없이 고개를 까닥거렸다. 그저 형식적인 절차를 밟는 느낌이었다.

"호위무사 이십 명에 계약 용병 삼십오 명이라. 짐에 비해 호위가 너무 많은 것 아닌가?"

"그렇지 않습니다. 여기 오기 직전에 마주친 오크 떼가 백 마리가 넘었는걸요. 저희 짐을 지키려면 이 정도 용병은 고용해야 합니다."

"흐음, 그런가?"

"부디 잘 좀 부탁드립니다, 헤헤."

정중하게 고개를 꾸벅인 상인이 병사의 손에 슬그머니 무언가를 쥐어 주었다. 그것을 본 병사의 얼굴에 흡족한 미소가 떠올랐다.

"흠흠, 하기야 요즘 유독 몬스터들이 기승을 부리는 것 같더군. 좋아, 통과를 허락한다. 어이, 성문을 열어!"

검문하던 병사가 큰 소리로 외치자 성벽 안쪽에 있던 경비들이 그 소리를 듣고는 천천히 문을 열었다.

'뭐야, 이걸로 끝이야?'

적어도 짐의 내용물이 무엇인지, 호위하는 용병이나 상단 사람 중에 수상한 인간은 없는지, 그 외 기타 등등. 여러 가지 방면을 통틀어 자세히 확인할 거라고 생각했는데 실망스러울 정도로 허무한 검문이었다. 나는 어이없는 심정을 감추지 못했다.

"저, 검문이라는 게 원래 이렇게 간단한 건가요?"

나의 질문에 헤롤이 작은 목소리로 대꾸했다.

"피닉스 상단이라서 그래. 이 검문소는 주기적으로 그들이 이용하는 곳이거든. 웃돈을 주고 검문 절차를 간단히 하도록 길을 터 놓은 거지. 아까 손에 돈 쥐여 주는 거 못 봤어? 다 뇌물의 힘이야, 뇌물."

"그, 그러다 들키면 큰일 나는 거 아니에요?"

"절대 들킬 일이 없다는 게 문제지. 저 병사들부터 그 위에 있는 귀족까지 전부 다 한통속이거든. 말이 좋아야 말이지, 황실 사정이 어지러운데 나라가 제대로 돌아갈 리가 있겠냐? 윗물이 맑아야 아랫물이 맑은 법이야."

"……."

그 말에 내 옆에서 듣던 이사나의 어깨가 굳었다. 순간 괜히 물었다는 후회가 들었지만, 이왕 이렇게 된 거 제국의 현실을 정확히 살필 필요가 있다는 생각에 나는 좀 더 낮은 목소리로 물었다.

"이런 일이 공공연한 건가요?"

"심각하지. 심지어 살인마도 돈만 내면 풀려나는 세상이야. 가뭄이 끝나면 뭐해. 가장 기본적인 법규가 죄다 엉망진창인데. 아마 이 상태가 지속하면 몇 년 안에 이 제국이 멸망한다는 데 내 전 재산도 걸 수 있다."

"그, 그래도 갑자기 좋아질 수도 있잖아요? 예를 들면 사라진 황제 폐하가 돌아온다든가."

"그런다고 달라질 게 있겠어? 어차피 높으신 분들이야 다 똑같지. 자기들 잇속 챙기기 바빠 백성들 사정은 전혀 돌아보지 않잖아."

"다를 수도 있죠. 신분이 높다고 해서 다 이기적이라고 생각하는 건 편견이에요. 좋은 사람과 나쁜 사람은 신분에 관계없이 존재한다고요."

"……하긴, 돌아가신 선황 폐하께선 확실히 좋은 분이긴 하셨지."

그 순간 이사나의 호흡이 깊어졌다. 가려진 후드 속에서 겨우 드러난 입술이 약하게 떨리고 있었다.

"정말 그렇게 생각하세요?"

"응? 뭐가, 라이?"

"정말…… 선황 폐하께서 좋은 분이었다고 생각하시는 건가요? 저, 저주받은 황제인데도?"

이사나의 질문에 헤롤은 눈을 크게 떴다가, 무슨 소리를 하느냐는 듯 얼굴을 찌푸렸다.

"글쎄, 난 신탁을 직접 본 적도 없고 그래선지 저주의 황제니 뭔지에 대해 떠도는 소문엔 별로 관심 없어. 내가 아는 건 그저 선황께서 힘든 가뭄의 시기에 황실의 창고를 개방하셨고, 구휼미를 굉장히 많이 풀었다는 사실뿐이거든. 그런 분이 좋은 황제가 아니라면 달리 누가 좋은 황제겠어? 아마 나 같은 생각을 하는 사람도 꽤 많을걸?"

"……"

"소문에 의하면 지금의 어린 황제 폐하도 선황 폐하를 많이 닮으셨다고 들었는데 말이야. 그게 사실이라면 이 세상은 분명 달라지겠지. 하지만 그래서 더 걱정이야. 아직 어리신 폐하의 어깨에 너무 많은 짐을 지워 놓는 게 아닌가 싶어서 말이지. 부디 폐하께서 이 땅의 백성들을 포기하지 않으셔야 할 텐데……."

중얼거리는 말투엔 진심으로 이사나를 걱정하는 마음이 묻어났다. 나는 헤롤에게 고마운 시선을 보냈다. 그저 아무 생각 없이 내뱉은 말일지언정, 방금 그가 한 말은 이사나에게 큰 힘이 되었을 것이다. 아마 그동안 가장 듣고 싶었던 말이었을 테니까.

이사나는 가슴 부근의 옷깃을 꾹 쥔 채 깊은 생각에 잠겨 있었다. 나는 미소 지으며 중얼거렸다.

"포기하지 않을 거예요. 그는 황제니까."

2.

상단 일행은 성안에서 하루 동안 쉬어 가기로 했다. 떨어진 식량도 보충하고 무기를 재정비할 시간을 갖기 위해서였다. 늘 같은 노선, 같은 일정으로 움직이다 보니 이미 정기적으로 묵는 여관도 정해져 있었다.

"요즘 여관에선 뜨거운 물이 펑펑 나온다며? 전에 잠깐 들른 마을에서 만난 아가씨가 그러던데."

"우와, 그게 정말이야? 그럼 어릴 때처럼 뜨거운 물에서 마음껏 목욕할 수도 있는 건가? 그거 정말 기대되는군."

"가뭄이 정말 끝나긴 끝난 모양이야."

지루하고 고단한 행군에 지쳐 있던 사람들은 오랜만에 맞는 편안한 잠자리에 잔뜩 들떠 있었다. 본격적인 휴식을 취하기에 앞서, 휴센은 각자 쓸 방을 배분했다.

"쉐리와 이릴은 이 인실, 나머지는 전부 삼 인실이다. 나와 헤롤, 마이티가 한방, 매튜와 엘, 그리고 라이가 한방을 쓰도록 하지. 다들 이 결정에 불만 없겠지?"

"뭐? 그런 게 어딨어! 난 반대야!"

소리친 사람은 헤롤이었다. 휴센은 열쇠를 건네주다 말고 얼굴을 찌푸렸다.

"반대하는 이유는?"

"그야 위험하니까 그렇지! 요즘은 남자애들도 예쁘장하게 생기면 변태의 표적이 된다고. 애들끼리 있다가 밤중에 누가 들어와서 덮치기라도 하면 어떡해?"

"……닥쳐. 네놈의 사상이 여기서 가장 불순해."

"뭣? 살아 있는 공중도덕의 표본 같은 내가 불순하다니! 그게 무슨 말도 안 되는 소리야?"

"그 이상 헛소리를 지껄이면 공중에서 뜀박질을 하게 해 주지."

그제야 헤롤은 입을 꾹 다물었다. 그런 그에게 한동안 살벌한 눈빛을 보내던 휴센이 가볍게 한숨을 내쉬었다.

"하지만 어느 정도 주의가 필요하다는 점에선 나도 동감하고 있다. 이곳엔 우리만이 아니라 다른 용병들도 있으니까. 그들과 얽혀서 좋을 것은 없겠지. 이릴과 쉐리, 너희는 일행 중 유일한 여자들이니까 더 각별히 신경 쓰도록."

"알겠어."

하지만 그 말에 대답하는 건 이릴밖에 없었다. 휴센은 샐쭉하게 입을 다물고 있는 쉐리를 바라보았다.

"쉐리, 너는 왜 아무 말이 없지?"

"뭐가?"

"이릴과 너는 여자니까 특히 주의하라고 말했을 텐데?"

"글쎄, 그다지 신경 쓸 필요를 못 느끼겠는걸? 솔직히 나는 누가 덮치러 와도 상관없거든. 오히려 내 쪽에서 먼저 꼬셔 볼까 생각하던 참이라서 말이야."

진지하지 않은 그녀의 대답에 휴센은 얼굴을 무섭게 일그러뜨렸다.
"……쉐리, 참고 넘기는 데에도 한계가 있다. 더 이상 장난치지 마."
"장난하는 거 아니야. 왜 그렇게 생각하는데?"
"그럼 그런 식으로 자신의 몸을 함부로 여기는 태도가 진심이라는 거냐?"
"그래! 진심이야! 그게 어때서?"
"쉐리!"
분위기가 갑자기 살벌해지자 방금까지 웃고 있던 일행들은 어찌할 바를 몰라 우물거리는 수밖에 없었다. 그나마 일행 중에서 가장 서글서글한 성격의 헤롤이 조심스럽게 달래려고 시도했지만 별로 소용은 없었다.
"저, 이봐, 쉐리. 단장은 네가 걱정이 돼서 그런 거야. 그런데 그런 식으로 대답할 것까지야……."
"흥! 그게 바로 쓸데없는 참견이라는 거야. 단에 피해만 돌아오지 않으면 되는 것 아니야? 내가 내 몸을 마음대로 하겠다는데 대체 무슨 상관이야?"
"그걸 지금 말이라고 하는 거냐?"
그리고 또다시 팽배하게 이어지는 긴장감. 이미 대강의 사정을 눈치챈 상황이긴 했지만, 한배를 탄 일행끼리 서로 으르렁거리는 모습이 좋아 보일 리가 없었다. 특히 그것이 애정 문제와 관련된 경우라 더욱 그랬다.

"난 틀린 말 한 적 없어. 누가 뭐라고 하건 난 내가 하고 싶은 대로 할 거야. 아무렴 무슨 짓을 하건 어때? 어차피 아무리 애써도 정작 내가 가장 원하는 사람은 절대 날 봐 주지 않는데!"

그 순간 휴센의 눈빛이 크게 흔들렸다. 지금껏 만들어낸 듯 차가운 표정을 유지하던 얼굴에 처음으로 드러난 동요의 감정이었다.

쉐리는 두 눈 가득 눈물을 담은 채 그를 노려보았다.

"알겠어? 날 이렇게 만든 건 바로 너야, 휴센."

"……."

쉐리는 굳어 있는 그의 옆을 어깨로 강하게 밀치며 지나갔다. 한바탕 거대한 폭풍이 몰아치고 난 기분이었다.

망연하게 서 있는 휴센을 본 일행들은 너나 할 것 없이 한숨을 내쉬었다.

"저기 말이야, 휴센. 두 사람의 일이니까 참견하지 않으려고 했는데, 쉐리한테만 너무 딱딱하게 대하는 거 아니야? 조금은 부드럽게 말해도 되잖아. 저래 봬도 쉐리는 의외로 단순한 성격이라 휴센이 조금만 잘해 줘도 정말 기뻐할 거야. 자꾸 엄격하게 선을 그으려고 하니까 더 엇나가는 거라고."

"난 그저 단장으로서……."

"쉐리가 휴센에게 바라는 모습은 그게 아니잖아. 그건 누구보다 휴센이 가장 잘 알고 있지 않아?"

"……."

이번에도 휴센이 침묵으로 일관하자 이릴은 골치 아프다는 표정으로 이마를 짚었다.

"있지, 휴센. 처음부터 끝까지 아무것도 변하지 않는 관계 같은 건 없어. 혼자 아득바득 버티려고 해 봤자 소용없다고. 쉐리도 이제 더 이상 마냥 어린애가 아니고, 스스로 판단하고 결정을 내릴 수 있는 어른이야. 싫다면 차라리 확실하게 거절을 해. 단순히 피하는 것만으론 아무것도 해결되지 않아. 그저 제자리걸음만 할 뿐이지."

"……네 이야기는 잘 알았다, 이릴."

휴센은 한숨과 함께 담담히 고개를 끄덕였다. 그러나 일행들을 돌아보는 그는 다시 단장의 얼굴로 돌아와 있었다.

"그럼 이제 쉬러들 가지. 내일부터 다시 강행군이 시작될 테니 그때까지 다들 푹 쉬어 둬."

"정말 알아듣긴 한 거야?"

돌아선 그의 등을 향해 이릴이 찌푸린 얼굴로 소리쳤다. 그에 잠시 멈칫한 휴센은 다시 아무 말 없이 성큼성큼 걸어갔다.

"하여튼 고집불통!"

"내버려 둬, 이릴. 단장도 생각이 복잡하겠지."

"내가 불편하니까 그렇지! 대체 언제까지 저 꼴을 보고 살아야 해? 누구 염장 지르는 것도 아니고 말이야. 하여간 있는 것들이 더한다니까!"

이릴이 투덜거리는 동안 나는 멀찍이 사라져 가는 휴센의 뒷모습을 바라보았다. 꽤 당황했다고 생각했는데 차분하게 일행들에게 당부하는 모습은 평소와 전혀 다르지 않았다. 아마 저런 모습 때문에 쉐리가 더 애가 타는 게 아닌가 싶다.

"휴센은 쉐리에게 정말 아무런 감정이 없는 걸까?"

"글쎄……."

"어? 트로웰, 너도 몰라?"

다른 사람도 아니고 생각을 투시할 수 있는 그가 그렇게 대답하니 당황스러웠다. 내가 놀라서 묻자 그는 피식 웃으며 고개를 끄덕였다.

"유희 중엔 되도록 사람들 마음을 읽지 않으려고 하거든. 전부 다 알고 있으면 재미없잖아."

"으음, 하긴. 그러고 보니 그렇겠다. 읽지 않으려고 하면 안 들리는 건가?"

"응, 대부분 조절할 수 있어. 하지만 엘 네가 원하면 지금이라도 읽어 봐 줄 순 있는데."

"어어? 아, 아니, 괜찮아."

"궁금한 것 아니었어?"

"그렇긴 한데 굳이 일부러 알아낼 필요는 없을 것 같아. 휴센도 감추고 싶은 감정이 있을 텐데, 맘대로 읽어 버리면 좀 미안할 것 같거든. 아, 아니, 그렇다고 트로웰 널 탓하는 건 아니고……. 본인이 직접 투시하는 거랑 부탁해서 알아내는 것엔 무죄와 유죄라는 엄청난 장벽이 있달까, 뭐랄까……."

당황해서 두서없이 늘어놓는 말에 트로웰은 웃음을 터트렸다.

"하하, 알아. 그의 마음을 존중해 주고 싶다는 거지? 이해해. 엘은 상냥하니까."

"으음, 상냥한 건 너지, 트로웰."

"내가?"

"툭하면 답답하게 구는데도 화내지 않잖아. 물어보는 것마다 전부 친절하게 설명해 주고."

그 말에 트로웰은 두 눈을 가만히 깜빡이더니 재미있다는 듯이 웃었다.

"엘은 아직 자신의 가치를 잘 모르는구나. 뭐, 그것도 매력이긴 하지."

……저기, 트로웰? 아무래도 나에 대해 뭔가 심각한 오해를 하는 것 같은데.

그는 어색하게 굳어진 내 어깨를 툭툭 두드리곤 먼저 자리를 떠났다. 그러자 기다렸다는 듯이 헤롤이 바짝 다가와서 물었다.

"무슨 얘기를 했는데 매튜가 저렇게 웃어?"

"아, 별 이야기 아니었어요. 하하……."

"그래? 거참, 매번 볼 때마다 놀랍다니까. 매번 무표정한 얼굴이라 실은 웃게 하는 중추신경이 망가진 것은 아닌지 의심까지 했었거든. 그런데 너한테는 항상 아무렇지 않게 웃는단 말이지."

그 말에 나는 처음 이곳에서 만났을 때의 트로웰, 아니 '매튜'의 모습을 떠올렸다. 아직 내가 정체를 밝히지 않았을 때 그는 유독 표정이 없는 얼굴로 서늘한 분위기를 풍기고 있었다. 아마 그때의 그 모습이 휴센들이 알고 있는 그인 것 같았다.

"대체 비결이 뭐야?"

"그, 글쎄요. 비결이라곤 해도 저는 처음부터 매튜의 웃는 모습밖에 보지 못해서……."

"으음, 소꿉친구의 위력인가. 하긴, 이해는 간다. 넌 왠지 대하기가 상당히 편하거든."

"그런가요?"

"응. 말투나 억양도 그렇긴 하지만, 풍기는 분위기 자체에 그런 힘이 있는 것 같아. 후드를 벗으면 비현실적인 외모 때문에 좀 가려지긴 하지만."

"아하하……."

"아무튼 매튜 옆에 너 같은 친구가 있어서 정말 다행이야. 앞으로도 지금처럼 매튜랑 잘 지내 줘라."

진지하게 당부하는 말에서 트로웰을 아끼는 마음이 전해졌다. 매사에 짓궂고 시끄럽긴 하지만 태생이 선한 사람이다. 트로웰이 이들과 어울리기로 한 이유를 알 수 있을 것 같았다.

* * *

그날 저녁 쉐리는 정말로 자신이 한 말을 지켰다. 저녁 식사를 위해 모인 자리에서 한 남자와 팔짱을 끼고 나타난 것이다.

"큽! 쿨럭, 쿨럭! 쉐, 쉐리?"

마침 음료수를 마시고 있던 마이티가 그 모습을 목격하자마자 사레들려 기침을 내뱉었다. 다른 일행들 역시 황망한 표정으로 그녀와 그 옆에 선 남자를 바라보았다.

쉐리와 함께 나타난 남자는 일정 첫날 휴센들에게 시비를 걸었던 보드카 용병단의 단장이었다. 그는 쉐리의 가는 허리에 팔을 두른 채, 한껏 과시하는 표정을 짓고 있었다.

"여어, 식사를 방해했나 보군."

"다, 당신 뭐야? 왜 쉐리한테 친한 척이야? 당장 허리에서 그 손 떼지 못해? 쉐리, 너도 어서 떨어져! 대체 지금 뭐 하는 거야? 게다가 그런 차림으로!"

그녀는 자신의 나이에 걸맞지 않게 몸매를 한껏 드러낸 과감한 차림을 하고 있었다. 귀까지 붉어져 소리치는 마이티를 향해 쉐리는 가볍게 대답했다.

"손이랑 사귀기로 했거든. 지금부터 데이트 나갈 거야."

"뭐어? 지, 진심이야?"

"당연하지."

"미쳤어? 저 자식은 서른이 넘었다구! 네 나이가 몇인데 저런 아저씨랑!"

"어머, 나이가 무슨 상관이야? 그리고 난 원래 아저씨 좋아해. 몰랐어?"

"맙소사……."

이러는 동안에도 그녀의 시선은 줄곧 휴센에게 향해 있었다. 마치 그의 반응을 살피는 듯한 느낌이었다.
하지만 그의 표정에 아무런 변화가 없자 분했는지 입술을 깨물더니 숀의 팔을 잡아끌었다.
"여긴 너무 답답해. 빨리 나가자, 숀. 밤바람 쐬고 싶어."
"아아, 그러지. 그럼 모두 반가웠어. 수고들 하라구."
숀은 능글거리는 미소를 지으며 자유로운 한 팔을 흔들었다. 그 탓에 마이티는 완전히 핀트가 나가 버린 듯했다. 자리에서 벌떡 일어난 그는 등에 메고 있던 활을 꺼내 들고 곧장 시위를 당겼다.
"마이티!"
"거기서 한 발짝도 움직이지 마! 이 빌어먹을 자식아!"
그의 돌발적인 행동에 식당 안의 분위기가 삽시간에 얼어붙었다. 근처에 있던 보드카 용병단원들이 무기를 꺼내 드는 것을 시작으로, 주위는 전투 직전의 분위기로 바뀌었다. 일행들 역시 자리에서 일어나 싸늘해진 주변을 경계했다. 금방이라도 터질 것 같은 일촉즉발의 순간이었다.
걸음을 멈춘 숀이 천천히 몸을 돌렸다. 그의 입가엔 비틀린 미소가 떠올라 있었다.
"설마 그걸로 날 쏘려는 건 아니겠지?"
"왜, 내가 못 할 것 같아? 시험해 보고 싶으면 어디 한번 움직여 보든가!"
마이티는 도발하듯 시위를 더욱 당겼다. 그제야 농담이 아니란 걸 깨달았는지 숀의 얼굴이 굳어졌다. 동시에 헤롤이 당황한 표정으로 소리쳤다.

"마이티! 너 미쳤어? 당장 그 활 내려놔!"

"싫어!"

"야, 인마!"

"그럼 두 눈 멀쩡히 뜨고 쉐리가 저런 새끼랑 나가는 걸 지켜보란 말이야? 좋아하는 남자가 있다면 행복을 빌어 주려고 했어! 하지만 그 대상이 여자들이나 강간하고 다니는 쓰레기 같은 자식이라면 이야기가 달라지지! 저런 새끼한테 내주려고 지금까지 양보한 게 아니라고!"

일행들은 갑갑한 얼굴로 서로 응시했다. 하지만 그들의 대치 상황은 그리 오래가지 않았다. 얼굴을 찌푸린 쉐리가 한숨을 내쉬고 나선 것이다.

"그만둬, 마이티. 지금 무슨 짓을 하는 거야?"

"쉐, 쉐리! 난 그저 널 생각해서……!"

"누가 내 일 신경 써 달랬어? 이런다고 내가 고마워할 것 같아? 제발 내 일에 참견하지 마. 자꾸 이러면 더 이상 같이 일할 수 없게 될 거야."

"……!"

설마 단에서 탈퇴하겠다는 뜻까지 보일 줄은 몰랐는지 휴센들의 얼굴이 하얗게 질렸다. 주변은 잠시간 무거운 정적에 휩싸였다.

마이티는 힘없이 활을 내렸다. 그 모습에 쉐리의 눈동자가 살짝 흔들렸지만, 끝내 고집스럽게 숀의 팔을 다시 이끌었다.

"……가자."

숀은 어쩔 수 없다는 듯이 따라 나가면서도 의기양양한 표정으로 휴센들을 돌아보았다. 보드카 용병들 사이에선 노골적으로 키득거리는 웃음소리가 퍼지고 있었다. 그 모습에 헤롤이 분한 듯 주먹을 움켜쥐었지만 이번엔 어느 누구도 나서지 않았다.

두 사람이 밖으로 사라지자 일행은 허탈한 얼굴로 다시 자리에 걸터앉았다. 그리고 마이티는 입맛이 없다며 곧장 방으로 돌아갔다.

터덜터덜 걸어가는 그의 뒷모습은 안쓰러울 정도로 기운이 없었다. 이릴은 목이 타는지 잔에 한가득 담겨 있던 맥주를 단번에 꿀꺽꿀꺽 삼켰다.

"못된 계집애. 기껏 걱정해 준 사람한테 꼭 저렇게 말해야 해?"

"냅 둬. 저러다 큰코다쳐 봐야 정신 차리지."

"뭐야? 쉐리가 다쳐야 좋겠다는 거야, 지금?"

"누가 그렇대?"

"근데 무슨 말을 그렇게 해? 정말 무슨 일이라도 생기면 어쩌려고!"

"야, 내가 오죽하면 그러겠냐?"

"그래도 그런 말은 하지 마. 말이 씨가 된다는 거 몰라?"

헤롤과 이릴이 서로 다투는 동안 나는 조심스럽게 휴센의 모습을 살폈다. 그는 한구석에서 묵묵히 맥주를 마시고 있었다. 평소처럼 무표정한 얼굴이었지만 내게는 그것이 분노를 삭이기 위해 억누르고 있는 것처럼 보였다. 그것을 느낀 것은 나만이 아닌 듯, 다른 때였다면 한마디 핀잔이라도 건넸을 일행들이 지금은 그에게 시선조차 보내지 않고 있었다.

그때 보드카 용병단원들이 떠드는 소리가 들려왔다.

"아아— 단장은 좋겠다. 아까 그년 몸매 완전 죽여주던데."

"쉐리라고 했지? 그 계집애는 나도 노리고 있었는데 말이야. 근데 은패의 용병이라며?"

"뭐? 말도 안 돼. 그렇게 가늘고 작은 체구로 은패를 받았다고?"

"길드 원로한테 몸이라도 팔았나 보지. 남자랑 노는 게 꽤 익숙해 보이던데 말이야. 샴페인 용병단 남자들은 좋겠어? 다들 한 번씩 즐겨 봤을 것 아냐."

"큭큭, 나도 같이 즐기자고 해 볼까?"

일부러 자극하려는 목적인 것처럼 그들은 전혀 말소리를 낮추지 않은 채 더러운 음담패설을 떠들었다. 결국 모욕을 참다못한 일행들이 일그러진 얼굴로 자리에서 몸을 일으킬 때였다.

콰아앙!

요란한 소음과 함께 다시 정적이 찾아들었다. 방금까지 비열하게 웃고 있던 보드카 용병단원들의 얼굴에서는 미소가 전부 사라진 상태였다. 그들의 시선은 자신들 바로 앞에 있는 벽을 향해 있었다. 벽면의 한가운데엔 맥주잔이 깊숙이 박혀 있었다.

"어디 다시 한번 지껄여 봐."

"……."

방금 전 맥주잔을 집어 던진 휴센이 나직하게 말했다. 그의 말투는 무감한 얼굴만큼이나 아무런 감흥도 담겨 있지 않았다. 잠시간 벽에 박힌 맥주잔과 휴센을 번갈아 바라보던 용병들은 꿀꺽 마른침을 삼키더니 하나둘씩 자리를 피하기 시작했다. 자신들이 상대할 수 없는 존재라는 걸 깨달은 것 같았다.

휴센은 그들의 행동엔 별로 관심 없다는 듯 말없이 새 맥주잔에 술을 채웠다. 그 옆에서 일행들이 한결 밝아진 얼굴로 중얼거렸다.

"자식들, 겨우 저 정도에 얼어붙을 담력으로 헛소리하긴."

"흥, 다음에 또 걸리기만 해 봐. 그땐 아주 뼈를 발라 놓을 테니까."

그것을 기점으로 조용했던 식당 안은 다시금 본래의 평온한 공기를 되찾았다. 워낙 용병들이 거칠다 보니 싸움이 잦아도 다들 그러려니 하는 것 같았다. 오히려 진귀한 구경을 했다는 사실에 즐거워하는 분위기였다. 심지어 식당 주인은 벽에 박힌 맥주잔을 기념으로 남겨 두기로 했다.

어느덧 밤이 깊어 가고 있었다.

3.

  트로웰, 이사나와 함께 배정받은 삼 인실은 벽면에 붙은 이 층 침대와 바닥에 깔린 담요 하나가 전부인 비교적 단출한 구조로 이뤄져 있었다. 물론 딱딱한 흙바닥 생활에 익숙해진 내겐 그것만으로도 이미 훌륭한 침실처럼 보였다.
  지금까지 셋이서만 따로 시간을 갖는 경우가 없었기 때문에 마치 수학여행이라도 온 것처럼 기분이 들떴다.
  "그러고 보니 클모어에 도착하면 뭘 할지 구상은 해 둔 거야?"
  "음, 글쎄. 사실은 아직 별로 계획은 없어. 일단 이사나의 사촌 형이라는 사람을 만나고 난 후에 정하지 않을까 싶은데."
  "네가 정령왕이란 사실은 밝히지 않는 거지?"
  "응. 이사나가 나랑 계약한 사실이 알려지면 삼 일의 기적이 트릭이란 것도 전부 드러날 거 아냐. 언젠가는 밝혀야 하긴 하겠지만 당분간은 이대로 있는 게 좋을 것 같아."
  옆에 있던 이사나도 나와 같은 생각인 듯 고개를 끄덕였다.
  "흠, 그럼 적당히 위장 신분을 만드는 게 어때?"
  "위장 신분?"
  "출신지나 직업 같은 거. 별것 아닌 것 같아도 여행을 다닐 땐 미리 정해 둬서 나쁠 것 없어. 누군가 물어보면 둘러대기도 편하고."
  "음, 직업이라……. 그럼 나도 용병이나 할까?"

"그것도 나쁘진 않은데, 자유 용병이 아니고선 별로 추천하지 않아. 길드에 등록되면 사사건건 간섭을 받거든. 하지만 자유 용병은 지금 지니고 있는 임시 용병패밖에 못 받아."

"으음, 그럼 어떡하지?"

내가 고심하는 것을 본 트로웰은 잠시 무언가를 생각하더니 고개를 들었다.

"있지. 이 말 듣고 화내면 안 된다?"

"응? 뭔데, 트로웰?"

"사제가 되는 건 어때? 엘뤼엔의 사제 말이야."

"엥?"

나더러 사제가 되라고? 그것도 엘뤼엔의 사제?

뜻밖의 제안에 내가 당황하자 그는 차분하게 설명했다.

"신관은 어디를 가도 어느 정도 대우를 받거든. 게다가 엘뤼엔의 사제들은 홀로 수행을 다니는 편이라 네가 호위 없이 다녀도 아무도 이상하게 여기지 않을 거야."

"그, 그치만 그래도 괜찮나? 신관이면 신성력을 써야 하잖아."

"그러니까 더 간단하지. 엘 너는 치료술을 쓸 수 있잖아. 일반인들은 그게 신성력인지 정령의 기운인지 구분도 하지 못할걸?"

아, 그러고 보니 그랬던 것도 같다. 일전에 쇠약해진 아이를 치료했을 때, 그 모친이 나를 스스럼없이 사제라고 생각했던 것도 바로 그러한 맥락이었다.

"문제는 신관 고유의 '낙인'인데……."

"낙인?"

의아한 표정으로 묻는 내게 트로웰은 그가 알고 있는 사실을 설명하기 시작했다. 신성력은 주로 신의 사랑을 받는 자만이 지니는 것이라 반드시 그 증거가 몸에 드러난다는 것이다. 마치 낙인처럼 특이한 그림이 저절로 나타나는데, 섬기는 신에 따라 형태와 모양이 전부 다르다고 했다.

"아, 그거 혹시 신의 문양인가? 그게 몸에 드러난다고?"

"응, 맞아. 우리가 계약할 때 이마에 인장을 찍어 주는 거랑 같은 이치지. 다만 우리 인장은 정령에게만 보이지만, 신의 낙인은 누구나 다 볼 수 있어. 바로 그래서 문제야. 수행을 다닐 수 있는 건 고위 신관들뿐인데, 이들은 모두 낙인을 지니고 있거든. 신분패도 낙인으로 대체한다고 들었어."

"윽! 그럼 난 안 되겠네. 내 몸엔 신의 낙인 같은 건 없는걸."

"그래서 화내지 말라고 한 거야. 엘뤼엔에게 직접 부탁해 보면 안 될까?"

"⋯⋯엘뤼엔에게?"

"응, 아마 부탁하면 선뜻 도와줄 것 같은데. 그에게 문장을 받게 되면 아무 문제도 없잖아."

확실히 솔깃한 제안이었다. 하지만 그렇게 하기엔 가장 근본적인 문제가 도사리고 있었다. 내 쪽에서 그에게 연락을 취할 방법이 전혀 없다는 사실이다. 한동안 오지 못한다고 들었으니 아마 정령계에서 기다려도 만날 수 없을 것이 뻔했다.

그런데 트로웰이 이런 나의 고민을 간단히 해결했다.

"그건 걱정하지 마. 마침 클모어에 엘뤼엔의 신전이 있거든. 그곳에 가서 기도하면 아마 바로 전달될 거야."

"헉, 정말?"

"응, 나도 자세하게 아는 건 아니지만 신에게 기도를 하면 천사들이 수거해서 전해 준다고 들었어."

"그, 그럼 엄청 많지 않을까?"

아무리 생긴 지 얼마 안 된 신전이라고 해도, 전 차원에 있는 엘뤼엔의 신전을 모두 합한다면 그 수가 상당할 것이다. 그곳에서 매일매일 전달되는 기도들만 모아도 하루에 몇백 개는 간단히 넘을 것이 분명했다.

"괜찮아. 엘 너는 그의 아들이잖아. 아마 기도하면 단번에 알아챌걸?"

"아하하. 저, 정말 그럴까?"

"그야 당연하지."

"음, 그럼 그렇게 해 볼까. 넌 어떻게 생각해, 이사나?"

하지만 그를 돌아본 순간 나는 입을 다물고 말았다. 이사나가 앉은 상태에서 꾸벅꾸벅 졸고 있었던 것이다. 누가 업어 가도 모를 만큼 깊은 꿈나라에 빠진 듯했다.

"하하, 많이 피곤했나 보네. 하긴 오늘도 종일 걸었으니 힘들었겠지."

"응, 간간이 체력을 회복시켜 주고 있긴 한데 그래도 아직 벅찬 모양이야. 그래서 틈틈이 근력 운동을 병행하려고 하는 것 같더라고."

"흠, 그보다 정령을 다루는 수련부터 하는 게 낫지 않아? 아직도 친화력이 하위 수준인 것 같은데."

"으음, 그런가."

"계약자의 마나가 늘어나면 엘 너에게도 좋을 거야. 그만큼 힘의 제약이 더 풀리거든. 평소에도 틈틈이 수련하게 해 봐."

"응, 알았어. 내일 일어나면 말해 볼게."

나는 잠든 이사나를 들어다 침대에 눕혔다. 그러자 그 모습을 가만히 지켜보던 트로웰이 씁쓸한 얼굴로 말했다.

"솔직히 말하면…… 난 네가 이번 계약을 해지했으면 좋겠어."

"어? 그, 그게 무슨 말이야, 트로웰?"

"처음부터 그렇게 생각했어. 다른 인간들의 미래는 훤히 보이는데 네 계약자의 미래는 중간 중간 끊어지는 게 많아. 그만큼 복잡하고, 위험한 자들의 개입이 많다는 뜻이야. 아마 앞으로의 일이 그리 순탄치만은 않을 거야."

"으음, 괜찮아. 그런 거야 처음부터 각오했었고……."

"각오만으론 안 돼. 네가 감당할 수 없는 일들이 벌어질 수도 있어."

"……!"

트로웰은 어떻게 설명해야 할지 모르겠다는 듯 곤란한 표정을 지었다.

"미안. 역시…… 같은 정령왕을 상대로는 혜안이 그리 선명하게 통하지 않아. 하지만 뭔가 불온한 움직임이 있어. 그것도 굉장히 섬뜩하고 불쾌한 느낌이야."

"……불온한 움직임?"

트로웰의 혜안이란 능력이 종종 상대방의 미래까지 엿볼 수 있는 것이라고 들었지만, 그것을 실제로 경험하기는 처음이었다. 내가 멍하니 되묻자 트로웰은 가볍게 고개를 끄덕이며 대답했다.

"그게 뭔지는 아직 알 수 없지만, 네 계약자와 연관이 있다는 것만은 분명해. 앞으로 이 대륙의 많은 이들이 상처입고 고통을 당하며 눈물을 흘리게 될 거야. 그리고 넌 그 모든 것들을 가까이에서 지켜보게 되겠지. 그러니까, 가급적이면 너무 정을 주지 마. 인간을 동정하는 감정이 커지면 커질수록, 그것이 종래엔 너의 심장을 갉아먹게 될 거야."

굳어 있는 나를 향해 트로웰은 당부하듯이 덧붙였다.

"명심해, 엘. 이건 어디까지나 유희에 불과해. 꿈에 너무 취한 나머지 현실로 돌아올 수 없게 되면 곤란해."

1.

 그날도 쉐리의 의도는 평소와 같았다. 적당히 아무 남자나 유혹해서 데리고 나온 다음 중간에서 따돌려 버리는 것. 그렇기 때문에 그 대상이 아무리 뒷소문이 나쁜 자라도 별로 신경 쓰지 않았다. 아니, 오히려 더 환영하는 편이었다. 그렇게 해야 휴센을 자극하기에 더 유리할 테니까.
 어차피 모든 것은 그의 질투심을 유발하기 위한 연극일 뿐, 실제로 그녀는 아무 남자나 만나서 어울릴 만큼 문란하지도 분별이 없지도 않았다.
 하지만 운이 나쁘게도 이번 남자는 이전까지의 상대들처럼 쉽게 물러설 기미를 보이지 않았다. 쉐리는 거친 동작으로 남자의 팔을 쳐내며 소리쳤다.

"글쎄, 오늘은 싫다니까?"

"이거 왜 이래? 먼저 유혹해 온 건 너잖아? 남자를 우습게 보면 안 되지, 아가씨. 여기까지 따라왔으면 무슨 뜻인지 다 알고 있을 것 아냐."

"그래서 미안하다고 했잖아. 오늘은 피곤하다고. 그럴 기분이 아니란 말이야."

여기까지 말하면 대개 보통 남자들은 어쩔 수 없다는 듯 물러서며 다음을 기약하곤 했다. 하지만 숀은 예상했던 것보다 더 만만치 않은 상대였다. 그는 쉐리의 가는 팔뚝을 붙잡으며 이죽거렸다.

"하하, 누굴 바보로 알아? 그런 식으로 말해서 도망친 다음 단원들 사이로 숨으려는 속셈이잖아."

"뭐, 뭐?"

"벌써 유명하다고, 너. 샴페인 용병단의 쉐리가 어떤 식으로 남자를 골리는지 말이야."

"……."

전부 알고 있었다고?

예상치 못한 대답에 쉐리의 얼굴은 급속도로 창백해졌다. 반대로 숀의 얼굴은 점점 즐거운 빛을 띠고 있었다.

"남자를 가지고 노는 앙큼한 여우는 벌을 받아야지. 내가 오늘 친히 남자가 얼마나 무서운 존재인지 알려 줄 테니 각오하라고."

"이익! 이거 놔!"

당황한 쉐리는 팔을 뿌리친 다음 허리에 찬 검으로 손을 가져갔다. 정 안 되겠다 싶으면 위협을 해서라도 도망칠 생각이었다. 하지만 이미 숀은 그럴 것이라 예상한 듯, 간단하게 그녀의 손목을 제압해서 뒤로 꺾었다.

"악!"

"킥킥, 도망치면 섭섭하지. 그렇게 재수 없는 말을 해 놨으니 네 동료들도 여기까지 찾으러 오진 않겠지. 다치기 전에 얌전히 굴어."

"다…… 당신, 이런 짓을 하고도 무사할 줄 알아? 내일이면 다들 알아챌 거야! 그땐 절대 무사하지 못할 거라고!"

"후훗, 상관없어. 내 친구 중에 마법사가 있는데 말이야, 녀석이 최면마법에 능통해서 한 사람 기억 지우는 것쯤은 일도 아니거든."

"……!"

그 순간 숀의 뒤편에서 두 명의 남자들이 키득거리며 모습을 드러냈다. 그들 역시 보드카 용병단의 일원이었다. 처음부터 계획하고 있었던 건가. 쉐리의 얼굴은 점차 경직하기 시작했다. 뿌리치려 했지만 그 역시 같은 은패의 용병이다 보니 쉽지 않았다.

말로는 아무것도 해결될 것 같지 않자 쉐리는 얼른 몸을 돌려 발차기를 시도했다. 갑작스러운 기습에 숀의 얼굴이 살짝 굳었다.

파악—

"어딜!"

그는 바로 검을 들어 대응했지만, 쉐리 쪽의 일격이 더 빨랐다. 어린 시절부터 휴센에게 착실하게 수련 받아 온 그녀의 검술이 매끄럽게 숀의 몸을 파고들었다.

촤악—

옷이 찢긴 자리에 가는 상흔이 생겼다.

"크윽……!"

숀이 허리를 굽히는 사이, 쉐리는 두 남자의 다리를 걸어 넘어트렸다. 방심하고 있던 그들은 손쉽게 걸려들어 바닥을 굴렀다.

그 틈을 타 쉐리는 곧장 몸을 돌렸다. 아무리 그녀라도 은패의 용병을 한꺼번에 세 명이나 상대하긴 힘들었다. 우선은 이 자리를 피하는 것이 먼저였다.

'일단 일행에게 돌아가자. 그러고 나면 저들도 함부로 행동하기 어렵겠지.'

그러나 상대편 남자들도 그리 호락호락한 상대는 아니었다. 그들은 포획에 목숨을 건 사람처럼 쉐리의 뒤를 쫓았다.

"잡아! 놓치면 안 돼!"

"제기랄! 어서 마법을 준비해!"

험악하게 소리치는 숀의 말에 그들 중 마법사인 남자가 얼른 수인을 맺었다. 그 순간 쉐리는 알 수 없는 무형의 기운이 자신의 몸을 감싸는 것을 느꼈다. 몸을 움직여 보려고 했지만 밧줄에라도 묶인 것처럼 꼼짝하지 않았다. 그 사이에 숀이 달려가 우악스럽게 쉐리의 머리채를 틀어잡았다.

"아악!"

짧은 비명과 함께 반항하려는 몸부림이 이어졌지만 두 남자의 힘을 당해낼 도리가 없었다. 평소 몬스터를 상대할 때도 담담하던 그녀는 난생처음으로 압도적인 힘의 차이를 느끼고 입술을 악물었다. 어깨와 팔은 한껏 뒤틀려 꼼짝도 할 수 없는 상태였다.

"이것 놔! 이것 놓으라고! 이 자식들아!"

퍼억—

신고 있던 부츠의 높은 굽으로 무릎을 걷어차자 숀의 얼굴이 일그러졌다. 그는 쉐리의 고개를 강제로 들게 하곤 뺨을 때렸다.

"악!"

"가만히 못 있어? 시X, 부드럽게 대해 주려고 했더니 이게 아주 매를 버는구만."

"검부터 뺏어. 저래 봬도 은패를 가진 용병이라고."

"알고 있어."

그 말과 함께 숀이 쉐리의 손에 들린 검을 빼앗았다. 쉐리는 다시 악을 질렀다.

"이게 무슨 짓이야! 당장 그만두지 못해? 소리 지를 거야! 사람을 부를 거라고!"

"후후, 소용없어. 이미 침묵마법이 발동되어 있으니까 소리 질러도 다른 사람들에게 절대로 들리지 않는단 말씀. 못 믿겠으면 한번 질러 보든지?"

"뭐, 뭐라고?"

자신만만한 마법사의 모습에 쉐리는 눈앞이 캄캄해지는 것을 느꼈다. 생각해 보니 이상했다. 지금은 밤이었고, 작은 숨소리마저 크게 들리는 시각이었다. 그런 상황에서 이렇게 크게 소란이 일어났는데 지금까지 아무도 내다보지 않는 것은 말이 되지 않았다. 이미 처음부터 마법 범위 안에 들어와 있었던 것이다.

'어떡하지? 너무 방심했어. 이젠 어떻게 하면 좋아?'

이젠 누군가가 알아채 주지 않는 이상, 그녀가 도움을 요청할 방법은 없었다. 쉐리는 필사적으로 이 상황에서 자신을 구해 줄 수 있는 유일한 사람을 떠올렸다. 상황이 위급하면 위급할수록 떠오르는 사람은 오직 그밖에 없었다.

'휴센!'

질끈 감은 그녀의 눈에서 맑은 눈물이 흘러내렸다.

2.

"응? 어디서 이상한 소리 들리지 않아?"

잠이 들려는 순간 창가에서 들려오는 소리에 나는 얼굴을 찌푸렸다. 마치 윙윙거리는 스피커의 잡음 같기도 했고, 누군가 대화를 나누는 소리 같기도 했다.

트로웰도 관심을 보이고 다가왔다.

"근처에 마나의 장막이 펼쳐져 있어. 침묵마법 같은데."
"마법?"
"어설픈 수준이라 우리에게 통할 정도는 아니야. 소리에 집중해 봐. 들릴 거야."

나는 고개를 끄덕인 다음 창가에 귀를 갖다 대고 정신을 집중했다. 그러자 크고 작은 고성과 비명에 가까운 외침이 들려오기 시작했다.

여자의 것으로 들리는 음성 하나와 굵고 낮은 다수의 남자 목소리였다. 그것을 깨달은 즉시 나는 앉아 있던 자리에서 몸을 일으켰다. 여자의 목소리가 귀에 익었기 때문이다.

"설마 쉐리?"
"아무래도 그런 것 같아. 밖에서 시비라도 붙은 건가? 거리가 생각보다 떨어져 있어. 서둘러야겠는걸?"

그렇게 말한 트로웰은 곧장 창문을 열고 그 아래로 훌쩍 뛰어내렸다. 나 역시 서둘러 그의 뒤를 따랐다.

쉐리가 다수의 남자와 같이 있다는 것이 마음에 걸렸다. 더구나 소리를 차단하는 마법을 썼다면 별로 좋은 용건일 리 없었다.

웅성거리는 소리는 마을의 가장 한적한 곳에 위치한 숲 속으로 이어지고 있었다. 트로웰은 내게 따라오라는 눈짓을 보낸 뒤 망설임 없이 어두운 숲 속을 달려가기 시작했다. 다행히 숲 안쪽으로 향하는 산책로가 있어, 풀과 나무들을 일일이 헤치고 나가지 않아도 되었다.

허리밖에 오지 않는 고만고만한 나무들을 지나 몇 걸음 걷지 않아 드디어 눈앞에 우람한 덩치를 자랑하는 나무가 드러났다. 트로웰은 한 손을 들어 걸음을 멈추게 했다. 그러자 나무 저편에서 이전보다 더욱 선명한 목소리가 들려오기 시작했다.

"싫어! 건드리지 마! 다가오지 마앗!"

"이거 왜 이래? 다 같이 즐기자는 건데. 그렇게 대담하게 남자를 꼬시고 다니는 주제에 설마 처녀라고 둘러대려는 건 아니지? 큭큭!"

"원망하고 싶으면 동료를 따돌리고 혼자 멋대로 군 자신을 탓하라고. 호호호."

"아아, 이거 정말 오랜만에 제대로 즐겨 보겠군. 걱정하지 마, 아가씨. 지금 여기서 얌전히만 굴어 준다면, 다른 사람들한테는 절대로 이야기하지 않을 테니까."

비열한 행동만큼이나 비열한 대사였다.

그가 한 말에서 저들이 쉐리에게 무슨 짓을 하려는 건지 깨달은 나는 얼굴을 굳혔다. 텔레비전이나 인터넷 기사로만 접하던 추악한 짓거리를 눈앞에서 목격하게 될 줄은 몰랐다. 그 순간, 화가 나서 주먹을 부들거리는 내게 트로웰의 차분한 목소리가 이어졌다.

『진정해, 엘. 섣불리 움직였다간 쉐리가 더 위험해질 수도 있어.』

이번에도 머릿속에서 직접 울리는 느낌이었지만 이번엔 당황하지 않았다. 그가 요령을 알려 주었기 때문이다.

이 대화법은 성대를 통한 목소리가 아닌 마음속의 의지를 발현

하는 방식으로 이루어진 것이었다. 과거 언령을 사용한 경험을 바탕으로, 나는 생각보다 어렵지 않게 방법을 터득할 수 있었다.

『그, 그럼 어떡해? 저러다 쉐리에게 큰일이라도 생기면…….』

『괜찮아. 아직은 몸을 움직일 수 없는 것 말고는 무사한 것 같으니까. 바로 이런 때를 위해서 정령술이 필요한 거 아니겠어?』

생긋 웃은 트로웰은 조심히 손을 내밀어 딛고 있던 땅을 툭 때렸다. 그러자 그의 손길이 닿은 부분부터 바닥이 꿈틀거리기 시작하더니, 쉐리가 포박된 장소까지 빠르게 쏘아져 가기 시작했다.

"히이이익!"

"으아악! 이, 이게 뭐야!"

순식간에 치솟아 오른 흙 줄기는 마치 뱀처럼 남자들의 몸을 감았다. 예상치 못한 공격에 당황한 그들은 반항조차 하지 못하고 허공에 떠올랐다.

"근처에 마법사가 있어!"

"제기랄, 어떤 자식이야! 이거 내려놓지 못해!"

화가 난 남자들이 난동을 피웠지만, 그래 봤자 그들을 단단히 얽어맨 흙덩이는 꼼짝도 하지 않았다. 그들의 시야에 들어오지 않는 곳에서 이 모든 일을 기획한 트로웰은 서운한 듯이 중얼거렸다.

『흐음. 이왕이면 정령사라고 오해받는 게 좋은데 말이지.』

『킥킥. 근데 쉐리는 저대로 둬도 괜찮은 거야? 트로웰이 흙을 다룬다는 걸 들키면 안 되잖아.』

『아아, 그러고 보니 그렇군. 그렇다고 저 상태로 그냥 끝낼 수도 없으니…… 그냥 기절시킬까?』

『엥? 기, 기절? 잠깐만 트로웰!』

『미안. 이미 해 버렸는데.』

"……."

그가 한 일은 아주 간단했다. 근처에 있던 돌멩이 하나를 들어 쉐리의 머리에 던진 것이다. 갑자기 벌어진 광경에 어리둥절해하던 그녀는 날아온 돌에 맞고 그대로 쓰러졌다.

내가 황당한 심정으로 바라보자 그는 어깨를 으쓱하며 어색하게 변명했다.

『일행들을 걱정시킨 벌을 준 셈 치지, 뭐. 어차피 다친 건 엘이 치료해 줄 수 있잖아.』

『아하하…….』

알고 보면 트로웰은 상당히 무서운 성격이 아닐까. 단언컨대 이런 방식으로 여자애를 기절시킬 수 있는 건 그밖에 없을 것이다.

내가 식은땀을 흘리는 동안 트로웰은 느긋하게 걸음을 내디뎠다. 그러자 허공에서 허우적거리고 있던 남자들이 그를 알아보고 소리쳤다.

"너, 너는 샴페인 용병단의!"

"이 자식! 이거 네가 한 짓이냐! 당장 풀지 못해?"

"흐음, 풀라고?"

"그래, 이 비겁한 자식!"

"갑자기 나타나 기습을 하다니! 당장 이거 풀어!"

"원하신다면."

트로웰은 가볍게 어깨를 으쓱였다. 그와 동시에 그들을 고정하고 있던 흙덩이가 순식간에 먼지가 되어 사라졌다. 그 순간 남자들은 후회하는 표정이 되었다. 지탱할 곳을 잃은 그들의 몸이 하강을 시작한 것이다.

쿠웅!

"컥!"

"으악!"

"크아악! 파, 팔이!"

떨어질 때 받은 충격이 컸는지 그들은 크게 비명을 질렀다. 그중 마법사로 보이는 사람이 팔을 부여잡고 고통을 호소했다(그것을 알아본 이유는 그의 몸에서만 유독 마나의 유동이 컸기 때문이다). 기괴하게 뒤틀린 모양을 보아 아무래도 부러진 듯했다.

그러나 신음에 가득한 남자들의 모습을 보면서도 트로웰의 표정은 담담했다. 아니, 무심하다는 표현이 더 맞을 것이다. 그는 눈살 하나 찌푸리지 않은 채 나른하게 중얼거렸다.

"다행이네. 팔을 다쳤으니 당분간은 마법 따위는 못 하겠지? 사실 지금 안 다쳤으면 내가 직접 손보려고 했어."

"크… 크윽! 너, 너엇! 이런 짓을 하고도……."

"무사할 거라고 생각하냐고? 물론이지. 이건 정당방위거든. 우리 단원을 먼저 건드린 건 너희잖아. 난 정당하게 벌을 주고 있는 것뿐이야."

"그, 그런 억지가!"

"억지? 어떤 것이? 강간당할 뻔한 일행을 구하려고 했던 게? 그 와중에 약간의 무력이 동원된 일이?"

차가운 목소리로 대답하는 트로웰의 모습은 지금까지 내가 알고 있던 트로웰과 전혀 다른 사람 같았다. 이것도 그가 설정해 둔 '매튜'의 일부인 걸까? 아니면 트로웰의 본심? 차게 웃은 그는 자신을 노려보는 남자들에게 다가서며 또박또박 말을 이었다.

"이게 뭐야. 전혀 반성들이 없네. 와아, 굉장해라. 자신들이 어떤 죄를 저지른 건지 전혀 자각을 못 하는 건가?"

우두둑—

가볍게 깍지 낀 그의 손가락에서 기괴한 소리가 울렸다. 남자들의 얼굴이 희게 질리는 순간이었다.

"그럼 할 수 없네. 뉘우칠 때까지 상대해 줄 수밖에."

"히이익!"

그 뒤의 상황은 굳이 설명하지 않아도 뻔했다. 결과부터 말하자면 그들은 모질게 맞았다. 매우 신 나게 맞았다. 그것도 모자라 또 맞았다. 마른 북어를 패도 저렇게 두들기긴 힘들 것 같았다.

저러다 죽는 게 아닐까?

그 사이 나는 조심스럽게 쉐리에게 다가갔다. 기절한 채 축 늘어진 그녀를 일으켜 세우려 하는데, 마치 뭐에 걸린 듯 꼼짝도 하지 않았다. 끈끈한 마나의 덩어리가 그녀의 온몸에 잔뜩 눌어붙어 있었다.

"저기, 매튜. 쉐리가 마법에 걸려서 꼼짝도 못 하는 것 같아. 이거 어떻게 제거하지?"

그제야 트로웰이 하던 일을 멈추었다. 그리곤 포박된 쉐리와 쓰러진 남자들을 한 번씩 돌아가며 보더니 아쉽다는 듯이 한숨을 내쉬며 대답했다.

"지금 제거하게 할게."

이윽고 그는 늘어져 있던 마법사의 멱살을 잡아 일으켰다. 그리곤 언제 꺼냈는지 모를 단검을 그의 목 언저리에 가져다 대며 생긋 웃어 보이는 것이었다.

"쉐리에게 건 마법 풀어. 지금 당장."

"히익! 아, 알았으니 진정해! 제발 목숨만은 살려 줘, 부탁이야!"

마법사는 한쪽 팔이 부자연스러운 상태에서도 용케 마법을 해지했다. 자유로워진 쉐리가 아무런 저항 없이 바닥으로 쓰러지자 나는 얼른 그녀를 부축하며 상태를 살폈다. 다행히 기절만 한 것 같았다.

"으응……."

그때 정신을 차린 듯 감겨 있던 쉐리의 눈이 가늘게 떠졌다. 찌푸린 얼굴로 머리를 감싸 쥐던(아마 돌에 맞은 통증 때문일 것이다) 그녀는 내 목소리를 듣는 순간 화들짝 놀란 표정을 지었다.

"쉐리, 정신이 들어요?"

"어? 에, 엘? 매튜? 너, 너희가 여긴 어떻게? 그, 그놈들은?"

"사람들이라면, 저 녀석들?"

당황한 쉐리의 질문에 트로웰이 자신의 뒤쪽을 가리키며 물었다. 그곳엔 이미 정신을 잃은 세 남자가 축 늘어져 있었다. 그들을 발견한 쉐리가 헛숨을 삼켰다.

"어, 어떻게 된 거야? 주, 죽었어?"

"설마요. 그냥 약간 훈계를 해 준 것뿐입니다. 죽을 정도로 때리지는 않았어요. 그보다 쉐리, 당신이야말로 어떻게 된 겁니까? 어디까지 기억하죠?"

"모, 모르겠어. 저 녀석들이 날 묶어 놓는데 갑자기 이상한 기둥 같은 게 솟구친다 싶더니…… 저놈들이 하늘로……."

"그건 제가 한 거예요."

"어? 매, 매튜가? 어떻게?"

"비상용 마법 스크롤이 있었거든요. 그보다 저들이 쉐리를 묶어 놓았다고요?"

다소 곤란할 수 있는 질문을 어색하지 않게 넘긴 트로웰은 추궁하듯 질문했다. 그러자 쉐리는 흠칫 어깨를 움츠리곤 손톱을 깨물었다.

"나, 난 도망치려고 했어. 하지만 포박마법 때문에 꼼짝도 할 수 없어서……."

"그러게 왜 함부로 아무나 따라갑니까? 때마침 우리가 근처에 있었으니 망정이지, 하마터면 큰일 날 뻔했잖아요."

"미, 미안. 나…… 나는 그냥……."

"변명하지 말아요. 쉐리에게 어떤 사정이 있다 해도 이번 행동은 너무 경솔했어요. 질투심을 유발하기 위해 위험하다는 걸 뻔히 알면서도 질 나쁜 남자를 유혹하다니. 다신 이런 어리석은 짓 하지 말아요."

"……미안."

엄격한 트로웰의 모습은 평소보다 훨씬 더 냉정해 보였다. 그 상태로 놔두면 울어 버릴 것 같아 나는 얼른 웃으며 분위기를 전환시켰다.

"저기, 쉐리. 휴센의 어디가 그렇게 좋아요?"

"에……엣? 앗! 그, 그건…….."

"물론 잘생기고 검술도 뛰어나긴 하지만, 말수 없고 무표정하고, 남자로서의 매력은 별로 없다고 생각했는데…… 아닌가?"

"트, 틀려! 그는 상냥한 사람이야! 사람들이 몰라서 그렇지, 정말 멋있는 남자라고!"

그 순간 나는 내가 쉐리의 내면에 잠재된 격동의 스위치를 건드렸다는 걸 깨달았다. 그녀는 흥분해서 붉어진 얼굴로 장황하게 설명했다.

"나는 그처럼 검을 아름답게 쓰는 사람을 이제껏 한 사람도 보지 못했어. 말수는 조금 없어도 쓸데없이 주절거리는 헤롤이나 마이티에 비하면 훨씬 낫다고. 무표정한 건 오랜 용병 일을 하다 보니 생긴 버릇이야. 그래도 가끔가다 웃을 때면 얼마나 멋있는데? 아이들한테도 자상해서 가끔 길드에 갈 일이 생기면 근처 신전의 아이들에게 꼭 사탕이며 과자 같은 걸 사다 준단 말이야! 아무도 거들떠보지 않았던 나 따위를 소질 있다고 칭찬해 주고 격려해 줘서 이렇게까지 이끌어 준 것도 그 사람뿐이었어. 그가 얼마나 상냥한 사람인데!"

"에…… 그, 그런가요."

"그래! 그래서 정말 좋아했어. 아니 지금도 좋아하고 있어. 하지만 바보 같은 휴센은 돌아봐 주지도 않아. 이렇게 좋아하고 있는데! 왜 나는 안 된다는 거야? 흐윽!"

"헉! 저, 저기…… 쉐, 쉐리?"

분위기를 바꿔 보려던 시도가 오히려 쉐리를 울리고 말다니. 당황한 나는 달래지도 못하고 허둥거렸다. 그러자 트로웰이 다가와 그녀의 어깨를 가만히 두드렸다.

"울지 마요, 쉐리. 엘이 난처해하잖아요."

"흐읍, 미, 미안."

"그보다 이제 저 녀석들을 처리해야 해요. 같은 일행 안에서 벌어진 사건인 데다 한 용병단의 단장이 개입한 상태라 문제가 좀 커질 거예요. 우선 휴센에게 이 사실을 알려야 하는데 괜찮죠?"

휴센의 이름에 쉐리는 잠시 어깨를 움츠렸지만 이내 고개를 끄덕였다.

"생각 같아서는 지금 당장에라도 보복해 주고 싶어. 이 녀석들 그런 짓을 하고 마법으로 내 기억을 지우려 했다고."

"헉! 정말이에요? 마법으로 그런 것도 가능해요?"

놀라서 묻는 말에 트로웰이 고개를 끄덕였다.
"환상마법의 일종이야. 그래 봤자 간단한 암시를 거는 것뿐이지만."
"헤에, 그래도 굉장하네. 이 마법사 보기보다 강한가 봐."
"포박마법과 침묵마법, 환상마법은 4서클이니까 그다지 나쁜 실력은 아니야. 그런 힘을 쓸데없는 곳에 사용하고 있다는 게 한심할 뿐이지."
쯧쯧 하고 혀를 찬 그는 어디선가 밧줄을 가져와 아직도 기절해 있는 세 사람의 몸을 꽁꽁 묶기 시작했다. 그중에서도 마법사는 조금 더 꼼꼼하게 손목과 발목을 결박한 뒤 입에 재갈까지 물려 두었다. 조금 과한 게 아닌가 의아해하는 내게 그는 가볍게 이유를 설명했다.
"마법은 입으로 내뱉는 언어와 손이 움직이는 배열에 따라 시전되거든. 그 때문에 마법사를 생포하는 경우엔 조금 더 특별히 신경 쓰는 게 좋아."
"그렇게 하면 마법사는 다 제압할 수 있는 거야?"
"아니, 사실 정말 강한 마법사는 이 정도 가지곤 어림도 없어. 마력을 봉쇄하는 물건을 착용시켜야 하지. 물론 그것도 드래곤에겐 무용지물이지만."
"드래곤의 마법이 그렇게 강해?"
내 질문에 트로웰은 고개를 끄덕여 보였고, 쉐리는 그것도 몰랐냐는 듯이 눈을 동그랗게 떴다.

"드래곤은 마법 생물이라고 불릴 만큼 선천적으로 뛰어난 마법 능력을 갖추고 있어. 태어나면서 죽기까지의 모든 과정에 마법이 빠지면 이상할 정도지. 인간에게는 꿈의 영역이라 알려진 9서클을 성인식 전에 미리 다 마스터해 버릴 정도니까."

"헤에, 그렇구나."

"그렇구나라니, 이건 거의 상식이잖아. 아무리 신전에서 자랐다지만 어떻게 그걸 모를 수가 있어?"

황당한 표정을 짓는 쉐리를 향해 나는 어색하게 웃었다. 그 모습에서 무언가 말 못 할 사정이 있다고 짐작했는지 쉐리는 추궁하지 않고 입을 다물었다.

다른 사람의 과거를 캐묻는 것은 용병의 철칙에서 위배된다는 것이다. 용병의 일은 몬스터의 퇴치나, 암살 위험으로부터의 보호, 전쟁 참여 등 주로 목숨을 걸어야 하는 경우가 많았다. 그리고 그런 위험한 직업을 택한 사람치고 과거가 순탄한 경우는 거의 없었다.

"미안, 내가 괜한 것을 물은 것 같네. 사람마다 사정이라는 게 있는데 말이야."

"아니, 괜찮아요. 그보다 휴센에겐 언제 말해야 할까요? 지금 다들 잠들어 있을 시간인데."

"할 수 없지 뭐, 깨워야지. 이 상태로 그냥 내버려 둘 수도 없잖아?"

그런데 그 순간 트로웰의 눈동자가 빛났다.

"아니, 그게 좋겠어. 그냥 내버려 두죠."

"어? 저, 정말?"

"응, 밤새 찬 이슬이나 흠뻑 맞고 있으라고 하지 뭐. 이런 녀석들 때문에 일행들 잠을 방해할 필요는 없잖아?"

"그, 그거야 그렇긴 하지만……."

당황한 나와 달리 쉐리는 그의 제안이 반가운 기색이었다. 오히려 그녀는 한 술 더 떠서 스케일을 넓혔다.

"그럼 차라리 나무에 매달아 놓는 건 어때? 아침에 일어나서 사람들이 모두 구경할 수 있도록 말이야."

"그거 괜찮은데요?"

"그렇지? 후후, 재밌겠다!"

이럴 때만큼은 쿵짝이 잘 맞는 두 사람이었다. 나는 회심의 미소를 짓고 있는 그들을 향해 이의를 제기했다.

"자, 잠깐만요. 그래도 돼요? 그러다 경찰한테 잡혀가면 어쩌려고요?"

"응? 경찰이 뭐야?"

"음, 그러니까 경비대 말이에요. 사람을 매달아 놨는데 처벌받지 않을까요?"

"아니, 괜찮아. 잘못은 저쪽이 먼저 했잖아. 같은 의뢰를 수행 중인 동료 용병을 건드리다니. 길드에 신고해도 당장 처벌감이야. 우리 쪽은 아무런 잘못이 없다고."

그렇게 대답하는 쉐리의 태도가 너무 당당했고, 트로웰 역시 고개를 끄덕였기 때문에 나는 더 이상 아무 말도 할 수 없었다.

결국 세 남자는 사이좋게 한데 묶여 나무에 매달리는 신세가 되었다. 그것도 여관과 가장 가까운 광장 한복판에 있는 나무에 말이다.

아마 내일 아침이 되면 그들은 수많은 주민들의 시선을 한 몸에 받게 될 것이다. 문제가 커질 것이 걱정스럽긴 했지만 한편으로 기대감이 생기는 것도 사실이었다.

3.

"이게 대체 무슨 짓들이야! 당장 길드 마스터에게 신고하겠어!"

다음 날 아침, 잠이 덜 깬 의식으로 식사를 위해 일 층으로 내려온 샴페인 용병단들은 갑자기 들이닥친 보드카 용병단원들을 보고 황당한 표정을 지었다. 모든 사정을 알고 있는 나와 트로웰, 쉐리가 입을 다물고 있던 탓에 아직 일행의 누구도 자세한 사정을 모르고 있었던 것이다.

헤롤은 부스스한 자신의 갈색 머리카락을 긁적이며 퉁명스럽게 대꾸했다.

"대체 뭔 소리를 하는 거야? 사정이나 알고서 신고당합시다?"

"이 뻔뻔스러운! 모르는 척할 셈이야? 당신들이 우리 단장과 단원에게 행패를 부렸잖아!!"

"행패애? 누가 누구에게? 거참— 귀가 먹었나. 다시 한 번 말해 보시지?"

"아닌 척해도 소용없어! 증인이 있으니까!"

"증인?"

"따라와! 똑똑히 보여 줄 테니!"

그들이 우리를 데리고 간 곳은 어제 저녁 매튜가 남자들을 매달아 놓았던 바로 그 나무 앞이었다. 의식을 차렸는지 허공에서 발버둥 치고 있는 그들 아래에는, 구경 나온 수많은 사람이 장사진을 이루고 있었다.

"푸하하하! 저게 대체 뭐야! 걸작이다, 걸작!"

헤롤은 현장을 목격하자마자 미친 듯이 굉소를 터뜨렸다. 다른 일행들도 각자 입을 틀어막고 폭소를 삼키고 있었다. 그럴 수밖에 없는 게 묶여 있는 세 남자의 얼굴이 상당히 우스꽝스러웠기 때문이다. 두 뺨은 마치 벌에 쏘이기라도 한 듯 퉁퉁 부어올라 있었고, 눈에는 판다처럼 시퍼런 멍이 자리했다. 머리는 온통 흐트러져 망나니처럼 부스스했다. 전부 어젯밤 트로웰이 만든 작품이었다.

"우와, 정말 거하게 당했는데? 대체 어디서 저렇게 터진 거야? 진짜 웃기다! 크하하하!"

"이이익! 뭘 모른 척하는 거야! 당신들 단원들이 이랬다니까?"

그때 묶여 있던 자들이 나와 트로웰을 알아보고 고함을 질러대기 시작했다.

"이익! 이 빌어먹을 자식들! 당장 이거 풀지 못해!"

"죽여 버릴 테다! 감히 우리에게 이런 짓을!"

"으으으으으읍! 읍읍!"

"……얼레? 정말 우리 중의 누가 한 게 맞나 보네?"

그제야 상황을 눈치챈 듯 마이티가 두 눈을 깜빡거렸다. 물론 그렇다고 해서 딱히 미안한 표정인 건 아니었다. 일행들은 일제히 헤롤을 향해 의심의 눈초리를 보내기 시작했다.

"설마, 헤롤 너냐? 쯧쯧. 어째 너는 가는 곳마다 사고를 치냐?"

"난 아니야. 절대 아니야. 그러는 마이티, 너야말로 네가 해 놓고서 시침 떼고 있는 것 아니야?"

"미쳤냐? 내가 무슨 수로 저 덩치들을 일방적으로 피떡이 되게 패 놓냐? 게다가 저건 전문적으로 고문하는 방법을 잘 아는 녀석의 솜씨라고. 봐, 아픈 부분만 골라서 때려 놨잖아."

"어머? 그럼 둘 다 아니라는 거야? 그렇다고 휴센일 리는 없고…… 헉! 설마! 매튜, 네가?"

헤롤을 향할 때는 당연하다는 시선을 보낸 그들이 트로웰을 향해서는 믿을 수 없다는 표정을 지었다. 그러자 매달려 있던 남자들이 다시 고성을 질렀다.

"이익! 당장 풀어! 이 자식들! 검은색 머리 꼬마 말이야! 그 옆에 있는 후드 쓴 녀석! 네놈도 저 자식과 같이 있었지! 너희가 감히 이런 짓을 하고도 무사할 줄 알아!"

"어머머. 정말 맞나 보네? 그런데 후드를 쓴 사람이라면 설마 엘?"

놀란 표정을 지은 이릴의 시선에 나는 난처한 기분으로 웃었다. 그러자 그 모습에서 용기를 얻은 듯 보드카 용병들이 항의하기 시작했다.

"이걸 어떻게 책임질 거야? 같은 의뢰를 수행하는 용병단끼리 이런 식으로 불화를 일으키다니!"

"너희가 이러고도 무사할 것 같아?"

왕왕거리는 고성에 일행들은 똑같이 얼굴을 찌푸렸다. 그런 와중에도 휴센은 침착했다.

"글쎄, 그보다 먼저 자세한 사정을 들어 보도록 하지. 다른 사람이라면 몰라도 매튜는 쓸데없는 일에는 상관하지 않는 타입이거든."

"사정은 무슨 놈의 사정! 당장 사과해! 그렇다 해도 이번 일은 절대 그냥 넘어가지 않을 거지만!"

그때였다.

가만히 하품을 내뱉은 쉐리가 시큰둥하게 대꾸했다.

"저들은 죗값을 치르고 있는 거야. 딱히 뭐가 문제인지 모르겠는데?"

"죄, 죗값이라니?"

"그게 무슨 소리야?"

보드카 용병들과 휴센들이 동시에 그녀를 바라보고 물었다. 쉐리는 나무에 매달린 남자들을 하나하나 노려보며(그녀가 바라볼 때마다 놈들은 시선을 피했다) 설명했다.

"말한 그대로야. 어제저녁에 저 세 사람이 나를 강간하려고 했어. 치사하게 포박마법으로 몸을 움직이지도 못하게 하고, 주변에 침묵마법까지 걸어서 소리쳐도 소용이 없게 했지."

"……!"

"그, 그게 정말이야, 쉐리?"

경악하는 일행들을 향해 쉐리는 고개를 끄덕였다.

"아주 작정하고 세 놈이서 덤비더라고. 처음부터 계획했던 게 분명해. 마침 산책 중이던 매튜랑 엘이 날 구해 주지 않았다면 난 저 자식들에게 몸을 버리고 수치심에 자살했을 거야."

"무, 무슨!"

"거, 거짓말하지 마! 이 계집애! 게다가 넌 단장이랑 어제 사이 좋게 허리를 끌어안고 나갔잖아!"

"네가 이 모든 일을 꾸민 거지? 어디서 수치심이니 뭐니 동정심을 유발하려는 거야? 어차피 놀아날 대로 놀아난 주제에!"

"어머? 난 순결해. 키스도 한번 해 본 적 없는 몸이야."

"누, 누가 그런 거짓말을!"

"정말이거든? 이래 봬도 일생을 한 남자에게 바치기로 한 몸이라서 말이야. 난 그저 손하고 친구가 되고 싶은 것뿐이었어. 어제도 그냥 주변을 산책하자고 해서 같이 나간 것뿐이란 말이야. 그런데 갑자기 짐승처럼 돌변하다니…… 나 정말…… 너무 무서워서…… 흑흑!"

쉐리는 눈 하나 깜짝하지 않고 겁먹은 소녀를 연기하기 시작했다. 청순하고 가녀린 얼굴에 눈물이 맺히자 지켜보는 사람들의 얼굴에 절로 안타까운 표정이 서렸다. 더불어 분개한 이릴이 그녀를 끌어안고 욕설을 내뱉었다.

"쉐리, 이 가엾은 것! 저 개자식들이 이런 어린애한테 대체 무슨 짓을 하려고 한 거야?"

"흐흑, 이릴 언니!"

이제 본격적으로 쉐리는 그녀의 품에 안겨 울음을 터뜨렸다. 정말 가공할 만한 연기력이었다. 하지만 덕분에 우리 쪽이 훨씬 유리해진 것만은 사실이었다. 나는 속으로 혀를 내두르면서도 얼른 그녀의 말을 받아 이었다.

"우리는 쉐리를 구하려고 했던 것뿐이에요. 그 과정에서 싸우다 보니 저렇게 된 거고요. 나무에 매달아 놓은 것은 골탕 좀 먹어 보라는 심리였지만…… 이런 경우엔 정당방위로 취급해야 하는 거 아닌가요?"

"그, 그건……."

"당연히 정당방위지! 정당방위! 그것도 너무 많이 봐준 거 아니야? 옷이라도 확 벗겨 놓지 그랬어! 아니면 아주 사내구실을 못하게 고자를 만들어 놓든지! 저것들을 콱—!"

열받은 이릴이 소리치자 일행을 포함해서 주변에 구경 나온 남자들의 표정이 미묘하게 일그러졌다. 고자라니…… 상상만으로 끔찍한 단어가 아닌가.

상황이 불리하게 돌아가기 시작하자 보드카 용병단원들은 식은땀을 흘리기 시작했다. 그들은 묶인 자신들의 단장을 향해 무어라 변명이라도 해 보라는 듯 눈을 부라렸다.

그때 가만히 서 있던 휴센이 성큼 앞으로 걸어 나왔다. 가라앉은 눈빛에선 냉기가 흘렀다. 그의 시선을 받는 자마다 몸을 움츠릴 정도였다. 이윽고 벌어진 그의 입에서 씹어 뱉길 듯이 으르렁거리는 음성이 흘러나왔다.

"……누구더러 사과하라고?"

"아니, 그게 아니라…… 우리는 그저 샴페인 용병단원이 이렇게 만들었다고 해서……."

"그래서 고작 그 말만 듣고 자세한 사정은 묻지도 않은 채 비난을 늘어놓았다는 건가?"

보드카 용병단원들은 꿀 먹은 벙어리처럼 입을 다물었다.

그 순간 휴센이 허리춤에 차고 있던 검을 뽑아 들었다. 힘차게 곧추세운 검날에는 미세한 푸른 기운이 감돌고 있었다. 부들부들 떨리는 팔이 휴센이 지금 얼마나 화가 나 있는지를 증명해 주고 있었다.

그 상태에서 휴센은 나무에 매달린 남자들을 노려보았다. 심상치 않은 기세를 느낀 그들이 희게 질린 얼굴로 버둥거렸다.

"자, 잠깐만!"

"무슨 짓을 하려는……!"

하지만 그들의 목소리는 더 이상 이어지지 못했다.

휴센이 서슴없이 그대로 검을 내리그은 것이다.

휘익— 촤아아악!

"꺄아아악!"

모여 있던 사람들은 모두 기겁하며 눈을 감았다. 나는 곧 그들의 몸에서 피 분수가 일어날 것이라 예상했다.

그런데 한참이 지나도 매달린 사람들의 몸에서는 아무런 변화가 없었다. 심지어 그들 장본인조차 무슨 일이 일어난 건지 눈치채지 못한 기색이었다. 오히려 그들은 그럼 그렇지 하는 얼굴로 회심의 미소를 지어 보였다.

"크큭, 고작 그런 일로 사람을 죽였다간 아무리 금패의 용병이라도……."

바로 그때였다.

투둑 하는 소리와 함께, 무언가 바닥으로 떨어져 내렸다. 어리둥절해서 자세히 그것을 살펴본 난 곧 얼굴을 굳혔다. 그것은 똑같이 생긴 세 개의 살덩어리였다. 그것도 남자들이라면 누구나 익숙한 형태의 물건이었다.

"아, 아아아악!"

그와 동시에 묶인 세 남자가 비명을 질렀다.

어느새 그들의 바지춤에 붉은 피가 번져 가기 시작했다. 그것을 지켜본 사람들의 얼굴이 핼쑥해졌다. 그들 모두 나와 같은 것을 깨달았을 것이 분명했다. 이릴의 말처럼, 정말로 그들의 성기를 잘라 버린 것이다.

"……와우, 단장. 진짜 가차 없네."

헤롤이 자신이 더 아프다는 듯이 찌푸린 얼굴로 중얼거렸다. 그만이 아니라 남자들 대부분의 표정이 그랬다. 이번만큼은 악질인 놈들이라도 절로 동정이 갈 수밖에 없었다.

"이, 이게 대체 무슨 짓이야!"

경악해 소리치는 보드카 용병들을 향해 휴센은 싸늘한 얼굴로 대꾸했다.

"보다시피. 앞으로 두 번 다시 그런 짓을 하지 못하게 만든 것뿐이다."

"어, 어떻게 저런!"

"이 일을 길드에서 알면……!"

"아까부터 종알종알 말들이 많군. 불만이 있으면 덤벼. 전부 똑같이 만들어 줄 테니."

"크, 큭!"

서슬 퍼런 휴센의 말에 용병들은 부들부들 떨었다. 하지만 그들 중 누구도 정작 덤벼들 기세는 보이지 않았다. 결국 그들은 나무에 묶인 세 사람을 풀어낸 뒤 부리나케 자리를 떠났다.

"미안하다, 쉐리. 네가 직접 손봐 주고 싶었을 텐데."

휴센의 말에 쉐리는 크게 고개를 흔들었다. 그를 올려다보는 두 눈은 꿈꾸는 소녀처럼 빛나고 있었다. 휴센의 모습이 백마 탄 왕자로 보이는 것이 분명했다.

"괜찮아. 휴센이 나 대신 화내 줬으니까."

"다친 곳은 없는 거냐? 저 녀석들에게 무슨 일을 당한 건 아니겠지?"

"괜찮아. 아무 일도 당하지 않았어. 위험한 순간에 매튜와 엘이 도와줬거든."

"그래, 다행이다. 다음부터는 조심하도록 해. 저런 녀석들이 다시 나타나지 않으리란 보장은 없으니까."

"상관없어. 그때는 휴센이 지켜 주면 되잖아?"

"……."

기대를 가득 담은 쉐리의 눈빛에 휴센은 침묵으로 대답을 대신했다. 그 모습에 쉐리의 얼굴이 서운함으로 물들었지만, 곧 다시 미소를 띠었다. 지금 당장은 그가 자신을 위해 분노했다는 사실이 더욱 기뻤던 모양이다.

4.

그날 아침에 있었던 사건은 순식간에 도시 전체로 퍼져 나갔다. 목격자가 워낙 많았던 데다, 평소 보드카 용병단에 대해 안 좋은 감정을 지니고 있던 자들이 작정하고 소문을 퍼트린 것이다. 특히 단장인 숀이 거세당했다는 이야기가 집중적으로 이목을 끌었다.

그날 보드카 용병단은 바로 계약을 해지하고 사라졌다. 들리는 소문으론 수치심을 견디지 못하고 단을 탈퇴한 자들도 있다고 하니, 아마도 곧 해체의 길을 걷게 될 것 같았다.

"그런데, 정말 괜찮을까요? 나중에 그 사람들이 복수하러 오면 어떡해요? 게다가 길드에도 신고할 것 같던데."

마지막 도망치듯 사라지던 그들의 얼굴엔 증오와 원망이 가득했다. 그러나 일행 중 누구도 그 점에 대해 크게 염려하는 기색이 아니었다.

"걱정하지 마. 어차피 길드에서도 휴센은 함부로 못 건드려. 길드 내에서도 몇 안 되는 귀하신 금패 용병이잖아. 더구나 이번 일은 명백히 놈들 쪽에서 잘못했고 말이야."

"맞아. 오히려 잘됐다고 여길걸? 보드카 용병단은 예전부터 길드 내에서도 평판이 나빴거든. 질이 나빠도 성과는 잘 올리니까 어쩔 수 없이 놔두는 골칫거리였어."

"그렇군요."

위기(?)를 함께 겪고 일어난 탓인지 휴센들의 분위기는 모처럼 화기애애했다. 쉐리가 그동안의 일들을 반성하고 모두에게 사과한 덕분에 더 그랬다.

정오가 될 무렵, 나와 일행들은 장비를 재정비하고 출발지에 집결했다. 그곳엔 이미 떠날 준비를 모두 끝낸 다른 용병단들도 나와 있는 상태였다.

그런데 착각일까? 보드카 용병단이 빠지는 바람에 사람 수가 모자랄 것이라 예상하고 있었는데 인원이 오히려 더 늘어난 느낌이었다.

아니, 실제로 세어 본 인원은 확실히 불어난 상태였다. 나는 그들 중에 섞여 있는 낯선 사람들을 발견하고 눈을 크게 떴다. 그러자 옆에서 호기심 어린 눈빛을 한 마이티가 싱글벙글하며 중얼거렸다.

"호오— 능력도 좋으셔. 그새 새 용병단과 계약했나 보지?"

"아, 그런 거예요?"

"하긴 이 상단 호위는 워낙 보수가 좋으니까. 어지간해서는 사람이 부족할 일은 없을 거야."

출발 전 휴식을 취하고 있던 그들은 우리가 다가가자 하나둘씩 앉아 있던 몸을 일으켰다. 그들 중에서 단장으로 보이는, 삼십 대 후반의 날렵한 체구를 가진 남자가 얼른 다가오며 휴센을 향해 악수를 청했다.

"만나서 반갑습니다. 오늘부터 클모어까지 동행하게 된 칵테일 용병단의 단장 빌트라고 합니다. 조금 전의 구경은 덕분에 잘했습니다. 정말 굉장한 실력의 검술이더군요. 남자로선 조금 섬뜩했지만 말입니다, 하하!"

아마도 그는 휴센이 이른 아침에 선보였던 '거세 기술'(이라고 불러도 될진 모르겠지만)을 목격한 사람 중 한 명이었던 모양이다.

순수하게 감탄하는 얼굴에는 휴센도 불쾌하지 않았는지, 그는 드물게 미소 지으며 마주 인사했다.

"반갑습니다. 샴페인 용병단의 휴센입니다."

"금패 용병 휴센 씨에 대한 이야기는 많이 들었습니다. 대부분 금패의 용병은 홀로 다니는 일이 많은데 특이하게 단을 운영하고 있다 들어서 개인적으로 한 번은 만나뵙고 싶었습니다. 샴페인 용병단은 단원 전체가 기량이 상당히 뛰어나다고 들었는데 외모마저 출중하시군요. 이분들을 뵙다가 저희 단원들을 보니 전부 오징어처럼 보입니다, 허허허!"

그는 사람 좋아 보이는 얼굴로 자신의 단원들을 아무렇지 않게 오징어 취급했다. 그에 대한 대가는 곧바로 이어졌다. 누군가 투박한 도끼를 그의 목 언저리에 들이민 것이다.

"방금 그 말 다시 해 봐, 영감탱이!"

그러나 한두 번 당하는 일이 아닌 듯 그는 전혀 긴장하는 기색이 없이 담담했다. 오히려 그의 목에 도끼를 가져다 댄, 정체 모를 검은 머리카락의 남자만 더욱 으르렁거리고 있을 뿐이었다.

"쯧쯧. 넌 언제쯤에나 그 험한 말투를 고칠 생각이냐? 이제 겨우 서른네 살인 나에게 영감탱이라니, 그딴 말은 아무도 안 믿을 거다."

"생긴 건 충분히 영감 같거든? 머리도 하얗게 셌으면서!"

"난 원래 이 머리색이야! 아 참, 인사가 늦었군요. 이 녀석은 우리 용병단의 코웰이라는 놈입니다. 보다시피 얼굴도 오징어고 성격도 이 모양이지만 잘 좀 부탁드립니다."

하지만 민망한 소개와는 달리 코웰이란 남자는 상당히 잘생긴 편이었다. 나이는 갓 성년을 넘겼을까? 비교적 마른 체구에 근육이라곤 하나도 없었지만, 척 봐도 상당히 무게가 많이 나가 보이는 도끼를 한 손에 들고 휘두르는 것을 보니 근력이 약할 것 같진 않았다. 푸른 눈동자에 서글서글한 인상과 달리 말투에서 묻어나는 성격은 상당히 거칠어 보였다.

"이익! 내 성격이 어디가 어떻다는 거야! 정말 죽고 잡나, 이 망할 영감탱이가!"

"하하하! 보다시피 이 녀석이 좀 팔팔합니다만 그래도 나쁜 녀석은 아닙니다."

"……"

거친 말투에 불쾌해할 만도 한데 빌트는 능숙하게 웃으며 그를 무시했다. 다른 단원들도 전혀 신경을 쓰지 않는 것을 보면 서로 이런 식으로 지내온 것이 한두 해가 아닌 것 같았다.

"그런데 이릴, 한 가지 궁금한 게 있는데요."

"응? 뭔데?"

무엇이든 물어보라는 듯 바라보는 이릴에게 나는 조심스레 질문했다.

"왜 용병단 이름은 다 술 이름이에요?"

"응? 술 이름?"

"아니, 그렇잖아요. 샴페인 용병단도 그렇고, 보드카도 그렇고……. 처음엔 우연히 겹친 건가 했는데 이번엔 또 칵테일이라고 하니까 좀 이상해서요. 용병단 이름은 술 이름으로 정해야 한다는 규칙이라도 있나요?"

"어머, 엘! 그건 오해야."
"아, 역시 그런가. 하긴 그렇겠죠. 그런 규칙이 있을 리가……."
"아니, 그게 아니라 우리 용병단 이름은 술 이름이 아니라고."
"네? 하지만 샴페인은……."
당황한 표정으로 바라보자 다른 일행들도 역시 고개를 설레설레 흔들고 있었다. 어라? 설마 이곳에는 샴페인이라는 술이 없는 건가? 그러나 나는 곧 그들이 자신들의 이름을 술 이름이 아니라고 했던 정확한 이유를 깨닫고 말았다.
옆에 있던 쉐리가 냉큼 손가락에 끼고 있던 반지를 보여 주었던 것이다. 은으로 된 테두리에 주황색 빛깔의 보석이 박힌 단순한 모양의 반지였다. 처음엔 그 의미를 몰라 어리둥절해하던 나는, 문득 한 가지 사실을 떠올리곤 아연해서 물었다.
"설마…… 이 보석, 샴페인?"
"맞아. 예쁘지? 우리 용병단의 이름은 이 보석의 이름에서 따온 거야. 그러니까 절대 술 이름이 아니란 거지."
"……그, 그렇군요."
술이 아니라 보석 이름이었구나.
아마 다들 술이라고 생각할 것 같았지만 나는 구태여 그 점을 지적하진 않았다. 세상엔 동명이인만큼이나 동음이의어도 많다는 진리를 깨달은 순간이었다.

5.

콰앙!

육중한 소리와 함께 내리쳐진 책상이 크게 흔들렸다. 그 탓에 장식되어 있던 고급 도자기가 바닥에 굴러 깨졌다. 그 안에서 흘러나온 액체는 일반 서민들이 평생을 일해도 살 수 없는 고가의 향유였다. 하지만 이미 분노하고 있는 남자의 눈에 그런 것이 제대로 들어올 리 없었다.

"제기랄, 이게 대체 무슨 수치인가! 내가 그 새파란 꼬맹이 술수에 놀아나 급급해하는 꼴이라니!"

쏟아진 향유의 냄새가 방 안에 온통 진동했다. 그것에 남자는 더욱 불쾌한 표정을 지었다.

"당장 이걸 치워!"

그러자 그 앞에서 어쩔 줄 몰라 하던 시종이 옆에 있던 시동들을 향해 눈짓을 보냈다. 얼른 치우지 않고 뭐 하냐는 뜻이었다. 그러자 시동 중 붉은 머리카락을 지닌 아름다운 소년이 빠르게 다가가 깨어진 유리들을 치우기 시작했다.

방 안에 있던 소년들은 모두 하나같이 아름다웠지만, 붉은 머리카락의 소년은 그중에서도 특히 미모가 뛰어났다.

평소라면 감탄할 만큼 아름다운 소년의 모습에 흥미를 보였겠지만, 현재 남자는 너무 화가 나 있는 상태라 그쪽엔 시선도 두지 않고 있었다. 남자, 유카르테 란느 스왈트 대공은 쓰고 있던 황금

관을 거칠게 벗어 던지며 의자의 등받이에 몸을 기댔다.

"도대체가 그 말도 안 되는 헛소문을 믿다니! 신탁이 사주된 것이다? 게다가 황제가 미치지 않았다고? 그 증거로 삼 일에 한 번씩 비가 내려? 하, 정말이지 기가 막혀서 말이 다 안 나오는군!"

"떠도는 소문일 뿐입니다. 게다가 이제 비도 그쳤으니 더 이상 신경 쓸 것도 없는 일이구요."

"비가 그친 시점이 더 문제니까 그렇지! 물의 매매가 중단되니까 기다렸다는 듯이 비가 그쳐? 이건 마치 누군가가 의도하고 벌인 것 같지 않은가!"

"단순한 우연일 뿐입니다. 세상의 어느 누가 비를 마음껏 조절할 수 있단 말입니까? 말도 안 됩니다."

"그 말도 안 되는 일이 일어났으니까 문제인 거잖아!"

쾅!

다시 한 번 그의 앞에 놓인 책상이 흔들렸다. 이번엔 아무것도 떨어지지 않았지만, 옆에서 그들의 하는 양을 지켜보고 있던 소년들은 절로 몸을 움츠리며 서로 눈치를 보았다. 대공은 한참이나 씹어 발기듯 이를 갈았다.

"그 소문을 퍼트리고 있다는 도적놈들은? 행방은 좀 알아냈나?"

"여전히 귀신같은 놈들입니다. 어찌나 재빠른지 꼬리조차 잡히지 않는다고 합니다."

"지원 병력을 더 늘려라. 어차피 그놈들은 황제의 친위기사들이겠지. 그중에 황제가 있을 것이 뻔하다. 반드시, 무슨 일이 있어도 놈들을 잡아야 해!"

"명심하겠습니다."

이사나. 그 빌어먹을 조카가 정말로 움직인 것인가.

마지막 탑에서의 유폐가 확정된 상황이었지만, 애초부터 대공은 이사나를 살려 둘 생각이 없었다. 적당한 틈을 보아 죽여 버릴 예정이었는데, 설마 그의 친위기사들이 빈틈을 노리고 그를 도피시킬 줄은 전혀 생각지도 못했다.

황궁을 점거하던 바로 그날 그냥 죽였어야 했다. 법규 따위를 신경 쓰느라 그렇게 하지 못했던 것이 그의 인생에서 가장 뼈아픈 실책이었다.

그렇기에 사라진 그가 이런 식으로 자신의 존재를 드러내는 것이 더 화가 났다. 대체 무슨 수로 비가 내릴 것을 미리 알아내게 되었는지는 몰라도 이번만큼은 확실히 대공 쪽의 패배였다. 그는 다시금 입술을 악물었다. 치밀어 오르는 살심을 점점 더 억누르기가 어려웠다.

그는 무심코 자신이 입고 있는 하얀 법의를 돌아보았다. 그 순간 험악하게 일그러졌던 얼굴이 언제 그랬냐는 듯 평정을 되찾았다. 평온하게 웃는 그의 얼굴은 방금 전과는 전혀 다른 사람이 된 것 같았다.

"훗, 제까짓 것들이 아무리 날뛰어 봤자…… 그분이 내 편을 들어 주셨다. 이미 이 제국은 나의 것이야. 유카르테 란느 스왈트 황제! 그것이 나의 이름이란 말이다!"

"물론입니다, 황제 폐하. 지당하신 말씀이십니다."

아직 버젓한 황제 이사나가 살아 있는 상태에서 섭정왕인 그를 향해 '황제 폐하'라는 호칭을 사용하는 것은 반역죄와 다름없었다. 그러나 부르는 이는 진심을 다해 그렇게 불렀고, 듣는 이 또한 그것을 당연히 여겼다.

당연했다. 누구도 아닌 바로 '그분'이 자신의 편이었으니까. 언젠가 이 땅의 모든 백성들이 자신을 향해 '폐하'라고 부를 날이 오게 될 터였다. 유카르테 대공은 그날이 얼마 남지 않았다고 직감했다. 이미 모든 일이 거의 다 이루어진 것이나 다름이 없었다. 그때까지 가련한 조카의 부질없는 발악을 지켜보는 것도 나름대로 즐거운 일이리라.

"어디 마음대로 해 보거라, 이사나. 이 숙부의 손에 그 가는 목이 비틀어질 순간까지 말이다. 하하하하!"

마치 그 순간을 상상한 듯 대공은 자신의 움켜진 주먹을 바라보며 잔혹한 미소를 지었다. 그 가녀린 목은 조금만 힘을 주어도 쉽게 부러질 것이다. 그의 형이 아무런 대책 없이 형장의 이슬로 사라졌던 것처럼.

그때쯤 붉은 머리의 소년은 깨진 유리 조각을 전부 다 주워 든 상태였다. 아무렇지 않게 몸을 물려 나왔지만 그의 미간은 살짝 접혀 있었다.

소년이 보기에 대공은 바보 같은 남자였다. 그는 이미 의식했으면서도 스스로 내뱉은 자신의 말을 간과했다.

삼 일에 한 번씩 비가 내렸다.
누군가 의도한 것처럼 비가 그쳤다.
일어날 수 없는 일이 이 땅에서 벌어졌다.

'그런데도 끝까지 우연의 일치라 여긴단 말이지. 멍청한 놈.'
한 제국의 지배자를 향한 것치곤 불손한 생각이었으나 소년은 전혀 신경 쓰지 않았다. 지금 그의 머릿속은 온통 다른 것으로 가득 차 있었다.
전 대륙에 일정한 양의 물이 규칙적으로 공급되었다. 소년이 알기로 이 세상에서 그런 일을 일으킬 수 있는 존재는 단 한 명뿐이었다.
거기까지 생각한 소년은 입가에 매혹적인 미소를 그렸다.
'너구나, 엘퀴네스.'

『정령왕 엘퀴네스』 3권에서 계속

외전:
그 형제의 일화

1.

 태어나 오백 살이 되는 해까지, 메세테리우스는 자신이 행운아라고 생각했다. 그 당시까지만 해도 그는 삼천 년 만에 태어난 드래곤 종족의 유일한 헤츨링이었으며, 그중에서도 특히 손이 귀한 블랙 일족의 후계자였다.
 그의 부친인 디아곤은 블랙 일족의 젊은 수장이자 차기 로드로 거론되는 존재였다. 또한 모친인 란타샤는 레드 일족 중에서 가장 강한 힘을 지녔다고 평가받는 드래곤이며, 빼어난 미룡으로 이름 높았다. 그들 사이에서 태어난 메세테리우스가 출중한 외모에 뛰어난 능력을 지닌 것은 당연한 일이었다. 성룡들은 오랜만에 태어난 헤츨링인 데다 능력까지 뛰어난 그를 무척이나 아끼고 사랑했다. 엄격한 드래곤 로드조차 그 앞에선 그저 푸근하고 친근한 할아버지가 될 뿐이었다. 그는 성룡이 되는 천 세까지(혹은 그 이후로도), 이대로 자신의 세상이 지속할 것이라 믿어 의심치 않았다.

그의 동생 라피스라즐리가 태어나기 전까지 말이다.

"제에기라알!"

깎아지른 절벽으로 가득한 산 중턱에 쩌렁쩌렁한 목소리가 울려 퍼졌다. 굵은 바위 끝에 새카만 머리칼을 지닌 소년이 아슬아슬하게 서 있었다. 올해 칠백 세가 된 블랙 드래곤의 헤츨링 메세테리우스, 통칭 메테라 불리는 소년이었다.

"어머니는 도대체 왜 또 알을 낳으신 거야! 그냥 나 하나로 만족하실 것이지!"

누가 보면 곡예를 부린다고 오해할 만큼 메테는 흔들리는 바위 끝을 마구 넘나들며 투덜거렸다.

그 역시도 머리로는 이유를 알고 있었다. 드래곤은 서로 다른 성향의 일족이 혼인해도 오직 한 계열의 피만 승계한다. 블랙 일족과 레드 일족 사이에서 태어났으면서도 메테가 온전한 블랙 드래곤인 것이 바로 그러한 이유 때문이었다.

남편 디아곤을 닮은 메테를 낳고 키우면서 헤츨링의 사랑스러움에 빠진 란타샤는, 이번엔 자신을 쏙 빼닮은 아이를 낳고 싶어 했다. 더구나 그녀는 드래곤으로선 흔치 않게도 결심을 실행으로 옮기는 시간이 짧은 편이었다. 즉 부지런한 것이다. 그리하여 드래곤 일족은 고작 오백 년 만에 새로운 헤츨링을 맞이하는 전무후무한 쾌거를 기록했다.

알이 갓 태어난 무렵엔 메테도 괜찮았다. 독차지하던 애정을 나눠야 한다는 건 마음에 들지 않았지만, 어쨌건 그 자신도 아직 헤츨링이었고 어른들이 자신에게 소홀해진 것은 아니었으니까.

그러나 새로 헤츨링이 태어나자 상황은 급속도로 달라지기 시작했다. 태어난 아이는 란타샤가 원했던 것처럼 레드 일족의 피를 물려받아 붉은 머리칼을 지녔다. 더불어 미룡으로 이름 높은 모친만큼이나 아름다운 외모를 가지고 있었다.

하지만 무엇보다 주위를 놀라게 한 건 선천적으로 타고난 강한 마력이었다. 그의 마력은 갓 태어났을 때부터 당시 오백 세였던 메테를 훨씬 앞섰고, 이백 세에 이른 지금은 성룡의 수준을 넘어선 상태였다. 게다가 두뇌마저 비상해서 배우고 익히는 속도가 빨랐고, 같은 값으로도 훨씬 높은 수준의 결과를 만들어냈다.

강하고 아름답고 현명한 레드 드래곤.

온갖 아름다운 수식어들이 앞다투어 그의 동생을 찬양했다. 그의 활약이 드높을수록 메테는 자연히 일족들의 관심에서 멀어질 수밖에 없었다.

하지만 메테는 잘 알고 있었다. 아무리 일족들이 그의 동생에게 열광해도 어차피 일시적인 현상일 것이다.

왜냐면 그 녀석, 자신의 동생은 이미 미쳤으니까!

메테는 오래전부터 그 사실을 알고 있었다. 모를 수가 없는 게, 그의 행동은 처음부터 이상했다. 자신이 겪어 온 일화만 해도 이미 수두룩할 정도였다.

일화 1.

본래 라피스라즐리의 모친인 란타샤가 자신의 둘째 아이를 위해 마련한 이름은 '사도닉스'였다. 붉은색의 머리칼이 마치 보석처럼 아름답다는 의미로, 붉은색 보석의 이름에서 따온 것이다.

어느 날 메테는 그의 동생이 무언가를 빤히 바라보고 있는 장면을 목격했다. 그의 손에 들린 건 푸른색 보석이 달린 작은 로켓이었다. 메테는 그것이 어머니의 보물 창고에서 흔히 굴러다니던 장신구 중 하나라는 사실을 기억했다.

"뭐 해?"

사실 말을 걸고 싶은 마음은 없었다. 그의 동생은 타고난 외모와 능력답게 무척이나 건방졌고 도도했으며, 또한 유달리 말수가 없는 녀석이었다.

열 개의 질문을 건네면 그 중 한두 개의 대답이 돌아올까 말까 했다. 그는 이번에도 당연히 무시당할 거라 생각했다. 그런데 예상과 달리 그의 동생이 아무렇지 않게 그의 말에 반응을 보였다.

"이 보석, 이름이 뭔지 알아?"

처음에 메테는 자신이 잘못 들었나 생각했다. 저 걸핏하면 자신을 무시해대는 건방진 동생이 말을 다 걸어오다니! 대체 무슨 꿍꿍이지? 너무 놀란 탓에 대답이 늦어지자 그의 동생은 아름다운 얼굴을 찌푸리곤 다시 또박또박 질문했다.

"이거 이름이 뭔지 아냐고."

"그, 그거? 청금석이잖아."

"청금석?"

"그러니까 신의 보석이라고 불리는 라피스라줄리(Lapis lazuli) 말이야."

"흐응……."

그때까지만 해도 사도닉스였던 그의 동생은 가볍게 콧소리를 내며 고개를 끄덕였다.

"난 파란색이 좋아."

"그, 그래?"

"머리도 붉은데 꼭 이름까지 붉을 필요는 없지."

"그, 그렇지."

"응, 좋아. 마음에 들어."

그러니까 대체 뭐가?

메테는 잠시 어리둥절했지만 곧 로켓이 마음에 들었다는 의미로 받아들였다. 지금까지 특정한 무언가에 관심을 보인 적이 없는데 저건 굉장히 마음에 들었나 보다 하고 단순하게 생각했다.

붉다 못해 이름까지 붉은 보석에서 따온 주제에 푸른색 보석을 좋아한다는 게 좀 웃기긴 했지만, 본인이 그렇다는데 어쩌겠는가.

그저 취향이 좀 특이하다고 속으로 중얼거렸을 뿐이다. 물론 어디까지나 그를 아직 제대로 파악하지 못했기에 가능한 생각이었다.
다음날 그의 동생은 자신의 이름을 라피스라즐리로 개명했다.

일화 2.

블랙 드래곤 일족이 토(土)속성이라면, 레드 드래곤 일족은 화(火)속성이다. 그들은 불과 열을 자유자재로 다룰 수 있는 존재였다. 평범한 인간은 들어가자마자 그대로 녹아 형체도 남기지 않을 만큼 뜨거운 용암도, 레드 일족에겐 그저 따끈한 목욕물 수준밖에 되지 않았다.
그렇다 보니 불과 정반대 성질인 물은 별로 좋아하지 않았다. 그냥 평범한 물이라도 그들 일족에겐 유달리 차갑게 느껴지니 당연했다.
그런 의미에서 사도닉스, 아니 이제 라피스라즐리가 된 그의 동생은 확실히 괴짜였다(그는 이름을 바꾼 이유를 단순히 '파란색이 좋아서'라고 대꾸하여 모두를 기함하게 했다).
그가 좋아하는 것은 단순히 파란색이 아니었다. 샘도 좋아했고 강도 좋아했으며, 바다도 좋아했다. 심지어 저 북지에 가득한 차디찬 얼음마저 좋아했다. 몇 년간 그의 행동을 유심히 지켜보았던 메테는 그가 파란색을 좋아하는 것도 같은 맥락이라는 것을 깨달았다.

결론은 물이 좋은 것이다.

"뭐 해?"

사실 메테는 이런 식의 단순한 질문을 두 번이나 그에게 건넬 생각은 없었다. 하지만 눈앞에 보이는 광경이 너무도 이상해서 자신도 모르게 묻고 말았다.

라피스라즐리는 웃통을 벗은 채 폭포에서 떨어지는 차가운 물줄기를 온몸으로 맞고 있었다. 그가 아직 연약한 헤츨링이고, 물과 정반대 속성인 레드 드래곤이라는 점을 상기하지 않아도 충분히 미친 짓이었다.

이번에도 그의 동생은 무시하지 않고 대답했다.

"냉수마찰."

"……그걸 왜 하는데?"

"그냥. 머리부터 발끝까지 젖는다는 게 어떤 느낌인지 궁금해서."

"……."

천재는 원래 다 저렇게 엉뚱한 걸까? 메테는 황당한 표정을 했다. 좋아하는 것과 걸맞은 것에는 엄청난 차이가 있다. 아무리 그가 물을 좋아해도 화(火)속성인 그의 육체는 그것을 거부할 것이다. 그 증거로 라피스라즐리의 입술은 새파랗게 질려 있었다.

"안 추워?"

"그럼 이게 따뜻하겠냐?"

아니, 그러니까 추운 줄 알면서 대체 왜 하는 거냐고.

그 와중에도 꼬박꼬박 말대꾸하는 걸 보면 정신력만큼은 정말 대단한 녀석이다. 물론 그래 봤자 덜덜 떨면서 하는 말이라 상당히 볼품은 없었지만.

가끔 도를 닦는 무사들이 수련할 때나 한다는 행동을 레드 드래곤의 헤슬링이 따라 하다니. 어른들이 이 모습을 보면 입에 게거품을 물 것이 틀림없었다.

같은 드래곤의 입장에서 그는 솔직히 자신의 동생이 창피했다. 메테는 작은 목소리로 중얼거렸다.

"그렇게 물에 둘러싸인 느낌이 좋으면 차라리 바닷속에나 들어가지."

"뭐?"

메테는 아차 싶었다.

냉수마찰로도 저렇게 떠는 녀석에게 바닷속에 들어가라니. 결국 죽으라는 소리나 다름이 없다는 걸 뒤늦게 깨달은 것이다.

"아, 아니. 내 말은 그게 아니라……."

혹시 맞아 죽을지도 모른다는 두려움에(이미 이때쯤 그는 자신이 동생을 결코 힘으로 이길 수 없다는 걸 알고 있었다) 메테는 급히 변명을 시도했다. 그러나 폭포에서 나온 그의 동생은 환한 표정을 짓고 있었다.

"그래, 맞아. 바다! 그걸 생각 못 했네."

"에?"

"바다라면 물살에 몸이 흔들리는 느낌이 뭔지도 알 수 있게 되겠지? 알려 줘서 고마워. 지금 바로 가 볼게."

"뭐어? 자, 잠깐!"

당황한 메테가 소리쳤을 땐 이미 그의 동생은 어디론가 사라진 뒤였다. 공간이동을 한 것이다.

큰일 났다!

설마하니 정말로 가 버릴 줄 몰랐던 메테는 하얗게 질린 얼굴로 어른들에게 달려갔다. 당연히 모든 일족이 전부 발칵 뒤집혔다.

그로부터 몇 시간 뒤, 블루 일족의 어른들이 바닷속에서 동사 직전인 라피스라즐리를 구해 데려왔다. 그의 괴짜 동생은 단순히 물의 감각을 고스란히 맛보고 싶다는 이유로 보온마법조차 시전하지 않았다.

이후 그에겐 성년이 될 때까지 바다 접근 금지 조치가 내려졌다.

일화 3.

바다에 가지 못하게 된 이후로 라피스라즐리는 다른 일에 몰두했다. 최근 그의 관심은 검술이나 체술 등을 통해 몸을 단련하는 방법들을 연구하는 것이었다. 메테의 입장에선 전부 다 쓸데없는 시간 낭비로 보였다.

'드래곤이 몸을 단련해서 뭘 한다고. 하여간 이상한 녀석이라니까.'

하지만 일족의 어른들은 오히려 그 모습을 반갑게 여겼다. 또 바다에 뛰어들겠다고 설치느니 차라리 다른 분야에 관심을 두는 것이 낫다 여긴 것이다.

모든 드래곤은 양성이며, 각자 취향에 따라 본인의 성별을 결정할 수 있다. 그맘때쯤 라피스라줄리는 딸을 갖고 싶다는 모친의 권유(를 빙자한 강요)에 못 이겨 종종 소녀의 모습을 하고 있었다.

남성일 때도 대단한 미색이었으니만큼 여성이 된 그는 그야말로 넋을 잃고 바라볼 정도로 아름다웠다. 아직 성년이 되지도 않은 어린 드래곤에게 벌써 구혼자가 속출했다.

메테 역시 굳이 동생을 둬야 한다면 여자인 라피스라줄리 쪽이 더 마음에 들었다. 아름다운 외모를 보고 있으면 그나마 마음이 너그러워졌던 것이다. 물론 깨물어 주고 싶을 정도로 사랑스러운 것은 어디까지나 겉모습뿐, 속내까지 변한 건 아니었다.

"이 변태 새끼들이 감히 어디서 수작질이야?"

그는 말투도 몹시 험악했다.

아무튼 구혼자들이 짜증 난 라피스라줄리는 소녀의 모습을 할 때면 거의 레어 밖에 나오지 않았다. 그냥 주야장천 책만 읽는다는 것이다(그리고 구혼자들은 지적인 취미라며 황홀해했다).

때마침 모친에게 용건이 있어 레어에 들렸던 메테는 맨바닥에 책을 펼쳐 놓고 심각하게 앉아 있는 동생의 모습을 발견했다.

"뭐 해?"

아무래도 자신에겐 학습 능력이 없는 게 분명하다. 메테는 또 이렇게 묻고 만 자신의 입을 때리고 싶었다. 하지만 동생은 아무 대답도 하지 않았다.

아, 이번에는 무시하는 건가? 메테는 머쓱한 표정을 지으며 고개를 끄덕였다. 그렇게 생각한 찰나 대꾸가 이어졌다. 그런데 예상외로 이번의 대답은 지극히 평범했다.

"정령을 소환할 거야."

"에, 정령? 아아, 그러고 보니 슬슬 정령에 관심을 둘 때지. 나도 네 나이 때 '놈'이랑 '멀든'을 소환해서 계약했거든."

앞서는 게 나이밖에 없다고, 메테는 은근슬쩍 자신이 그보다 연장자이며 경험이 풍부하다는 것을 과시했다. 그러나 아름다운 여동생의 반응은 시큰둥했다.

"하급 정령엔 관심 없어."

"에? 헉, 그, 그럼 정령왕이라도 소환하려고?"

그때 아직 라피스라즐리는 백 살도 넘기지 않은 상태였다. 드래곤들은 헤츨링 시절부터 자주 정령과 계약을 하지만 정령왕을 소환할 수 있는 시기가 오려면 대개 오백 세 정도는 되어야 했다. 메테는 설레설레 고개를 저었다.

"아무리 너라도 그건 무리 아닐까? 이프리트를 소환한다니……."

"누가 이프리트래?"

"에? 그럼?"

정령왕을 소환한다는 게 아니었나?

어리둥절하게 바라보는 메테를 향해 라피스라즐리는 뭘 그리 당연한 걸 묻느냐는 표정을 지었다.

"그야 물론 물의 정령왕 엘퀴네스지."

"……."

그의 동생은 배포가 커도 너무 컸다. 더불어 제정신도 아닌 것 같았다.

"저기 있잖아. 너 레드 드래곤이거든?"

"알아."

"그럼 안 된다는 것도 알잖아. 우리 같은 헤츨링들은 다른 속성의 정령왕을 소환하지 못해."

"그건 절대적인 법칙이야?"

"어?"

"절대 무조건 안 된다고 정해져 있는 거냐고."

"그, 그건 아니지만…… 상식이잖아?"

아무리 선천적으로 강한 마력을 타고났어도 결국 조금 뛰어난 헤츨링 수준이다(이때까지만 해도 그는 그렇게만 생각하고 있었다). 연약한 헤츨링의 마력과 체력으로는 정령왕의 기운을 견디기 힘들다는 것이 상식이었다.

심지어 정반대 속성의 정령왕의 기운이라면 말하지 않아도 불 보듯이 훤한 결과였다. 한때 바다에 들어갔단 이유만으로 동사 직전까지 간 적도 있으니 라피스라즐리도 그것을 모를 리가 없을 텐데 그는 이상할 정도로 태연했다.

"뭐야, 전혀 문제없네. 나한테 상식이라는 게 통할 것 같아?"
"그럼 정말 하려고?"
"당연하지."
"……대체 왜 그렇게 물을 좋아하는 건데?"

메테는 답답한 표정으로 물었다. 그리고 라피스라즐리는 자신만만하게 대답했다.

"가질 수 없는 걸 정복하는 남자가 멋지니까."
"……."

또라이다.

이 순간 메테는 단호하게 결론을 내렸다.

저런 대답을 자신 있게 하다니, 아무래도 그의 동생은 제정신이 아닌 게 확실했다. 게다가 당연하다는 듯이 남자 운운하는 걸 보면 지금 자신이 소녀의 모습을 하고 있다는 것도 잊어버린 것이 틀림없었다.

'뭐, 시도해 보고 안 되면 그만두겠지.'

메테는 속으로 한숨을 내쉬며 얌전히 그가 하는 양을 구경했다. 실패하게 되면 옆에서 위로나 한마디 건네줄까 싶어서였다.

두 손을 깍지 낀 라피스라즐리는 두 눈을 감고 정신을 집중했다. 그러자 잠시 후 그의 주변으로 짙은 물안개가 퍼지더니, 바닥에 새파랗게 빛나는 소환진이 나타나기 시작했다. 마치 햇살에 일렁이는 바다 표면 같았다.

'우, 우와!'

메테는 입을 벌리고 그 광경을 구경했다. 그때 소환진 안에서 거대한 물줄기가 일렁거리더니 분수처럼 하늘로 솟구쳤다. 동시에 라피스라즐리의 안색이 급격히 창백하게 변했다. 미동 없이 앉아 있던 그의 자세가 처음으로 무너져 내렸다.

"큭!"

"라, 라피!"

부축하려 하자 라피스라즐리는 한 손을 들어 다가오지 못하게 저지했다. 그의 시선은 눈앞에 일어나고 있는 광경에서 떠날 줄 몰랐다.

이윽고 기둥처럼 솟아난 물의 장막이 점차 하나의 형상을 이뤄가기 시작했다. 그 안에서 나타난 건 새파란 물빛 눈동자에 물빛 머리칼을 지닌 아름다운 남자였다.

"헉……."

그의 모습을 본 순간 메테는 헛숨을 삼켰다. 그가 지닌 존재감만으로도 정체를 알 수 있었다. 정말로 이 대책 없는 헤츨링이 물의 정령왕을 소환해내고 만 것이다!

라피스라즐리는 정령왕을 멍하니 바라보고 있었다. 메테는 그가 충격에 빠진 것이라고 생각했다. 아무리 자신만만하던 그라도 정말 소환될 줄은 몰랐던 모양이다.

"……네가 날 소환한 녀석이냐?"

한참 만에 입을 연 물의 정령왕은 그 신비한 모습만큼이나 목소리도 청아했다. 무언가 마음에 들지 않는다는 듯이 살짝 찌푸린 얼굴마저 그린 듯이 아름답게 느껴졌다.

"맞아, 내가 널 소환했어."

호흡을 가누는 것조차 쉽지 않으면서도 라피스라즐리는 또렷하게 대답했다. 그 말에 물의 정령왕, 엘퀴네스의 시선이 다시 그를 훑었다.

"넌 아직 헤츨링으로 보이는데. 그것도 레드 일족이군. 그런데 네가 날 소환했다고?"

"그래, 내가 소환했어. 난 레드 일족의 라피스라즐리야. 나랑 계약해 줘, 엘퀴네스."

그때만 해도 라피스라즐리는 나름 순수했고 정중했다. 메테는 이 아름다운 물의 정령왕이 당연히 동생과 계약할 것이라 믿어 의심치 않았다. 하지만 그것이 착각이라는 것을 깨닫기까지 그리 오랜 시간이 걸리지 않았다.

"미안하지만 거절한다."

"뭐, 뭐? 왜?"

당황한 메테만큼이나 라피스라즐리 역시 경악에 차올랐다. 도도한 물의 정령왕은 차게 웃으며 그 이유를 설명했다.

"날 불러낸 것만으로 비틀거리는 꼬맹이한텐 관심 없다."

"그, 그런……!"

"라피!"

실제로 이미 한계였던 라피스라즐리는 부르르 떨다가 그대로 까무러쳤다. 아직 나이가 어렸던 만큼 더 이상 버틸 힘이 없었던 것이다.
"쯧, 시간만 낭비했군."
그리고 물의 정령왕은 끝까지 가차 없었다.

일화 4.

결과가 어찌 되었든 라피스라즐리가 한 일은 모든 드래곤 일족에게 큰 충격을 주었다. 아직 채 백 살도 되지 못한 헤츨링이 자신과 정반대의 속성의 정령왕을 소환한 사례는 전무후무한 일이었다. 수장들의 얼굴엔 미소가 끊이지 않았다.
"라피가 태어난 건 레드 일족만이 아니라 우리 모든 드래곤 일족의 홍복입니다."
"정말 대단한 녀석이에요."
"앞으로 얼마나 대단해질지 기대가 큽니다."
"그나저나 안타깝군요. 이왕이면 엘퀴네스가 계약에 응해 줬다면 더 완벽했을 텐데 말입니다."
"할 수 없지요. 그는 자존심이 강한 자니까요. 다른 속성의 드래곤은 성년이라 해도 달갑지 않게 여기는데 헤츨링이었으니 오죽했겠습니까."
어른들의 이야기를 듣고서야 메테는 그 아름다운 물의 정령왕이 굉장히 까칠한 성격이라는 걸 알 수 있었다. 어쩐지 처음부터 얼굴을 찌푸리고 있더라니.

어쨌건 메테는 이것으로 모든 것이 일단락되었다고 여겼다. 자존심이라면 그의 동생도 만만치 않았다. 자신을 거부한 정령왕에게 두 번 다시 관심을 두지 않을 게 분명했다.

하지만 이때 메테는 다른 한 가지는 모르고 있었다. 자존심이 강한 만큼 그에겐 쓸데없는 승부 근성이 있다는 사실 말이다.

"뭐? 또 시도한다고?"

"응."

라피스라즐리가 다시 소환 의식을 준비하자 메테는 질겁했다. 소모되는 마나를 감당하지 못해서 끝내 혼절까지 했으면서 재도전을 할 줄이야. 메테는 언젠가 그가 덜덜 떨면서도 냉수마찰을 했던 것을 떠올렸다. 이것 또한 그때의 연장선이 분명했다.

"하지만 어른들이 소용없다고 하던데? 엘퀴네스는 한 번 거절한 계약은 절대 받아 주지 않는댔어."

"상관없어. 될 때까지 하면 돼."

"이것도 물을 좋아하기 때문이야?"

그의 질문에 라피스라즐리가 고개를 들었다. 장난기로 반짝이는 그 눈동자는 마치 섬세하게 세공된 붉은 보석 같았다. 아무리 봐도 이 녀석은 사도닉스가 더 어울려. 메테는 속으로 그렇게 중얼거렸다.

"항상 부족했어."

"뭐?"

"물 말이야. 폭포를 맞아도, 바다에 들어가도, 늘 부족한 느낌이었어. 피부에 와 닿는 감촉은 분명 기분 좋은데 마치 전신에 이물감이 가득 끼는 느낌이었거든."

"그거야 당연하지. 네가 레드 드래곤이니까."

"맞아, 내 속성 자체가 거부하는 거지. 그런데 그는 그렇지 않았어."

"그……?"

"엘퀴네스."

짙어진 미소에 메테는 입을 다물었다.

"그에게서 느껴지는 물은 완벽해. 처음 소환된 그를 본 순간 마치 폐부가 일시에 씻겨 내려가는 듯한 느낌이 들었지. 정말 청량한 기분이었어. 지금까지 내가 찾고 있던 감각이야."

그러니까 절대 포기하지 않겠다는 얘기였다. 그로선 전혀 이해할 수 없는 감정이었기에 메테는 머리를 벅벅 긁었다. 차라리 한눈에 반했다고 하면 그러려니 하지. 완벽한 물이라서 좋다고 하니 정신마저 혼미할 지경이었다.

"대체 왜 그렇게 물을 좋아하는 건지 모르겠다."

"나도 그게 의문이야. 하지만 이렇게까지 끌린다는 건 분명 운명이란 거겠지. 혹시 난 전생에 물의 정령왕이었던 게 아닐까?"

미친놈.

또라이에 이어, 메테는 조용히 속으로 그의 별명을 하나 더 추가했다.

그렇게 해서 이어진 현재.

라피스라즐리는 여전히 파란색에 집착했고, 물의 정령왕과 계약을 하지 못했으며, 날이 갈수록 성격이 포악해져 가는 중이었다.

나날이 늘어 가는 광기가 이토록 선명하건만 일족 어른들은 아무것도 모른 채 그저 그에 대한 기대감만 쌓아 가고 있다. 메테는 그러한 현실이 가장 불만이었다.

아무리 마력이 강력해도 그렇지! 그런 미친놈을 차기 로드의 자리에 거론하는 건 정말 너무한 거 아닌가? 그 녀석이 로드가 되면 전 일족에게 파란색 보석이나 모아 오라고 시켜댈 것이 뻔하다. 로드 할아버지, 그렇게 안 봤는데 진짜 드래곤 볼 줄 모르는구만! 메테는 다시금 분개했다.

"다들 속고 있는 거야! 그런 녀석이 제대로 된 성룡으로 자랄 리가 없잖아!"

"누가?"

"누구긴 누구야! 당연히……!"

그 순간 대답하려던 메테는 위화감을 느끼고 입을 다물었다. 지금 이곳에 자신 외에 누가 또 있었던가? 흠칫 놀라 돌아본 그는 얼굴에서 핏기가 가시는 걸 느꼈다. 아니나 다를까. 그곳엔 팔짱을 낀 붉은색 머리칼의 소년이 서 있었다.

"아하하, 언제 왔어?"

"당연히, 그다음은?"

냉정한 동생은 어색한 웃음에도 봐주지 않았다. 메테는 식은땀을 흘리며 두 손을 흔들었다.

"누, 누구긴 누구겠어. 당연히 이텔라 얘기지."

"이텔라? ……어제 막 알에서 깨어난 그린 드래곤의 헤츨링이잖아."

라피스라즐리가 태어난 이후 드래곤 세계에는 약간의 변화가 있었다. 그의 천재성에 감탄한 일족들이 혹여 자신의 아이도 그렇지 않을까 하는 기대를 하고 아이를 낳기 시작한 것이다.

이백 년 동안 벌써 세 명의 드래곤이 알을 낳았다. 그린 드래곤 이텔라는 그중에서 가장 일찍 부화한 헤츨링이었다.

"걔가 제대로 된 성룡으로 클 리 없다고? 본 적도 없으면서 어떻게 알아?"

"아니, 뭐, 그걸 꼭 봐야 아나? 하하! 어제 갓 태어나면서 빽빽 우는 소리가 영 글러 먹었거든."

"그것참 신기하네. 형의 귀는 천 킬로미터 떨어진 곳에서 울리는 소리도 들을 수 있나 봐?"

"아하하……."

비릿하게 웃는 얼굴에 메테는 필사적으로 시선을 피했다. 하필 이런 순간에 라피스라즐리가 나타날 건 또 뭐란 말인가?

저 눈치가 비상한 녀석이 자신이 한 말이 가리킨 대상이 누군지 몰랐을 리가 없다.

차라리 화를 내면 마음이라도 편하련만 싱글싱글 웃으며 간 보듯 속내를 떠보니 심장이 다 쪼그라드는 것 같았다.

"뭐 됐어. 지금은 그게 중요한 게 아니니까."

다행히 이번은 그냥 넘어가 주려는 모양이다. 속으로 안도의 한숨을 내쉰 메테는 슬쩍 동생의 눈치를 보았다. 그는 절벽 끄트머리에 자리를 잡고 심호흡을 하고 있었다. 이제는 익숙한 자세를 보아하니 또 엘퀴네스를 소환하려는 것이 분명했다.

예상대로 곧 새파란 물의 소환진 속에서 아름다운 청년이 모습을 드러냈다. 이번이 몇 번째인지 알 수 없는 소환이었다.

하루에 한 번꼴로 늘 그의 부름을 받는 물의 정령왕은 이제 새삼스럽게 소환자를 확인하고 얼굴을 찌푸리는 과정조차 밟지 않았다. 그냥 처음부터 일그러트린 표정으로 등장했다.

"또 너냐, 이 지긋지긋한 꼬맹이."

"나랑 계약해."

싸늘한 말투에도 라피스라즐리는 전혀 아랑곳하지 않았다. 하긴 애초에 그 정도로 겁먹을 성격이었으면 일찌감치 포기했을 것이다. 엘퀴네스는 이번에도 딱 잘라 거절했다.

"싫다."

"왜 안 돼? 이제 소환을 버거워하지도 않잖아."

"네놈에게서 풍기는 불의 기운이 마음에 안 들어."

"그건 내가 레드 드래곤이니까 어쩔 수 없는 거잖아. 폴리모프를 해도 일족은 못 바꾼다고."

"그러니까 포기해."

"나도 싫어. 엘퀴네스가 포기해."

"도무지 말이 통하지 않는군."

그 순간 한숨을 내쉰 물의 정령왕의 몸이 좀 더 선명해졌다. 메테는 그가 다른 누군가의 마나를 덧입고 육체를 형성했다는 것을 깨달았다.

그 상태에서 척척 다가온 그는 메테와 라피스라즐리의 목덜미를 각각 한 팔에 붙잡고 공간이동을 했다. 정신을 차렸을 때 그들의 시야에 들어온 건 어느 동굴 안이었다. 아늑하게 꾸며진 것을 보아 누군가의 레어인 것 같았다.

그곳에선 레어의 주인으로 보이는 푸른 머리칼의 남자가 홀로 차를 마시는 중이었다. 그는 갑자기 나타난 그들 존재를 보고 눈을 휘둥그렇게 떴다.

"엇, 엘퀴네스? 대체 무슨 일이야? 그 애들은 또 뭐고?"

"장로님!"

그는 바로 드래곤 일족 장로의 일원이자 블루 드래곤의 수장인 라미아스였다. 엘퀴네스는 붙잡고 있던 두 어린 드래곤을 그에게 집어 던지다시피 떠밀며 말했다.

"매일같이 소환해대서 귀찮아 죽을 지경이다. 네 일족이니까 네가 알아서 처리해."

'왜 나까지?'

메테는 억울했지만 곧 가슴이 뜨끔했다. 생각해 보니 라피스라즐리가 정령왕을 소환하는 자리에 그는 늘 함께 있었다. 딱히 의도한 것도 아닌데 어쩌다 보니 그랬다. 엘퀴네스의 시선엔 그도 충분히 공범으로 보였을 만했다.

"이런, 라피스. 너 아직도 엘퀴네스를 소환하고 있었던 거냐?"

라미아스는 난처한 시선으로 소년들을 내려다보았다.

블루 일족의 라미아스는 평소 물의 정령왕에게 각별한 애정을 과시하는 것으로 유명한 드래곤이었다. 하지만 아무리 그라도 헤츨링인 라피스를 크게 혼낼 순 없었다.

"저, 저기, 엘퀴네스. 그러지 말고 딱 한 번만 계약해 주면……."

"네놈과의 계약부터 파기해 줄까?"

"아하하하, 당연히 안 되겠지? 그냥 해 본 말이었어."

식은땀을 흘리며 대답한 라미아스는 이번엔 라피스를 돌아보며 말했다.

"저어, 라피……."

"전 계약할 때까지 포기 안 할 거예요."

일족의 어린 드래곤도 도움이 되지 않기는 마찬가지였다. 결국 한숨을 내쉰 라미아스는 특단의 조치를 취하기로 했다.

철컥!

자신의 두 팔에 채워지는 팔찌를 보며 라피스라즐리는 얼굴을 찌푸렸다.

"마력 제어 팔찌다. 말로 해도 안 되니 할 수 없구나."

"……장로님!"

"미안하다. 하지만 나로선 네가 경솔한 행동으로 엘퀴네스의 화를 사는 걸 두고 볼 수만은 없다. 너의 행동 때문에 모든 정령과 드래곤의 관계가 틀어질 수는 없잖니?"

"……."

고집이 셀 뿐, 라피스라즐리는 바보가 아니었다. 당연히 자신의 행동이 어떤 결과를 일으킬지 모르지 않았다. 그는 입술을 악물고는 엘퀴네스를 노려보았다.

"칫! 치사하게, 계약 하나 해 주는 게 뭐가 그리 어렵다고!"
"건방진 꼬맹아. 내가 소멸하기 전까진 너와 계약 따윈 안 해."
"그럼 차라리 빨랑 소멸을 해 버리든가!"
"죽고 싶냐?"

그의 살벌한 시선에 라미아스가 기겁하며 만류했다.

"으아악, 엘퀴네스! 진정해, 진정! 라피스는 귀한 헤츨링이라고! 게다가 차기 드래곤 로드 재목으로 거론되는 아이란 말이야!"
"흥, 이딴 게 차기 로드라니 드래곤 일족의 앞날도 알 만하군."

그것만은 메테도 동감이었다. 더불어 메테는 그 알 만한 미래에 자신의 앞날도 포함된단 사실을 깨닫고 무척 씁쓸해졌다.

돌아가기 직전 물의 정령왕은 다시 한 번 라미아스를 돌아보며 경고했다.

"라미아스, 저 팔찌는 풀어 주지 않는 게 좋을 거다."
"뭐? 하지만 저걸 차고 있으면 마법도 쓰지 못하게 되는데……."

"난 분명히 경고했다. 만약 풀어 주는 날엔 너와의 계약을 파기하는 것은 물론, 모든 드래곤 일족이 물의 정령을 적으로 돌린다는 뜻으로 간주하겠다."

"아, 알았어. 풀어 주지 않으면 되잖아. 그렇게 할게."

라미아스는 새파래진 얼굴로 고개를 끄덕였다. 당장은 너무 화가 난 것 같으니 지금은 일단 달래서 보내고, 나중에 다시 설득을 해 볼 생각이었다. 그런데 바로 그때였다.

"내가 스스로 풀어내면?"

"뭐?"

"내가 풀어내면 어떻게 할 거냐고. 그건 괜찮은 거겠지?"

엘퀴네스는 황당하다는 표정으로 당돌한 어린 드래곤을 바라보았다. 그의 팔에 채워진 팔찌는 라미아스가 직접 제작한 것이다. 이미 고룡에 근접한 그의 마력은 다 장성한 드래곤들조차 넘어서기 쉽지 않았다. 그런데 그걸 이제 갓 이백 살밖에 되지 않은 애송이 헤츨링이 깨어 버리겠다고 선언한 것이다.

"재미있군. 안 되는 것에 매달려 애써 보는 것도 나쁘진 않겠지. 좋아, 그 정도는 봐주마. 네가 스스로 풀어내는 것까진 다른 드래곤들도 어쩔 수 없을 테니까."

"흥! 나 혼자서도 충분히 풀어낼 수 있거든! 두고 봐! 조만간 또 내 얼굴을 보게 될 테니까!"

오기와 호기로 뒤범벅된 얼굴에 엘퀴네스는 다시 웃었고 메테와 라미아스는 설레설레 고개를 저었다.

그중에서 누구도 라피스라즐리가 정말로 팔찌를 풀어낼 거라고는 생각하지 않았다. 그저 제풀에 지친 그가 한시라도 빨리 항복을 선언하고 용서를 구하기만을 바랄 뿐이었다.

2.

성인이 된 메테의 삶은 그럭저럭 평온했다. 여느 드래곤들 처럼 그도 성인식으로 치르자마자 곧장 레어를 차려 독립했고, 인간 세상을 유람했다. 대륙의 절반 이상을 차지하고 살아가는 인간 종족은 수명은 비록 짧았지만 그만큼 치열하고 격동적인 삶을 즐기고 있었다. 그는 손쉽게 인간 세상의 매력에 젖어들었다.

그맘때쯤 그의 레어에 한 통의 초대장이 날아왔다. 레드 일족의 드래곤이자 그의 동생인 라피스라즐리가 올해로 성년을 맞이한다는 내용이었다.

"흠, 벌써 그렇게 되었나."

한 가족이라도 성인이 되면 철저하게 개인으로 존재하게 되는 드래곤의 특성상, 그는 성인이 된 이후로 동생의 모습을 한 번도 본 적이 없었다.

아니 실제론 그전부터 거의 얼굴을 보기가 힘든 상태였다. 그날 이후 그의 동생은 마력 제어 팔찌를 풀어내기 위해 언제나 마법 연구에만 몰두했기 때문이다. 그가 성인이 되었을 때만 해도 별다른 진척이 없었는데 지금도 소식이 없는 걸 보면 여전한 것이 분명했다.

이대로라면 성인이 되더라도 마법 한 번 쓰지 못한 채 고룡이 될지도 모른다. 덕분에 그에게 기대를 걸고 있던 일족들의 근심도 크다고 들었다. 정령왕 하나 잘못 건드렸다가 크게 낭패 본 셈이다.

"오랜만에 잘 지내는지 확인이나 해야겠군."

귀찮았지만 성인식에는 모든 일족이 참여해서 축하해 주는 것이 관례였기 때문에 그는 초대장을 갈무리해 품에 넣었다.

"성년이 된 걸 축하한다, 라피스라즐리."
"축하드립니다."

사방에서 쏟아지는 축하 인사에 붉은 머리의 청년이 살짝 묵례로 화답했다. 햇살에 빛나는 동생의 모습을 본 메테는 자신도 모르게 감탄했다.

모친을 닮아 어릴 때부터 특출났던 외모는 성인이 된 지금도 전혀 빛을 잃지 않았다. 아니, 오히려 더 아름다워진 것 같았다. 그의 외모는 무심한 듯 서늘하게 가라앉은 특유의 분위기와 어우러져 더욱 눈에 띄었다.

"여어, 라피스. 축하한다."
"오랜만이야, 메테."

그의 인사에 라피스라즐리는 담담히 고개를 끄덕였다. 눈이 마주친 순간 압도되는 느낌에 그는 속으로 살짝 숨을 삼켰다. 체구가 커진 만큼이나 존재감도 커진 것 같았다.

'말을 걸기 쉽지 않은 느낌은 여전하군.'

하지만 수많은 유희의 경험으로 자신감에 가득 찬 그에게 더 이상 라피스라즐리는 두려움의 대상이 아니었다. 더구나 마법조차 쓸 수 없는 드래곤이 위협이 될 리는 없었다. 슬쩍 내려다본 그의 손목엔 익숙한 장신구가 늘어져 있었다. 그날 이후로 그 자리에 자리하고 있던 것이었다. 그는 아직 라피스라즐리가 팔찌를 풀지 못했다고 확신했다.

"이제 정식으로 네 레어를 갖게 되겠구나. 알아봐 둔 곳은 있어?"

"아직. 레어는 천천히 마련할 생각이야."

"아니, 왜? 아아, 네 경우엔 구하고 싶어도 아직 안 되겠구나."

레어는 부모로부터 물려받는 것이 아닌 이상 자신이 가진 마력을 사용해서 직접 만들어야 했다. 언제 침입해 올지 모를 적들을 대비하기 위해서라도 마법 없이 레어를 만드는 것은 불가능한 일이었다. 즉, 마력을 사용할 수 없는 라피스라즐리는 만들고 싶어도 레어를 만들 수 없는 것이다.

"그 팔찌는 여전한 거야? 아, 미안. 혹시 내가 아픈 곳을 찔렀나?"

"아니, 별로."

일부러 반응을 떠보기 위해 자극한 말인데도 별다른 반응이 없자 메테는 조금 무안해졌다. 그런데 왠지 자신을 응시하는 라피스의 표정이 찜찜했다. 마치 가소로운 행동을 지켜보는 듯한 느낌이 었기 때문이다.

'재수 없는 자식. 마력도 못 쓰는 주제에. 지가 언제까지 대단한 줄 알아?'

그동안은 헤츨링이라 어른들의 보호를 받아 왔지만, 이제부턴 성인이 되니 자신의 몸은 자기가 지켜야 한다. 잘 보여도 모자랄 판에 뻣뻣하게 구는 동생을 보니 더 골려 주고 싶은 마음이 일었다.

"그러지 말고 이제라도 물의 정령왕께 사과드리고 팔찌를 푸는 게 어때? 시간도 오래 지났고, 정령왕을 더 이상 귀찮게 하지만 않는다면야 분명 허락해 줄 것 같은데. 이제 성인도 되었는데 언제까지 그러고 살 순 없잖아. 성별조차 마음대로 바꾸지 못하고."

"글쎄……."

"그러지 말고 잘 생각해 봐. 너한테 기대를 건 드래곤이 얼만데 대체 언제까지 그러고 살 거냐? 아, 그래. 내가 지금 여기서 엘퀴네스를 소환해 줄까? 이제 나도 그 정도는 할 수 있거든."

"흠, 더 해 봐."

"뭐?"

"더 해 보라고. 재밌네."

빙긋 웃는 얼굴에 메테는 조금 당황했지만 오기가 나서 소리쳤다.

"야! 소, 솔직히 네가 이러는 게 어디 정상이냐? 물의 정령왕한테 반한 것도 아니고, 그냥 기운 하나 마음에 들었다고 걸핏하면 소환해대는 거, 누가 봐도 미친놈으로밖에 안 보이거든? 어릴 때도 별로 이해 안 됐다고. 결국엔 그 때문에 마력까지 봉인당하고, 대체 이게 무슨 꼴이냐? 네 이런 행동이 드래곤 일족을 망신 주고 있다곤 생각 안 해?"

"망신이라고?"

"그래."

"처음 듣는 말인데. 오히려 그 반대 아냐? 난 모두가 날 자랑스러워한다고 생각했는데."

"헛 참, 착각도 자유다. 그거야 마력 봉인당하기 전의 어릴 때나 그렇지! 마법도 못 쓰는 천재가 무슨 천재냐?"

"마법을 내가 왜 못 써?"

"그야 그 팔찌가……."

그 순간 찰그락 하고 무언가가 끊어지는 소리와 함께 라피스라즐리의 손목에 걸려 있던 팔찌 하나가 떨어져 내렸다. 신이 나서 몰아붙이고 있던 메테는 말하던 상태 그대로 소리 없이 굳었다. 라피스라즐리는 화사하게 웃으며 팔찌를 흔들어 보였다.

"팔찌? 이거 말야?"

"어, 어떻게……."

"이딴 거 진작 풀었어. 아무렴 내가 이제껏 이걸 가지고 끙끙거리고 있었을까 봐?"

"그, 그런데 왜 아직도 차고……."
"그냥, 모양이 마음에 들었거든."
"저, 정령왕은……."
"아아, 잠깐 유예기간을 둔 것뿐이야. 엘퀴네스는 어떤 상황이든 헤츨링과 계약할 생각은 없는 것 같고, 그렇다면 잠시 휴식기를 가져 보는 것도 좋다고 생각했거든. 이제 헤츨링도 아니니까 내가 어리단 이유로 계약을 거절하진 못하겠지."
"……."
대답을 들을수록 그는 등골이 서늘해지기 시작했다. 그러고 보니 처음부터 그랬다. 존재감이 더 강해진 것 같다고. 그것을 느꼈으면서도 그가 마법을 못 쓸 거라 생각하다니! 대체 어찌 이리도 미련했단 말인가! 메테는 자신의 머리를 저주하고 싶었다.
"그나저나 아까 뭐라고 했지? 누가 미친놈이라고?"
"아하하…… 라, 라피스? 저, 저기, 나는 그저 널 걱정하는 마음에……."
메테는 천천히 뒷걸음질 치며 어색하게 변명했다. 하지만 유감스럽게도 그의 동생은 별로 그의 말을 믿어 주는 눈치가 아니었다.
"우리 차근차근 이야기 좀 해 볼까, 형?"
이럴 때만 형이라고 부르지 말라고!
이 순간 그는 다시 한 번 이런 동생을 낳아 준 어머니를 원망할 수밖에 없었다.

그의 동생은 여전히 무서웠고, 여전히 강했으며…… 여전히 미친놈이었다.

캐릭터 프로필

이름: 엘뤼엔 크리노 루사테

생일: 10월 18일

키: 185cm

종족: 신(神)

속성: 마(魔)

성별: 남(男)

외형연령: 26세~28세

머리카락과 눈동자 색: 백금색, 하늘색

소개: 전대의 물의 정령왕. 형벌과 저주를 주관하는 상급 신. 상징하는 문양은 선악을 가리는 천칭을 새하얀 뱀이 감싸고 있는 모습.

캐릭터 복불복 QnA

질문을 올려 주신 이공카 카페(http://cafe.daum.net/shakito)의 회원들의 질문 중에서 임의 선택했습니다.

Q. 좋아하는 액세서리가 있나요?
A. 딱히. 거추장스러운 건 좋아하지 않아서.

Q. 어떤 색이 좋으세요? 파란색? 금색? 흰색? 검은색?
A. 파란색. 신성을 상징하는 색이지.

Q. 이상형은 어떻게 되시나요?
A. 일단 내게 겁을 내지 않는 사람. 잘 상처받지 않고 날 기다려 주는 사람.

Q. 다른 신으로 바꿀 기회가 오면 무슨 신으로 바꾸고 싶나요?
A. 마신. ……그리고 마계를 없애 버리겠다.

Q. 엘이 동생 가지고 싶다고 한다면 어떻게 하실 건가요?
A. 그전에 신붓감부터 구해 오라고 할 거다. 모든 일엔 대가가 따르는 법이지.

Q. 정령왕 시절에 가장 마음에 들었던 자가 있다면?
A. 블루 드래곤 라미아스. 이유는 귀찮게 하지 않아서.

Q. 아들의 좋은 점 세 가지를 말해 주세요!
A. ① 단순하다. ② 착하다. ③ 긍정적이다.
……아, 1번은 단점인가?

Q. 술이랑 차(tea) 중에 뭐가 좋아요?
A. 술, 어차피 마셔도 취하지 않기 때문에 굳이 맛으로만 구분하자면.

Q. '내세의 길'로 환생을 하고 싶다고 하셨는데요, 무슨 종족으로 환생하고 싶으셨나요? 인간? 드래곤? 다른 종족?
A. 인간, 가급적이면 그중에서도 평범한 일반 가정에서.
그런데 이렇게 말하면 왜인지 다들 믿지 않더군.

Q. 엘이 만약 여신이 되어 크로아첸과 그렇고 그런 사이가 된다면 어찌하실 생각이십니까? 엘이 여신이 되면 딸이라 부르는 건가요?
A. 엘이 원한다면 결정에 따를 예정이지만, 좀 당황스럽군. 여신이 되면 당연히 딸이라 불러야겠지.

Q. 엘이 만약 여성이 되어 결혼을 한다. 엘의 주위 인물 중에 "그래도 이놈에게는 엘을 줄 수 있다!" 하는 사람을 무조건 한 명 선택하라면 누굴 선택할 건가요?
A. 굳이 택하자면 트로웰. 성실하고 한 사람에게 충실할 성격이지. ……근본은 삐뚤어졌지만.

Q. 엘이 아들로서 가장 사랑스럽게 보였던 때는 언제인가요?
A. 아버지라고 불렀을 때.

Q. 책에서 엘이 라피스보고 '어쩌면 엘뤼엔보다 잘생겼을지도 모르는' 얼굴이라 했는데. 어떻게 생각하시나요?
A. 글쎄, 엘이 그렇다면 그런 거겠지. 별로 사람들의 외모를 눈여겨본 적은 없어서. 라피스가 잘생긴 얼굴이던가?

Q. 카노스를 처음 만난 계기는?
A. 마신의 협조가 필요한 공문을 보냈는데, 계속 응답이 없기에

직접 찾아갔었지. 그때 본 것이 첫 만남이었다.

Q. 엘뤼엔에게 카노스란?
A. 망할 놈. 하지만 친우가 누구냐고 묻는다면, 아마도 그 또한 그 녀석.

1. 안녕하세요, 정령왕입니다.

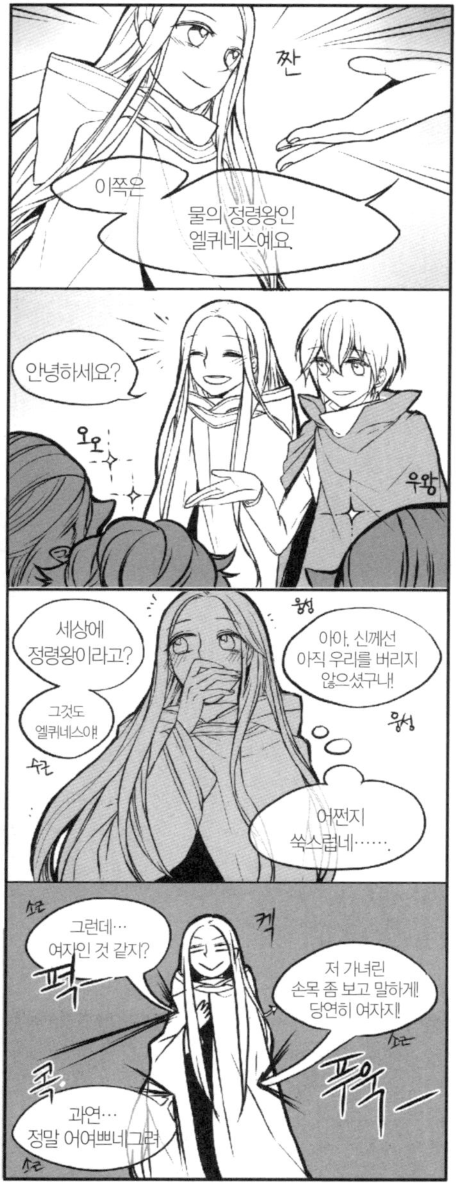

이쪽은 물의 정령왕인 엘퀴네스예요.

안녕하세요?

오오

세상에 정령왕이라고?

그것도 엘퀴네스야

아아, 신께선 아직 우리를 버리지 않으셨구나!

어쩐지 쑥스럽네……

그런데… 여자인 것 같지?

저 가녀린 손목 좀 보고 말하게! 당연히 여자지!

과연… 정말 어여쁘네그려

남자예요.

2. 정령왕의 위엄

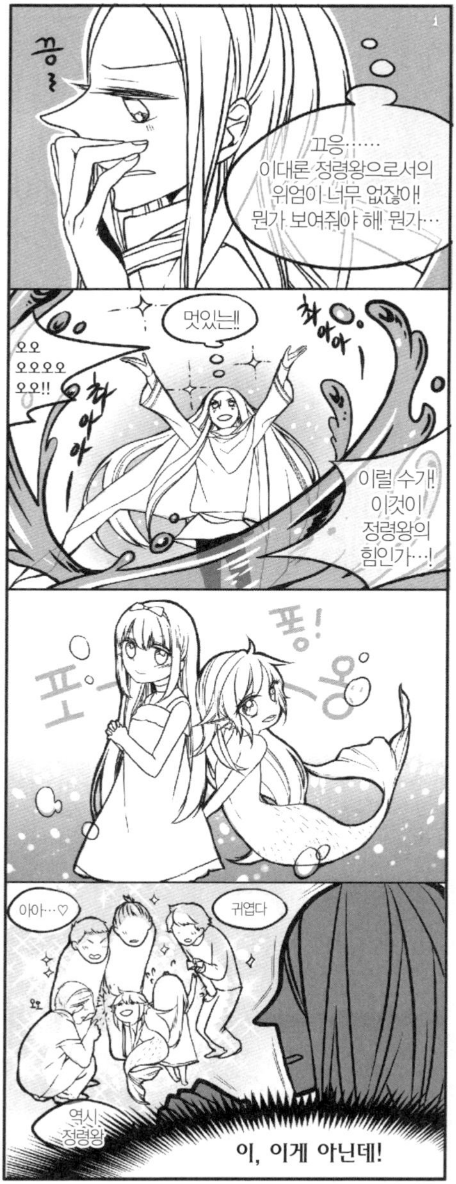

끄응…… 이대론 정령왕으로서의 위엄이 너무 없잖아! 뭔가 보여줘야 해! 뭔가…

멋있느니!

오오오오오오!!

이럴 수가! 이것이 정령왕의 힘인가…!

포 퐁!

아아…♡ 귀엽다

역시 정령왕

이, 이게 아닌데!

이게 내 위엄이야.

3. 재도전

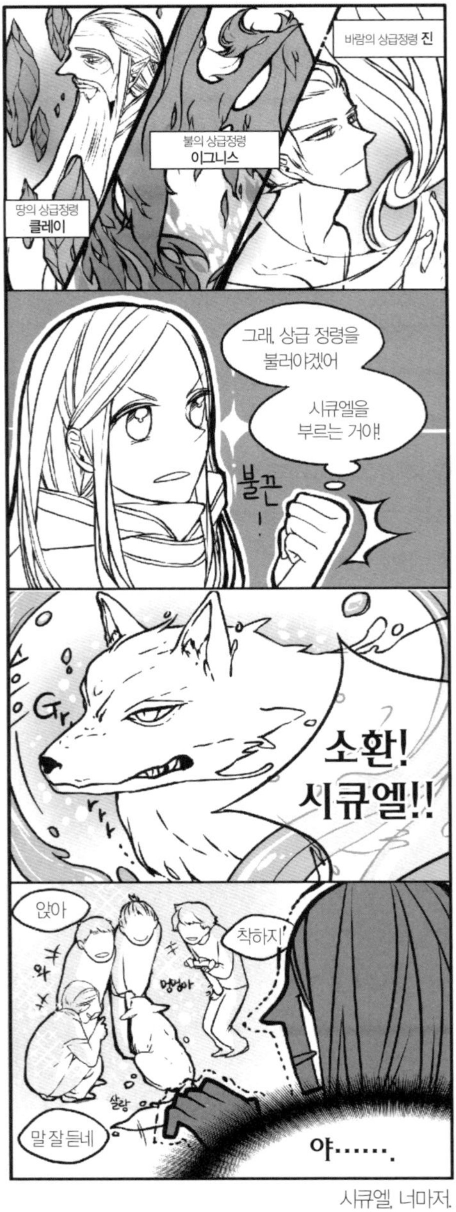

바람의 상급정령 **진**
불의 상급정령 **이그니스**
땅의 상급정령 **클레이**

그래, 상급 정령을 불러야겠어
시큐엘을 부르는 거야!

불끈!

Gr...

소환!
시큐엘!!

앉아
착하지
말 잘 듣네
야……

시큐엘, 너마저.

4. 어떤 정령왕

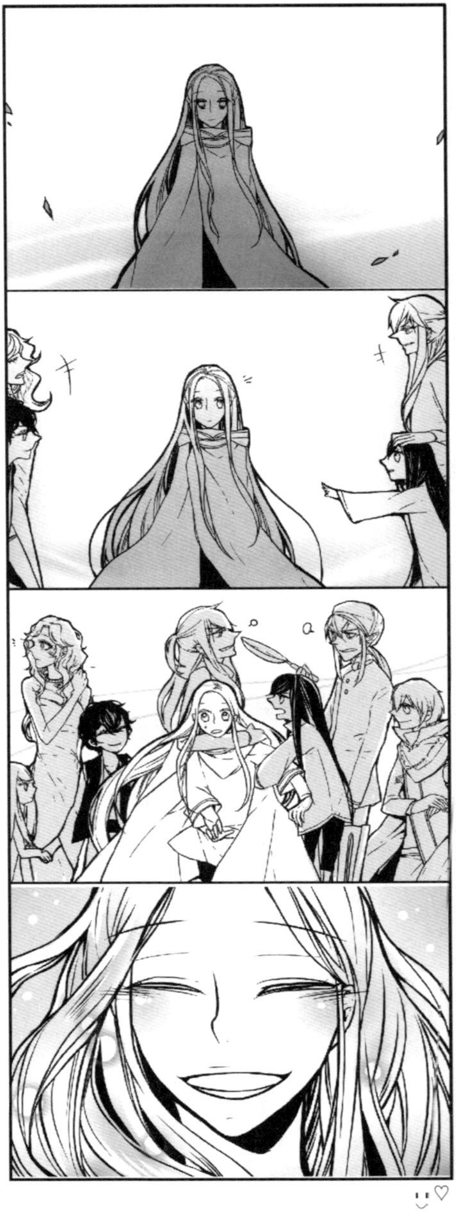